剑来

21 皆是笼中雀

烽火戏诸侯 著

001　第一章　十四王座

032　第二章　月色洗剑为斫贼

058　第三章　大家都是读书人

087　第四章　炼剑

113　第五章　剑修

135 第六章 新一任隐官

160 第七章 处处杀机

188 第八章 溶溶月淡淡风

224 第九章 相互问剑

245 第十章 搬山倒海

第一章
十四王座

大剑仙岳青身穿一件衣坊制式法袍，腰间悬有一把佩剑雄镇五岳，只是相较于这件轻易不出鞘的半仙兵，岳青其实更喜欢剑坊铸造的那把制式长剑，所以此刻双手所拄之剑，正是剑坊炼制。剑气长城的许多剑仙和地仙剑修，依旧有喜欢身穿衣坊法袍、使用剑坊铸剑的风气，岳青功莫大焉。

女子剑仙周澄，依旧在那里荡秋千，很久很久以前，那个说要来看一眼故乡的年轻人，最后为了她，死在了所谓的故乡人的手上。周澄并无佩剑，四周那些师门代代传承的金色丝线剑意，游弋不定，便是她的一把把无鞘佩剑。

年轻且容貌俊美的玉璞境剑仙吴承霈，眼眶通红，脸庞扭曲。好好好，今天的大妖格外多，熟面孔多，生面孔也多。

南婆娑洲剑仙元青蜀与本土剑仙高魁并肩而立，高魁神色凝重，以心声为元青蜀讲述一些传说中大妖的根脚来历。此次蛮荒天下东躲西藏无数年的大妖倾巢出动，齐聚南边战场，是万年未有的情况，尤其是那南边大地上，位于最前方的十四只大妖，更是《白泽图》《搜山图》这些初版老黄历上最靠前的存在，后来浩然天下流传的众多刊印版本，都不会记载它们了，便是高魁都坦诚自己从未亲眼见识过活的，这一次倒好，蛮荒天下一次性凑齐，省事。

元青蜀摘下一枚养剑葫饮酒，高魁每说过一只大妖的古老渊源，元青蜀便抿一口酒，以大妖名讳佐酒，滋味绝佳。

太徽剑宗宗主韩槐子在闭目养神，手心抵住佩剑剑柄，时不时轻轻敲击一次，他微微一笑,神色洒脱,意气风发。此战过后,太徽剑宗无愧矣。

身边站着同样来自北俱芦洲的浮萍剑湖宗主郦采,两眼放光,好家伙,个个瞧着都很能打啊。

那两位不似剑仙更像渔翁与樵夫的外乡游历客,一对皑皑洲山上挚友,同道中人,剑仙张稍和李定,原本有些心情沉重,此时两人对视一眼,会心一笑,皆有了死志。

赵个 籺坐在原地,回望一眼,北边城头上本该坐着那个程荃,只是被大妖重创跌了境,成了元婴走一走的可怜虫,只得骂骂咧咧地走了。赵个籺收回视线,爽朗大笑,自己与那程荃,从小就一直争这争那,争境界高低、飞剑好坏、杀力大小,还要争那心仪女子的喜欢,一直是那程荃赢得多,这会儿如何了?如今自己不但境界更高,只说这争先赴死,你程荃小小元婴,连机会都没有了,就乖乖在屁股后头吃灰吧。

到了下面,我先去见她,气死你程荃。

纳兰夜行有些恼火,这帮蛮荒天下的畜生,就不能稍等片刻再来找死?等他重返仙人境,到时候畜生们死在他纳兰夜行的飞剑之下,不就能够死得痛快些?

只不过纳兰夜行也有些纳闷,对方架势瞧着有些古怪,以往天上浩浩荡荡如蝗群,地上密密麻麻如鼠蚁的大军,竟然尚未齐聚,难不成蛮荒天下就要靠这些光杆子大妖攻上城头?姑爷的酒水又没卖到蛮荒天下去,怎的这些大妖的脑子就已经坏掉了?

隐官大人摩拳擦掌,时不时伸手擦擦嘴角,喃喃道:"一看就是要捉对厮杀的架势啊,这一场打过了,只要不死,不光是可以喝酒,肯定还能喝个饱。"

有剑仙蹲在墙头边缘,伸手摩挲着墙上的棱角,神色漠然,有那涉及生生死死依旧浅浅淡淡的缅怀之意。

有剑仙打开一壶酒,心中念念有词,缓缓倒完了酒水,便随手将酒壶丢出城头之外。

老聋儿面无表情,只是想着什么时候可以走下城头,回小窝待着去,城头这边的风实在是大了点。

米祜神情凝重,这一次,可以说是来者不善至极了。

仙人境李退密苦笑不已,得嘞,这一次,不再是那晏小胖子养肥了可以吃肉,看对方架势,自己也是那盘中餐嘛。

只见那城头以南的广袤大地上,一线依次排开,总计有十四个座位,只是高低不同,座位大小更是悬殊,就像天下一座最古怪的祖师堂。

这与浩然天下的祖师堂座椅设置,不太一样。

除了那十四只显得十分陌生的大妖,其余所谓的大妖,近百年来的剑气长城熟面孔,当下也就显得不那么像大妖了,原本每一次战场上最瞩目,吸引飞剑最多的这些显赫存在,如今一个个乖乖站在了那条线之后。

这就是蛮荒天下的规矩,简单,粗暴,直接,比剑气长城这边还要直截了当,至于那座最喜欢虚头巴脑的浩然天下,更是没法比。

陈清都双手负后,轻声笑道:"剑术够高,再来看眼前这幅画卷,便是美不胜收的壮阔意境,总觉得随便出剑,都可以落在实处。左右,你觉得如何?"

左右伸手握住长剑,道:"我出剑从来不想这么多。"

陈清都看了眼更远处的南方,不愧是这座天下的主人,不主动现身,稍稍离得远,还真不容易发现。

陈清都便收回了视线,望向那些出场阵仗很咋咋呼呼的家伙,其中有些是打过交道的,当然因为各种各样的原因,比如运气好,逃得快,皮糙肉厚什么的,没被自己砍死。不过都是很久之前的事情了,至于还有没有"很久以后"的故事,不好说了。

曾经推演的结果,是妖族聚拢半座蛮荒天下的战力,便吃得下一座剑气长城,其实不是什么吓唬人的言语。

事实就是如此。

只不过这帮大小老幼的畜生,喜欢窝里斗,加上那个老不死的家伙一直死又不死,出现也不出现,没了领头的主心骨,尤其是没有一个能够真正牵制住他陈清都的,终究是散沙。许多次胜券在握的攻城战,不过是打得稍稍惨烈了,伤筋动骨了,就会有大妖擅自率军撤退,领着部族妖物回去休养生息,或是被大剑仙们深入敌军腹地,斩杀了某只大妖,其余大妖便开始忙着侵吞那头毙命大妖的势力,根本顾不得攻打得手之后也是鸡肋的剑气长城了。

故而历史上只有一次,也算是最为险峻的一次,是那座蛮荒天下的英灵殿,陈清都所谓的那个老鼠窝,将近半数的王座之上,出现了各自的主人,各自立誓约定,划分好利益,然后就有了那一场大战。大概那一场,才算是真正的惨烈,如果陈清都没记错,当时整座城头之上,就只剩下他一人了,北边城池也差点被攻破阵法,彻底断了剑气长城的未来。

那一次,死了很多年轻剑修眼中的老人,也死了很多年轻剑仙眼中的孩子。

陈清都叹了口气,缓缓说道:"对于三方,是该有个结果了。"

当了万年的刑徒遗民,对自己也该有个交代了。

南边远处。

有一座破碎倒悬,无数巨大碎石被铁链穿透牵连的山岳,和那倒悬山是差不多的光景,山尖朝地,山根朝天。那座倒悬山岳的高台,平如镜面,日光照耀下,光彩夺目,就像一枚天底下最大的金精铜钱。

有大妖身穿一袭金色长袍,看不清容貌。大妖伸手一捞,抓取一大把虚实不定的金色铜钱,只是很快铜钱便如人掬水,从指缝间流淌回地面。终究是不够真,需要浩然天下那么多山水神祇来补全才行，到时候自己的这座金精王座，才算名副其实。按照约定，自己此次出山，浩然天下一洲之地的山水神祇金身碎片，就全是自己的了，可惜不够，远远不够，自己若想要大道无拘千万年，成为天上大日一般不朽的存在，就要吃下更多，最好是那几尊传说中的天庭神祇真身转世，也一并吃下，才能真正饱腹！

在一大片高悬在天相互毗邻的琼楼玉宇里，有一头化作人形的大妖坐在栏杆上，好似独自守着偌大一份家业的守财奴，笑眯眯地眺望剑气长城。听说过了那座城头，更北边些，有一座由仙家碧玉打造而成的停云馆，还有那清风明月夜便有松涛阵阵的万蝥居，似乎都可以为自己的宅子增色几分，只不过这些都是打牙祭，能将那南婆娑洲"天下牌坊集大成者"的醇儒陈氏所在一并占据了，才算满意，再将那小小东宝瓶洲却有大天地的某处古老飞升台收入囊中，更是不错。

一具飘浮在空中的巨大神灵尸骸，有大妖坐在尸骸头颅之上，身边有一根长枪贯穿整颗神灵头颅，蕴藉着蛮荒天下最为精纯的雷法神意，枪身隐匿，唯有枪尖与枪尾现世，枪尖处隐约有雷鸣声，震得整副尸骸都在摇晃。大妖轻轻拍了拍剑尖，听说浩然天下的修道之人，擅长那五雷正法，尤其是那个中土神洲的龙虎山天师府，可以会一会。

有一座用累累白骨打造而成的枯骨王座，数十万副尸骨，既有妖族，也有剑修。有一只无血肉的白骨大妖，浑身莹白如玉，脚下踩着一颗远古大剑仙的头颅，还用脚尖来回蹍动。大妖不再自顾自喝酒，换了一个坐姿，倾斜手中的酒杯，鲜红酒酿倾泻浇灌在那颗头颅之上，片刻之后，头颅缓缓升空，随着酒水出杯越多，那颗头颅一点一点生出血肉、筋骨，最终变成一位身高一丈的老者，容貌与人无异。白骨大妖抖了抖袖子，掠出一道虹光，被那动作略显僵硬的老者伸手握住，眼神空洞的迟钝老人，握住那抹虹光的刹那之间，便如剑仙持剑，气势巍峨。就这样，它把一位远古大剑仙打造成了重返巅峰境界的傀儡。

在一根高达千丈的古老圆柱上，篆刻着早已失传的符文，有一条猩红长蛇环旋盘踞，四周一颗颗淡然无光的蛟龙骊珠流转不定。长蛇吐信，死死盯住那堵墙头，恨不得打烂了这堵横亘万年的烂篱笆，再拍碎了那座倒悬山。它正是那人间最后一条勉强可算真龙的小家伙，想这么做的目的是从此之后，补全大道，两座天下的行云布雨，水法天道，就都得是它说了算，成为蛮荒天下统率所有水神的主人。

一件破败不堪的长袍，缓缓浮现，长袍内空无一物，它随风飘荡，猎猎作响。那一袭破碎长袍的主人，曾是跟随陈清都一同离开剑气长城，问剑托月山的同辈剑修之一，也曾是那位老大剑仙的至交好友。

当这一袭莫名其妙的无主长袍出现后，剑气长城附近的天地间，有远古剑意如遇到故友而雀跃，也有更多剑意如在呜咽，亦有无数剑意气势汹汹，越发暴躁，如在怒斥那一袭灰色长袍。

一名头戴帝王冠冕、身着墨色龙袍的绝美女子，人首蛟身，高坐于山峰大小的龙椅之上，极长的蛟龙身躯拖曳在地，每一次尾尖轻轻拍打大地，便是一阵方圆百里的剧烈震颤，尘土飞扬。她志在成为浩然天下九大洲的山下共主，人间香火的有序流转，神灵的再次重生，都在她的掌握之中。作为代价交换，她将自己拥有的那条曳落河赠了了另外一只同辈分的大妖，从此不再做那一座天下之内的同道之争，在这之前，双方谁都不相信谁，并且谁都想要吃掉对方，如今大不相同，变成了各有更大的所求。相较于体形庞大的她，身边有那成百上千渺小如尘埃的婀娜女子，好似壁画上的飞天，彩带飘飘，怀抱琵琶。

有一个御剑悬停的矮小老者，双臂长如猿猴，肩扛一根长棍，双手随意搭在棍上。他眉发皆白，却身穿黑衣，一只手上，戴了一串念珠，念珠颇为粗糙，只是大大小小、棱角分明的石子。御剑老者要将浩然天下的所有五岳名山，炼化成自家物，他还要亲手打烂那九座雄镇楼，然后亲口问一问那白泽到底是怎么想的。老者的长剑缓缓打转，偶尔一吸气，就将邻居那边的一两个琵琶女子吸入嘴中，细细嚼咽。老者附近那个坐龙椅、戴冠冕的女子也不以为意，还挥了挥衣袖，主动将十数个"婢女"拍向老者，任其吞食果腹。

一个身穿雪白道袍的道人，悬空而坐，面容模糊，身高三百丈，却不是法相，而是真身。道人背后悬停有一轮皎洁弯月，好似从天上摘取到了人间。他将那蛮荒天下三轮月之一的半数精魂，炼化成了本命物。

有那三头六臂的巨人，坐在一张由一部部金色书籍铺放而成的巨大蒲团上，哪怕是这般席地而坐，依旧要比那"邻居"道人更高。胸膛上有一道触目惊心的剑痕，深如沟壑，巨人并未刻意遮掩。他曾经率先登上剑气长城，挨了陈清都一剑未死，这等奇耻大辱，何时找回场子，何时随手抹平。

极高处，有一个衣衫整洁的大髯汉子，腰间佩刀，背后负剑。他曾经与阿良打过架，也曾一起喝过酒，也曾闲来无事，便帮着那个老瞎子搬动大山。身边站着一个背负剑架的年轻人，衣衫褴褛，剑架插剑极多，被瘦弱年轻人背在身后，如孔雀开屏。

上一次群雄齐聚的英灵殿秘密议事，他明明得了诏令，依旧并未到场，露个面都不乐意，但是当时也无人胆敢多说什么。

更高处，是一个正襟危坐的儒衫男子，面带笑意，双手叠放在腹部，掌心托有一团拳头大小的亮光，倏忽雪白，骤然漆黑，蓦然五彩焕然。这儒衫男子，要去往浩然天下，人间彻底破碎之后，重整山河，再以他一人学问，教化苍生，有教无类。

一个极其俊美的年轻人，位置不高也不低，不但幻化人形，身材也只与常人等高，只是细看之下，他那张脸皮，竟是拼凑而成。腰间系挂着一只岁月悠久的养剑葫，里面装着的，都是剑仙的残余魂魄，与众多意气磨损的本命飞剑，都是一代一代的徒子徒孙们供奉而来。他与身边这些座位高高低低的大妖差不多,已经不现世太久太久,觉得自己的野心已经算是最小了,不过是要收拢浩然天下所有的美人面皮,山上的修道女子,哪怕没了面皮,又不是不能活,丢了面皮就不愿活的,无须他出手,自有万千种死法在等着她们。

一个身披金甲的魁梧壮汉,双脚站在大地之上,双拳紧握,不断有浓稠如油水的金光,从甲胄缝隙当中流淌而出。这副仙兵品秩却趋于支离破碎的金甲,可不是什么主动披挂在身的宝物,而是一座宛如小天地的牢笼。

万年之前,人族登顶,妖族被驱逐到疆域广袤但是物产与灵气皆贫瘠的蛮夷之地,这就是如今所谓的蛮荒天下,昔年人间一分为四后的其中之一。然后剑修被流徙到如今的剑气长城一带,开始筑城据守。蛮荒天下正式成为"一座天下"之初,天地初成,好似新生儿,大道尚是雏形,并未稳固,剑气长城这边有三位刑徒剑修,以陈清都为首,问剑于托月山,在那之后,妖祖便消失无踪,群龙无首,这才形成了蛮荒天下与剑气长城的对峙格局。而那口被称为英灵殿的古井,既是后来大妖的议事之地,也历来是拘押之所,其实托月山才是最早类似世俗王朝的皇城宫殿,只是一战过后,托月山破碎不堪,只好再造一座"陪都"英灵殿用来议事。但是万年历史上,十四个王座,从未聚齐过,至多六七位,已经算是蛮荒天下少有的聚会规模了,少则两三只大妖便也能在那边决断立誓。

在经过那场突如其来的变故,一番惊天动地的厮杀过后,蛮荒大地失去了唯一一位能够服众者的踪迹,山泽大野龙蛇,崛起无数,蜂拥而起,各自割据一方,这位金甲汉子,更是其中最拔尖的佼佼者。他便要争那天下共主的身份。只是按照规矩,登顶托月山落败,受了责罚,被负责看守托月山的几只大妖,合力将他拘押在英灵殿的那口古井底部。

不承想他机关算尽,勾连外界,好不容易得以挣脱束缚,刚好有一个骑牛小道士游历蛮荒天下,到了古井这边,站在井口上,伸出一根手指,将这只好不容易爬出井底的大妖,给轻轻按回了井底,更有金光泻下,牢牢困住了这只辈分极高的大妖。亏得大妖性命自古悠久,远远不是那些远古神灵饲养的人族可以媲美,一旦选择蛰伏长眠,光阴长河的流逝,更是对它们影响极小,这才终于熬到了那位老者的重新出现,准许他以戴罪之身将功补过。此次,他不但要去浩然天下,还要率军去往青冥天下,去那白玉京。

这十四只大妖,就是如今蛮荒天下的最巅峰。

它们大部分是从无尽长眠当中被唤醒过来。

一部分是哪怕始终清醒,在漫长的历史上,却始终待在老巢当中,选择袖手旁观剑气长城那边的战事,从不插手差不多刚好是百年一次的攻城。

英灵殿的座位并不是一成不变的,数量也不是什么定数,有些大妖陨落了,王座便自行破碎,摔入井底,有些晚辈崛起了,便能够在英灵殿占据一席之地,不存在什么以资历分高下，而是战力高者，王座就高，弱者就只能仰视他人。蛮荒天下的历史，就是一部强者踩踏在蝼蚁尸骨上，渐次登高而行成就不朽功业的历史，虽然有过那不输浩然天下的一座座世俗王朝，在大地上矗立而起，也有了大大小小的规矩礼仪，只是最终下场都不好，根本留不住，经不起一些从中立转为敌对立场的大妖践踏，在光阴长河当中，昙花一现。

个体的无比强横，永远是蛮荒天下强者们的最终追求。

除此之外，皆是虚妄。

所有的内耗，万千妖族的覆灭，无数蝼蚁的消逝，都是单个强者登顶的一级级坚实台阶。

然后这一小撮存在，相互制衡，以免一同走向毁灭，便是这座天下的唯一规矩。英灵殿的存在，古井当中每一个新老王座的增减，都是规矩使然。

十四只大妖突然皆落地。

从那居中地带，缓缓走出一个灰衣老者，手里牵着一名稚童。

稚童手中提着一颗男子头颅的发髻。男子死不瞑目，临终之际犹在瞪眼，全然无畏意，只是似有大恨未平。

灰衣老者和稚童身后，跟随一只低头弯腰的飞升境大妖，正是负责主持上一场攻城人战的大妖，也是被城头新剑仙左右追杀的那个，大妖自己取名为重光，在蛮荒天下也是地位尊崇的古老存在。

大妖重光自然不敢现出真身，大摇大摆走在灰衣老者之后。

灰衣老者停下脚步后，重光按照前者的授意，大步向前，独自临近剑气长城，朗声道："下一场大战，不全力出剑的剑仙，剑气长城被攻破之日，可不死！此后是去蛮荒天下游历，还是去浩然天下看风景，皆来去自由。其余身在城头的下五境剑修，不愿出剑且离开城头者，皆是我蛮荒天下的头等贵客，座上宾！"

城头之上，静寂无声。

董三更冷笑道："南边的上五境畜生，先登城头者先死。"

重光转过头，毕竟就算要放狠话，也轮不到他。

灰衣老者拍了拍那个孩子的脑袋，道："去，你们曾是故人，如今便以托月山嫡传弟子的身份，与陈清都问个礼。"

那孩子一手拎着那颗鲜血干涸的瞪眼头颅，缓缓走出，越走越快，声势如雷，最后一个站定，重重扔出头颅，滚落在地。

那颗脑袋的主人，便是剑气长城一位隐匿在蛮荒天下六百年之久的大剑仙，不但剑术高，更精通纵横捭阖术，许多大妖之间的相互攻伐，皆由此人谋划而起。

孩子有些委屈，转头说道："师父，我如今境界太低，城头那边剑气又有些多，丢不到城头上去啊。"

灰衣老者笑道:"心意到了就行,何况那些剑仙们的眼神,都很好的。"

那个孩子咧嘴一笑,视线偏移,望向那个大髯汉子身边的年轻人,有些挑衅。

年轻人一言不发,只是身后剑架众剑,齐齐出鞘寸余。

灰衣老者仰头望向城头,眼中唯有那位老大剑仙,陈清都。

陈清都双手负后,俯瞰大地,与之对视,然后一伸手,随随便便从城头以北的牢狱当中,硬生生将一只飞升境大妖的头颅拔离身躯,然后握在手中,微笑道:"这颗头颅,专门为你留了这么多年,同样是托月山嫡传。"

灰衣老者笑道:"陈清都,万年不见,已经这样厉害了吗?"

停顿片刻之后,老者最后问道:"那就让你再死一次?"

城头上许多外乡剑仙皆是一头雾水。

陈清都说道:"不愧是在地底下憋了万年的怨气,难怪一开口,就口气这么大。"

灰衣老者摇摇头,道:"听说新剑名为长气,不太行,不对,是太不行了。"

陈清都始终双手负后,微笑道:"你要是个娘们,才有本事知道我到底行不行。"

城头上口哨声四起。

那个孩子回到了灰衣老者身边,摇了摇师父的袖子,道:"这话说得让人服气。"

灰衣老者半点不恼,低头望着这个费心寻觅却依旧魂魄不全的闭关弟子,反而笑道:"这些人啊,不管是活的死的,是不是剑修,也就嘴皮子功夫最厉害了。以后你要是想学这种最不入流的本事,在浩然天下那边,随便学。"

那只坐在仙家府邸栏杆上的大妖,出声笑道:"你陈清都,真是可敬可恨可怜都有,不过可怜最多。关押这些大妖而不杀,作为剑仙的磨剑石,以及供那座丹坊的出产,应该没少被浩然天下的读书人骂吧?拉着整座剑气长城在这边等死,也没少被自己人恨吧?你说你可怜不可怜?都死了一次,还要被人在背后戳脊梁骨。陈清都啊陈清都,换成我是你,还是死了省心。"

陈清都根本没去看这只巅峰大妖。

左右望向那些仙气缥缈的琼楼玉宇,问道:"你也配跟老大剑仙说话?"

那只大妖笑道:"与陈清都说话,兴许是要差了些资格,可是与你说话,应该很够了。"

那个孩子再次独自走出,最后走到了那颗头颅旁边,一脚踩在大剑仙的头颅之上,抬头笑道:"我如今十二岁,你们剑气长城不是天才多吗?来个与我差不多岁数的,与我打过一场!我也不欺负你们,三十岁之下的剑修,都可以,记得多带几件半仙兵法宝啥的,不然不够看!"

老剑仙齐廷济皱眉道:"这个小崽子,是希望宁姚现身,以命换命之后,让你离开城头,那个老东西好占据天时地利。"

陈清都点头笑道:"看来是这么个想法。但是无所谓,这点挑衅都接不住,还守什么剑气长城。"

陈清都一招手。

身后出现了十余个年轻人,庞元济、陈三秋、董画符,都在其中。

当然也有已经出关的宁姚,以及原本站在斩龙崖凉亭内的陈平安。

陈清都伸出手臂,提了提那颗头颅,转头笑道:"谁去替我还礼。"

宁姚向前一步,却被一只手按住肩膀。

陈平安说道:"我去。"

陈清都笑眯眯道:"不怕唯一一次机会,就这么用掉了?那么下一场大战还怎么办?"

陈平安笑道:"那就到时候再说。"

陈清都随手抛出那颗飞升境大妖的头颅,道:"放开手脚,好好打一场。"

一袭青衫跃上城头,一脚踏空,沿着墙壁向下奔走而去,然后骤然站定,如同双脚扎根,双膝微蹲,砰然一声,如箭矢激射向南方大地,刚好接住那颗坠落头颅,一手拎起,一手负后,最终飘落在地。

大地之上,那个孩子脚尖一挑,将那沾染尘土的剑仙头颅拽在手中,缓缓前行。

双方相距百余步。

陈清都嗤笑道:"场下胜负,决定你我之间,谁上前挨一剑,如何?"

灰衣老者点头道:"有何不可?"

场上,对峙双方,那孩子笑嘻嘻伸出手。

陈平安直接丢出那颗大妖头颅,孩子也同时抬起手臂,有意无意地高高丢掷出那颗剑仙头颅。

孩子没有伸手去接托月山同门大妖的脑袋,一脚将其踩踏在地,拍了拍身上的血迹,身体前倾,然后双臂环胸,笑道:"你这家伙,看上去轻飘飘的,不够打啊。"

那个身穿青衫的年轻人却接过了头颅,捧在身前,一手轻轻抹过那位不知名大剑仙的脸庞,让其合眼。

但这个动作,就是天大的破绽。

那孩子一拳过后,一袭青衫倒退出去数十丈,地上划出一条不算太深的沟壑,只是始终屹立不倒。

孩子站在原先那个年轻人站立的位置上,点点头,兴高采烈道:"还算凑合,可以陪我多玩一会儿。"

陈平安转头望去,手中剑仙头颅凭空消失,大剑仙岳青将头颅夹在腋下,朝那年轻人双手抱拳。

孩子笑道:"我改变主意了,这么多前辈瞧着呢,还是早点宰掉你比较好。换你出手,一次机会,在那之后,我可就要倾力出手了,你会死得很快很快。比我原先的对手宁姚的那对废物爹娘,一定死得快多了。"

陈平安转头望向那个孩子,然后低下头,卷起袖管,嘴角翘起,最后脸上笑容越来越多,眼神越来越沉寂,心中苦苦压抑之物,只管出井龙抬头。

所以最后当他抬起头时,那是一张笑容狰狞的年轻脸庞。

得了真正大道的修道之人,有一点好,那就是好像没有什么生离死别,只要机缘到了,就可以久别重逢。

一万年又如何,自己还不是又见到了陈清都,陈清都又见到了自己?

唯一的不同,无非是自己站在了光阴长河的这一岸渡口,陈清都站在了对岸。

孩子根本没有去看那个不知姓名的年轻人,只是抬头望向城头那个双手负后的老头儿,就是绰号老大剑仙的陈清都了。

自从开窍后,师父和师兄从不对自己隐瞒什么,所以陈清都不光是师父的故人,也确实是他自己的故人。

当年三个资历最老、剑术最高、杀力最大的刑徒剑修趁着蛮荒天下大道根基尚未稳固,日月星辰转移和四季节气更迭,皆未成为定理,联袂远游,一同拼着身陷天时地利皆厌胜剑术的代价,也要携剑赶赴托月山,可他师父那会儿终究是蛮荒天下大道认同的主人了,陈清都与同为刑徒领袖的观照、龙君,这就相当于是问剑于整座蛮荒天下了。

那场架,无论是过程还是结果,蛮荒天下从来没有历史记载,知晓内幕的,更是屈指可数。

孩子听一个托月山嫡传师兄口述,当时方圆数万里之内,是那名副其实的翻天覆地,只说托月山便矮了一半,是那一袭破烂袍子的主人,生前最后递剑的结果,至于如今那条曳落河的最早雏形,据说也是被自己一剑劈出,才有后来的壮阔光景。

只是自己最惨,魂魄不全,流散四方,托月山历代守山人,便一直有个秘不示人的任务,就是帮自己收拢魂魄,可直到如今,也不过是聚拢了原有的一魂一魄,再东拼西凑缝缝补补其余魂魄,至于肉身尸骸,早已彻底湮灭,断然不可能重塑了。这一点,其实不如那龙君幸运,后者好歹还留下了一颗实打实的头颅。只是这头颅被自己取名为白莹的那只枯骨大妖常年踩在脚底玩耍,有了兴致,便倒了杯中酒,施展一点旁门左道的术法,就能变出一副战力相当于大剑仙的傀儡。可惜这一手,自己学不来,不然只要攻破了剑气长城,乐趣岂会少了?

只是不知为何,不过是失去了一魂两魄的龙君,明明灵智得以保全大半,作为昔年追随陈清都一起征战四方的同道中人,人族最早的剑仙,不但从来不以真面目现世,连那颗本就属于他的头颅都不去拿回，对杀力大致持平的白莹践踏他的头骨视而不见，反而对于昔年挚友陈清都，却有着莫名其妙的刻骨仇恨。

孩子抬手打着哈欠，安安静静等待对方出手，结局早早注定，真没啥意思。

看过了陈清都，又去看那个站在城头边缘的年轻女子。

宁姚。

是蛮荒天下都久闻大名的年轻剑修，与她如今的境界高低关系不大，是她将来的境界高低，决定了她在蛮荒天下诸多大妖心目中的地位。

什么叫天才？

那就是好像只要不管他们几天几年，那个"将来"就会到来，转瞬即至，其间没有什么意外，没什么万一。

自己是如此，那个背着一副墨家机关"剑架"的杂种——算半个吧，名字古怪，就叫背篓——他那个师父，才是真了不起。

连自己师父都说了一句"可惜性情不够跋扈，导致剑术未至绝顶，不然最适宜压制剑气长城的人选，正是此人"。

听说浩然天下的中土神洲，还有个学拳的年轻人，名叫曹慈，也是自己这类人。

孩子脚下踩着的那颗飞升境大妖头颅，名义上还算是同出托月山一脉的嫡传师兄，只不过在剑气长城那边的牢狱里边，应该是体魄损伤太多，消磨了太多道行，才会被陈清都随手一扯就给拔出了脑袋，不过飞升境的境界不稳，体魄依旧是蛮荒天下的大妖体魄，换成如今的自己，就算扛着几把仙兵砍上几年也不成事，陈清都果然还是很厉害的。此次跟随师父出山，造访剑气长城，见过了那么多的将死之人，城头上还全部是那所谓的上五境剑仙，不虚此行。

这个已经十二岁却是稚童模样的孩子，思量许多，搁在战场上，不过是几个眨眼工夫，他拍了拍嘴巴，说道："我要故意不打死你，好心留你半条命，宁姚会不会下场，代替你打完这一架？要是可以，那你运气真是不错。以后两座天下，甚至是四座天下，就会都记住你，能够成为我出山的第一战人选，竟然还不死。"

那肩挑长棍的御剑老者，以冬蛰半死之神通，早年一口气吞咽下了蛮荒天下的十数座巍峨山岳在腹部，已经酣眠数千年之久，与邻近的龙袍女子轻声笑问道："这孩子是临时起意，还是得了老祖授意？"

女子摇头道："老祖眼中唯有陈清都和整座剑气长城，没兴趣想这些鸡零狗碎的事情。"

作为曳落河与三十六条万里江河的主人，她并未陷入长眠，或者说那条原本有着大道之争的猩红长蛇，也容不得她安心修行，双方打生打死已经三千年，徒子徒孙死伤无数，不过唯独双方道行不伤丝毫，反而稳步提升，麾下死了的兵马，皆是她们的大补之物,比起隔三岔五去偷吃一只大妖,白白坏了名声,更加划算。每隔个八百年、一千年的,双方约战一场,说是约战,不过是双方共同隔绝出一座天地,现出真身,折腾出些天地摇晃的动静来,更多是各打各的,其间相互打烂一两件半仙兵和一堆供奉而得的破烂法宝,最后玩够了,才打碎小天地,故意将自己的真身变得血肉模糊些,就有了交代。毕竟双方很清楚,双方战力并不悬殊,真要往死里争斗,古井王座之上的不少同辈存在,是不介意合伙吃掉她们的。尤其是那具骨头架子,最喜欢鬼祟行事,掘地三尺,使得历史上许多暗中养伤的大妖,养着养着便悄无声息地死了,其实是被炼制成了傀儡,故而大妖白莹明面上的战力不高,但是家底深厚,深不见底。

御剑老者双手轻轻拍打长棍,道:"那就有点意思了,这孩子我喜欢,到了浩然天下,我非得送他一份见面礼。"

龙袍女子与御剑老者是半个道侣,打趣道:"老祖的关门弟子,轮得到你送礼?"

老者笑道:"收不收是那孩子的事情,送不送是我的事情。不收,一棍下去,魂飞魄散,再来过,浩然天下那边是出了名的物华天宝,拼凑筋骨魂魄有何难,说不定这孩子下一次露面,比如今资质更好,老祖还得谢我帮忙代劳,师父亲手打死弟子,终究会伤了情谊。"

原名"观照"的孩子突然咧嘴一笑,自己的出山一战,正儿八经的对手,还是换成宁姚比较好。

果不其然,像得到了暗示一般,腰间系着一枚漂亮养剑葫的俊美大妖,再次瞥了眼城头之上的宁姚后,同样觉得宁姚出战,收获更多,只有宁姚死在了城头之下,他才有更多机会剥下小丫头的那张脸皮。宁姚这一张脸皮,与那青神山夫人、女子武神裴杯,都是他志在必得的大美之物。所以这只大妖一拍养剑葫,便有一抹剑光掠出养剑葫,直奔那个耽误事的年轻人。

那道剑光离开养剑葫后,一线直去。说是剑光一线,实则粗壮如井口,剑气之盛,将原本天地间流转不定的剑气剑意都搅烂无数,速度之快,以至于剑光即将砸中那个青衫年轻人,大地之上,才撕裂出一道深达数丈的宽阔沟壑。

讲不讲究战场规矩,讲不讲究巅峰大妖的身份?

蛮荒天下还真没有这样的讲究。

当初那场十三之争,蛮荒天下输了,重光在内的大妖有谁当真?

当真的,只有那些剑仙和浩然天下罢了。

违约之后,替蛮荒天下立下重誓的两只大妖当场毙命。

蛮荒天下很亏吗?

能够与剑气长城的剑仙换命,己方多死几只大妖算什么,蛮荒天下死得起,蛮荒天下一直头疼的,是对方凭借那座坚不可摧的剑气长城,顶尖剑仙们进退自如,每一个能够伤而不死、下次再战的剑仙,最是棘手麻烦!跌境一事,蛮荒天下和浩然天下都视为修行路上的最大劫难,唯独剑气长城剑修的跌境,几乎不叫跌境!

大妖拍打养剑葫递出一剑后,便开始等待那个只分赢多赢少的结果。

只要那个年轻人死了,老祖弟子接着打便是,不还有个宁姚?剑气长城那边的人,要面子,还是那种死要面子。

如果惹来陈清都不高兴了,选择朝自己出手,老祖定然不会含糊,那就干脆乱战一场,敌我双方都省心省力,彻底拉开战事序幕又如何?

城头那边,陈清都谈不上高兴不高兴,在那大妖伸手一拍养剑葫之前,便已经笑道:"左右,身为大师兄,给小师弟腾出一座干净清爽的战场,不难吧?对方真要做得太过火了,你离开城头便是,我亲自帮你压阵。"

左右点了点头。

于是那一袭青衫之前,那道剑光的去处,大地之上凭空出现千万缕冲天而起的剑气,将那剑气如虹的汹涌剑光当场捣碎。

"这就出手了?对手不是我吗?"

那只坐镇千百座琼楼玉宇的大妖落地后,并未收起那些辛苦搜集而来的远古仙家府邸,大大小小,萦绕四周,缓缓流转。大妖缓缓一抬手,巴掌大小的一座通体白玉的古朴大殿,便掠向了战场上两人的上空,蓦然变大,遮天蔽日,砸向那老祖弟子和一袭青衫年轻人,不分敌我。

左右拔剑出鞘,一身剑意远远算不上磅礴,近乎寂然不动,只是随手一剑劈下。

那座大如山峰的白玉殿阁便被一斩为二,不但如此,剑气四溅,殿阁化作齑粉,巨石崩裂,玉碎如大雨。

那只仙人模样的大妖半点不心疼,抚掌而笑,哈哈笑道:"好剑术,斤两足够。"

大妖转头望向那个佩刀背剑的大髯汉子,问道:"如何?这位可以站在陈清都身边的剑修,送你处置?"

大髯汉子淡然道:"战场上,先让左右宰了你,我再帮你报仇。要谢我,就闭嘴,不然就要轮到剑气长城谢我了。"

大妖哀叹一声,道:"就算杀了左右,怎么看都是赔本买卖啊,毕竟婆娑洲陈氏醇儒的那些牌坊再好,终究是些新物件,我当下这些珍藏多年的老物件,个个是心头所好,皆是世间孤品,没了就是没了,上哪找去。果然还是你们这些当剑修的,更爽快,厮杀起来,从来不用计较这些得失。"

城头上,庞元济有些怒意,沉声道:"这些大妖出手,是故意帮着那个小畜生营造出天地氛围,要压陈平安的心境!"

陈三秋神色凝重。

这就是剑气长城这边的战场，为了意气之争而去陷阵厮杀的，往往都不会有什么好下场。蛮荒天下的妖族，最喜欢意气用事的剑修。

战事一起，任你是上五境剑仙，如果谁觉得可以一人一剑挽天倾，那就会很难快意，只会让妖族得逞，白送一桩甚至是一连串战功。

许多大妖会故意设局，将那身受重伤的剑修攥在手中，动作缓慢，撕掉手脚，丢入嘴中大嚼一番，或是一点一点将手中剑修抽筋剥皮，种种惨状，惨不忍睹，落难剑修，只会生不如死，被拘押镇压了魂魄的剑修，连自尽都会是奢望。大妖这么做，为的就是引诱更多剑修远离剑气长城，深入腹地厮杀。只要有剑仙出手，自有大妖瞬间将其围困，事后平摊战功。历史上曾经有过许许多多这样鲜血淋漓的教训。

天之骄子的年轻剑修被抓，家族长辈或是传道剑修去救，再死，剑仙再去，再死，剑仙挚友再救，还是死，最后反而是那个年轻剑修死得最晚。

曾经有遭此灾殃的年轻剑修，甚至到最后都依旧没有被大妖打杀，只是手脚不全、飞剑破碎，被那只大妖随手丢在地上，留给剑气长城收拾残局。许多本命飞剑被打得稀烂、长生桥彻底崩碎的年轻人，要么在战场上积攒出一点力气，选择自尽，要么被抬离战场，在城池那边晚些再自尽。

蛮荒天下只看胜负和生死，从不介意过程如何。

此时听庞元济如此说，宁姚说道："那他们会后悔的。"

只见左右轻轻一握手中出鞘剑，剑尖直指那只祭出一座白玉殿阁的大妖。

灰衣老者和十四只巅峰大妖所站一线之前，蓦然出现一个个巨大漩涡，皆有剑尖破开虚空，缓缓而出。

宛如蛮荒天下和剑气长城之间，总计增加了十五座小天地。

浩然天下，剑修左右，等于是同时向所有大妖问剑。

蛮荒天下和剑气长城，无论是什么境界，其实双方心知肚明，今日战场上，剑气长城这边，越是瞩目者，下一场大战，死的可能性就越大，可以不死的，是在找死，原本可以慢点死的，就会死得更快。

先是陈平安。

后有左右。

浩然天下文圣一脉，果然从来不讲理。

那金甲魁梧大汉，蓦然现出巨大真身，身上披挂金甲随之扩大，依旧牢牢镇压这只大妖，他伸手抵住那剑尖，连同长剑与漩涡一同向后推去，最终长剑与漩涡一起碎开，身上金甲被那些剑气溅射。汉子看也不看，只是低头望向金色掌心出现的一点瑕疵空隙，很快就被手指别处浓稠金光聚拢覆盖，填补上了那个窟窿。魁梧大汉大为恼火，恢复人形，只是再一想，便决定下一场大战，这个剑术不低的左右，必须交由自己对付。

一线之上，那些有古井王座可坐的大妖各自施展神通，将那飞剑与漩涡一并打散。

那枯骨人妖白莹脚边所站的剑仙，以剑对剑，大小悬殊的剑尖相抵，溅落无数火花，如同一场绚烂火雨落在大地上。

有些大妖的手段通玄，同样是抬手造就一座小天地，与之对撞。

大髯汉子没有亲自动手，只是让自己的弟子御剑升空，出剑抵御。

那个儒衫男子应对得最为轻松写意。那把巨大飞剑掠出漩涡，直奔而来，然后在空中自行缩减剑气，飞剑大小更是急剧变化，最终变成一柄袖珍飞剑大小，悬停在儒衫男子身前，只见他双指并拢，微微一笑，随手拨转，飞剑便掉转剑尖，往剑气长城一处极远之地掠去，倏忽不见。

坐在城头一端的儒家圣人亦是双指一拨，将那飞剑拨入那条蛮荒天下光阴长河虚化而成的滚滚白雾当中，然后下一刻，莫名其妙从那南方儒衫男子的头顶上空笔直坠落，那男子笑了笑，抬了抬袖子，飞剑顿时消散，沾着些许光阴长河气息的凌厉飞剑就此重归天地。

战场上，那个孩子从头到尾都没有计较身后那道剑光的破空而至，以及随后那座升空白玉殿阁被城头一剑摧毁得崩散四溅，只是剑光粉碎，白玉殿阁炸开，导致两人所在的战场四周剑气紊乱，孩子的视线便出现了一些极其细微的模糊。

孩子扯了扯嘴角，轻轻拨开原本在脚下的那颗大妖头颅，将其一脚踹远，省得碍事。一个死绝了的托月山嫡传弟子，还算什么师兄。

孩子收了脚，然后只是站在原地，不躲不闪。

对方总算愿意出手了，真是个性情温吞的老好人啊。

这么小心谨慎，没什么意义。只要他离开了城头，与自己对峙，那么想活就很难，死最简单。

只不过一想到如何处置尸体和魂魄，才能诱使城头上的宁姚主动落地，与自己再战一场，一起去死，孩子便有些为难。

生嚼手脚、啃人面目那一套，他真做不出来，他又不是什么妖族，没什么动辄百丈千丈的真身，就算自己嘴巴张到最大，得啃多久才能恶心到人，就怕还没恶心到别人，自己就被恶心个半死了。再者自己只是个魂魄不稳的半吊子剑修，光是练剑就已经很费劲，以魂魄作为灯芯点燃的仙家术法，也没学过啊。

如今帮自己取名"离真"的孩子，原本只觉得打架就是打架，结果发现真到了战场上，自己却要想这么多有的没的，有些后悔以前练剑还是太不用心，然后又被某些师兄师姐那种隐藏在心底的嫉妒、愤恨给逗乐了。

离真环顾四周，心不在焉。

对方还凑合，是个有两把本命飞剑的剑修。

一把飞剑极为纤细锋锐,若针线,古意苍苍,带了点松涛阵阵的气息,与许多杀力不大、杀人却快的剑仙飞剑,有点像。

一把本命物,有那雷电交织的气势,毫不遮掩,完全不愿躲躲藏藏,这就与那些以杀力著称的剑仙更像了。

难怪能够让老大剑仙都压重注,有点小本事。

只不过有点小小的古怪,明明一口气祭出了两把本命飞剑,却不是用来杀敌,对方依旧近身而来,身形还挺快。

孩子有些犯愁,自己的身外物太多了,跟着师父离开托月山后,成天就忙着收礼了,先是师兄师姐们非要送,后来是记不住名字的大妖们上赶着送,真当自己是收破烂的人了?简直就是耽误修行。不承想今天总算派上了一点用场,不然境界一高,每隔几年就要处理一拨破烂,送人不乐意,丢了又可惜。所以师父说得对,修行一事莫要太过懈怠,早点跻身了上五境再偷懒不迟,好歹学会了那一手袖里乾坤的神通,便可以省事许多,万千法宝堆积成山都不怕。那个如今已经闭关去了的师姐曾经说过,浩然天下太富饶,是无法想象的那种,仙家门派简直就是多如牛毛,那些岁数大大小小、境界高高低低的修士都很聪明,更怕死,为了不死,可以什么都不管不顾,到了那边,多试试人心,会很好玩。

孩子便干脆不犹豫了。吃他一招便是,有本事再多出一把飞剑,就吃一剑,有那仙家重宝,就砸我脑袋一砸。

只是这一招让了对方,不耽误他做点下一招的铺垫,说好了让对手尽快去死,又不是什么吹牛的言语。

所以孩子站着不动,而十丈之内,地面抬升寸余,如同拔出一座不大不小的泥土高台,然后一瞬间,四面八方,不光是两人所在战场,而且远至剑气长城的城头附近,高至比城头更高百千丈的空中,有那大道同源的某一种纯粹剑意,而非剑气,毫无征兆地凝聚成实质,在这座高台内纵横交错,是丝线裹缠,千丝万缕,阳光映照下,一条条雪白剑意,熠熠生辉,交织出一座看似是在拘押那个孩子的剑意牢笼。

那一袭青衫没有选择近身搏命,在牢笼出现前的刹那之间,好像就察觉到了天地异样,于是改变了路线轨迹,只是没有停步站定,而是稍稍放缓了身形,如那一抹青烟的孤魂野鬼,在孩子十丈之外游荡,绝不靠近那座剑意森森的牢笼。他双手各自拈住一摞符箓,无穷无尽,随便丢掷而出,或者任由符箓随风飘荡,或者镶嵌入大地四周,时不时有些黄纸符箓靠近那个稍稍超出大地寸余的泥土高台,便被那些剑意凝聚而成的静止剑光,一次次无声无息割裂得支离破碎,最终零零碎碎,散落在那座高台上。

离真有些失望,急道:"与我换命都不敢啊?你这剑修当得真没劲,难得给你个慷慨赴死的机会,都不去抓住。我又不是亲戚,咱们这边也没清明烧黄纸的习俗,你这是做啥?"

离真缓缓而行,整座牢笼也随之移动,那种原本散落在天地间的剑意,聚拢得越来越多,牢笼越来越大。不知为何,剑气长城之外,所有与之同道不同源的众多远古剑意,在这一刻都选择了极其罕见的静止,既没有去追随那种剑意,同流合污,也没有太过敌对拦截。

两个在剑气长城上都刻下大字的老剑仙,陈熙与齐廷济以心声说道:"是那前辈观照早年遗留于此的残存剑意,万年以来,从未青睐过任何一个剑气长城后人,难怪了。"

齐廷济皱眉冷笑道:"前辈?这种为了自己剑术登顶就可以背弃剑道的腌臜货色,也称得上是你我前辈?"

陈熙不愿在此事上纠缠不清,感慨道:"亏得陈平安跑得快,不然置身其中,元婴境剑修也要舍了身躯,才能有那一线生机。只是如此一来,还怎么继续打?"

齐廷济望向远处,道:"陈平安的拳意,要登顶巅峰,就得有个收与放的过程,那个崽子同样没闲着,更是个会制造机会和抓住机会的,不然一上来就要这一手,没这么轻松,其余大半剑意都要拦上一拦。好在陈平安也不算太吃亏,这种借助天地大道砥砺拳法真意的时机,不常见。这座终究只是被借去暂时一用的剑阵,支撑不了太久的。"

陈熙摇头道:"别忘了对方如今是什么身份,傍身的好东西,不会少的。"

离真在战场上闲庭信步,笑道:"一招过去了,由着你总这么瞎晃荡不是个事,别以为离得我远了,就可以随便布置符阵。你知不知道,你这样很烦人的。真当我只有站着挨打的份啊?"

那孩子抖了抖袖子,滚落出一枚晶莹剔透的法印。

随后又丢出一把只剩下半截的无鞘断剑,锈迹斑斑,剑光浑浊。

孩子再从袖中抖落一座小巧玲珑的青铜宝塔,好似是仿造那青冥天下的白玉京,只是宝塔濒临破碎,缝隙明显,显得有些不堪大用,多是一次性祭出后便无所谓了。宝塔极其沉重,坠落后便直接陷入大地不见踪迹了。

离真行走不停,每摔出一件仙家宝物,就被他一脚踩穿泥地高台,摔在下边的地上,边走边丢还边说道:"我每一脚下去,都是个小小的破绽,更是在好心提醒,你的飞剑若破不开剑阵,至少可以趁机驾驭飞剑,看能不能下往上,戳我一戳。可你倒好,不领情,非要等死。行吧,就看看到底是你丢出的清明黄纸多,还是我的宝物帮你清扫坟头更快。"

其中一次离真丢出一只卷轴,发现摔在地上却没打开,虽然无碍宝物运转,孩子依旧是蹲下身,将其摊开来,是一幅残破不堪的十八剑仙画卷。

离真这才起身继续行走,抬脚缓慢,但是一步可以掠出十数丈。

每当离真有所动作之际,距离最近的剑阵长线便自行绕开这个孩子的手脚,离真根本连心意微动都不用。

离真就这样随便散步，每隔三四里路就丢下一件宝物，最后品秩太差的，就不打算拿出来丢人了。

离真终于站定，伸出双指，拈住一条始终悬停在身前一尺外的倾斜剑意长线，轻轻捻动，嗡嗡作响，微笑道："原来的刑徒观照，到底是怎么个剑术登天，如今确实连我自己都很难想象。早年又是与陈清都之外的哪些大人物，一起剑往高处走，人力胜天的，可惜也记不住了。"

那一袭青衫就站在前方二十丈外，总算是不跑了，也对，觉得没必要了。

离真都不知道该说这个人是傻还是蠢了。

就因为自己身边的这座剑阵即将消失？对方真以为剑阵是他为了护住自己不挨飞剑、符箓？

离真问道："对了，你叫什么名字？"

离真见他没有想要开口的意思，无奈道："你这人怎么回事？许多从浩然天下流传到蛮荒天下的书上，高手之争，都很光明磊落的，你报一句拳法称呼，我喊一声剑招名号，那些蝼蚁旁人只负责哇哇叫好，啧啧称奇，多热闹，然后压箱底的本领一使出，便要一个个呆若木鸡，瞠目结舌，无声处更胜有声。你再看看你，对得起那么多城头观战的剑仙吗？就因为你当个哑巴，害得我都提不起劲儿。"

离真言语之初始，剑阵就已经开始涣散不定，那些纵横交错的精粹剑意开始暗淡无光，只不过并非就此重归天地，而是好似化作云雾灵气，缓缓掠入孩子的窍穴当中。

离真打了个饱嗝，吐出的云雾，皆是原先相对浑浊的旧有剑意，然后被排挤出了人身小天地。

有大剑仙看到这一幕后，转头望向老大剑仙。

陈清都摇摇头，笑道："该是他的就是他的，找死也是要死的。"

离真笑问道："剑阵没了的过程里边，小破绽六个，大破绽两个，你这都忍得住不出手？是不是觉得我话有点多，我觉得你烦，你觉得我更烦？"

离真收敛笑意，眼神冷然，打了个响指，道："巧了，我也布阵完毕，上五境剑修都够呛，所以你现在可以去死了。"

天地之间，在离真行走过的路线上，出现了一长串的众多淡金色文字，高低略微不同，文字或多或少，断断续续，但是最终牵连成线。淡金色文字如那书写在金色符纸上的一个个符箓真言，内容皆是离真的琐碎言语，有些是先前说出口的，但是透过那一闪而逝的光景，离真也有诸多心声言语，得以显化，尤其是那五雷法印、青铜宝塔、生锈断剑、仙人画卷在内的众多宝物坠地处，文字攒簇最多。

大地之上，一道巨大的金色闪电形成一个歪歪扭扭的大圈，一举囊括方圆百里之内的双方战场。

比剑气长城更高处,云海齐聚,雷声大作,与大地雷池遥相呼应。

与此同时,五雷法印开始缓缓升空,大放光芒。

矗立起一座霞光流转的百丈宝塔。

断剑砰然崩碎,所有碎片沿着雷池边缘依次排开。

画卷上十八位剑仙缓缓走出,哪怕被天地与剑意镇压,身形只有芥子大小,但是"剑仙真意"形成的他们,依旧剑气沛然,贴地御剑悬停,如同一条剑气运转的天然轨迹。最终十八位芥子剑仙,分别负责镇守一件件宝物。

因为众多被离真看似随便摔出袖子的坠地宝物,皆有不同的异象。

为何话多,自然是宝物实在太多。

修为暂时还不够高,就只好用法宝、半仙兵和仙兵来凑了。

离真不再打哈欠,也不再开口言语,神色平静,看着那个与自己为敌的年轻人。

一只手的手心虚握,手中剑丸,滴溜溜旋转,没有半点宝光流转的气象,却是一件仙兵。另外一只手亦是如此虚握如拳,却无仙兵品秩的剑丸,而是一道后世五岳真形图的祖宗符箓。

剑气长城,以及比剑气长城建造出来之前更加久远的时代,剑仙从来喜好人力胜天。

那有劳你先扛一扛天劫。

天劫过后是地劫。

地劫之后,离真还有一份见面礼,以蛮荒天下剑修身份,与剑气长城剑修问剑。

所以离真身后出现了数位身高数丈的黑衣仙人,身形缥缈,飘忽不定,唯有手中长剑,剑意凝聚,剑光夺目。

居中一位剑仙,独独高出其余剑仙,面容清晰,神色漠然,最为身形稳固,正是远古时代的人族剑仙,观照。

离真皱了皱眉头。

只见那个青衫客一手负后,一手握拳在身前,眼神炙热,一袭青衫,不再卷起袖管,身处天地劫数凝聚而成的罡风当中,大袖飘摇,双袖鼓荡如装满了清风,如同开出了一朵深青色近乎漆黑如墨的莲花。

陈平安笑眯眯问道:"就这些了?"

离真眉头舒展,小小意外,无碍大局走势。

离真率先走出那座以十八件山上宝物作为阵法枢纽的雷池,剑意显化而成的观照,紧随其后,其余黑衣仙人依次跟随走出。

离真转头说道:"好一个阴神远游的障眼法,这座雷池,天地两劫,算是送你了。"

代价不小，十八件宝物，十八处阵眼，天劫地劫过后，会毁弃大半法宝品秩的物件，其中两件半仙兵，五雷法印与仿白玉京宝塔，不会就此销毁，却也会跌境，沦为法宝品秩。

只不过他是离真，老祖的闭关弟子，所以这点代价，完全可以承受。

只是小意外一个接一个，先是此人顶替宁姚离开城头，然后始终没有近身厮杀，白费了那座杀机重重的剑意牢笼，如今竟然连他都骗过了，只留下个出窍远游的阴神，独自扛下足可重伤玉璞境剑修的雷池大劫，终究让离真心中不喜。

年仅十二岁，言行跋扈，目中无人，絮絮叨叨，脚踩大妖头颅，站着不动让他一招。

此人竟然都没有上钩。

换成任何一个剑气长城的年轻剑修，一个个不知天高地厚，除去宁姚之外，原本都该死得不能再死了。

离真忍不住再次转头望去。

那青衫男子，在被离真道破玄机后，也不再掩饰，只见他手腕翻转，手持一把合拢的玉竹折扇，轻轻敲打手心，衣衫出现一阵涟漪震动，身上青衫随即褪去了障眼法，变成一袭雪白长袍。那人与离真对视一眼，微笑道："折腾出这么大阵仗，只困住了我这小小阴神，心疼不心疼？这就走了？不留在雷池当中，死死盯住我烟消云散？不担心天劫打我不死，竹篮打水一场空？"

那人一手持扇，然后抬起一只手，手心有一张青色材质的符箓残迹，如些许青泥沾手。

一张符箓而已，就换了离真半仙兵的跌境和那么多法宝的损毁。

关键是让真身离开了一处必死之地。

城头上的剑仙，大多松了口气。

壮烈而死，终究还是死。

离真笑道："阴神还是阴神，终究不是什么障眼法，没了就是没了，你的修士境界似乎不高，何况三十岁之下，再高能高过宁姚和庞元济？便是有那至宝傍身，真有万一，给你运转古怪神通，抵挡天地大劫片刻，不也是个死？说不定还要白白送我一桩福缘。别人送我，我还未必乐意收，但是从你身上抢，就是件破烂法宝，我都会觉得很有意义。"

离真逐渐远离雷池，边走边转头说道："我虽然不知道你是何方神圣，什么时候剑气长城又出了你这么个有趣家伙，但是我知道剑气长城的宁姚，这名字听得我耳朵都要起茧子了。你主动替陈清都还礼，宁姚不拦着你，陈清都还敢押重注，在那一刻起，我就知道你必须要死，付出点代价怎么了，说不定杀你，比杀那宁姚，半点不差。"

离真指了指高处的剑气长城，道："代价？以后整座城头都是我的修道之地。"

离真望向那个白衣飘荡的年轻人，挥挥手，道："走好。"

阴神崩散，从此魂魄不全，对于修士而言，就算是落下神仙难救的病根了，战力更要大打折扣。

那阴神微微一笑，双袖一震，符箓如行云如流水，铺天盖地。虽然先前丢出的符箓都被离真的宝物碾压震碎，但是没关系，我符箓有点多。

五行符箓，雷法符箓，雪泥符，《丹书真迹》上的阳气挑灯符，齐景龙传授的引渡符，学生崔东山传授的搜山符，不下二十种。

先前的符箓无法结阵，自然是遗憾事，但是依旧可以借助众多符胆残余灵气的流转，帮着观察天劫地劫细微处的气机流转。

离真突然停步问道："先前你心存死志的那副模样，是故意引诱我早早丢出这座阵法？"

那白衣阴神微笑道："你猜。"

离真好心提醒道："好好消受那天地两劫难，记得别忘了，十八位看守宝物的芥子剑仙傀儡，等到两劫启动，它们就空闲了，每一次出剑，都相当于地仙剑修的倾力一击。"

离真望向一处，问道："是不是可以现出真身了？"

先前离真在岳家剑仙的脑袋上，动了点小手脚，那张帮对方隐匿气息的古怪符箓没了后，藏在哪里都没用了。

离真视线所及处，涟漪如水纹荡漾开来，走出一个双手袖管卷起的青衫男子，身边飞旋有两把北俱芦洲恨剑山仿造的剑仙飞剑——松针，咳雷。

两把飞剑一闪而逝。

离真不再言语，身后两位剑意凝聚而成的黑衣仙人掠去，剑光如虹。

陈平安一脚踏地，在原地凭空消失，躲过了两道剑光，又有两位黑衣剑仙，其中一位持剑站在离真身前，另外一位身形消散不见踪影。

唯独那位剑意凝聚近乎真人的高大"观照"，始终站在离真身后。

境界不高的剑修，同时又是境界不低的纯粹武夫？

这到底是个什么人啊？

离真心中的不快削减几分。

大妖重光低头弯腰，站在灰衣老者身后，欲言又止。

灰衣老者笑道："蛮荒天下关起门来，都是自家人。离真此次吃点小亏小苦头，无妨。现在论胜负，还早得很。"

只有吃过了苦头，才会知道专心练剑，才会不在内心深处，排斥"观照"的身份。

大妖重光谄媚而笑，只是瞬间悚然。

不是离真必赢的结果吗？

灰衣老者说道："不会输就是了。"

大妖重光汗流浃背。

灰衣老者笑道:"离得这么近,站了这么久,大道气息也给你挣了不少,就当是先前两场小打小闹的封赏。"

大妖重光弯腰后退,悄然离去。

城头上,左右没有出剑劈砍那座天劫云海。

三十岁以下的剑气长城年轻剑修,无一例外,都是天才中的天才,这就是剑气长城数千年未有的大年份。

上一次出现如此大年份的,正是剑气长城战事最为惨烈的那一次,以至于城头之上,只剩下陈清都一人镇守。

但是这一次,剑气长城三四十年以来,对这些孩子,呵护极好。当然,代价就是多死了许多替孩子们护阵的地仙剑师。

庞元济说道:"换成是我,天落五雷,地发杀机,肯定躲不掉,就只能硬扛,会死。"

高野侯的妹妹高幼清,轻声道:"我只会死得更快吧,死于那座剑阵。"

董画符说道:"那小畜生是托月山主人的关门弟子,除了宁姐姐,咱们谁输了,都是正常的事情,不用多想什么。你瞧瞧咱们,谁能一口气拿出那么多的半仙兵、法宝?所以按照陈平安的说法,对付这种有钱有势有靠山的,就不能吭哧吭哧去单挑送人头,要让对方来单挑我们一群,到时候大家分账,个个富得流油。"

庞元济说道:"理是这么个理,但是我们也要看到那小畜生,光是能够一鼓作气驾驭这么多件宝物,就不是一般人能做到的。此次与陈平安捉对厮杀,也亏得是陈平安,对方那些大大小小的圈套才没有立竿见影,下次战场对阵,我们要特别小心这种人。"

一个与宁姚、陈三秋以及叠嶂酒铺关系都不太好的年轻剑修,说了句公道话:"比那心脏手黑,那小畜生找错人了。"

宁姚抬头望向那座云海天劫,默不作声。

换成是她,挡下不难,但是影响深远,会很麻烦。

陈清都笑道:"宁丫头,如果换成是你下场,自然不会有那赌约。而且既然陈平安被我拉到了城头上,就不会有这'如果'了。"

陈清都想起一桩难得记住的旧事,道:"吴承霈曾经质问阿良,天底下到底谁不能死,与姓氏与家族,到底有无关系。阿良也没辙啊,这种问题回答起来最麻烦,所以后来只好跑了一趟托月山和曳落河。"

陈清都笑了笑,转头望向宁姚,道:"我自然看重你与陈平安,可我还真不觉得你们就死不得。说开了去,有点复杂,宁丫头,懂我的意思?"

宁姚点头道:"懂。但是我很不高兴,不为自己,为陈平安。"

左右冷笑道:"不高兴之人,还得算我一个。"

陈清都却笑容更多，与宁丫头说话就是省心，左右这般直爽，也很好，于是他道："不高兴才好，不然左右就是前车之鉴，练什么剑，为何练剑，生死为何，一直鬼打墙。直到今天，才稍微像一名真正的剑修。"

陈清都又自言自语道："真正的剑修。"

真正的剑修，会为人间出剑，可忘生死，超脱生死。

这件思虑越深便越难做到的大事，也是不经意间就可以做到的小事。

又其实是许多中五境剑修可以做到，上五境剑仙反而越来越做不到的怪事。

若人间越来越不美好，心灰意冷不愿意。若人间世道越来越美好，便要难免舍不得，剑术不高，舍不得也没办法，还不如为自己为他人一死了之，剑术够高，便有本事给自己找那万般理由不死，这亦是天经地义的人之常情，苛求不得。

人心此物，不愧是当年神祇设置出来的最有意思的一座牢笼。

至于另外一座牢笼，是人对于光阴长河的流逝观感，远古圣贤，分开天地，后世苍生，得了无形庇护，只是岸上观景，故而总是差了点意思。所以任何一个人，真正证道之前，哪怕是那飞升境，难免有那人生虚妄之感。这是一个三教、诸子百家圣贤万年以来，都在孜孜不倦试图寻觅出一个最终破解之法的天大难题。

仙人境修士的求真，儒家的以浩然正气底定人心，佛家的破我执，道家的返璞归真，都是在此事上下苦功夫。

每个人都在辛苦求活，每个人又都在默默求死，何其矛盾。故而才需要追求人生天地间，形如日中景，心如天上月，一切观彻，澄澈光明。

陈清都与宁姚说了一句奇怪言语，道："无论是什么结果，都别觉得陈平安此战会亏太多。"

宁姚默不作声。

陈清都笑道："我又没求着陈平安离开城头去还礼。"

战场之上，尘土飞扬。

三位身形虚幻缥缈的黑衣仙人出剑，始终各站一方，将那陈平安围困其中，剑光璀璨，声势如雷，毫无章法可言，就是朝那陈平安一通乱砸。

其中一位黑衣仙人被近身一拳砸中后，身形震散，只是很快便剑意重聚成个死物，不过是稍稍暗淡几分，但出剑依旧如常，剑光极快极重。

又有一位仙人被己方剑光砸中，然后继续死而复生。

另外那处实力悬殊的战场，蕴藉五雷正法的云海低垂，大地被雷池牵引上升，显然是要天地接壤，碾杀身处其中的那位白衣阴神。

第四位一直隐匿在暗的黑衣仙人现身站定，不知不觉，分立四方。

弹指之间，四位黑衣仙人背后大地震颤，有神像拔地而起，矗立起四尊天王法相，如同世间最栩栩如生的彩绘神像。当四位剑仙同时掐剑诀时，四尊天王法相便同时睁眼，呈现出天王怒目状。

其中一尊神像，华丽绚烂，全身金光流溢，头戴五佛宝冠，身穿一件金黄甲胄，佩戴珠宝璎珞，右持宝幢。

又有神像金人，身着紫色甲胄，脸显愤怒相，右手持矛，矛端着地，一手举宝镜，映照大地。

又有天王法相身着天衣，左臂下垂握刀，掌中托宝。

最后一尊神像身上缠龙，右手持有一条红色绳索，相传能够镇伏各方龙王。

离真一心二用，既要看法阵当中的对手真身，还要细心观察那天地两劫当中的白衣阴神。

四尊天王法相各持宝物，以宝光重新笼罩出一座小天地，四位黑衣剑仙在结阵之后，便自行身形消散，化作丝丝缕缕的精粹剑意。

陈平安一拳递出，云蒸大泽式，打得那座小天地天幕震动不已，暂时无法以天威下沉镇压大地。

与此同时，飞剑初一掠出本命窍穴，绞杀那些近身剑意。

离真扯了扯嘴角，对方的压箱底本事倒也不少，直到这一刻，才被逼着祭出御敌。

离真心思微动，身后那位"观照"向前踏出一步，如护法真神，庇护离真。

一缕风驰电掣的幽绿剑光，以超乎想象的飞掠速度，瞬间钉入观照身躯，直直破开，然后剑尖微颤，距离离真的眉心，不过一尺距离。

离真后退一步，观照缥缈的身形越发凝聚，就要伸手以双指禁锢那柄阴险至极的偷袭飞剑，不承想那把一击不成的幽绿飞剑瞬间倒掠消逝。

凡夫俗子，体魄孱弱，即便得了一件山上法宝也驾驭不住，只会遭殃。

同理，不是所有地仙都可以完全驾驭一把半仙兵。

至于让那仙兵认主，更是难如登天。

但是离真如今手上就有仙兵，而且是两件。

离真抬起一只手掌，手中是如今所有五岳真形图的祖宗符箓，名为三山符。

这符一旦祭出，代价之大，便是离真都要叫苦不迭。用来对付宁姚，离真舍得，对付眼前这个年轻人，还是不太情愿。

所以离真继续虚握为拳，摊开另外那只手，手心那枚缓缓流转的剑丸，曾是自己，或者说是那个观照的本命飞剑，托月山一役，原本已经破碎不堪，只是被托月山以巨大代价，温养万年，才一点一点恢复巅峰。历史上每次攻城大战，都会有专门大妖负责以远古秘法撷取剑气长城的观照剑意，秘密送往托月山，其中那位托月山嫡传大妖，就是亲身涉险，想要窃取更多剑意，因此才会被董三更联手陈熙困住。

活捉一只飞升境大妖，远远不是斩杀一只大妖那么简单。

当离真摊开手心后，剑丸只是一阵轻微颤鸣，便导致离真四周天地都开始扭曲起来，而那无非是剑意凝聚而成的剑仙观照，竟是转头望来，它明明是死物，此刻却流露出一丝很像人的复杂眼神。

离真抬起头，重新握拳，对那"观照"微笑道："这是我的，不是你的。"

观照轻轻挥剑，将那骤然出现的一抹幽绿剑光击飞。

离真不再管那把神出鬼没的飞剑，大步向前，穿过观照的虚无身形，继续观战。

那个年轻人真不是一般的抗打，天王法相一根长矛砸下，他竟是直接以胳膊格挡，整个人被一击之下，直接打得双腿没入地面。

城头之上，剑气长城的年轻天才们继续以言语心声交流。

董不得微笑道："又是一场陈平安毫无还手之力的交手啊，一边倒，一边倒了。"

郭竹酒使劲点头道："那小畜生真是厉害，与齐狩可以称兄道弟，以后战场上见了面，双方开打之前，可以先倾诉衷肠。"

陈三秋苦笑不已。

其实这些个看似插科打诨的言语轻松，恰恰是因为人人心弦紧绷。

只说那天不怕地不怕的绿眉小丫头，这会儿额头满是汗水，揪心不已。

云海低垂、大地抬升的过程当中，天地尚未彻底接壤，地上整座雷池接引云海，便有五雷砸地，天地之间，出现越来越多的雷电长鞭，落地之前，它们还会分出无数条细微蕴含雷法真意的乱窜电蛇，一袭白衣阴神被围困其中，只能不断御风躲避，不但要躲避轰然砸地的五雷电柱，还要避开那些如瞬间枝叶蔓延的紊乱电光。

可是当天地接壤时，双劫重叠，注定无处可躲。

离真对那四尊法相笑道："不用着急，让这位原本武道高远的纯粹武夫，慢慢变成一副形销骨立的枯骨架子，尝一尝那俗子成神的滋味。"

说完这句话后，离真抬头望向那个宁姚。听托月山师姐说，剑气长城的剑修，最吃这一套。

那个阴神与真身分别身陷两处战场的年轻人，大概是为数不多的例外。

宁姚不曾看离真一眼，只是凝视着那座下坠速度越来越快的云海，根本不在意离真的言语挑衅。

远离城头的大地之上，却有飞剑继续向离真掠去，如同剑修问剑。

这一次不再是只有那一抹幽绿剑光，而是三把齐至。

率先一把，是那细若针线的松针。

观照一剑递出，那把飞剑却骤然改变轨迹，消失无踪，大地之上唯有一条深浅一致的沟壑。

观照手腕一拧,继续出剑,是那声势惊人的咳雷。那把飞剑依旧是不战而退,只是被观照一剑的沛然剑气所波及,撤退之时,剑尖歪斜。

离真觉得有些好玩。

原来是两个做做样子的绣花枕头?若是在一般的战场上,确实很能吓唬人,许多一念之间,足可改变形势。

唯独真正蕴含杀机的飞剑十五,从侧面远处破空而至,画出一道弧线,急急掠向离真的后脑勺。

观照如今既被离真当下境界以及念头拖累,故而无法完全凭借本能出剑,又非真身巅峰,所以他出剑不及,便干脆伸手攥住那把飞剑。

离真根本不在意这种刺杀,吃上一剑也无妨,更何况还有观照在旁阻滞飞剑。

离真现在唯一的顾虑,是想要确定那个年轻人的真身,到底是不是真身全部,还是一副阳神身外身而已。

一旦真身依旧躲在不为人知的某处,伺机而动,就又是个无关大局却会让他离真丢人现眼的小意外。

毕竟这个对手,好像与喜欢直来直往的剑修太不一样。

剑修应该是城头上的左右那般才对。

离真想了想,等着两处战场尘埃落定也好,可自己这么闲着,好像也不是个事儿。

于是他便祭出了一把被誉为得天独厚的本命飞剑,冲天而起,带起一抹雪白光线,最终幻化成一轮蛮荒天下的明月,与大日争辉。

圆月悬空,月光如水,洒落人间,映照战场方圆数百里,丝丝缕缕的远古剑仙剑意,被月光映照之后,大多都出现了些许的凝滞。

雷池是一座小天地,靠宝物堆积,以及他那点自认皮毛的符阵本事来维持。

四位黑衣仙人既是障眼法,也非障眼法,法相矗立之后,又是一座小天地。

当离真的本命飞剑祭出之后,便是第三座小天地。

离真凝神望去,洒落大地的月光,沾有光阴流水的气息,所以当他心中念头一定,两座牢笼小天地之外,第三座小天地便随之静止,大地之下百余丈依旧被囊括其中。

事实证明,那个年轻人并无更多的手段使得真身鬼祟躲藏在别处了。

倒是那三把真真假假的飞剑,总算识趣几分,不再对离真纠缠不休,只是在远处飞掠,就像那无头苍蝇,尤其是那两把装模作样的仿造飞剑,摇摇欲坠,十分滑稽。

小天地当中,除了那些仿佛不被天地大道拘束的剑仙剑意,流转速度放缓,其余无数剑气皆在月光流水当中化作齑粉。

离真既松了口气,因为没有了更多的小意外,可又有些失望。

观照手中那把飞剑已经逃离出去,飞剑的锋锐程度,相当不俗。

只是观照也安然无恙，那抹幽绿剑光，长此以往，次次无功而返，终究难逃主人身死道消、本命飞剑随之崩毁的下场。

它与那可怜的主人，皆是在做垂死挣扎罢了。

第一座雷池天地，已经天地接壤，大地之上、城头之下的高空当中，向四面八方溅射出如同剑仙齐齐祭出飞剑的剑气巨浪。

小小阴神，注定是螳臂当车化作齑粉的下场。

第二座四大天王神像坐镇的小天地，更多以纯粹武夫身份出拳的年轻人的真身，双手与肩头皆已白骨裸露。离真说要让他变成一副白骨架子，显然不是什么痴人梦呓的妄言。

此时一身鲜血淋漓的陈平安依旧出拳不停，以神人搡鼓式攻打小天地屏障一处。

拳是白骨。

每次出拳收拳间隙，飞剑初一便在落拳处补上一剑。

那把置身于第三座小天地的飞剑十五，骤然间拨转剑尖，好像是要与飞剑初一，以剑尖对剑尖。

两剑相抵，天地屏障出现了一丝缝隙。

一袭青衫最后一拳神人搡鼓式，以手臂断折的代价，拳开天地，在无比绚烂的琉璃光景中，一线直奔，冲向蛮荒天下天之骄子中顶尖的那个存在，离真。

只是从破开一座小天地，便要投身于下一座小天地，本该身形阻滞，又身负重伤，因此奔走速度应该比原先要慢上一线才符合情理。

但是陈平安一身巅峰拳意流淌如瀑布倾泻，竟是如高高神灵降临在身，他奔走快若雷，瞬间长掠十数里，金色拳意与那离真本命飞剑营造出来的月光流水，相互碰撞，直接将后者炸开。

宁姚在城头上，眼神光彩熠熠，强忍住不去看那天地接壤的雷池天劫处，视线所及，是那依旧青衫却无白玉簪子的纯粹武夫陈平安。

离真的整条手臂都开始血肉分离，白骨粉碎。

没想到还是落到了需要用到这一手仙兵符箓的惨烈地步。

离真整条手臂都已经消失，脸色惨白，但是原本握拳处，出现了一道古意苍苍的远古符箓，悬在空中。

只见那一条手臂颓然下垂的年轻人，左手抖袖，出现了一件金色长袍，继续奔走，但是与此同时，长袍自行穿戴在身。

下一刻，大地之上，出现了一座三峰连绵起伏的山脉。

再也不见那个从青衫换成金色长袍的年轻人。

只见一条金色长线从剑气长城高空掠过，越过了那三山大岳，将那本命剑月光与光阴流水共同打造出来的小天地,一剑劈开,直落离真头顶。

离真丢了手中那枚剑丸,瞬间融入身旁剑仙观照的眉心处。

剑仙观照身高数十丈的缥缈身形,瞬间剑光溅射,手持长剑拦阻那把金色长剑。

离真七窍流血,心中大恨。

好死不死,也要拖自己下水!

本该只有宁姚,才有资格让自己付出这么大的代价!

为了驾驭那仙兵符箓,需要他离真折损一魂一魄!而离真的初衷,本来是让那剑丸融入观照剑心之后,便舍了这个相当于两件仙兵价值的观照,配合三山符箓,去与那宁姚换命的!

不然此后只要自己之剑心,稍有抵触"观照",就意味着这辈子都无法真正驾驭一位手持仙兵,本身更是一件仙兵的傀儡观照,不仅观照成了鸡肋,更有损他离真这一世的道心。什么与陈清都并肩作战,至死都不学那龙君,什么剑气长城的最老刑徒,观照就该死得干干净净,清清爽爽。

离真猛然间转头,瞪大眼睛直直望向那天地接壤相撞后的高空。

是一支缓缓下坠的白玉簪子。

的的确确再无那白衣阴神。

头顶上空,来时一线轨迹始终金光凝聚不散的那把仙兵剑仙,与观照手中的长剑碰撞在一起。

除了离真所站之处,四周大地瞬间沉陷数十丈。

在那白玉簪子与离真之间,两把从头到尾做样子的飞剑——松针、咳雷凑巧悬停静止了。

刚好是一条直线。

白玉簪子下坠途中,出现了一个陈平安。

一瞬间,陈平安就踩在了飞剑松针之上,下一刻,又站在了咳雷之上。

在成为羽化境武夫之前,当有剑遁逃命之法。

所以崔东山,齐景龙,再加上纳兰夜行,一起为陈平安研究出了这一门秘术。

先将松针、咳雷两把飞剑炼化为类似"符箓"的存在,从而能够以松针、咳雷作为类似光阴长河当中的锚点,帮助陈平安转瞬间就可以撤出战场百余里,甚至会是数百里。

可是到最后,对于陈平安这种纯粹武夫而言,逃命之法,依旧应当用来搏命杀人才对!

陈平安的真身其实一直就与阴神融为一体,只是让那对手觉得自己阴神出窍远游、撤离雷池而已。

故意在云海天劫、大地雷池当中被那十八芥子剑仙重创"阴神",只在最后一瞬间,真身才与阴神一起藏入阴神头别的玉簪当中。

不然早早躲入其中,兴许稍一不慎,那根暂时无主的白玉簪子就要落入对方之手。

至于初一、十五、松针、咳雷,总计四把飞剑,都留给了阳神身外身的纯粹武夫陈平安,还有那件仙兵品秩的法袍金醴。

皆是只求不死,就足够了。

在几个念头流转的瞬间,不谈境界与剑术,只说思虑之多,任你是城头剑仙,也不如我陈平安。

为的就是这一刻出剑。

离真此时神色复杂。手段尽出,还能如何?那个最坏的结果,那个意外相累加的万一,好像真的来了。

陈平安伸手一抓,默念一字。

一剑劈斩而下,直接将那离真的身躯一斩为二。

离真只是稍稍偏转脑袋。

所以总算保全了一颗完整的头颅。

手中长剑只是一份模仿而来的剑意凝聚而成,并非那把依旧与观照对峙的剑仙。真当陈平安在城头之上,被左右教剑一次次,是虚度光阴不成?

读书人观人间,万物可取,化为己用。

陈平安落地后,长剑剑意已碎,一脚踩在那颗头颅之上,一拳递出,将所有试图四散逃离的魂魄拘押在手。

离真本就残缺得仅剩魂魄,就那样被一个犹然不知姓名的年轻剑修,攥在手里,轻轻提起,以隐约有春雷震动声势的拳罡,将其死死笼罩。

陈平安一脚踩烂那颗头颅,五指如钩,渗入对方的魂魄当中,问道:"小废物,怎么不絮叨了?"

离真魂魄没有任何挣扎,扯了扯嘴角,刚要说话,就被陈平安以拳罡炸了个粉碎,不屑道:"我求你多说一个字?你做得到吗?"

天地之间,唯有剑气罡风,吹拂年轻人的鬓角和长袍。

远处一线之上的十四只大妖,不少都在蠢蠢欲动。

灰衣老者却抬起手,阻止这些蛮荒天下的巅峰存在对那个年轻人出手,他向前走出一步,笑道:"小家伙,心境不错。"

不但如此,灰衣老者一挥袖子,将那吞了仙兵剑丸的观照随手打散。

不但如此,那座三山符大岳也消逝不见。

陈平安也随之握住飞掠而来的剑仙,剑尖直指那灰衣老者,动作已经无法更挑衅,但是嘴上却说道:"可不许以大欺小啊,我这个人胆子最小了。"

灰衣老者微笑道："见好就收，回你的剑气长城吧。"

陈平安提着剑仙，转身离去。

一路上寸草不留，破烂都收，连那颗飞升境大妖的头颅也没落下，一并收入咫尺物。

白衣阴神从白玉簪子当中掠出，大半身躯白骨累累的阳神身外身，分别与陈平安聚拢汇合，重新归一。

陈平安在战场上蓦然站定，伸手握拳，高高举起，然后缓缓收回，笑望向宁姚，轻轻敲了敲心口，结果捶出一口鲜血来，身形踉跄，然后被那心意相通的手中剑仙"拖曳着"飞升到城头。

其间有那俊美大妖实在忍不住，想要再拍养剑葫，干脆来个剑气齐出，将那碍眼至极的年轻人宰掉了事。

只是拍了一下，养剑葫却无动静，看了眼灰衣老者，这只大妖便悻悻然收手。

灰衣老者一步跨出，站在十四只巅峰大妖与剑气长城所有剑仙之间的大地之上，伸出一掌，道："陈清都，按照约定，出剑便是。"

陈清都笑问道："架子摆得这么大，咱商量一下，两剑如何？"

灰衣老者收回手，笑了笑，懒得答话。

陈清都转头对陈平安招手道："总不能让你白忙活一场，过来，我亲自教你一剑。"

陈平安被陈清都一手按住肩头。

不光是剑气长城城头这边，还有那巅峰大妖穷尽目力所及处，也再无半点云海。

不但如此，大妖与城头之间的大地之上，连一粒尘沙都乖乖贴地。

剑气长城之上，陈清都和陈平安身后，猛然间出现了一位白衣飘荡的老者，盘腿坐在城头，伸出大手，握住一把长剑，只是毫无剑术可言的随便一戳而下，简简单单去往那灰衣老者的头顶。

又一次黄沙滚滚。

片刻之后，尘埃骤然落定，灰衣老者依旧站在战场上，但是已经身形悬空，始终双手负后，信守承诺，结结实实挨了陈清都一剑。

十四只巅峰大妖，绝大部分都有些心神不稳。

其中半数都不约而同转头往身后望去。

灰衣老者转身离去。

他就是蛮荒天下的大道显化，挨了陈清都这一剑，无非是蛮荒天下承受了陈清都一剑，根本无所谓。

蛮荒天下自古大地贫瘠，一剑过后，破碎了万里山河，又能如何。

不过万年之后，陈清都果然剑术更高了些，因为有那小半剑意没有遵循灰衣老者的法旨,依旧强势落在了大妖身后万里之地。

陈清都拍了拍陈平安的肩膀问:"学会了没有?"

陈平安双手胡乱抹了一把脸,全是学剑后流淌出来的鲜血,没有回答老大剑仙这个问题,问道:"那少年是不是没死?"

陈清都笑道:"本就没活,何谈去死。但如果只说那魂魄拼凑而成的少年,不谈观照,倒也算是死透了。少年一死,观照也就死得更多了。再与你说句丧气话,真正的观照剑心,与那龙君大不相同,其实从未背离剑道,所以观照最关键的一点魂魄,托月山藏藏掖掖,是故意不拿出来给那少年的,不然真正的观照本心一旦现世,有那剑丸熔铸于剑心当中,再回了剑气长城,对于蛮荒天下下的畜生而言,就是自找麻烦。"

陈清都指了指大妖当中的那件破碎长袍,道:"至于这位,昔年的龙君,对浩然天下恨意最重。当初被我拉去托月山,出剑也无含糊,算是剑气长城当中,一个最早自己求死的剑仙吧,死过一次后,他便觉得对于剑气长城再无亏欠,应该是要以流徙刑徒剑修的身份,问剑浩然天下。我理解,但是不接受。所以将来能过剑气长城者,其中绝对不会有那剑修龙君。"

陈清都"咦"了一声,有些讶异,道:"你对那观照前辈也无半点愧疚之心?这很不像陈平安嘛。"

陈平安淡然道:"别说是个脑子不够用的少年,就是观照真身出现在我面前,敢说那种话,我一样砍死他。"

陈平安转头望去南方。

灰衣老者一走,十四只大妖也撤离,其余大妖纷纷退去。

陈平安闭上眼睛,狗日的竟然跌境了,这一跌就一连跌好几境,好在靠着之前北俱芦洲的游历经验,尽量死扛那天地两劫难,能够从武夫境界提升一事上找补回来。只要长生桥不断,四件关键本命物俱在,如今自己只是个五境练气士,跌他娘的几境倒也不算太过致命。只要靠着老大剑仙传授的那一剑,尽快孕育出一把真正意义上的本命飞剑,便是福祸相依……

宁姚背起陈平安。

陈平安在彻底失去知觉前的最后一刻,依稀听到了号角声响起。

攻城了。

第二章
月色洗剑为斫贼

陈平安睁开眼睛，几乎一瞬间便有四把飞剑齐齐现身。初一在邀功，十五依旧乖巧，松针和咳雷，终究是仿剑，虽然大炼，依然远远没有这么灵性。

小小屋子，有着最熟悉的药味。

看那窗外天色，临近黄昏。

闭上眼睛，感受了一下远处剑气长城的模糊气象，再睁眼，陈平安收起飞剑，心神沉浸于人身小天地，查看那场大战的后遗症，主要是巡视四座关键窍穴。

修士之战，捉对厮杀，若是本命气府成了那些类似战场遗址的废墟，便是大道根本受损。

只是心神芥子刚刚现身，便有一条气势汹汹的火龙游弋而至，龙头之上，站着那个金色小人，依旧身穿儒衫，除了佩剑，还有一部金色经书，只是变成了一颗小光头。

金色小人站在火龙头顶，使劲瞪着陈平安，蓄势待发。

陈平安虚张声势道："别骂人啊，我狠起来，连自己都骂。"

那颗小光头还管这些？大骂不已。

陈平安总不能真的跟金色小人对骂，只好装聋作哑，毕竟有它帮着巡狩小天地，驾驭纯粹武夫的那一口真气，不去干涉气府灵气的运转，不然就陈平安这么一场大战过后，心神酣眠如小死，武夫真气与修士灵气，双方早已在小天地打得热火朝天，那就会是雪上加霜，后患无穷。

水府里，灵气已经彻底枯竭，壁画上的水纹黯淡，小池塘已经干涸，有些彩绘剥落，许多本就不稳固的水神画像，越发飘摇涣散，其中好似被点了睛的几尊水神，原本纯粹光明的金光，也有些晦暗，但是水字印、彩绘壁画与小水塘，根基未受折损，自然不是那种毫发无损，而只是有机会修缮。

整座水府显得有些暮气沉沉，绿衣童子们一个个无所事事，巧妇难为无米之炊，抬头看着陈平安的那一粒心神芥子，它们嘴上不抱怨，个个愁眉不展，眼神幽怨。陈平安只得与它们保证会尽量、尽早帮着添补家用，恢复这里的生气，绿衣小童们个个耷拉着脑袋，不太相信。

金色小人盘腿坐在龙头上，朝那些绿衣童子一瞪眼，无精打采的小家伙们立即起身恭送陈平安离开。

出了水府，金色小人又开始骑着火龙，追着陈平安骂。

山祠和木宅两处，也是与水府差不多的光景，得当个缝补匠，靠着神仙钱和相对应的五行之属宝物，慢慢填窟窿。

三处关键窍穴和本命物的受损，导致陈平安一跌就跌了三境，所以如今只是二境大修士了。

好消息就是，经过阿良修改过的剑气十八停，已经再无关隘。

初一、十五占据着两座关键气府，继续以斩龙台砥砺剑锋。

最早三缕"极小极小"剑气盘桓的窍穴，只剩下最后一座，就像空宅子，虚位以待。

只等陈平安孕育出一把比初一和十五更名副其实的本命飞剑，成为名副其实的剑修。

剑气十八停最后一座关隘，之所以久久无法过关，关键就在于那缕剑气所在窍穴，无形中成为了一处拦阻剑气铁骑的"边关雄镇"。

陈平安突然笑了起来，金色小人那颗小光头，瞧着模样还挺可爱。

不承想心念一起，胸口好似立即挨了一记神人擂鼓式，便吐出了一口浊气和瘀血。

这么记仇，跟谁学的？应该是学自己的那个开山大弟子吧。

陈平安穿上靴子，下床行走无碍。

屋外一直守在廊道中的白嬷嬷笑道："姑爷醒了？"

陈平安开了门，问道："白嬷嬷，我睡了多久？"

白嬷嬷说道："不久，才三天三夜。"

陈平安松了口气，问道："城头战事如何？"

白嬷嬷更乐了，道："说来奇怪，先前摆出那么大阵仗，等到真正攻城，依旧是小打小闹，与之前两次攻城差不多的路数，送死。"

陈平安"嗯"了一声，转身去搬了条长凳放在廊道中，与白嬷嬷一起落座闲聊。

白嬷嬷的言语，当然是宽他的心。

表面上，白嬷嬷轻描淡写，只是幕后的真相，那种黑云压城、山雨欲来的窒息感觉，白嬷嬷不可能毫无察觉。

几场雷声大雨点小的战事，都是为了蓄势。

那十四只大妖的现身，绝不会只是陪着灰衣老者看几眼剑气长城。

白嬷嬷看着神色沉静的陈平安，打趣道："姑爷不着急去城头？"

陈平安说道："急不来，就不急。等我稍稍养伤，再找个掩人耳目的法子，才好去城头那边帮忙，不然我在宁姚身边，哪怕不会帮倒忙，也会比我的预期结果差上许多。最多两天，容我恢复大半战力，我就可以登上城头。"

白嬷嬷点头道："也对，如今姑爷是蛮荒天下榜上前三的必杀之人，一个不小心，就要惹来一两只大妖的注意。"

陈平安笑道："名次一下子蹿得这么高？蛮荒天下就这么重视一个二境练气士？懂了，真是用心险恶，分明是想要活活气死庞元济、齐狩和高野侯。"

白嬷嬷会心笑过之后，感慨道："好多道理，我都明白，比如帮着姑爷喂拳，应该下手重些，才有神益，可终究做不到纳兰老狗那么心狠手辣。姑爷也是走惯了江湖，厮杀经验丰富，其实轮不到我来忧心。"

陈平安摇头道："棋局局局新，江湖再险恶，山上厮杀再惨烈，远远无法与剑气长城这边的攻守战相提并论，在浩然天下，死了一个地仙修士，往往都是天大的事情。别说是白嬷嬷忧心，我自己更怕，可正因为怕，所以才会有事没事，就多想些琐碎的事情。"

陈平安伸出双手，勾画出一张棋盘，然后又在棋盘当中圈画出一小块地盘，轻声说道："如果说这么大一张棋盘，对弈双方，是蛮荒天下和剑气长城，那么那个灰衣老者就是下棋一方，棋力大，棋子多，老大剑仙就是我们这边的棋手。我境界低，接下来投身战场要做的，就是在大棋盘上尽可能藏掖、示弱，悄悄打造出一张我可以控制的小棋盘，大天地之下，有那小天地，我坐镇其中，胜算就大，意外就小。所以如果当时不是太仓促，容不得我多想，我根本不想过早出城厮杀，恨不得蛮荒天下的畜生，从战事开始到结束，都不知道剑气长城有个叫陈平安的家伙。"

说到这里，陈平安取出养剑葫，晃了晃，微笑道："好在出城的那一刻，便习惯性多想一些了。"

老大剑仙与那灰衣老者的赌注，其实大有玄机。

甚至可以说，正是陈清都的那次押注，让陈平安几乎是在一瞬间，就决定了最终的对敌之策。

道理很简单，陈平安到底有几斤几两，老大剑仙一览无余，甚至有可能比大师兄左右看得更加真切。

陈清都看待那个少年离真，一样看得出大致的深浅。

所以陈平安瞬间了然，不用狠了心与对手换命。

也不该是想着求生，而是求胜。

至于离真，远远高估了自己在那灰衣老者心目中的地位。

灰衣老者真想要的弟子，是某个彻底改换道心同时继承全部剑意的崭新"观照"才对。身为蛮荒天下大道显化的存在，对于嫡传弟子离真的重视，至多是与剑气长城的宁姚持平。

身为一颗落在棋盘上的棋子，而不知自己是弃子，不去试图在根本上改变困局处境，这很致命。

应当引以为戒。

先是死在北俱芦洲的怀潜，后有死在剑气长城下的离真。

一个是中土神洲的天之骄子，一个是蛮荒天下的天命所归。

陈平安举起养剑葫，笑道："偷偷喝几口酒，肯定不多喝，嬷嬷莫要告状。"

白嬷嬷神色和蔼，缓缓道："姑爷只要不喝醉，多喝些无妨。姑爷做事情，无论大事小事，总能让人放心。"

陈平安喝过了几口酒，便咳嗽不已，很快就收起了养剑葫。

姑爷这点小动静，还不至于让老妪忧心，毕竟此次大战，姑爷最大的神益，就是武夫体魄。那个郁狷夫，估计从今往后，只要与自家姑爷问拳一次，就要多雁撞墙一次了吧。

只是事后从纳兰夜行那边听闻，老妪当下依旧心有余悸。

白嬷嬷小声问道："天地劫难，何其凶险，姑爷为何要冒那么大的风险？"

陈平安轻声说道："先前游历北俱芦洲，对于云海天劫，雷池造化，都不算太陌生，其实两者运转的大道根本，规矩相似，所以我应付起来，才不至于太过手忙脚乱。所以说很多时候，运气，还是要讲一讲的，那场架，离真其实想得也不少，只是运气不算好。话说回来，换成我是离真，在剑气长城与人厮杀，早就该将'运气'一事与'厌胜'一物，计算在内，说到底，离真还是太……年轻了。如果离真经历过剑气长城攻守战之后，年纪再大点，会是一个很可怕的对手。"

说到这里，陈平安自顾自笑了起来。

倾力出拳与递剑，打杀离真，到底是一件痛快事。

下一个被托月山魂魄拼凑重塑肉身的离真，终究不是离真了，只说魂魄"真我"，不说境界修为，比那靠着本命灯续命还魂的怀潜还不如。

离真离真，果然是名字没取好。

陈平安双手十指交错，大拇指相互磕碰，显得有些无所事事，不是当真不着急，只是拘得住念头。

最早教他这种"心法"的人,是姚老头,只是老人说得太过空泛,在只是窑工学徒而非弟子的陈平安面前,又从来惜字如金,言语道理又少,所以当年陈平安只在烧瓷拉坯一事上多想,但是那会儿往往越想越着急,越用心越分心,又因为体魄孱弱的缘故,总是眼高手低,心快手慢,反而步步出错。

真正让陈平安豁然开朗,能够将一个道理用在人生千百件事上的人,其实是第一次去往骊珠洞天游历的宁姚。

人生道路上,出现任何问题,先压情绪,所有思虑,直指症结所在。

宁姚的一言一行,干脆利落,从不拖泥带水,却偏偏又不会让人觉得有丝毫的大道无情,刻薄冷酷。

所以后来游历途中读书,在一部史书上看到那句"冬日可爱,夏日可畏",陈平安便感同身受。

反观马苦玄之流的天之骄子,便是那炎炎夏日,大日悬空,管你人间会不会大旱千里,生灵涂炭。

人生际遇,会悄无声息地决定每个人对道理的亲近程度。

有些一见倾心,见之惊爱。

有些见之无感,甚至是见之反感。

难怪崔东山曾经笑言,若是愿意细究人之本心,又有那察见渊鱼的本事,世间哪有什么不可理喻的喜怒无常,皆是种种本心生发的情绪外显,都在那条条驿路上走着,快慢有别而已。

崔东山泄露过一些天机,说他之所学,宗旨所在,便是将生死、七情六欲这些含糊不清的概念,设置出九条相对笼统的大纲,再细分出三十六种细则,在这纲目之外,还有三条最根本的计算规矩,相互间纵横交错,其实就是一座棋盘罢了。人之所想所思,每一个念头,都在这棋盘上枯荣生灭,为何起,为何落,皆是有理依循。

这样的崔东山,当然很可怕。

陈平安甚至冥冥之中有一种直觉,将来只要守住了东宝瓶洲,那么崔东山的成长速度,会比国师崔瀺更快,更高。

所以就需要陈平安更像一个真正的先生。

只传授道法、拳术给弟子,若弟子天资更好,机遇更佳,那么从他比师父道法更高、拳术更通天的那一天起,往往师父弟子的关系,就会一下子复杂起来。

只传授书上道理给学生,教书先生自己立身不正,等到学生学问高了,又如何奢望学生愿意由衷敬重先生?

白嬷嬷没来由笑道:"姑爷说那离真成长起来,会很可怕,可离真在死之前那一刻,一定觉得姑爷已经是一个可怕的人。"

报应来得有点快。

陈平安苦笑道:"我只希望所有对手,都觉得陈平安是个好说话好欺负的人。"

白嬷嬷起身离去,轻声道:"就不耽误姑爷养伤了。小姐交代过,姑爷只管安心休养,城头那边,她和叠嶂、黑炭几个都可以照顾好自己。"

陈平安点了点头,跟着起身,突然问道:"我和离真的那场厮杀,详细过程,没有流传开来吧?"

白嬷嬷笑道:"城头观战的剑仙们都没说什么。可如今城里这边,还真有三个版本,分别是从绿端、董家姑娘和顾见龙嘴里流传开来的。姑爷想听哪个?"

陈平安一阵头大,说道:"只听顾见龙的那个版本。"

白嬷嬷笑道:"这可就不够精彩了,绿端那丫头的故事最夸张,尽得姑爷这位说书先生的真传,不愧是姑爷如今的小弟子。光是说那离真身上的宝物,就可以说上好几盏茶的工夫。

"董家姑娘的故事篇幅最长,而顾见龙的版本,最短,很是简明扼要了,只说那战场上,二掌柜忍了那个小畜生老半天,后来是实在忍不住了,便鬼鬼祟祟蹦了出来,一剑砍死了离真。'好家伙,事后又他娘的狠狠赚了一大笔,众目睽睽之下,当着剑仙和大妖的面,一个人撅屁股在战场上摸了半天,如果不是总算还要点脸,看那二掌柜的架势,都能掏出一把锄头来回翻地七八遍。果然,天底下就没有二掌柜会亏本的买卖。'姑爷,这是顾见龙的原话,我只是照搬。"

说到这里,老妪笑得合不拢嘴。

其实还有一些更谐趣的说法,老嬷嬷没说出口。

"就咱二掌柜这脸皮,了不得,往城头上一趴,脸贴地上,估摸着都不用任何一个剑仙出马御敌,端板凳嗑瓜子饮酒看戏,各忙各的就是了,反正任由蛮荒天下使出吃奶的劲,打个百八十年,都上不了城头。"

那个家住太象街的顾见龙,是出了名的嘴巴不把门,人倒是不坏,因为家族关系,打小就与齐狩那个小山头走得近,但是后来与庞元济和高野候也都关系不差。

陈平安双手笼袖,走在老妪身边,笑眯眯道:"这个顾见龙,不愧是本命飞剑叫那'砥霜'的,我也忍他不是一天两天了,回头一定要请他去铺子里喝酒。"

老妪也有些好奇,问道:"有说法?"

陈平安点头道:"小王八蛋总说我卖酒坐庄心太黑,这不是泼脏水是什么。"

老妪忍住笑,附和道:"这就不太像话了,回头姑爷是得与他说道说道。"

陈平安将白嬷嬷送到了门口,然后快步走向那间摆放印谱、折扇的厢房,从桌上的棋罐当中抓出一大把棋子,那把早先刻了无数竹简的刻刀,已经赠送给学生曹晴朗,当下便只好以飞剑十五刻字。

每在一枚棋子上刻字完毕,就在纸上写下所有记忆当中的细节。

当时在战场上,一剑斩杀离真过后,踩碎头颅,震散魂魄,最终剑指灰衣老者,是意气用事,却也不仅仅是意气用事。

也是为了能够光明正大,近距离多看几眼那些大妖,那些一个个站在蛮荒天下最山巅的强者。

陈平安自己打算写一本关于蛮荒天下大妖的详细册子。

桌上有现成的两本,一本剑气长城剑修几乎人手一册,另外一本,是当初太徽剑宗掌律剑仙黄童留给郦采,后来被齐景龙抄录的摹本,然后留给了陈平安。

陈平安闭上眼睛。

老大剑仙递出那一剑,其实是在告诉那些隐匿、蛰伏在蛮荒天下多年,与那大剑仙岳篁做着类似事情的剑仙同道中人,可以出剑了。

所以在那一剑过后,剑气长城与战场的更南边,蛮荒天下开始乱了,四处动荡不安。

在蛮荒天下隐姓埋名的剑仙,并未就此显露剑仙身份,而是开始秘密收网,以各种身份和面目,在蛮荒天下掀起一场场内乱。

又有在蛮荒天下隐姓埋名、独自修行的剑仙,按照离开剑气长城之初的某个约定,一起悄然去往某地聚集。

还有一些原本自认已经与剑气长城撇清关系的剑仙,也改变了主意。

在白云深处的山中,有剑仙直接捏碎剑鞘,手持无鞘剑,下山去也。

在那蛮荒天下的一处水乡泽国,有剑仙御剑而起。

在那不输浩然天下王朝京城的繁华之地,有剑仙关了市井铺子,一剑砍去皇帝头颅,拎酒御剑,去往北方。

有那以火山熔浆磨砺剑锋数百年的剑仙,大笑一声,收剑在鞘,回那故乡。

有那已经在异乡开宗立派的年老剑仙,破关而出,仗剑求死。不为剑气长城,不为陈清都,只为自己是人族剑修。

陈平安暂时并不清楚这些,能做的,只是眼前事、手边事。

当个做完买卖的包袱斋,取出一件白玉牌咫尺物。

先前是那灰衣老者亲口要他"见好就收",陈平安就不客气了。哪怕对方不说,陈平安一样会当个捡破烂的包袱斋。

当时老大剑仙没有拦阻,就意味着遗留在战场上的物件,没有被动手脚,可以放心捡取。

离真布阵的十八件半仙兵和法宝,已被毁去大半。

只不过破碎的宝物,再怎么支离破碎,也是一等一的天材地宝,不捡白不捡,一捡一大堆。

也有那相对完整的重宝。比如剩下一枚道家五雷法印，掌心大小，极其沉重，材质不明，似玉非玉，似木非木。

人间书案珍藏的印章，几乎少有人物图案，尤其是印章上有那文人雅士雕琢自画像的，更是少之又少。

但这一方法印，却刻画有雷将、电母、风伯、雨师、云吏、灵官、天人等众多远古神祇图案。

印文是那十六字虫鸟篆：攒簇五雷，总摄万法。斩除五漏，天地枢机。

这十六个字，算是很夸张的篆文内容了，口气之大简直就是吞吐天地。

只要是修行了正宗一脉的五雷正法，并且是那真正修得大道的道门高真，确实可以自称"此身与天地相为表里，造化皆在吾掌中矣"。

中土神洲龙虎山天师府的黄紫贵人，便是其中翘楚。

有一副享誉天下的楹联，却不是龙虎山道士自己撰写，而是外人赠送。

"风雷云雨掌中起，万千法门从此开。"

陈平安掌托这方"才跌了一境"的道门重器，笑道："此大数之祖而中央五焉，你是有那机会恢复半仙兵品秩的。以前你是遇人不淑，摊上了个不讲义气的主人，如今落在我手里，算是你我的造化，以后等我成为堂堂中五境的山上神仙，学成了雷法，就可以跟随我一起斩妖除魔。"

陈平安用袖子把五雷法印好好擦拭一番，这才轻轻搁在桌上。以后可以将其大炼，就挂在木宅门口外面，如那小镇市井门户悬铜镜辟邪一般。

陈平安又取出另外一件同样沦为法宝的仙家至宝，是那座仿造白玉京的青铜宝塔。

得了此物，陈平安最高兴，打算大炼之后，就搁在山祠之中。

陈平安对于开辟出更多的关键窍穴，搁置修士本命物，想法不多，如今成为二境修士后，是多想都没用了。

最后是那幅古木轴杆裂开，画面残破的画卷，栩栩如生的十八位剑仙，是那蛮荒天下历史上的顶尖剑修。

只可惜画卷当下太过破损，几乎没有品相可言。

陈平安一开始想着不能厚此薄彼，炼化之后，可以送给那金色小人，不承想顿时感觉到心口一阵绞痛。

真是个大爷啊，还瞧不上眼，给嫌弃上了。

陈平安只得改变主意，与那青铜宝塔一起搁放在山祠当中。

之后收起所有物件，放回咫尺物，走出屋子，走到了小宅门口，又走回院子。

终究还是不放心城头那边,便开始六步走桩。

只是走完几遍拳桩之后,哪怕身穿法袍,依旧难掩那一股淡淡的血腥气味。

修士跌境,岂会轻松。

陈平安先前之所以多此一举,询问白嬷嬷那场打斗的过程是否泄露,倒是与阴谋不阴谋的,没什么关系,只是不太希望剑气长城有太多的人,清楚自己的另外一面。

抬升的雷池与下坠的云海,天地相接壤的过程当中,陈平安的真身与阴神,当时其实已经混淆不清。

那会儿的陈平安,身处绝境当中,却有一种酣畅淋漓的大快意。

好像人生就该如此。

坐着心不静,走桩也难心安,陈平安只得去屋子里边坐着,刻印章。虽说拿定主意挣了钱是要把钱全部还给剑气长城的,可挣钱的过程,本身就是一件快活事。此间学问,不足为外人道也。

剑气长城剑修茫茫多,可读书人没几个,刻印章也好,扇面题款也罢,手持刀笔之人,即使不够心定,刻差了,写差了,无所谓。

陈平安坐在桌旁,取出了养剑葫,时不时抿一口酒。

手持飞剑十五,新刻了一枚雪白如玉的石质印章。

边款是"那世间人事无意外,争名夺利忙不休,教俺这江湖老子白眼看"。

印文:喝酒去。

再刻一方。

边款是"那自古诗家词客,恨不得打杀一个'情'字,唯我只恨情愁不登门,喝他娘的酒,怒从胆边生,一棍砸在书,打烂婉约词"。

印文:愁煞光棍汉。

又刻一枚印章。

边款:没钱剑仙无酒可醉,婀娜佳人突然有秋膘。

印文:如何是好。

最后刻下一方印章。

边款:幽幽阶下苔,王孙把扇摇。焦黄井边蔬,涕泗滂沱流。

陈平安刚想要篆刻印文,突然将这方印章握在手中,捏作一团齑粉。

陈平安深呼吸一口气,起身离开屋子,夜色中,去正屋桌上取了那把剑仙。

拔剑出鞘,月色如水,照耀剑身,如在洗剑。

陈平安收剑在鞘,并未背剑,而是悬佩在腰,然后祭出符舟,去往剑气长城。

豪杰斫贼,剑修杀妖,我怎能不心向往之?

历史上所有剑气长城的攻守战初期，景象如何，白炼霜说了两个字，极为精准："送死"。

城头之上，剑仙与剑修，齐齐祭出飞剑，铺天盖地，剑气如汹涌潮水，往南方涌去，所过之地，皆是齑粉。

战场上蜂拥向剑气长城的妖族，如同被割草一般，一茬一茬成片倒地不起。

蛮荒天下悬有三轮月，此处城头月色最多。

城头之上剑修如云，飞剑一出，深夜亮如昼，足可让月色黯然失色。

密密麻麻的妖族，浩浩荡荡逆流而上，想要形成蚁附攻城的局面，但为时尚早，而且早得很。

只能靠不计其数的性命去消耗剑修的灵气，换取接近剑气长城的机会，战场每向北方推进一步，都需要付出巨大的代价。

专门有一拨大妖现出真身，在飞升境大妖重光的带领下，负责将一座座从蛮荒天下大地拔出的山峰，扛到南方战场，然后倾力砸向剑气长城。

被誉为巅峰十人候补的大剑仙岳青，腰悬佩剑两把，一把雄镇五岳，一把剑坊制式长剑，皆未出鞘，又祭出两把本命飞剑，其中那把百丈泉，如大瀑倾泻，将一座呼啸丢掷向城头的山峰打落大地，大地震颤，砸死妖族无数，又有飞剑云雀在天，剑气如一场滂沱大雨落在战场上。

北俱芦洲太徽剑宗宗主韩槐子，飞剑所指，不在战场那些送死的妖族身上，而是配合岳青，一起打落那些砸向城头的山峰。

晏家首席供奉，仙人境剑修李退密，也有两把本命飞剑，一把白蛟，一把黑螭，祭出后如两条百丈蛟龙，在大地之上肆意翻滚，绞杀妖族。

米祜本命飞剑鳌鱼，离开城头，便直接没入大地，在战场上撕裂出一条条沟壑，负责阻滞妖族推进势头。

弟弟米裕祭出飞剑霞满天，联手兄长米祜，在那沟壑当中生出浓稠似水的霞光剑气，防止敌方大妖填平沟壑，同时斩杀所有落入沟壑当中的妖族。

又有南婆娑洲剑仙元青蜀祭出飞剑霜雪，剑气沛然，为米家兄弟剑仙稳固沟壑，许多十数道大大小小沟壑边缘的妖族，如置身于酷寒冻骨的霜雪天，大地积雪深厚，漫天雪花碎屑，以真身体魄坚韧著称于世的妖族，双脚皆被剑气消融血肉，白骨裸露，身躯亦是血肉模糊。

在玉璞境瓶颈停滞多年的剑仙吴承需，盘腿坐在城头，本命飞剑甘霖，是一把在剑气长城都算极为奇怪的飞剑。飞剑甘霖并无定式，落在了战场无数尸骸堆积、鲜血深潭当中，吴承需则屏气凝神，并未向妖族出剑，反而开始静心炼剑。

女子剑仙周澄虽然境界不高，但是身负独到气运，作为她这一脉的最后仅存之人，在城头修行的漫长岁月里,能够获得历代祖师的剑意,淬炼为本命飞剑,最终铸造、温养出一把本命飞剑七彩,剑光七色,宛如一人拥有七把本命飞剑。

位于巅峰十大剑仙之列的纳兰烧苇和陆芝,并未出剑,两人带领十数个飞剑极快的上五境剑仙,只是巡视战场,专门针对那些隐匿在妖族大军当中的大妖,若是有妖族临近城头,也会出剑斩杀,绝对不让妖族轻而易举推进到城头下方。

剑气长城城头上,剑修各司其职。

上五境剑修的飞剑处于那剑气潮水的潮头最前方,离开城头最远,对敌杀敌最多,自然最耗灵气,也最为凶险。

元婴、金丹两境界的地仙剑修,紧随其后。并不要求这些剑修一味求远杀妖,只需要稳固住那条出城剑气江河的阵形,若有余力,就找机会斩杀那些身披法袍、符箓铠甲的妖族修士,尤其是这拨人秘密护送的阵师,一发现迹象,必须不计代价,也要将其当场斩杀。

所有金丹境之下的中五境剑修,出剑更需小心,首要任务,根本不是杀敌,而是结阵在城头之前,以免被某些专门针对他们的妖族伤及本命飞剑。

三拨剑修,各有轮换。剑气长城每一个剑修出剑,永远是在追求实打实的战果,摆出花架子吓唬人,毕竟吓不死人。

因为大妖攻城,不是几天几个月的事情,往往会持续数年之久。

像这样三天三夜的攻城,就真的只是一道开胃菜。

这期间唯一的意外,是那十四只大妖之一,高坐于枯骨王座的白莹,好似监军一般的巍峨存在。他曾经起身一次,施展白骨观神通。只见流血千里的战场之上,瞬间便站起了数千个妖族修士的白骨尸骸,也不攻城,也不撤退,就么直愣愣站在战场上,任由剑气打碎全部,彻底失去了最后一点利用价值。

白莹坐回王座,伸出一只手掌,好像是示意剑气长城的剑修们继续出剑。

白莹多看了一眼玉璞境剑仙吴承霈,对于那把本命飞剑甘霖,颇有兴趣。

白莹眼光看到了战场更远处,若是形销骨立过后,同时能够沐浴甘霖,帮着淬炼魂魄,是可以神益大道些许的。

除此之外,白莹并不觉得这般厮杀,有什么值得自己多看一眼的。

除去孑然一身、不去开枝散叶的几个王座同僚,连同他白莹的白骨山在内的宗门势力以及所有藩属,都倾巢出动了,所以当下的蛮荒天下,若是有人能够像那炼化月魄的道人大妖一般,在三轮明月当中俯瞰大地,就可以看到广袤版图上,会显出一粒粒芥子,然后有一条条细线纷纷往剑气长城这边缓缓移动,每一条细线,都是动辄数万数十万的妖族。其中更多的是灵智未开的傀儡,被修士驾驭控制,也有无数走上修道之路、化作人形的妖族修士,有众多学那浩然天下建造王朝的一方豪杰,有深山大泽的凶戾妖物，还有占据蛮瘴之地的、坐拥风水宝地的各路山水神祇、厉鬼冤魂，无一例外，都需要拿出至少一半的家底，攻打剑气长城。

若是攻不下城头，当然就是送死。但是只要耗得起，舍得死更多的无用蝼蚁，那么看似高不可攀、坚不可摧的剑气长城，就会越来越失去天时地利人和，当这三者皆无的那一刻，就是那位陈清都身死道消，彻底魂飞魄散的一刻。剑气长城自成一座大天地，陈清都如何守住这份优势，蛮荒天下如何抹掉这份劣势，这就是攻守战的最关键所在，甚至可以说是唯一要做的事情。

什么剑仙出剑，什么蚁附攻城，都是在争夺这个。

蛮荒天下只需拿出一半的底子，剑气长城必定守不住。

若是如此，不但剑气长城守不住，浩然天下也要被殃及数洲之地，例如距离倒悬山最近的南婆娑洲，西南扶摇洲，东南桐叶洲。

所以沉寂万年的灰衣老者再次现身后，做的第一件大事，就是将一座蛮荒天下分成二十块地盘，要十四只大妖，谁都无法例外，必须调动其中一块地盘的至少半数势力，前往剑气长城，去领教领教陈清都的剑术高低，不愿意，就去古井底下待着去。

战事一起，所有的上五境妖族，必须一个不落，悉数往北方赶路，任何避战不出，胆敢躲藏隐匿的，直接宰了。不过对于这些辛苦挣扎到上五境的存在，也不可太过逼迫，只要愿意出战，除了未来的封赏不可少了半点，率军出征之初，也先得了一个承诺：若是战死在了剑气长城，没能瞧那座浩然天下一眼，那么他们的子嗣或是嫡传，可以保证在蛮荒天下版图上，如同封王就藩，得以占据一方，疆域大小，依照战死大妖的境界和战功来定，千年之内谁都不可侵犯丝毫；若是攻破了剑气长城之后还活着，不但在家乡可以得到封赏，亦可在那边异常丰沃的新天下，直接开宗立派。

这份托月山牵头，联手十四只大妖一起签订的契约，如今已经传遍整座蛮荒天下。

灰衣老者还许诺，二十块地盘的顶尖修士，若是欠缺与境界相应的法袍、甲胄、法宝的，由十四只大妖无偿赠予，反正到了浩然天下，按照既定策略，各自搜刮便是，保证至少双倍找补回来，不够的，由他和托月山负责补偿。

此次攻城，井然有序，分为八个阶段。

如今才是第一个阶段刚刚拉开序幕罢了。

之后剑气长城这些剑仙就会意外不断，例如蛮荒天下也有十境纯粹武夫，有那搁放在山岳渡船之上的墨家剑舟，甚至会有那城头上下，剑修与剑修，双方只以剑对剑的壮观画面。蛮荒天下这边也会聚集一大拨兵家修士，清一色身披甲丸至宝，到时候战场之上，还会凭空出现一大堆高山，是十数个王朝被搬空的五岳大山，会有无数修士在一座座山岳之上，下一场法宝大雨。如今己方战场之上，所有妖族需要高高仰视那座城头，但相信随着时间的推移，最终一座剑气长城，会成为蛮荒天下真正意义上的版图，此消彼长，风水轮流转，到时候据此与那浩然天下对峙，妖族便进可攻退可守。

白莹开始饮酒。听闻浩然天下多仙家酒酿，等到入主浩然天下，随便痛饮。

城头上那些心高气傲的剑仙，不是喜欢倾力出剑杀妖吗，只管痛快出剑，尽管捞取战功，反正都会被战功撑死的。

其实从那场十三之争开始，蛮荒天下就已经开始布局了。

三场都以蛮荒天下惨败撤退告终的攻城战，皆是蛮荒天下用以演武而已。

剑气长城好似应运而生，崛起了一大拨以宁姚领衔的年轻天才。

其实蛮荒天下何尝不是。

拥有最老刑徒观照一部分魂魄的少年离真，当然是其中之一，死了便死了，老祖都不心疼，更不劳他白莹惋惜。

要知道如今也有那妖族年轻百剑仙一说，只以大道资质好坏和未来成就高低来定，不以暂时境界深浅和战力强弱划分。那大髯汉子的唯一弟子，背篓，在一百剑修当中，排名不过第三。

按照剑气长城的习惯，以往等到战事均势或是劣势之际，剑仙就会一起离开城头，将战场分割，出现在最前线，死死阻挡住妖族的后续攻势。

然后就轮到了地仙剑修和宁姚这些天才离开城头，在战场上双方绞杀，生生死死，各凭本事，各看天命。

到了那个时候，下五境剑修就会出现在城头上，阻挡成功登上城头的大妖。

其间不断有孱弱不堪的剑修收取本命飞剑，退出城头第一线，去往北边城头温养飞剑，吞咽丹药，呼吸吐纳，重新积蓄灵气。与此同时，下一拨剑修迅速补上位置，继续驭剑阻敌。

这就是剑气长城最让蛮荒天下头疼的地方。

剑修大可以坐镇城头，一点一点消耗妖族大军的数量。

妖族也曾有那观战的大妖，亲眼目睹这幅画卷过后，不得不伤感唏嘘一句，我族攻城，如那庞然大物，臃肿不堪，战场之上，坐等剥削，何其惨烈无助，何等徒劳无功。

此时剑气长城之上，出现了一个鬼鬼祟祟的黑衣少年，好似十分怕死，登上城头后，在邻近的衣坊剑坊设置的临时铺子，领了一件法袍套在外面，腰间悬佩一把剑坊制式长剑，然后撒腿飞奔。其间有妖族凭空搬来的蛮荒天下山岳被剑仙击碎，碎石飞溅，哪怕有剑仙出剑粉碎大半，依旧有那漏网之鱼，坠落在城头这边，声势极大。黑衣少年伸出双手，替几个躲避不及的中五境年轻剑修挡下了大如屋舍的巨石后，呕血不已，可是不等那些年轻剑修道一声谢，少年便擦了擦血迹，继续踉跄奔走。

在奔走之间，黑衣少年见到了不少情理之中的熟人，例如金丹境瓶颈剑修庞元济，以及那个不待在哥哥高野侯身边却赖在庞元济身边出剑的少女高幼清。

也见到了一些不太相熟之人，林君璧、朱枚、金真梦，都站在苦夏剑仙身侧祭出本命飞剑。

那拨来自中土神洲邵元王朝的年轻天才剑修严律、蒋观澄等，都早已通过倒悬山跨洲渡船，撤离剑气长城，据说是去南婆娑洲游历了。

苦夏剑仙留下，黑衣少年并不奇怪，但是林君璧三人留下，不但不是躲在城池里边远远观战，还有胆子亲身参与这场攻守战，少年还是觉得十分惊奇。

最后这黑衣少年终于找到了一拨熟悉的面孔。

宁姚、叠嶂、陈三秋、董画符、晏琢、范大澈。

六人聚在一起，各自出剑杀妖。

叠嶂背巨剑"镇嶽"，这在剑气长城也是个趣事，因为大剑仙岳青的其中一把本命飞剑，名为"雄镇五嶽"。

这与那东宝瓶洲剑仙魏晋的佩剑"高烛"跟齐狩半仙兵佩剑凑巧同名，有异曲同工之妙。

晏胖子佩剑"紫电"，正在大骂那些妖族的臭不要脸，竟敢用下作手段阴我晏大爷。

董黑炭将名字极其脂粉气的那把"红妆"，横剑在膝。这个买东西从不花钱的董家子孙，这会儿倒是不骂那些妖族畜生，而是在骂晏胖子出剑太软，飘来荡去的，跟醉酒后的陈三秋差不多。董画符的言语，历来喜欢一扫一大片。晏琢辩解说自己这种驾驭飞剑的路数，轨迹那叫一个捉摸不定，可不是乱来，其实是极有讲究的，不但对手察觉不到路线，因为连自己都捉摸不透，所以才最厉害。

陈三秋一袭白衣，是太象街陈氏家族的一件祖传法袍。这个风度翩翩公子哥，佩剑"云纹"，早已失去原先剑鞘，曾是朋友小蛐蛐的佩剑，小蛐蛐死后，就被陈三秋收在手中，这次登上城头，多带了一把剑坊制式长剑的剑鞘，将云纹藏于其中。

至于一开始就属于陈三秋的那把"云纹"，如今暂借给了死活没办法破境跻身金丹客的好友范大澈。

驾驭飞剑出城杀妖，并不是什么轻松事。

妖族当中，也有那不光是体魄坚韧，更有战力不俗的强横之辈，还有众多专破剑修飞剑的阴险手段，更有大量的妖族死士，在身躯上铭刻有诱使、拘押剑修飞剑的符箓，一旦飞剑上钩，便会毫不犹豫地自毁妖丹，炸碎飞剑。这些绝不会在头上写下"死士"二字的妖族，更会故意受伤，或是假装一着不慎，在战场上露出了一两个致命破绽，本命飞剑一旦撞入它们身上的符箓陷阱，甚至会是有去无回的下场。

如此一来，剑修还敢不敢倾力出剑杀妖？出剑还有无那一往无前的剑意精神气？

这本身就是极其考验剑修眼力，更是砥砺道心的一桩事。

既背剑也佩剑的宁姚，瞥了眼那黑衣少年，有些无奈，只是并未出声与他言语。来都来了,难不成还要赶他离开城头?何况她说了,他会听吗?

所以宁姚转身继续驾驭飞剑。

她自然不止拥有一把本命飞剑,但是短短不到二十年,接连三场大战下来,妖族只见识过宁姚的一把飞剑而已。

原本从城头这边望去,哪怕是一个地仙剑修穷尽目力,都会模糊不清的远处战场,如今却是中五境剑修只要凝神注视一处,便会纤毫毕现。

这就是三位儒释道圣人的功劳,是一种类似玄之又玄的造化神通,帮着剑气长城营造出天地厌胜的先天优势。

变成了一个少年面容的陈平安,看了几眼交战的状况,便看出了端倪。

叠嶂的飞剑,一往无前,剑意纯粹如其人。

董画符习惯性出剑追逐叠嶂,这两个都是顾头不顾腚的狠人,所以陈三秋与晏琢就会各自配合叠嶂和董画符,在此之外,当然也需各自杀敌,四人并肩作战三次,配合无比娴熟,会有一种类似小天地的氛围。

叠嶂四人凿阵杀敌,其实就是一种对战场妖族的扫荡和摸底,而宁姚则是一人一剑殿后,专门负责针对难缠妖物,保证其余四人出剑无忧。

范大澈出剑太拘束,不该是一个龙门境瓶颈剑修的杀力。

不是范大澈心性不够,或是胆小怕事,而是处境比较尴尬的缘故。战场杀敌,不是宁府和晏家演武场上的切磋。

范大澈太想要追上叠嶂、陈三秋等人的出剑,太希望自己能够与这些朋友的本命飞剑,配合得天衣无缝,但是欲速则不达,一步错步步错,反而需要陈三秋他们帮忙救场。

所以范大澈,就略显多余了,范大澈自认是最为累赘的存在。

范大澈先前在宁府练剑,在芥子小天地与这些朋友,哪怕演练过很多次,范大澈也不是那种没有下过城头搏命的雏鸟剑修。

唯一的原因,是这些朋友太过出类拔萃,战场上的机会,稍纵即逝,凶险和意外,一样会瞬间出现。

范大澈跟不上叠嶂四人,无论是念头转动,还是飞剑速度,都跟不上。

陈平安来到脸色紧绷却难掩黯淡眼神的范大澈身边,探头探脑望向南方战场,然后聚音成线,轻声笑道:"又不是联手杀那上五境大妖,你只管自己出剑便是,别理睬董黑炭和晏胖子他们,只要他们飞剑重伤了的妖族,来不及毙命,你就驾驭飞剑,偷偷上去戳上一剑,这样白捡的战功不要白不要,这帮金丹境大剑仙,好意思跟你一个龙门境小剑修抢功劳?还讲不讲一点朋友义气了,对吧?"

听到了那个熟悉的声音后,范大澈没有转头与陈平安言语,出剑更没有分心。

这就是剑气长城习惯了战场杀伐的剑修。

范大澈没有任何犹豫和难为情，就按照陈平安的说法出剑，不再试图处处出剑与陈三秋他们合力杀妖，只是伺机而动，对那些濒死的妖族补上一记飞剑。陈平安早就讲过，战场上捡人头就是捡钱，全靠真本事，谁敢说我不要脸，老子就用剑气长城最好的竹海洞天酒喷你一脸。

陈平安观战片刻，继续提醒道："范大澈，你飞剑左边十二丈，那只重伤了的妖物在装死，去，给它一剑。"

凌厉一剑洞穿了那头匍匐在地的妖物的头颅。

陈平安扫了一眼那处战场，继续说道："范大澈，你可以驾驭飞剑，暂时离开叠嶂他们的战场，不用刻意跟上，去往稍远之地，所有尸体，管他是不是装死，都补一剑，对这些货色出剑，比较安稳，因为是那死士的可能性最小。别贪大求全，战功这种东西，只要你不伤飞剑根本，有的是，多的是。你就当南边战场是一座崭新的演武场，想要追上陈三秋他们的脚步，就得出剑之余，多看多想，迟早你可以成功预判他们的出剑轨迹，到时候你就不会觉得自己帮倒忙了。

"撤剑！是死士，让晏胖子先去逗一逗。

"看到没，这头畜生显然也是个带点脑子的，可惜就是演技差了点，哪有屁滚尿流逃命的妖物，眼神如此坚定手更稳的？在陈三秋他们身上占不到便宜，就想要拿你当软柿子捏。这种时候，别犹豫，跑嘛。对方手稳往往心狠，你就要多小心了。你如今本命飞剑，韧性不够，又非金丹境，毕竟不是陈三秋晏胖子这些有钱的公子哥，砸钱无数在飞剑上，所以你出剑，千万别一味求快求准，不是一种人，就别出一种剑，得认。

"大澈啊，你倒是别白瞎了这么个好名字啊，好歹大彻大悟一次行不行，分明已经半死不活的金丹境大妖，躺在那儿等你一剑超度了它，金丹境已被叠嶂击碎，我让你别一味出剑求快，也没让你该快的时候求慢啊，瞧瞧，给晏胖子抢了功劳了吧。

"东北方位，二十三丈外，瞧见那妖族修士没？它刚刚损失了一件法宝，心思犹豫了，只是被后方大妖监军震慑，不好直接转身撤退。大澈啊，愣着干吗，砍死它啊。得嘞，又给叠嶂抢走了。大澈啊，你他娘的是不是偷偷喜欢咱们大掌柜啊？

"与陈三秋对峙的那头，估摸着是个藏掖实力的元婴境大妖，至少也该是金丹境瓶颈，皮糙肉厚，但是那件法宝太过笨重，你可以去帮个忙。记得飞剑尽量贴地，如果可以的话，就找机会戳它裆部。头颅、心口这些关键地方，别去尝试，这头畜生分明就是奔着陈三秋他们来的，这场架，有的磨。大澈啊，这过裆一剑很有剑仙风采嘛，见好就收，赶紧跑路，大妖盯上你了，让董黑炭扛上去。"

一只原本负责巡狩战场的上五境妖物，似乎察觉到这一处战场的异样。

它还是一头玉璞境妖族剑修，一道气势如虹的剑光直奔城头而来，剑光所指，正是那个只露出半颗脑袋的陈平安。

但是被宁姚背后长剑自行出鞘,一剑劈落剑光,飞剑坠地,在城头下方砸出一个尘土飞扬的大坑。一剑无功的妖族剑修,驾驭飞剑,一闪而逝,从地底下游走不定,最终绕回。

宁姚那把长剑自行归鞘,她神色自若,继续驾驭远处那把本命飞剑狩猎妖族。

一行人当中,唯有宁姚的那把本命飞剑,三天三夜的激战中,从未返回城头。

战场上,有那金色的鸾凤,从剑气长城这边,振翅掠向南方战场,扑杀妖族。

有那剑仙高魁的本命飞剑,竟是大如渡船一般,从天而降。

周澄的本命飞剑七彩,在大地之上疯狂游走,所过之地,溅起无数残肢断骸。

有宁氏家主宁连云,祭出本命飞剑之后,战场高空,凭空出现了一片片云海,剑气如滂沱大雨,直坠大地。

蛮荒天下大军当中,也有那大妖施展神通,驾驭乌鸦成群的广袤黑云,往城头掠去,许多躲避不及的剑修飞剑,没入黑云当中,直接崩碎,如被磨盘碾压成粉末,这些剑修便成为一个个血人。

宁连云自然不会让那大妖凭借鸦群黑云打乱剑阵,他心意微动,驾驭其中一座云海与乌鸦黑云相撞在一起。

纳兰家族一个出剑次数不多的年轻剑仙,伸手一推,只见那祭出黑云鸦群的大妖上空,落下一座晶莹剔透的白玉台,笔直往大妖脑袋砸去。

那大妖根本不去抵御,后掠而逃,但是大妖所在的妖族大军,方圆数里之内,被白玉台当头砸下,覆盖大地,顿时鲜血四溅。

不但如此,大妖好似被剑仙的某种古怪神通盯上,无论它如何逃遁,更换路线,皆有蕴藉无穷剑气的白玉台一次次砸落,一时间,殃及池鱼无数,妖族大军伤亡惨重。

十八座白玉台依次落下,最终成功将那只无处可逃的大妖笼罩镇压,大妖只得现出真身,力扛那座压顶的白玉台。当不断龟裂的白玉台彻底炸裂开来时,大妖真身被整个砸入大地之下。半副身躯血肉都被磨损殆尽的大妖,狠狠盯着对手,重新变幻人形,冷哼一声,选择暂时离开战场,去休养生息。

纳兰家族的剑仙也离开南边墙头,去往北边闭目养神。

一个剑仙从北往南,顶替此人位置,负责坐镇一方。

只要有大妖胆敢出手,城头这边一定有剑仙问剑还礼。

并且凡是在战场上出手过一次的大妖,下一次露面,只要现身于出剑范围,大剑仙还需要主动问剑一次。

岳青、宁连云、韩槐子、李退密这些不在十人之列却是仙人境的所有大剑仙,不管是一人出剑,还是齐齐出剑,若是无法将大妖重创,就所有人消减战功一笔。

这是剑气长城老大剑仙亲自订立的一条铁律。

除此之外,玉璞境领头的妖族大军只管出手,并不会被城头上的大剑仙刻意针对,剑气长城这边死了多少剑修,剑气长城都认。

任何一个剑修除了倾力出剑,杀妖御敌,就该在一次次厮杀过程当中先学会自保。

一个死了的剑仙,就是死了。

一个活着的剑修,哪怕尚未成为地仙,依然拥有无数种可能性。

不如此,一个个善战剑仙从何而来,剑修躲躲藏藏出剑,只靠着先人剑仙们的小心庇护吗?

故而陈清都对宁姚说,在他心中无人不可死!

这就是老大剑仙万年以来,从来不对任何晚辈掩饰的一个残忍真相。

惨烈的战事,凶险的厮杀,无处不在。

而城头之上的两端,以及剑气长城的高空,儒释道三教圣人的坐镇之地,有那更加悄无声息却同时更加关键的隐蔽战场。

那位坐镇天幕最高处的道家老圣人,一次次挥动手中雪白麈尾,驱散烟云,如那独坐山巅、拂秽清暑的清谈名士,风流千古。

坐在蒲团上的僧人默默诵经,遍地开出金色莲花,不断悬空飞升,形成一道金色长河,漂浮着一盏盏莲花灯。

儒家圣人正襟危坐,摊开一本圣贤书,书上的金色文字,一字字从书上掠出。当一本圣贤书读完之后,便空白无一字,圣人便再翻开下一本圣贤书。

陈平安离开范大澈身边战场后,出现在庞元济那边,遥遥祭出了咳雷、松针两飞剑,帮忙设置障眼法,见好就收而已。也在高野侯、司徒蔚然那边现身,帮了点小忙。在自家酒铺的熟客,那些喝过酒的中五境剑修身边,陈平安都会稍作停步,不但祭出两把仿剑,还会以飞剑初一和十五,干脆利落杀敌,但是绝对不会在同一个地方停留久,也不是在一条线上依次出剑,而是时不时重返先前出剑过的战场,能救下一把剑修的本命飞剑就救下,能顺手杀妖就杀,绝不逞强,更不贪功。

不但如此,陈平安还不时换脸,一会儿是那神色木讷的黑衣少年,一会儿是那面容枯槁的老者。

当陈平安犹豫不决,掂量着要不要把手中那张女子面皮覆在脸上的时候,有一个司职护阵的剑仙实在是看不下去了,以心声笑骂道:"你这二境大修士,要点脸行不行?"

这个剑仙与岳青、米秭关系极好,当时左右问剑岳青,他是那出城劝架的剑仙之一。

陈平安朝那剑仙竖起一根中指,然后一咬牙,果断覆上面皮,跃上了城头,行走步伐,竟如女子那般婀娜多姿,然后帮着一群年轻剑修,偷偷摸摸鬼鬼祟祟出剑。

远处那剑仙先是看得错愕,随即大笑不已,对这个原本观感不佳的文圣一脉读书人,很是服气了。

剑仙看着那个血迹微微渗透衣坊法袍的年轻背影,收敛心神,继续为众多离开城头的剑修飞剑护阵。

剑仙面朝南方,仔细关注着战场上的每一个细节,同时内心深处生出一个念头:大概只有这样的年轻人,才能够是左右的小师弟,能够让老大剑仙押重注。

才能够与宁姚般配。

初日照高城。

叠嶂、董画符、范大澈,选择了后撤。

宁姚、陈三秋、晏琢继续留在原地。

陈平安回到他们身边,换上了一张中年汉子的面皮,帮着陈三秋、晏琢盯着战场形势,偶尔开口提醒一句。

相较于必须言之精准的范大澈,与陈三秋和晏琢言语,陈平安就要简明扼要许多,细微处的查漏补缺而已。

更多是对一些飞剑轨迹、落脚处选择的建议,帮助他们快速复盘,争取从好变成更好而已。同时,陈平安在凝神观摩陈三秋和晏琢的出剑之中,也获得了不少神益。

之后陈平安就去找了范大澈。

范大澈见着了汉子面容的陈平安,有些无奈,跟陈平安敌对,真是倒了八辈子血霉,祖坟不是冒青烟,而是滚滚黑烟,棺材板都压不住。

无奈之余,范大澈也很感恩,如果不是陈平安的出现,自己还要手忙脚乱很久。

陈平安蹲下身,抛给范大澈一壶竹海洞天酒,笑道:"记得念我的好。"

董画符嗤笑道:"用范大澈的钱买下的酒水,回头再拿来送人情给范大澈,我学到了。"

陈平安假装没听见,往身上贴了一张黄纸除秽符,帮着祛除那股血腥气。

叠嶂笑问道:"去别处捡钱了?"

陈平安点头道:"随便逛逛。因为担心帮倒忙,给人招来暗处某些大妖的注意力,所以没怎么敢出力。回头打算跟剑仙们商量一下,让我独自负责一小段城头,当个诱饵,愿者上钩。到时候你们谁撤出战场了,可以过去找我,见识一下大修士的御剑风采,记得带酒,不给白看。"

董画符摇头道:"那我不去。"

叠嶂笑道:"我也算了。"

范大澈发现陈平安望向自己,硬着头皮说了句实诚话:"我不敢去。"

陈平安笑眯眯道:"大澈啊,人不去,酒可以到嘛,谁还稀罕见到你。"

叠嶂和董画符几乎同时起身,继续去往南边城头。

范大澈也想跟着过去,却被陈平安伸手虚按,示意不着急。

陈平安说道:"与这些朋友并肩作战,是不是觉得压力很大?好像给他们帮忙一次,就拖了后腿一次?"

范大澈点了点头。

陈平安笑道:"有了这样的念头,其实不是坏事,只不过想要更好,你就该压下这些念头了。范大澈,别忘了,你是一位龙门境瓶颈剑修,如今还不到三十岁。知道在我们浩然天下那边,哪怕是被誉为剑修如云的那个北俱芦洲,一位早晚都会跻身金丹境的剑修,是多么了不起的一个年轻俊彦吗?"

陈平安指了指自己,道:"不是浩然天下有我这么个人,浩然天下就都是陈平安这样的人。与你我差不多岁数的山上同龄人当中,只说杀敌的斤两,比我更好的,当然也会有,应该还不少,但是不如我的,很多,极多。"

接着陈平安缓缓说道:"在我的家乡,东宝瓶洲,我走过的很多江湖,你范大澈若是在那边修行,就会是一个王朝举国寄予厚望的天之骄子。你可能会觉得以前我经常开玩笑,说自己好歹是堂堂五境大修士,是调侃是自嘲,其实不全是。在我家乡那边,一只洞府境妖物或者鬼魅,就是那当之无愧的大妖,或是惊世骇俗的厉鬼,那么一个先天剑修坯子的金丹境剑修,可能也就三十来岁,在东宝瓶洲那边,你想想看是怎么个高高在上?"

范大澈点点头,道:"以前没想过这些,对于浩然天下的事情,不太感兴趣。从小到大,都觉得自己资质算凑合,但是不够好。"

陈平安笑了笑,摊开两只手,双指并拢在两端点了点虚画了一条线,道:"我所说之事,范大澈在宁姚和陈三秋他们身边,觉得自己做什么都是错,是一种极端;范大澈在我家乡那边,好像可以仗剑敌国,是另外一个极端。自然都不可取。"

陈平安收起一手,一手握拳,在先前那条线的中间晃了晃,道:"事情可以有那极端,无法避免,但是一个剑修的道心,应当落在此处,岿然不动。身外事,往大了说去,就真的只是身外事,很难被我们完全掌控,可是修道之人的本心,永远只是你我手边事,近在咫尺,是可以随时随地磨砺精进的本家功夫。人身小天地,于天地不过是立锥,可是人心包罗万象,能够比天地更高更大,尤其是剑修,思虑所及,飞剑所至,身心性命皆自由。这句话,我觉得很对,与你手上这壶酒水,一起白送你了。"

范大澈眼神澄澈,痛饮一口酒水,擦了擦嘴角,沉声道:"陈平安,这些话,如果是你以前与我说,我兴许就是听得一个明白,但是未必真正听得进去,现在不一样,我懂。"

陈平安微笑道:"其实都一样,我也是吃过了大大小小的苦头,走走停停,想这想那，才走到了今天。"

范大澈沉默片刻，突然好奇问道："与酒水一起送我的那句话，是哪位圣贤高人说的？我越琢磨，越有道理。"

陈平安伸出手心摩挲着下巴，道："大澈啊，你这小脑阔儿不灵光就算了，咋个眼神也不太好啊。"

范大澈笑着起身，使劲一摔手中酒壶，就要去往陈三秋他们身边。

不承想陈平安一个伸手，抓住空酒壶，起身大骂道："小小龙门境剑修，在堂堂二境大修士面前，装你大爷的豪杰气概，酒壶不要钱啊。"

范大澈有些心虚，快步离开，只是忍不住转头，看到那个二掌柜，歪着头，手指抵住鬓角，然后缓缓摘下一张伪装面皮。

范大澈问道："陈平安，我就是忘不了她，是不是很没有出息？"

陈平安将那张朱敛打造的面皮收入袖中，笑道："只说痴情种痴心一事，没有比这更好的了。"

范大澈疑惑道："当初我们刚认识那会儿，你不是这么说的，当时骂得我狗血淋头。"

神色萎靡的陈平安取出养剑葫，喝了口酒，笑道："没力气跟你讲这里边的学问，自己琢磨去。还有啊，拿出一点龙门境大剑仙的气魄来，公鸡吵架头对头，剑修打架不记仇。"

陈平安其实已经不再担心范大澈的情伤，虽然范大澈在他们这边好像修行、言行都不出彩，但是陈平安可以笃定，范大澈的修道之路，可以很长远。陈平安当下比较忧心的，是怕范大澈听过了自己那番道理，明白了，结果发现自己做不到，或者说做不好，就会是另外一种麻烦。

一个道理，不曾知道，本身就是一种无形的否定，知道了并且认可，就是一种肯定，做不到，是一种再次否定。

一般来说，到了这一步，就是那个道理走到了绝路，走到了心路上的葬身之地，尸骨无存的那种。最可怕的地方，在于与此道理类似的一连串学问，都会跟着死亡，会一死一大片。

不承想范大澈说道："我若是接下来暂时做不到你说的那种剑心坚定，无法不受陈三秋他们的影响，陈平安，你记得多提醒我，一次不行就两次。我这人，没啥大优点，就是还算听劝。"

陈平安笑道："好说。"

范大澈最后说道："那你也听我一句劝，这场大战有的打，不差这几天半个月的，你先养好伤再回城头，不然一直这么继续下去，到了将来需要我们离开城头奔赴战场的时候,你很难恢复到巅峰。你是我的护阵剑师,你就算不担心自己,也好歹担心担心我这条小命,以后还想不想喝不花钱的酒水了?"

陈平安点头道:"有道理。"

说完还真就祭出符舟,离开了城头。

范大澈到了南边墙头,宁姚朝他点头笑道:"谢了。"

范大澈想要绷住脸色,只是做不到,干脆便笑了起来。

董画符点评道:"傻了吧唧的。"

一行人当中,飞剑杀敌最为潇洒写意的陈三秋微笑道:"董黑炭,你有本事让宁姚与你道一声谢?"

董画符转头问道:"宁姐姐,能不能与我道声谢?"

宁姚始终目视前方,打赏了一个"滚"字。

董画符点点头,表示笑纳了,然后转头望向陈三秋和范大澈,问道:"宁姐姐从来不与我客气,你们可以吗?"

陈三秋高高竖起大拇指。

范大澈深呼吸一口气,祭出本命飞剑,剑光一闪,掠下城头。

陈平安驾驭符舟,无所事事,便学自己的弟子学生,趴在渡船船头,以手划船,好像真的快了些?

大战间隙,几个来自外乡的年轻剑修,从城南撤到了城北墙头,另外一批养精蓄锐的本土剑修,默然顶替位置。只是与前者擦肩而过的时候,后者脸上大多有了些笑意。

郁狷夫坐在北边墙头上,嚼着最后一块烙饼,一身拳意盎然,却始终不得出拳,这让登了城头只能观战的郁狷夫生平第一次对于武学境界的登高,产生了一种莫大的渴求,七境金身,终究不似八境远游,只要跻身了远游境,就可以如那练气士御风,就可以出拳酣畅。

朱枚脸色惨白,心有余悸,擦了擦额头汗水,一言不发。

在她祭出本命飞剑后,数次险境,要么被苦夏剑仙护阵,要么是被金真梦救援,就连依旧只是观海境剑修的林君璧,都帮助了她一次。当时若非林君璧看破一个妖族死士的伪装,故意出剑引诱对方祭出杀手锏,最终由金真梦顺势出剑斩妖,朱枚肯定就要伤及本命飞剑,哪怕大道根本不被重创,也会就此退下城头,去那孙府乖乖养伤,从此整场战事就与她完全无关了。

林君璧在与金真梦说着先前战事的心得。

这应该是林君璧第一次与金真梦私底下如此闲聊,说那双方出剑的得失,细究其中的瑕疵、纰漏与诸多精妙处。

金真梦笑意和煦,虽然依旧言语不多,但是明显与林君璧多了一份亲近。

这也是金真梦第一次觉得,林君璧这个仿佛终年不染尘埃的天才少年,破天荒有了些人味儿。

林君璧取出一只邵元王朝造办处打造的精致小瓷瓶,倒出三颗不同色泽的丹丸,自己留下一颗鹅黄色,其余两颗鸦青色、春绿色丹药,分别抛给金真梦和朱枚。

金真梦和朱枚皆是犹豫了一下,仍然选择收下,三人各自吞咽丹药。

林君璧开始屏气凝神,呼吸吐纳,丹丸逐渐消融,沛然灵气涌入几座关键气府。

并分出一份心神,继续反复推敲当初那场问心局的末尾。

每复盘一次,就能够让林君璧道心圆满一丝。

当初那个自称崔东山的白衣少年郎,在从棋盘上拈子收入棋罐时,问林君璧敢不敢留在剑气长城出剑杀妖。

林君璧说敢,只是风险太大,收益太小,似乎不太值当。

"不是建议,是命令。因为你太蠢,所以我只好多说些,免得我之好心,被你炒成一盘驴肝肺,使得原本一件天大好事,反过来成为你抱怨我的理由,到时候我打死你,你还觉得委屈。"

崔东山双指拈住一颗棋子,晃了晃,道:"第一,留下后,杀了多少只大妖,根本不重要,若是能够多杀些,赢得一两位剑仙的认可,是更好。"

崔东山将那颗棋子随便丢入棋罐当中,再拈起另一颗棋子,接着道:"第二,有苦夏在你们身旁,你自己再注意点分寸,就不会死的。苦夏比你更蠢,但终究是个难得的山上好人,所以你越像个好人,出剑越果决,杀妖越多,那么在城头上,每过一天,苦夏对你的认可,就会越多。苦夏本就心存死志,所以说不定某一天,他愿意将死法换一种,把为自己变成了为你林君璧,为了邵元王朝未来的国之砥柱。到了这一刻,你就需要注意了,别让苦夏剑仙当真为了你战死在此地,你林君璧必须不断通过朱枚和金真梦,尤其是朱枚,让苦夏打消那份慷慨赴死的念头,护送你们离开剑气长城。记住,哪怕苦夏剑仙执意要孤身返回剑气长城,也该将你们这几个一路护送到南婆娑洲,他才可以转头返回。如何做,意义何在,我现在不告诉你,用你那颗年纪不大就已生锈的脑子自己去想。"

崔东山把第二颗棋子丢入棋罐,继续道:"第三,你离开倒悬山的归途中,与朱枚、金真梦相处,从始至终,要点到为止,切不可画蛇添足,试图收买人心。不妨教你一个诀窍,那时候与他们朝夕相处的林君璧,依旧是那骨子里自视清高的林君璧,与先前城头上出剑杀妖的林君璧,必须判若两人,否则你会前功尽弃。朱枚和金真梦,不是严律和蒋观澄之流,后者务实,前者相对务虚,是两种天地。你自己好好掂量。

"第四,回了中土神洲那文风鼎盛的邵元王朝,你就闭嘴,只字不提,闭不上嘴,你就滚去闭关谢客。你在闭嘴之前,当然应当与你先生有一番密谈,你坦诚相待便是,除我之外,大事小事,不用藏掖,别把你先生当傻子。如此,国师大人就会明白你的企图心,非但不会反感,反而欣慰,因为你与他,本就是同道中人。他自然会暗中帮你护道,为你这个得意弟子做点先生的分内事。他不会亲自下场,为你扬名,用这样的手段太下乘了,相信国师大人不但不会如此,还会掌控火候,反其道行之。严律这个比你更蠢的,反正已经是你的棋子了,回了家乡,自会做他该做的事情,说他该说的话。当然,国师自会在邵元王朝封禁风声,不允许肆意夸大你在剑气长城的经历,然后你就可以等着学宫书院替你说话了。在此期间,你越是缄口不言,邵元王朝越是保持沉默,四面八方的赞誉,就越会自己找上门来,你关了门都拦不住。

"不光是邵元王朝,所有周边王朝、藩属、帝王将相公卿、山上修道之人、山下的市井江湖,都会知道有个少年林君璧,远游剑气长城,临战敢不退,出剑能杀妖。"

崔东山双指拈棋子,笑问道:"在这'第四'当中,最细微处在何处?好好想,答案别让我失望。"

林君璧回答道:"让我先生觉得我的为人处世,犹然略显稚嫩,也让先生可以做点自己学生如何都做不成的事情,先生心里就不会有任何芥蒂。"

崔东山丢了那枚棋子,拍拍手道:"还好,总算还不至于蠢到死。等着吧,以后剑气长城的战事越惨烈,你林君璧在剑气长城的事迹,就会越有含金量。"

崔东山再次拈起一枚棋子,讥笑道:"便是那些与你先生分属不同文脉道统的儒家圣人、君子贤人,也会对你林君璧刮目相看。国师越发将你视为大道可期的关门弟子,儒家书院学宫却未必继续将林君璧视为王朝国师的弟子,此间玄妙,自己多多体会,会让你如饮醇酒的。"

崔东山晃着手指和棋子,道:"但是别得意忘形,所有今日之赞誉,都会成为他日之非议,赞誉与非议之人,又往往是同一拨人。这又是一妙,想明白了,又是醇酒一壶,十分醉人。"

崔东山丢了手中棋子,砸在棋罐当中,棋子相碰,响声清脆,他抖了抖袖子,又道:"严律此人,可以善加利用。朱枚此人,必须获得她的认可。尤其是后者,你与她关系处置妥当了,你会有意外之喜。"

林君璧轻声问道:"是朱枚背后的家族?"

崔东山摇头道:"不止于此。你真是糨糊脑子,下什么棋?走一步只看一两步,就想要赢棋?"

林君璧诚心诚意道:"请崔先生为我解惑。"

崔东山说道:"朱枚说了什么,与郁狷夫亲眼见到了什么,差不多。两个女子形影不离,关系亲昵且纯粹,什么话不会说?朱枚认可你林君璧,自然会为你说几句真正意义上的公道话,正因为朱枚纯真,郁狷夫认可朱枚的人品,才听得进去。这样你在剑气长城的那点拙劣城府,在郁狷夫眼中,非但不会成为邵元王朝林君璧的人生瑕疵,反而可以加重她对你的正面看法。此说,可以理解?"

林君璧轻声道:"晚辈怕理解有误,不够深远,愿闻其详。"

崔东山笑道:"人无半点毛病,最不可亲。一旦否定了你,再认可你,这种认可,会比初次见面就认可,更加坚定不动摇。这都不理解?下棋也不会,人心也看不懂,我都有些后悔了,要与你做这长远买卖。怎么感觉是要亏钱的意思?林君璧,与你下么多局棋,我无半点忧虑,不承想与你联手做生意,反而忧心忡忡,如何是好?"

林君璧欲言又止。

崔东山眯起眼睛,问道:"只会问不会想?你不知道我的耐心有限?我会宰掉你的,知道为什么吗?回答错了,你就死了。"

林君璧额头渗出汗水,嚅嗫道:"我可以自己蠢死,但是不可以连累崔先生眼光出错,找了个蠢人做买卖。"

崔东山微笑道:"好小子,还是可以教的嘛。"

崔东山手心贴在棋罐里的棋子上,轻轻摩挲,随口说道:"对一个足够聪明却又敢不惜死的中土神洲剑修,同为中土神洲出身的纯粹武夫郁狷夫,是不会讨厌的。郁家人,甚至是那个老匹夫周神芝,对于一个能够让郁狷夫不讨厌的少年剑修,你以为会如何?郁家老儿、周神芝,这些个老不死,对于原先那个林君璧,那种所谓的半吊子聪明人,会见得少了?郁家老儿一手掌控了两大王朝的覆灭、崛起,周老匹夫活了数千年,见惯了世事起伏,什么样的聪明人没见过?他们见得少的,是那种既聪明又蠢的年轻人,朝气蓬勃,不把天地放在眼中,身上充满了一股子愣劲,敢在某些大是大非之上,不惜名利,不惜命。"

崔东山轻轻抬起手,离开棋罐寸余,手腕轻轻翻转,笑道:"这就是人心细微处的风云变幻,风景壮阔,只是你们瞧不真切罢了。心细如发?修道之人神仙客,放着那么好的眼力不用,装瞎子。修道修道,修个屁的道心。你林君璧是注定要在庙堂之高大展手脚的山上人,若是不懂人心,如何辨人知人?如何用人驭人?又如何能够用人心不疑?"

林君璧心悦诚服,郑重其事道:"崔先生高明,林君璧受教了。"

崔东山抬起头,责备道:"高明?就用这么一个庸俗的说法来形容我。"

林君璧摇头道:"既高且明!唯有日月而已!这是我愿意花费一辈子光阴去追求的境界,绝不是世俗人嘴中的那个高明。"

崔东山哈哈大笑,道:"这个溜须拍马,很有我家山头的风范了,很好很好,以后有机会,说不定我真要收你为弟子,然后你就能够去落魄山祖师堂磕头烧香拜挂像了。"

林君璧其实心中已经有了一个猜测,只是太过匪夷所思,不敢相信。

崔东山收敛笑意,低头看了眼棋盘,手掌一抹,所有棋子皆落入棋罐,然后拈出一枚孤零零的黑子放在棋盘,再拈起一枚枚白子,围出了一个大圈。

崔东山说道:"既然将你当作半个弟子栽培,那我就要拿出一点真本事了。以严律作为这枚黑子举例,你要让这枚黑子自己觉得很自由,天大地大不拘束,人生充满了希望,但是他的人心,所有思虑,事实上都在你的掌控之中,要其生,要其死,要其得势失势,都在你的算计之内。"

林君璧觉得此理浅显,不难明白。

然后崔东山在白子之外又围出一个更大的黑子圆圈,道:"这是周老匹夫、郁家老儿的人心。你该如何破局?"

林君璧沉思许久,抬起手臂擦了擦额头,摇头道:"无解,甚至不要想着去破局。"

崔东山点点头,赞道:"不错,对了一半。"

崔东山拈起一枚白子,丢在了黑子之外的棋盘上,道:"人生终究不是下棋,棋盘上一时半会儿,形势难改,先后手只差一颗棋子。但是别忘了人心无拘束,所以大可以丢个念头,藏在远处,瞪大眼睛,仔细看着更大的天地棋盘,你就会发现,周神芝算个什么东西。这就是修心。"

林君璧低头凝视着不是棋谱的棋盘,陷入沉思。

"呦呦鹿鸣,食野之蒿,食野之苹。我有美酒,吹笙鼓簧,惜无嘉宾。"

崔东山收起望向大地的视线,转头望向天空,微笑道:"山上客,云中君,见飞鸟过,浮一大白。"

城头上,此时此刻,林君璧也学那"白衣少年"仰头望去。

那人就是下出《彩云谱》的崔瀺。

棋力甚至比当年的崔瀺,要更高。

那个白衣少年收起棋罐棋盘,起身后,对林君璧说了最后一句话。

"教你这些,是为了告诉你,算计人心,无甚意思,没搞头啊没搞头。"

第三章
大家都是读书人

陈平安没有直接返回宁府,而是去了一趟酒铺。

铺子没关门,只是没有客人。

先前在酒铺帮忙的张嘉贞和蒋去两个长工少年,已经与金丹境剑修崔嵬一样,秘密去往倒悬山,要跟随崔东山一起去那东宝瓶洲。

如今在酒铺帮忙的三人,少年名叫丘垅,少女叫刘娥,年龄最小的那个孩子叫桃板,都是叠嶂挑选出来的店伙计,也都是熟悉的街坊邻居。

其中桃板与那同龄人冯康乐还不太一样,小小年纪就开始攒钱准备娶媳妇的冯康乐,那是真的天不怕地不怕,更会察言观色,见风使舵,可桃板就只剩下天不怕地不怕了,一根筋。原本坐在桌边闲聊的丘垅和刘娥,见到了那个和和气气的二掌柜,依旧紧张失措,站起身,好像坐在酒桌边就是偷懒,陈平安笑着伸手虚按两下,道:"客人都没有,你们随意些。"

只有桃板一个人趴在别处酒桌的长凳上发呆,怔怔看着那条空无一人的大街。

陈平安坐在那张酒桌边上,笑问道:"怎么,抢小媳妇抢不过冯康乐,不开心?"

桃板闷闷不乐道:"二掌柜,你说我到底是不是那种谁都看不出来的剑仙坯子啊。"

陈平安无言以对,只好拍了拍桌子,吩咐道:"去给我拎壶酒来,老规矩。"

桃板不乐意起身,喊道:"刘娥姐姐,去给二掌柜拿壶酒,别忘了收钱。"

陈平安摸出一枚雪花钱,递给刘娥,说酱菜和阳春面就不用了,只喝酒。很快,少女就拿来一壶酒和一只白碗,轻轻放在桌上。

陈平安倒了一碗竹海洞天酒,抿了一口。

桃板坐起身,趴在酒桌上,有些百无聊赖,手指敲着桌面,说道:"二掌柜,我也不想一辈子卖酒啊。"

陈平安笑问道:"那你想做什么?"

桃板说道:"我也没想好。"

陈平安喝着酒,不再说什么。

桃板没话找话道:"二掌柜,你知不知道,其实好多人背地里说你坏话,很多话,光是听着就挺气人的。来咱们这边买酒的好些客人,都替你打抱不平。"

陈平安摇头道:"不知道啊。你给说道说道?"

桃板便开始竹筒倒豆子,一五一十说了那些自己听来的言语。

桃板见二掌柜只是喝酒,也不生气,便气呼呼道:"二掌柜你耳朵又没聋,到底有没有听我讲话啊?"

陈平安笑道:"在听。"

东风吹起杨柳絮,东风吹落杨柳絮。

一样的东风一样的杨柳絮,起起落落,在意什么。

只是这样的道理,太没劲,更没必要念叨给一个孩子听。

所以陈平安好似后知后觉,佯怒道:"这帮王八蛋,太气人了。"

孩子跃跃欲试道:"咱们做点啥?"

陈平安悬停手中酒碗,斜眼道:"你是帮我干架还是帮我望风啊?"

桃板叹了口气,重新趴在桌上,道:"客人多的时候,我嫌累,没了客人,又嫌闷,咋个回事嘛。"

陈平安打趣道:"就是就是,咋个回事嘛。"

桃板一瞪眼,道:"你这人真没劲,说书先生也不当了,铺子这边也不爱管,一天到晚不知道忙个啥。"

陈平安挥手道:"我花钱买了酒,该有一碟酱菜和一碗阳春面,送你了。"

桃板笑得合不拢嘴。

一直在竖起耳朵听这边对话的刘娥,立即去与冯叔叔打招呼,给二掌柜做一碗阳春面。

陈平安悠悠然喝着酒。

没来由想起了青鸾国狮子园柳老侍郎的那场劫难。

爱惜羽毛的读书人最重名声,所以最怕晚节不保。

崔东山说那些环环相扣的阴毒手段,都是老侍郎嫡长子柳清风的想法,小镇同乡人李宝箴只是照做而已。

陈平安转头看了眼身后大街的大小酒楼,那条空荡荡的街道。

其实桃板所说的那些人、那些话,半点不让陈平安感到奇怪,甚至可以说,早就猜到了,就像陈平安在那方印章上的边款刻字:世间人事无意外。

对于如今的陈平安而言,想要生气都很难了。

与那失望,更是半点不沾边。

肯定有人曾经在酒桌或是太象街、玉笏街,遇见了公子哥陈三秋,谄媚讨好却无结果,便开始偷偷记恨起陈三秋来,二掌柜与陈三秋是朋友,那就便连陈平安一起记恨了。

也肯定有那剑修瞧不起叠嶂的出身,却艳羡叠嶂的机遇和修为,便憎恶那座酒铺的喧闹嘈杂,憎恶那个风头一时无两的年轻二掌柜。

还肯定有那曾经随大流讥讽过晏胖子的同龄人,后来随着晏琢境界越来越高,他们从俯视、轻蔑,变得越来越需要仰视晏琢,而晏琢又与宁府、与陈平安皆相熟,这拨人便要心里不痛快,抓心挠肝。

肯定也有那在叠嶂酒铺试图与二掌柜套近乎攀关系的年轻酒客,只觉得好像自己与那二掌柜始终聊不到一块儿,一开始没多想,只是随着陈平安的名气越来越大,在那些人心目中就成了一种实实在在切身利益的损失,久而久之,便再不去那边买酒饮酒了,还喜欢与他们自己的朋友,换了别处酒楼,一起说那小酒铺与陈平安的风凉话,十分快意,附和之人愈多,饮酒滋味愈好。

这些人,尤其是一想起自己曾经装样子,与那些剑修蹲在路边喝酒吃酱菜,突然觉得心里不得劲儿,所以与同道中人,编排起那座酒铺,越发起劲。

那座酒铺越热闹,生意越好,在别处喝酒说那阴阳怪气言语的人,环顾四周,哪怕身边没几个人,却也有诸多理由宽慰自己,甚至会觉得众人皆醉,自己这般才是清醒,三三两两,抱团取暖,更成知己,倒也真心。

佛经上说,一雨所润,而诸草木各有差别。

与那老话所说的"一样米养百样人",其实是差不多的意思。

否定任何一个人,都是一件很容易的事情。

无论是剑气长城的老大剑仙,还是浩然天下的儒家道德圣人,或是诸子百家圣贤,世上任何一个人,只要旁人想要挑刺,就可以轻易否定,在我心头打杀他人。

谁都能做到的事情,可以做,不然离群。不可以只做,否则庸碌,最终吃亏是自己。

而真心认可一个人,就会很难。

陈平安如今的乐趣所在,根本不是与他们较劲,反而是得了闲暇,只要有那机会,便尽量去看一看这些人的复杂人生,看那人心江湖。

陈平安喝了一大口酒,碗中酒水已经喝完,又倒了一碗。

看着埋头狼吞虎咽的桃板,陈平安笑道:"慢点吃,没人跟你抢。"

桃板不理睬。

陈平安喝着酒，有些想念家乡。

年幼时，小镇上，一个孩子曾经爬树拿回了挂在高枝上的断线纸鸢，结果被说成是小偷。

曾经一次在神仙坟远远看着同龄人嬉戏打闹，有人被蛇咬了，那个孩子便赶紧靠着杨家铺子那边询问、偷学、偷听而来的草药方子，帮着那个被蛇咬的孩子敷药。

在那之后，再看到这个常年独自一人，远远看着他们玩耍的泥瓶巷黑炭孩子，骂得最凶的，丢掷泥块最使劲的，恰恰就是这些同龄人。

当年陈平安不理解为什么会这样，逐渐长大后，就会明白，原来不这样做，他们就会失去自己的朋友。

但是这不耽误那些孩子，长大后帮着邻里老人挑水，大半夜抢水。

也会有那沦为混不吝油子的年轻人，有些甚至运气好，会成为福禄街、桃叶巷那帮有钱子弟的帮闲狗腿，一天到晚找到了机会，就瞪眼怒目，做凶狠状。

哪怕如此，也还是不耽误这些人当中，有人会得了赏钱，回了家，就领着衣裳寒酸破旧、脚拇指常年站在"门口外边"的弟弟妹妹们，去小镇铺子，大手大脚，购买一大堆年货回家。再让爹娘做上一顿丰盛年夜饭，热热闹闹，团团圆圆。还会为弟弟妹妹们做些竹蜻蜓或者竹刀竹剑之类的小物件。

也有那种小时候就是坏心肠，长大后依旧如此的人，然后结婚生子，日子可以过，不算太好，一家人，从来不会为了某些对错是非而去争吵，一家人的所有认知都很一致，似乎拥有一种类似小天地的融融洽洽。

当时哪怕陈平安成了窑工学徒，其实也还是不理解为何如此，后来是走过了很多江湖路，读了不少的书上道理，才知道了缘由。

泥瓶巷的那个孩子，在当时对于自己的遭遇也会有大大小小的不开心，也会委屈。

但他只能一个人蹲着，摇头晃脑，斗草玩，或者是在神仙坟那边，对着破败的神像们，捏出一个个粗糙得不像话的小泥人。

也会随手捡起一根枯枝，在草木茂盛的乡野路上，独自一人，蹦蹦跳跳，将枯枝当作剑，一路砍杀，气喘吁吁，十分开心。

也会大半夜睡不着，就一个人跑去锁龙井或是老槐树下，只要看着天上的璀璨星空，就会觉得自己好像什么都有了。

也会牙疼得脸庞红肿，只能嘴里嚼着一些土法子的草药，好几天不想说话。

可只要无病无灾，身上哪里都不疼，哪怕吃一顿饿一顿，也算幸福。

后来那个同一条巷子的小鼻涕虫长大了，会走路，会说话了。

也遇到了刘羡阳。

后来泥瓶巷草鞋少年成了窑工学徒,就觉得人生有了点额外的盼头。

要多照顾一些小鼻涕虫,要与刘羡阳多学一点本事。

陈平安希望三个人将来都能吃饱穿暖,不管以后遇到什么事情,无论是大灾小坎,他们都可以顺顺当当走过去,熬过去,熬出头。

小鼻涕虫说自己一定要挣大钱,让娘亲每天出门都可以穿金戴银,还要搬到福禄街那边的宅子去住,到时候所有欺负过他们娘俩的王八蛋,会一个个对他怕得要死,自己打自己的嘴巴,还要主动提着鸡鸭上门认错,不然他顾璨就不会原谅他们,以前骂过他一百句的,他就骂回去好几个一百句,以前踹过他一脚的,就踹回去七八脚,踹得对方满地打滚,差点死翘翘。

刘羡阳说要成为所有龙窑窑口手艺最好的那个人,要把姚老头的所有本事都学到手,自己亲手烧造的瓷器,要成为搁放在皇帝老儿桌上的物件,还要让皇帝老儿当传家宝看待。哪天他刘羡阳上了岁数,成了个老头子,肯定要比姚老头更威风八面,每天将一个个笨手笨脚的弟子和学徒骂得狗血淋头。

刘羡阳还希望自己能够随便一拳就打碎砖块,一步就可以跨过最宽处的小溪,所有在学塾里读过书的人,所有会拽几句酸文的家伙,都要对他刘羡阳刮目相看,求着要给他老刘家写春联。

那个时候,三个差不多出身的人都觉得自己很大,最大了。

可是谁都没有想到,相较于三人以后的人生际遇而言,当时那么大的愿望,好像其实也不大,甚至可以说很小。

只是顾璨变成了他们三个人当年都最讨厌的那种人。

刘羡阳也没有成为那种大侠,而是成为了一个名副其实的读书人。

只想过上安稳日子的陈平安,也没有把日子过得那么安稳,钱没少挣,走了很远的江湖,遇见了很多以往想都不敢想的人事。不再是那个背着大箩筐上山采药的草鞋孩子了,只是换了一只瞧不见、摸不着的大箩筐,装满了人生道路上一一捡来放入的大小故事。

有些故事的结局,远远不算美满,有情人未能成为眷属,好心人好像就是没有好报,有些当时并不伤感的离别,其实再无重逢的机会。有些故事的结局,美好的同时,也有缺憾。有些故事,尚未有那结尾。

但是陈平安一直相信,于暗昧处见光明,于绝望时生出希望,不会错的。

陈平安放下酒碗,怔怔出神。

想起了那个喜欢独自一人双手笼袖的姚老头。

记得第一次跟随老人进山寻找适宜烧瓷的泥土,蓦然下起了一场大雪,寒风刺骨,大雪没膝,衣衫单薄的草鞋少年差点被冻死。

沉默的老人自顾自在前边赶路，偶尔放缓了脚步，并且难得多说了两句话，道："大冬天走山路，天寒地冻，好不容易挣了点钱，一枚钱不舍得掏出去，就为了活活冻死自己？天冷路远，就自己多穿点，这都想不明白？爹娘不教，自己不会想？"

好像没有尽头的风雪路上，遭罪的少年听着更糟心的言语，哭都哭不出来。

老人始终没有去管陈平安的死活。

但是当陈平安正真真切切感到那种绝望的时候，有一个高大少年追了上来，不但给陈平安带来了一只装有厚重棉袄和干粮吃食的大包裹，还破口大骂他正儿八经拜过师磕过头的老人，不是个东西。

此时，正想着心事的陈平安一个不留神，就给人从身后伸手勒住脖子，身体被扯得后仰倒去。

那人非但没有见好就收，那条胳膊反而加重力道，另外一只手使劲揉着陈平安的脑袋，大笑道："如今个儿蹿得挺高啊！问过我答应了没有？"

陈平安听闻此声，眼眶泛红，喃喃道："怎么现在才来？"

天底下，唯一能够对陈平安的人生指手画脚，陈平安也愿意去听的那个人，到了剑气长城。

他是刘羡阳。

丘埌和刘娥都很震惊，因为剑气长城的二掌柜，从来不曾这么被人欺负，好像永远只有二掌柜坑别人的份。

桃板这么轴的一个孩子，护着酒铺生意，可以让叠嶂姐姐和二掌柜能够每天挣钱，就是桃板如今的最大愿望，可是桃板这会儿，还是放弃了仗义执言的机会，但他在默默端着碗碟离开酒桌时，忍不住回头看一眼。孩子总觉得那个身材高大、身穿青衫的年轻男子，真厉害，以后自己也要成为这样的人，千万不要像二掌柜，哪怕经常在酒铺与人大笑言语，每天都挣了那么多的钱，在剑气长城也算大名鼎鼎了，可是人少的时候，便是今天这般模样，心事重重，不太快活。

刘羡阳松开陈平安，坐在已经让出些长凳位置的陈平安身边，向桃板招手道："那小伙计，再拿一壶好酒和一只酒碗来，账记在陈平安头上。"

桃板望向二掌柜，二掌柜轻轻点头，桃板便去拎了一壶最便宜的竹海洞天酒。虽说不太希望变成二掌柜，可是二掌柜的生意经，无论卖酒还是坐庄，或是问拳问剑，都是最厉害的，桃板觉得这些事情还是可以学一学，不然自己以后还怎么跟冯康乐抢媳妇。

陈平安自己那只酒壶里还有酒，就帮刘羡阳倒了一碗，问道："怎么来这里了？"

刘羡阳没有着急给出答案，抿了一口酒水，打了个哆嗦，哀愁道："果然还是喝不惯这些所谓的仙家酒酿，贱命一条，一辈子只觉得糯米酒酿好喝。"

陈平安笑道："董水井的糯米酒酿，其实带了些，只不过被我喝完了。"

刘羡阳一肘砸在陈平安肩头,佯装生气道:"那你讲个屁。"

陈平安揉了揉肩膀,自顾自喝酒。

刘羡阳喝了一大口酒,抬起手背擦了擦嘴角,跷起大拇指,指了指自己身后的大街,道:"跟着同窗们一起来这边游历,来的路上才知道剑气长城又打仗了,吓得我半死,就怕先生夫子们一个热血上头,要从饱腹诗书的肚子里,拿出几斤浩然正气给学生们瞧瞧,然后吭哧吭哧带着我们去城头上杀妖。我倒是想躲在倒悬山四大私宅的春幡斋里,一心读书,然后远远看几眼与春幡斋齐名的猿蹂府、梅花园子和水精宫,但是先生和同窗们一个个大义凛然,我这人最好面子,命可以被打掉半条,但是脸绝对不能被人打肿,就硬着头皮跟过来了。当然了,在春幡斋听了你的不少事迹,这是最重要的原因,我得劝劝你,不能由着你这么折腾了。"

陈平安不说话,只是喝酒。

天底下最絮叨的人,就是刘羡阳。

陈平安领教了很多年。

当年三个人相处,刘羡阳与顾璨一言不合就吵架开骂,陈平安都懒得劝架,听着就是,反正一大一小,吵也吵不到哪里去。刘羡阳与人吵架好像从来没输过,因为他根本不在意吵架的输赢,永远笑嘻嘻乐呵呵,顾璨往往明明嘴上吵架已经赢了,将刘羡阳祖宗十八代都骂了一遍,结果到最后还是顾璨自己更加窝心,就追着刘羡阳打,气急了,还会抄树枝,砸石子,刘羡阳哪怕不小心被石子砸中,倒也不生气。顾璨曾经说过,刘羡阳这个人没半点好,穷命贱命光棍命,唯一还算可以的,就是不记仇,更不会仗着气力大就揍人。

那会儿,相依为命的三个人,其实都有自己的活法,谁的道理也不会更大,也没有什么清晰可见的对错是非,刘羡阳喜欢说歪理,陈平安觉得自己根本不懂道理,顾璨觉得谁力气大拳头硬,谁家里有钱,身边狗腿子多,谁就有道理,刘羡阳和陈平安只是年纪比他大而已,两个这辈子能不能娶到媳妇都难说的穷光蛋,哪来的道理。

可是那会儿,上树掏鸟,下河摸鱼,一起插秧抢水,从晒谷场的缝隙里摘豆苗,三人总是开心的时光更多一些。

陈平安在刘羡阳喝酒的间隙,问道:"在醇儒陈氏那边求学读书,过得怎么样?"

刘羡阳笑道:"什么怎么样不怎么样的,这十多年,不都过来了,再差能比在小镇那边差吗?"他似乎喝不惯这竹海洞天酒,只是小口抿酒:"所以我是半点不后悔离开小镇的,最多就是无聊的时候,想一想家乡那边的光景,庄稼地,乱糟糟的龙窑住处,巷子里的鸡粪狗屎。想也想,可也就是随便想一想了,没什么更多的感觉,如果不是有些旧账还得算一算,还有人要见一见,我都没觉得必须要回东宝瓶洲,回去做什么,没啥劲。"

刘羡阳摇摇头,重复道:"真没啥劲。"

陈平安突然说了一个名字"顾璨",便不再言语。

刘羡阳嗤笑道:"小鼻涕虫从小想着你给他当爹,你还真把自己当他爹了啊,脑子有病吧,你。不杀就不杀,良心不安,你自找的,就受着;若是杀了就杀了,心中悔恨,你也给我忍着。可这会儿算怎么回事,从小到大,你不是一直这么过来的吗?怎么,本事大了,读了书你就是君子圣贤了?学了拳修了道,你就是山上神仙了?"

刘羡阳说得恼火了,一巴掌推在陈平安脑袋上,气道:"顾璨?小鼻涕虫都不愿意喊了?"

刘羡阳越说越气,倒了酒也不喝,骂骂咧咧道:"也就是你婆婆妈妈,就喜欢没事找事。换成我,顾璨离开了小镇,本事那么大,做了什么,关我屁事。我只认识泥瓶巷的小鼻涕虫,他当了书简湖的小魔头,滥杀无辜,自己找死就去死,靠着做坏事,把日子过得比谁都好,那也是小鼻涕虫的本事,是那书简湖乌烟瘴气,有此灾殃谁去拦了?我刘羡阳是宰了谁还是害了谁?你陈平安读过了几本书,就要处处事事以圣贤道德要求自己做人了?你那会儿是一个连儒家门生都不算的门外汉,这么牛气冲天,那儒家圣人君子们还不得一个个飞升上天啊?我刘羡阳正儿八经的儒家子弟,与那肩挑日月的陈氏老祖,还不得早个七百八年就来这剑气长城杀妖啊?不然就得自己纠结死憋屈死?我就想不明白了,你怎么活成了这么个陈平安,我记得小时候,你也不这样啊,什么闲事都不爱管,闲话都不爱说一句半句的,是谁教你的?那个学塾齐先生?他死了,我说不着他,再说了死者为大。文圣老秀才?好的,回头我去骂他。大剑仙左右?就算了吧,离着太近,我怕他打我。"

陈平安终于开口道:"我一直是当年的那个自己。"

刘羡阳抬起手,陈平安下意识躲了躲。

刘羡阳翻了个白眼,举起酒碗喝了口酒,接着道:"知道我最无法想象的一件事,是什么吗?不是你有今天的家底,看上去很有钱了,成了当年我们那拨人里最有出息的人之一,因为我很早就认为,陈平安肯定会变得有钱,很有钱,也不是你混成了今天的这么个瞧着风光其实可怜的惨况,因为我知道你从来就是一个喜欢钻牛角尖的人,我最想不到的一件事,是你学会了喝酒,还真的喜欢喝酒。"

刘羡阳提起酒碗又放回桌上,他是真不爱喝酒,叹了口气,道:"小鼻涕虫变成了这个样子,陈平安和刘羡阳,其实又能如何呢?谁没有自己的日子要过。有那么多我们不管怎么用心用力,就是做不到做不好的事情,一直就是这样啊,甚至以后还会一直是这样。我们最可怜的那些年,不也熬过来了。"

刘羡阳伸手按住陈平安的脑袋,道:"你帮着小鼻涕虫做了那么多弥补过错的事情,很好,好到不能再好了。我到底是读过几本圣贤书的,知道天底下就缺你这种自己揽麻烦上身的傻子。"

刘羡阳轻轻抬手，然后一巴掌拍下去，道："但是你到现在还这么难受，很不好，不能更不好了。像我，刘羡阳先是刘羡阳，然后才是那个半吊子读书人，所以我不希望你变成那种傻子。有这种私心，只要没害人，就没错。"

陈平安说道："道理我都知道。"

刘羡阳苦笑道："只是做不到，或者觉得自己做得不够好，对吧？所以更难受了？"

陈平安点点头，道："其实对于顾璨，我早就过了心关，只是看着那么多的孤魂野鬼，就会想到当年的我们三个，就忍不住会感同身受，会想到顾璨挨打的那一脚，一个那么小的孩子，疼得满地打滚，差点死了，会想到你当年差点被人打死在泥瓶巷里，也会想到自己差点饿死，是靠着街坊邻居的百家饭，熬出头的，所以在书简湖，就想要多做点什么。既然我没害人，也可以尽量自保，那么心里想做，又可以做一点是一点，为什么不做呢？"

刘羡阳也难受，缓缓道："早知道是这样，我就不离开家乡了。果然没我在不行啊。"

一个人有了理想，往往需要离乡。

好不容易达成了梦想，却又难免会在梦中思乡。

可刘羡阳对于家乡，就像他自己所说的，没有太多的怀念，也没有什么难以释怀的。至多就是担心陈平安和小鼻涕虫了，但是对于后者的那份念想，又远远不如陈平安。

对于刘羡阳来说，自己把日子过得不错，其实就是对老刘家最大的交代了，每年上坟敬酒、春节张贴门神什么的，以及什么祖宅修缮这类的，刘羡阳从小就没怎么在意上心，马虎凑合得很，次次正月里和清明的上坟，都喜欢与陈平安蹭些现成的纸钱，陈平安也曾念叨一两句，都给刘羡阳顶了回去，说我是老刘家的独苗，以后能够帮着老刘家开枝散叶，香火不断，老祖宗们在地底下就应该笑开了花，还敢奢望他一个孤苦伶仃讨生活的子孙如何如何？若真是愿意保佑他刘羡阳，念着老刘家子孙的半点好，那就赶紧托个梦，说小镇哪里埋藏了几大坛子的银子，发了横财，别说是烧一小盆纸钱，几大盆的纸马纸人全都有。

刘羡阳心一直很大，大到连当年差点被人活活打死的事情，都可以自己拿来开玩笑，即便小鼻涕虫顾璨拿来说事也是真的全然无所谓。小鼻涕虫的心眼，则一直比针眼还小。许多人记仇，最终会变成一件一件无所谓的事情，一笔勾销，就此翻篇，但是有些人记仇，会一辈子都在瞪大眼睛盯着账本，有事没事就翻来覆去覆去翻来，并且没有半点的不轻松，反而觉得这才是真正的充实。

刘羡阳说道："只要你自己苛求自己，世人就会越来越苛求你。世道越好，吃饱了撑着挑剔好人的闲人，只会越来越多，闲言碎语也更多，因为世道好了，才有力气说三道四。世道真不好,吃口饱饭都不容易,兵荒马乱的,自己的死活都顾不上,哪有这闲工夫去管他人好坏,自然就都闭嘴了。这点道理,明白?"

陈平安点了点头。

刘羡阳继续说道:"你要是觉得慎独一事,是头等大事,觉得陈平安就应该变成一个更好的人,我也懒得多劝你,反正人没死,就成。所以我只要求你做到一件事,别死。"

陈平安说道:"意外太多,尽力争取。"

刘羡阳皱了皱眉头,道:"学塾齐先生选了你,护送那帮孩子去求学;文圣老秀才选了你,当了关门弟子;落魄山那么多人选了你,当了山主;宁姚选了你,成了神仙道侣。这些理由再大再好,也不是你死在这里,死在这场大战里的理由。说句难听的,这些选了你的人,就没有谁希望你死在剑气长城。你以为自己是谁?剑气长城多一个陈平安,就一定守得住?少了一个陈平安,就一定守不住?没这样的狗屁道理,你也别跟我扯那些多做一点是一点的道理。我还不了解你?你只要想做一件事情,会缺理由?以前你没读过书,就一套又一套的,如今读了点书,肯定更能够自欺欺人。我就问你一件事,到底有没有想活着离开这里?所做的一切,是不是都是为了活着离开剑气长城?"

陈平安默不作声。

刘羡阳问道:"那就是没有了。靠赌运气?赌剑气长城守得住,宁姚不死,左右不死,所有在这边新认识的朋友不会死?你陈平安是不是觉得离开家乡后,太过顺遂,终于他娘的时来运转了,已经从当年运气最差的一个,变成了运气最好的那个?那你有没有想过,你现在手上拥有的那么多,结果人一死,玩完了,你依旧是那个运气最差的可怜虫?"

陈平安破天荒怒道:"那我该怎么办?换成你是我,你该怎么做?"

刘羡阳神色平静,说道:"简单啊,先与宁姚说,哪怕剑气长城守不住,两个人都得活下去,在这之间,可以尽力去做事情,出剑出拳不留力。所以必须问一问宁姚到底是怎么个想法,是拉着陈平安一起死在这里,做那亡命鸳鸯,还是希望死一个走一个,少死一个就是赚了,或是两人同心同力,争取两个都能够走得问心无愧,哪怕今日亏欠,将来可以补上。问清楚了宁姚的心思,也不管暂时的答案是什么,都要再去问师兄左右到底是怎么想的,希望小师弟如何做,是继承文圣一脉的香火不断,还是顶着文圣一脉弟子的身份,轰轰烈烈死在战场上,师兄与师弟,先死后死而已。最后再去问老大剑仙陈清都,若是我陈平安想要活,会不会拦着,若是不拦着,还能不能帮点忙。生死这么大的事情,脸算什么。"

刘羡阳将自己那只酒碗推给陈平安,道:"忘了吗,我们三个当年在家乡,谁有资格去要点脸?跟人求,别人会给你吗?若是求了就有用,我们仨谁会觉得这是个事儿?小鼻涕虫求人不要辱骂他娘亲,若是求了就成,你看小鼻涕虫当年能磕多少个头?你要是跪在地上磕头,就能学成了烧瓷的手艺,你会不会去磕头?我要是磕了头,把一个脑袋磕成两个大,就能有钱,就能当大爷,你看我不把地面磕出一个大坑来?怎么,现在混得出息了,泥瓶巷的那个可怜虫,成了落魄山的年轻山主,剑气长城的二掌柜,反而就不要命只要脸了?这样的酒水,我喝不起。我刘羡阳读了不少书,依旧不太要脸,自惭形秽,高攀不上陈平安了。"

陈平安神色恍惚,伸出手去,将酒碗推回原地。

好像能做的事情,就只有如此了。

刘羡阳伸手抓起那只白碗,随手丢在旁边地上,白碗碎了一地,冷笑道:"狗屁的碎碎平安,反正我是不会死在这里的,以后回了家乡,放心,我会去叔叔婶婶坟上说一句,你们儿子人不错,你们儿媳妇也不错,就是都死了。陈平安,你觉得他们听到了,会不会开心?"

陈平安整个人都垮在那边,心气、拳意、精气神,都垮了,只是喃喃道:"不知道。这么多年来,我从来没有梦到过爹娘一次,一次都没有。"

刘羡阳突然笑了起来,转头问道:"弟媳妇,怎么讲?"

陈平安身后,有一个风尘仆仆赶来这边的女子,站在小天地当中沉默许久,终于开口说道:"想要陈平安死者,我让他先死。陈平安自己想死,我喜欢他,只打个半死。"

宁姚落座后,刘娥赶紧送过来一壶最好的青神山酒水。少女放了酒壶和酒碗之后,没忘记帮着那个脾气不太好的年轻人,补上一只酒碗。她没敢多待,至于酒钱不酒钱的,赔钱不赔钱的,别说是刘娥,就是最紧着店铺生意的桃板都没敢说话。丘垅、刘娥和桃板一起躲在铺子里,向外张望。先前二掌柜与那个外乡人的对话,用的是外乡口音,谁也听不懂,但是谁都看得出来,二掌柜今天有点奇怪。

再然后,宁姚坐下,他们三个便听不见那边的言语了。

宁姚倒了一碗酒水,直截了当说道:"老大剑仙是说过,没有人不可以死,但是也没说谁就一定要死,连我都不觉得自己非要死在这里,才算对得起宁府和剑气长城,所以怎么都轮不到你陈平安。陈平安,我喜欢你,不是喜欢什么以后的大剑仙陈平安。你能不能成为剑修,根本就是无所谓的事情,成不了剑修那就当纯粹武夫,如果还有那心气,愿意当读书人,就当读书人好了。"

陈平安点点头,道:"明白了。"

刘羡阳却摇头,压低嗓音,好似在自言自语:"根本就没有明白嘛。"

宁姚皱了皱眉头,转头看了眼剑气长城那边,道:"只不过老大剑仙之前不许我多说,说他会看顾着你点,有意让你多想一点,不然白瞎了这趟游历,死中觅活,并且靠自己活了,才是砥砺道心并且孕育出剑胚的最好法子。不然别人给你,帮你,哪怕只是搀扶一把,指点迷津一两次,都要少了点意思。"

刘羡阳还是摇头，道："不爽利，半点不爽利。我就知道是这个鸟样，一个个看似毫无要求，其实恰好就是这些身边人，最喜欢苛求我家小平安。"

宁姚不理睬刘羡阳，继续说道："有此待遇，别觉得自己是孤例，就要有负担，老大剑仙看顾过的年轻剑修，万年以来，不在少数。只是有些说得上话，更多是只字不提，剑修自己浑然不觉。其实一开始我不觉得这样有什么意义，没答应老大剑仙，但是老大剑仙又劝我，说想要再看看你的人心，值不值得他归还那只槐木剑匣。"

陈平安笑道："我还以为老大剑仙忘了这茬，就跟提亲一样。"

刘羡阳伸出手指，轻轻旋转桌上那只白碗，嘀咕道："反正剑术那么高，要给晚辈就干脆多给些，好歹要与身份和剑术匹配。"

桌底下，陈平安使劲一脚踩在刘羡阳脚背上。

刘羡阳伸出并拢的双指，好似掐剑诀，竖在身前，念叨道："不疼不疼，王八趴窝！"

宁姚其实不太喜欢说这些，许多念头，都是在她脑子里打了一个旋儿，过去就过去了，如同洗剑炼剑一般，不需要的，不存在，需要的，已经自然而然串联起下一个念头，最终成为一件需要去做的事情，最终往往又在剑术剑意剑道上得以显化，仅此而已，根本不太需要诉之于口。

但今天是例外。

宁姚想了想，说道："老大剑仙如今思虑不多，岂会忘记这些事情。老大剑仙曾经对我亲口说过，他什么都不怕，只怕欠账。"

宁姚又补充道："思虑不多，所思所虑，才能更大，这是剑修该有的心境。剑修出剑，应该是大道直行，剑光明亮。只是我也担心自己历来想得少，你想得多，偏偏又不怎么会犯错，担心我说的，不适合你，所以就一直忍着没讲这些。今天刘羡阳与你讲清楚了，公道话、私心话、良心话，都讲了，我才觉得可以与你说这些。老大剑仙那边的叮嘱，我就不去管了。"

宁姚最后说道："我反正就这么点想法，不管剑气长城守不守得住，我们都得一起活着，你我谁都不能死！以后出剑也好，出拳也罢，你无须向任何人证明什么，哪怕是老大剑仙和左右，都不用与他们证明，我知道了就行。所以你愧疚什么？你爱讲道理，我历来不喜欢，将来谁敢在此事上说事，只要被我听见了，就是与我问剑。"

陈平安笑容灿烂，说道："这次是真知道了！"

刘羡阳一巴掌拍在桌上，大声赞道："弟媳妇，这话说得敞亮！不愧是能够说出'大道直行，剑光明亮'的宁姚，果然是我当年一眼瞧见就知道会是弟媳妇的宁姚！"

"刘羡阳，这碗酒敬你！来得晚了些，总好过不来。"

宁姚一口饮尽碗中酒，收起了酒壶和酒碗在咫尺物当中，起身对陈平安道："你陪着刘羡阳继续喝酒，养好伤，再去城头杀妖。"

刘羡阳与陈平安一起站起身，笑嘻嘻道："弟媳妇能这么讲，我就放心多了。都怪我离开家乡太早，不然谁喊弟媳妇谁喊嫂子都不好说。"

陈平安一肘子戳在刘羡阳心口。

宁姚笑问道："泥瓶巷那个喜欢斜眼看人又爱说些怪话的女子，如何了？"

刘羡阳龇牙咧嘴揉着心口，苦着脸道："说人不揭短，打人不挠脸，这是我们家乡市井江湖的第一要义。"

宁姚御剑离去，剑气如虹。

刘羡阳啧啧称奇道："扭扭捏捏的陈平安，找了这么个干脆利落的媳妇，咄咄怪事啊。"

陈平安收回视线，坐下身，没有饮酒，双手笼袖，问道："醇儒陈氏的学风如何？"

关于醇儒陈氏，除了那本骊珠洞天的老黄历，以及享誉天下的南婆娑洲陈淳安之外，陈平安真正接触过的颍阴陈氏子弟，就只有那个名叫陈对的年轻女子。当年陈平安和宁姚，曾经与陈对以及那个龙尾溪陈氏嫡孙陈松风，还有风雷园剑修刘灞桥一起进山，去寻找那棵于书香门第而言意义非凡的坟头楷树。陈平安当年对那外乡女子的印象，不好不坏。

刘羡阳不爱喝酒，便要了一碗阳春面和一碟酱菜，搅拌在一起，一只脚踩在长凳上，三两口就吃完了阳春面，然后愣在那边，看着空碗，片刻后转头问道："这阳春面收不收钱？"

陈平安摇头道："除了酒水，一概不收钱。"

刘羡阳恍然道："我就说嘛，这么做买卖，你早给人砍死了。"

刘羡阳想起先前陈平安的问题，说道："在那边求学，安稳得很，我刚到那边，就得了几份重礼，就是翻书风、墨鱼那几样，后来都寄给你和小鼻涕虫了。在醇儒陈氏那儿，没什么坎坷可言，就是每天听夫子先生们传道授业解惑，偶尔出门游学，都很顺遂。我经常会去江畔一个大石崖上看风景，没办法，醇儒陈氏被誉为天下牌坊集大成者，就没一个地儿像我们家乡，只有那水边的石崖，有点像我们仨当年经常去玩耍的青牛背。我哪怕想要与你倒苦水，装一装可怜，都没机会。比起你来，果然还是我的运气更好些，希望以后继续保持。"

陈平安松了口气。

刘羡阳笑道："就算真有那小媳妇似的委屈，我刘羡阳还需要你替我出头？你自己摸一摸良心，打从我们两个成为朋友，是谁照顾谁？"

陈平安举起酒碗，笑道："你差点被正阳山那头老畜生打死，后来还不是我替你稍稍出了口恶气？"

与刘羡阳说话，真不用计较面子一事。不要脸这种事情，陈平安觉得自己至多只有刘羡阳的一半功夫。

刘羡阳依旧一脚踩在长凳上,以筷子敲桌面,故作高深道:"你这就不清楚了吧,那都是我算准了的,若非如此苦肉计,你一个泥瓶巷的小泥腿子,那会儿长得还没我一半俊俏,瘦竹竿子外加黑炭一个,能有机会接近宁姚?你自己说,谁才是你们俩最大的媒人?"

陈平安呵呵一笑。

刘羡阳有些忧愁,又道:"不承想除了家乡糯米酒之外,我人生第一次正儿八经喝酒,不是与自己未来媳妇的交杯酒。我这兄弟,当得也够义气了。也不晓得我的媳妇,如今出生了没有,等我等得着急不着急。"

刘羡阳离了家乡,便没喝过酒,多半是真的。

"醇儒陈氏里面,多是好人,只不过一些年轻人该有的臭毛病,大大小小的,肯定难免。"刘羡阳笑道,"我在那边,也认识了些朋友,比如其中一个,这次也来了剑气长城,是陈对那婆娘的亲弟弟,名叫陈是,人很不错,如今是儒家贤人了,所以当然不缺书生气,又是陈氏子弟,当然也有些大少爷气,山上仙气,更有,这三种脾气,有些时候是发一种脾气,有些时候是两种,少数时候,是三种脾气一起发作,拦都拦不住。"

陈平安问道:"你如今的境界?"

看不出深浅,只知道刘羡阳应该是一个中五境练气士。

刘羡阳摆摆手,道:"别问。不然你要羞愤得抱头痛哭。"

陈平安无奈道:"关于我的事情,能够传到春幡斋那边,肯定不是开店铺这些,打了几场架,你不都听说了?"

刘羡阳问道:"你这会儿是剑修?"

陈平安只得摇头。

刘羡阳再问:"几境练气士?"

陈平安不想说话。

刘羡阳指了指地面,道:"那还不蹲下与刘大爷说话?"

陈平安没好气道:"我好歹还是一个七境武夫。"

刘羡阳一脸错愕道:"打了个姑娘,你还有脸说?"

陈平安好奇问道:"你是中五境剑修了?"

刘羡阳伸出双手,扯了扯衣领,抖了抖袖子,咳嗽几声。

陈平安已经转移话题,问道:"除了你那个朋友,醇儒陈氏这一次还有谁来了?"

刘羡阳笑道:"你管这些做什么?"

陈平安也抖了抖衣袖,玩笑道:"我是文圣嫡传弟子,颍阴陈氏家主是亚圣一脉的嫡传,你在醇儒陈氏求学,按照浩然天下的文脉道统,你说这辈分怎么算?"

刘羡阳笑道:"巧了,陈氏家主这次也来了剑气长城,我刚好认识,经常与老人请教学问。至于咱俩辈分到底该怎么算,我先问过这位前辈再说。"

陈平安收敛笑意,故作尴尬神色,低头喝酒的时候,却聚音成线,与刘羡阳悄然说道:"不要着急返回东宝瓶洲,留在南婆娑洲也行,就是不要去东宝瓶洲,尤其是桐叶洲和扶摇洲,千万别去。正阳山和清风城的旧账,拖几年到了剑仙再说。不是上五境剑仙,如何破开正阳山的护山大阵?我计算过,不用点心机和手腕,哪怕你我是玉璞境剑修的战力了,也很难在正阳山那边讨到便宜。正阳山的剑阵,不容小觑,如今又有了一个深藏不露的元婴剑修,已经闭关九年之久,看种种迹象,成功破关的可能性不小,不然双方风水轮流转,风雷园上任园主李抟景一死,正阳山好不容易可以扬眉吐气,以正阳山多数祖师堂老祖的性情,早就会报复风雷园,绝不会如此容忍黄河的闭关,以及刘灞桥的破境成长。风雷园不是正阳山,后者与大骊朝廷关系紧密,在山下关系这一点上,黄河和刘灞桥,继承了他们师父李抟景的处世遗风,下山只走江湖,从不掺和庙堂,所以只说与大骊宋氏的香火情,风雷园比正阳山差了太多太多。阮师傅是大骊首席供奉,大骊于公于私都会敬重拉拢,所以后来又在旧山岳地带,划拨出一大块地盘给龙泉剑宗。但是帝王心性,年轻皇帝岂会容忍龙泉剑宗逐渐坐大,最终一家独大?岂会任由阮师傅招徕一洲之地的绝大部分剑修坯子?至多是以观湖书院为界线,打造出龙泉剑宗和正阳山一南一北对峙格局,所以正阳山只要有机会出现一个上五境剑修,大骊一定会不遗余力帮助正阳山,利用大骊奇人异士,厌胜朱荧王朝的气运,继而掣肘龙泉剑宗。

"正阳山这种门派,做人也好,做山上神仙也罢,门下修士都极有手腕。别的不说,只讲那可怜女子,撇开里面的恩怨情仇不提,只看结果,终究是能够以情困住李抟景,使得李抟景毕生都未能跻身上五境。能够伤到李抟景的剑心道心,绝对不是那女子品行不佳,辜负深情那么简单,以李抟景的眼光与胸襟,他也不会因此而消沉,所以极有可能是正阳山让李抟景发现了一个真相。那女子痴情于李抟景,半点不假,恰恰是用情极深,所以当那女子最终选择了师门,或是做了一些让李抟景无法接受更无法释怀的事情之后,李抟景才如此愤恨难平,直到她死后数百年。一个家族,家风如何,一座门派,门风如何,看大人物在几件大事上的取舍,再看他们传道调教出来的晚辈性情,最后再看底层人士的利益取舍习惯,高中低皆看,便很难出错了。当年清风城许氏那妇人,与正阳山搬山猿既是盟友,却又相互算计,如今双方还不是关系稳固的盟友?说到底还是意气相投,心性一致,利己者,表面朋友往往更多。你出剑只要不伤及里子和根本,正阳山的表面朋友,依旧是正阳山的朋友,甚至会让许多原本对正阳山观感一般的修道之人,成为正阳山的朋友,甚至愿意为正阳山仗义执言。

"再说当年那姓陶的小女孩,与那清风城许氏家主的儿子,两人性情如何,你要是愿意听,我这会儿就能与你说上十几件小事,家风熏陶使然,半点不令人意外。如今的正阳山,不再是李抟景在世时的正阳山,也不仅仅是李抟景一兵解便再无人压制的正阳山。如今是一洲即一国的更大形势,你我需要考虑如何掐断大骊宋氏与正阳山的香火情,如何将正阳山与众多盟友切割开来,如何在问剑之前捋顺正阳山内部三大山头的利益纠缠,看清楚所有祖师堂老祖的秉性人品,推断大敌临头之际,正阳山的压箱底手段。先想好这一切,你再出剑,就能够让敌人难受百倍。出剑后,不光是伤在对方体魄上,更是伤在对方的心上,两者天壤之别。一个修士受伤,闭关养伤而已,说不定还会让正阳山同仇敌忾,反而帮着他们聚拢人心士气,可若是出剑精准,伤及一人数人之外,还能够殃及人心一大片,到了那个时候,你我哪怕已经痛快出剑,酣畅收剑,正阳山自会人人继续揪心十年百年,自有十人百人,替你我继续出剑,剑剑伤人心。"

刘羡阳笑了起来,看着这个不知不觉就从半个哑巴变成半个絮叨鬼的陈平安,他突然莫名其妙道:"只要你自己愿意活着,不再像我最早认识你的时候那样,从来没觉得死是一件多大的事情,那么你走出骊珠洞天,就是最对的事情。因为你其实比谁都适合活在乱世中,这样我就真的放心了。"

陈平安有些着急,怒道:"你到底听进去了没有?"

刘羡阳笑着点头道:"听进去了,我又不是聋子。"

陈平安喝了一口闷酒。

刘羡阳打趣问道:"这些年你就一直琢磨这个?"

陈平安没好气道:"练拳修行都没闲着,然后只要闲着没事,就琢磨这个。"

刘羡阳伸手指了指酒碗,问道:"说了这么多,口渴了吧?"

陈平安只是双手笼袖,不知不觉,便没了喝酒的想法。

刘羡阳笑道:"你真的理解正阳山和清风城为何会如此吗?"

陈平安疑惑道:"怎么讲?"

刘羡阳反问道:"为何为己损人或是不利他人?又或者一时一地的利他,只是一种精巧的伪装,目的是长远的为己?"

刘羡阳又问道:"又为何有人为己又为人,愿意利他?"

刘羡阳自问自答道:"因为这是截然不同的两种人,一个排斥世道,一个亲近世道。前者追求功名利禄,追求一切实实在在的利益,十分务实,哪怕许多追求之物,是凡夫俗子眼中高不可得之物,其实依旧只是实在了低处,是一种先天的人心,但正因为低,故而实在且牢固。后者则愿意为己的同时,心甘情愿去利他,因为务虚,却虚在了高处,对于世道,有一种后天教化后的亲近心,以割舍实物、利益,以实物层面的损失,换取内心的自我安定,当然也有一种更深层次的归属感,正因为高且虚,所以最容易让自己感到失望,虚实打架,总是前者头破血流居多。归根结底,还是因为前者坚定认为世道不太好,不如此便无法过得好,而后者则相信世道会更好些。所以答案很简单,正阳山和清风城的练气士,看似是修道之人,其实所求之物,不是大道,只是利益,是比帝王将相贩夫走卒更高一些的实在之物。练气士的一层层境界,一件件天材地宝,可以实化显化为多少枚神仙钱,一个个身边人,在心中都会有个价位。"

最后刘羡阳说道:"我敢断言,你在离开骊珠洞天之后,对于外面的读书人、修道人,一定产生过不小的疑惑,以及自我怀疑,最终对读书人和修道人两个大的说法,都产生了一定程度的排斥心。"

陈平安点了点头,道:"的确如此。"

刘羡阳这一番话,让陈平安受益匪浅。

不愧是在醇儒陈氏那边求学多年的读书人。

刘羡阳举碗抿了一口酒,放下酒碗,忍不住抱怨道:"不行不行,装不下去了!"

陈平安一头雾水。

刘羡阳继续以言语心声说道:"这些话,是有人让我转告你的,我自己哪里会想这些玩意儿。那人说你听过之后,对两种人都会更理解些,心境会轻松些,对世道更有希望些。至于那人是谁,陈老先生没讲,也没让我告诉你这件事,让我就当是自己的读书心得,说给你听。我估摸着这么念你好的,又能让陈老先生帮忙捎话的,应该只有那位文圣老爷了吧。这位老先生,也是个妙人,有次去醇儒陈氏那边游历,偷偷摸摸见了我,故意说自己是来这边瞻仰陈氏祠堂的外乡人,然后拽着我在江畔石崖那边,聊了一个多时辰。说是聊天,其实就是他一个人念念叨叨,除了些鸡毛蒜皮的客套话,就坐在那儿骂了大半个时辰的陈老先生学问如何不够高,亚圣一脉学问如何不够好,唾沫四溅,那叫一个起劲,还劝我不如改换门庭,去礼圣一脉求学拉倒,差点就被我饱以一顿老拳。"

说到这里,刘羡阳抬起一只手,然后用另外一只手轻轻按下去,笑道:"见我抬手后,老先生便笑呵呵按下我的手,说道:'别这样,有话好好说,大家都是读书人,给个面子。'那一次我与文圣老先生聊得很投缘啊。"

陈平安揉了揉额头。

这种事情,自己那位先生真做得出来。估计当年北俱芦洲剑修跨洲问剑皑皑洲,先生也是这么以理服人的。幸好文圣一脉,大师兄左右,齐先生,哪怕是那位国师崔瀺,都不这样。

陈平安自然而然想起了自己的学生,崔东山。

这次醇儒陈氏游学,陈淳安能亲自赶来剑气长城,陈平安相信崔东山一定是做了点什么的。

只是这种事情,无须与刘羡阳多说。

能够与刘羡阳在异乡相逢,就已经是最高兴的事情了。

陈平安举起酒碗,问道:"走个?"

刘羡阳摇头道："不喝了。"他抬头看了眼天色，"我们游学这拨人，都住在剑仙孙巨源的宅子里，我得赶过去了。先前放下东西，就急匆匆去宁府找你，只瞧见了个慈眉善目的老嬷嬷，说你多半在这边喝酒，宁姚应该是那老嬷嬷找来的。"

　　刘羡阳起身笑道："不过以后我应该会常去宁府，再拉你来这边喝酒，因为连同陈是在内，我那几个朋友，都不信我认识你，说我吹牛不打草稿，把我气得不行。我就不明白了，认识陈平安，怎么就成了一件了不得的事情，难道不是陈平安认识刘羡阳，才是天底下最幸运的事情吗？"

　　陈平安起身，笑道："到时候你只要帮我酒铺拉生意，我蹲着喝酒与你说话，都没问题。"

　　一个去孙剑仙府邸，一个去宁府，会顺路一程，两人一起离开酒铺。离开之前，刘羡阳没忘记捡起地上那些酒碗的碎片，默默念叨："碎碎平安。"

　　随后走在那条冷冷清清的大街上，刘羡阳又伸手挽住陈平安的脖子，使劲勒紧，哈哈笑道："下次到了正阳山的山脚，你小子瞪大眼睛瞧好了，到时候就会晓得刘大爷的剑术，是怎么个牛气。"

　　孩子桃板和少年少女一起望向那两人的背影。

　　好像今天的二掌柜，给人欺负得毫无还手之力，但是还挺开心。

　　倒悬山。

　　北俱芦洲出身的剑仙邵云岩站在一处园囿内，那根葫芦藤竟然已经不在。

　　因为在水经山卢穗与太徽剑宗刘景龙从剑气长城返回后，来此道别，邵云岩就将这件天地至宝交给了卢穗，甚至专门喊上了年轻剑仙刘景龙，让卢穗将那根一枚枚养剑葫即将成熟的葫芦藤送往水经山之外，还交代了卢穗每一枚养剑葫的购买之人，再请求刘景龙帮忙一路护送。卢穗自然拒绝，哪怕邵云岩与她传道恩师不是神仙道侣胜似眷侣，但终究门派有别，她卢穗又是晚辈，哪敢擅自收下如此重宝。但是邵云岩执意如此，不容卢穗拒绝，卢穗只好战战兢兢答应下来。若非身边站个刘景龙，卢穗就算答应下来，都不觉得自己能够活着返回北俱芦洲，这等仙家至宝，牵扯天数命理极多，玄之又玄，卢穗即便是北俱芦洲年轻十人之一，根本不觉得自己"拿得住"这份道缘。

　　邵云岩最后与卢穗笑道："帮我与你师父说一句话，这些年，一直想念。"

　　今天的邵云岩破天荒离开宅邸，逛起了倒悬山各处景点。

　　几个嫡传弟子，都已经携带春幡斋其余重宝和各种家底，悄然离开了倒悬山。

　　其中有一个，兴许是觉得天高任鸟飞了，试图联手外人，一起追杀卢穗和刘景龙。

　　邵云岩没有去管，由着那个人心不足的弟子杀心四起，反正福祸无门惟人自召，生死有命富贵在天，随他去吧。

边境没有与严律、蒋观澄这些年轻剑修一起去往婆娑洲游历,而是独自留在了与春幡斋同为倒悬山四大私宅之一的梅花园子。

一位眉心处点梅花妆的妇人,肌肤白皙,嘴唇殷红,身穿织工精美近乎烦琐的衣裙,美艳不可方物。

她是这座梅花园子的真正主人,只是深居简出,几乎从不露面。

边境称呼她为酡颜夫人。酡颜,是一个美好的名字,美好的名字与美人的姿容,真是两不辜负。

边境虽然对于男女一事,从无兴趣,但是也承认看一眼酡颜夫人,便是赏心悦目。

浩然天下总计有十位夫人,足可让山上神仙都会浮想联翩,心神摇曳,为之倾倒。竹海洞天的青神山夫人,梅花园子的酡颜夫人,可算其中两位。

这些夫人,又有一奇,因为她们皆是山水神祇、精怪鬼魅出身。

酡颜夫人与边境在一座水榭中相对而坐,她手中把玩着一只梅花园子刚刚孝敬给她的仿攒竹笔海,以贴黄手艺贴出细竹丛丛的景象,疏密得当,巧夺天工。竹黄全部来自竹海洞天,价值连城。

酡颜夫人笑道:"这么怕死?"

边境点头道:"我其实还好,很想与林君璧一起去城头看看的。只是另外那个,神神道道,非要我躲躲藏藏,说是算了一卦,不小心些,容易功亏一篑,下场会很惨。"

停了一下,边境问道:"那道新门,到底是谁率先提议开辟出来的?倒悬山那位大天君,又是怎么想的?"

酡颜夫人说道:"这些你都不用管。旧门新门,就算整座倒悬山都不在了,它们都还在。"

边境疑惑道:"竟然还真有剑仙是内应,愿意帮助我们守门?"

酡颜夫人瞥了眼年轻人,问道:"很奇怪吗?换成是你,一边窝囊死人了一万年,另一边享受着太平世道,还要笑话那些死人,你心里会痛快?一天两天一年两年能忍,几十年几百年能忍?脾气好的,能够成为剑仙?"

边境点头道:"换成是我,加倍奉还。"

鹳雀客栈的那个年轻掌柜,世世代代居住在这边,这会儿正蹲在客栈门槛,逗弄一条过路狗。

阳光和煦,晒得懒人更懒,又是一个无聊的太平世道,安稳日子。

倒悬山之外。

那条蛟龙沟,当然不是真的只剩下些小鱼小虾,哪怕对于地仙修士而言,依旧是难以逾越的禁地,只能绕路远行。

再远一些,那座对峙矗立有雨师神像和神将塑像的宗门,名为雨龙宗,倒悬山上边的那座水精宫，便是它的私宅。

除了最为庞大的雨龙宗之外，广袤无垠的大海上，还有大大小小的山上仙家，占据岛屿，各有各的荣辱兴衰。

那艘桂花岛跨洲渡船的航线上，其中海上第四景，便是从雨龙宗那两座高达百余丈的金身神像脚下豁口，缓缓驶过。

相传那尊双手挂剑的金身神将，曾是镇守天庭南门的远古神祇，另外那尊面容模糊、五彩飘带的神像，则是天上诸多雨师的正神第一尊，名义上掌管着世间所有真龙的行云布雨，被雨龙宗祖师重新塑造出法相后，仿佛依旧职掌着一部分南方水运的运转。

这个两神对峙的雨龙宗，一直有个历史悠久的古老传统，女子修士挑选神仙道侣，是通过抛下宗门秘制绣球，谁抢到谁中选，但是地仙修士都断然无法凭借神通术法去强取豪夺，可一旦上五境修士出手，那就是挑衅整座雨龙宗。

十余年前，有个福缘深厚的年轻练气士，乘坐桂花岛经过豁口，恰逢雨龙宗仙子丢掷绣球，偏偏是他接住了，好似飞升一般，被那绣球和彩带，拖曳飘然去往雨龙宗高处。不但如此，这个男子又有更大的修行造化，竟是与一位仙子结成了山上道侣，这等天大的机缘，天大的艳福，远如东宝瓶洲老龙城都听说了。

这个名叫傅恪的年轻人，不愧是与雨龙宗有缘之人，原本只是个寂寂无名的小修士，不承想修行了雨龙宗祖传仙法后，步步登天，不但抱得美人归，还顺利跻身了金丹境，成为雨龙宗历史上破境最快的地仙。年轻人到底是在山脚摸爬滚打过的修士，登高之后，待人接物，与雨龙宗出身的修士大不相同，便更被器重了。

今天傅恪来到一尊神像脚下，登高望远，眉眼飞扬。短短十数年，一个囊中羞涩的年轻人，脱胎换骨，成了神仙中人。

雨龙宗不允许外人登岛，有曾经共患难的修士朋友慕名而来，傅恪便会主动去接，将他们安置在雨龙宗的藩属势力那边。朋友若是返乡，就赠送一笔丰厚盘缠，若是不愿离去，傅恪就帮着在其他岛屿门派寻一个差事、名分。

有雨龙宗师兄想要去剑气长城游历，结果被师长阻拦，喝闷酒的时候，傅恪也会陪着，话不多说，只是喝酒。

这些年当中，风光无限的傅恪，偶尔也会有那恍若隔世之感，时不时会想一想昔年的惨淡境遇，想一想当年那艘桂花岛上的同行乘客，最终唯有自己，脱颖而出，一步登了天。

但是傅恪内心深处始终有一个小疙瘩，那就是听说当年那桂花岛上，在自己离开渡船后，有个同样出身于东宝瓶洲的少年，竟能在蛟龙沟施展神通，最终还没死，赚了偌大一份名声。不但如此，那个姓陈的少年，竟是比他傅恪的运气更好，如今不但是剑气长城，就连倒悬山水精宫那边，也流传着许多关于此人的事迹，这让傅恪在言笑自若或是为文圣一脉、为那年轻人说几句好话的同时,心中多出了个小念头,这个陈平安,干脆就死在剑气长城好了。

傅恪自然与那人无仇无怨。

那人死了,世道依旧该如何就如何,还会如何?

傅恪微微一笑,心情大好,转身离去,继续修行,只要百尺竿头更进一步,成了元婴修士,未来雨龙宗宗主的那把椅子,就离着自己更近一步了,说不定将来我傅恪还有那机会,多出一位剑气长城的女子剑仙作为新眷侣。

殊不知。

大道之行也。

水草茂盛,游鱼无数,甚至还能养出蛟龙。

天时运转,水一干涸,便要悉数曝晒至死。

当陈平安重返剑气长城后,选择了一处僻静处,负责守住长度约莫一里路的墙头。

一般而言,玉璞境剑仙之下,唯有元婴剑修才有此待遇,能够单独出剑,镇守一方,例如刚刚闭关破境成功的齐狩。

齐狩也一举成为剑气长城这个剑仙坯子大年份,所有同龄人当中,第一个跻身元婴境的剑修。

这是剑气长城的一条死规矩,亦是一种殊荣。

所以哪怕是宁姚,也需要与陈三秋他们配合出剑,庞元济和高野侯更不例外,只不过这几座天才齐聚的小山头,他们负责的城头宽度,比寻常元婴剑修更长,甚至可以与不少剑仙媲美。

陈平安之所以是例外,并且未曾引来非议,因为陈平安不算坏了规矩,他如今还不是剑修,只是一个养了几把飞剑的纯粹武夫。

加上陈平安自己愿意以身涉险,当那诱饵,主动吸引些隐匿大妖的注意力,宁姚没说话,左右没说话,姚家老剑仙姚连云没说话,剑气长城其他剑仙,自然就更不会阻拦了。

凑巧陈平安和齐狩就成了邻居。

齐狩御剑不停,只是稍稍分心,瞥了眼陈平安。这家伙今天脸上倒是没有覆盖那些乱七八糟的面皮,穿了件自家青衫法袍,外面再加上一件衣坊法袍,将一把剑坊制式长剑横放在膝。当初斩杀离真,为陈平安立下大功的两件仙兵,暂时都没有现身。

如今才是攻守战初期,剑仙的众多本命飞剑,好似一线潮,位于战场最前方,阻滞蛮荒天下的妖族大军,然后才是那些漏网之鱼,需要地仙剑修们祭剑杀敌,在那之后,若还有妖族侥幸不死,往往是冲过了第二座剑阵,就要迎来一窝蜂的中五境剑修飞剑,劈头盖脸当头砸下。这本身就是一种剑气长城的演武练剑,从洞府境到龙门境剑修,这三境剑修，哪怕境界暂时不高，却会随着越来越熟悉战场，以及与本命飞剑越来越心意相通，所有出剑，自然而然，会越来越快。

齐狩转移视线，看了眼陈平安的出剑。

陈平安出城与离真一战，齐狩当时正在闭关，没有机会亲眼目睹，只能事后耳闻，哪怕是齐狩这般心高气傲的剑修，也承认那是件不大不小的遗憾事。

陈平安今天没有藏掖，四把飞剑齐出。好像临时抱佛脚，不知道与谁又学了一门障眼法，四把飞剑，经常变幻不定。上五境和元婴境妖物，当然能够一眼两眼便看穿那些拙劣的障眼法，可只说对付战场上埋头前冲的妖族大军，已经足够了，冲到最前方的妖族，先死剑下，这使得许多妖物前冲依旧，只是不由自主放慢了脚步。步伐阻滞后，很容易吃苦头，结果会被坑得比较惨。

相较于陈平安的凝神专注，齐狩阻敌更加轻松，分心无碍战场的走势。

蛮荒天下的妖族大军，可谓死伤惨重，不过离着这座城头依旧很远，对于齐狩这种经历了三场大战的剑修而言，应对得十分游刃有余。再者，齐狩本身拥有三把本命飞剑，飞鸢速度极快，单对单，有优势，齐狩以飞鸢杀敌，历来手段残忍，喜好剥离妖族血肉，将其白骨裸露，生不如死。无论是已经走上修道之路的妖族修士，还是尚未能够幻化人形的妖族畜生，只要运气不佳，或是胆敢更换前冲路线，闯入了齐狩的辖境地盘，一律以飞剑飞鸢将其虐杀。心弦最适合持久战，最不怕妖族的皮糙肉厚、体魄坚韧，一些相对难缠的，就交由第二把飞剑心弦去对付，僵持越久，对方胜算越小，因为给了心弦蓄势的机会，就可以比飞鸢出剑更快，并且能够在战场上凭借小天地中细微的灵气运转，自行寻觅敌人的关键窍穴。至于那把最为玄妙的飞剑跳珠，更得了道家圣人的绝佳谶语，"坐拥星河，雨落人间"，与那大剑仙岳青的本命飞剑云雀在天，以及姚连云那把可以造就出座座云海的木命飞剑白云深处，是一个路数，最能够大规模伤敌。齐狩都没有用上那把跳珠，暂时还没必要。故而齐狩虽然才刚刚跻身元婴境，但是守住一小段城头，十分轻松。

一般而言，整体剑修，无论是灵气沛然的剑仙，还是灵气相对淡薄的中五境剑修，都到了需要精打细算的时刻，才开始称得上战事险峻，到时候城头之上就会险象环生，不得不撤出城头之人，或是当场战死的剑修，就会越来越多。

齐狩看了眼远方战场上的遍地尸骸，当年第一次登城出剑，看到了同样的场景，在战场间隙，就忍不住问了一个问题：这些畜生为何不怕死？

有一个剑仙笑着给出答案：没有不怕死的，只不过在蛮荒天下，命是最不值钱的，哪怕修士也一样，除非是成为了剑修，才可以改变命运，变得值点钱，没那么容易死在城头下。

剑气长城与蛮荒天下的攻守战，关键从来不在某一个剑仙出剑的绝世风采，也不在某只大妖惊世骇俗的真身、神通，历来就是一个"磨"字，相互消磨的，蛮荒天下是那不计其数的性命，剑气长城则是每一个剑修的灵气积蓄，就看谁能磨死谁，谁先撑不住，就是输。

上一个剑气长城的大年份，剑仙坯子如雨后春笋一般冒出，之所以差点满盘皆输，年轻天才死伤殆尽，就在于蛮荒天下几乎撑到了最后。也是那一场惨痛教训过后，赶赴倒悬山的跨洲渡船才越来越多，剑气长城的纳兰家和晏家开始崛起，与浩然天下的生意做得越来越大，大肆购买原本剑修不太瞧得上眼的灵丹妙药、符箓法宝，以防万一。

而靠着渡船走一趟倒悬山就可以一本万利的买卖，浩然天下九大洲，出现了一个个崭新的仙家豪阀势力，赚得盆满钵盈，富得流油，其中就有为首的皑皑洲刘氏，此外还有扶摇洲的山水窟，北俱芦洲的琼林宗，东宝瓶洲的老龙城，以及作为一个重要中转枢纽重地的雨龙宗，等等。

隔着一个陈平安，是一个皑皑洲的女子剑仙谢松花，因为去年冬末刚来剑气长城，并无半点战功，一直名声不显，就只是暂住在了城头与城池之间的剑仙遗留私宅，遂愿山房。谢松花几乎从来不与外人打交道，许多热闹场合，也都不曾露面。当下她祭出本命飞剑后的声势，只能说十分庸碌，飞剑不快不慢，剑光剑意皆寻常，好像就只是刚好能够杀敌而已。

齐狩忍不住看了眼谢松花背后的那只竹制剑匣。

她应该是配合陈平安钓鱼的抄网人，据说只是个玉璞境，这让齐狩有些奇怪：能够劳驾谢松花倾力出剑，咬钩的定然是一尾大鱼，谢松花即便是玉璞境瓶颈剑仙，当真不会连累陈平安反过来被大鱼拖竿而走？难道这个谢松花是那种极端追求一剑杀力的剑修？这种剑修最擅长捉对厮杀，喜欢与人一剑分生死，一剑过后，对手只要不死，往往就要轮到自己身死道消。这样的剑仙，往往命不长久，所以剑气长城历史上这样的奇怪剑仙，也有，只是不多。

此时，这段墙头从右到左，依次是齐狩、陈平安、谢松花，各守一地。

三人后方都没有替补剑修。

其间范大澈偷偷摸到这边一次，没敢多待，放下一壶酒就跑了。

陈平安打开酒壶，小口饮酒，始终关注着战场上的妖物动静。

与齐狩近乎残忍的凌厉手法不太一样，陈平安尽量追求一击毙命，至少也该每出一剑，就可以伤其肉身根本，或是让其行动不便。这也是无奈之事，与离真大战过后，陈平安连跌三境，原本其实还算相当不俗的灵气底蕴，比如水府，就已经不是靠着炼化水丹便能恢复巅峰的，一旦不惜代价，运转灵气，只会涸泽而渔一般，加大水字印原本有机会修缮的裂缝，加速墙壁彩绘水神图的剥落速度，水字印下方的那口水府小池塘，也会渗漏。简单而言，若说之前水府可以容纳一斤水运，如今便只有三四两水运的容量，一且剑意耗费太多，心神憔悴，靠着作为压箱底手段的灵气，去支撑起一次次出剑，就只能陷入一个恶性循环。如果靠着后天丹药补充水府灵气，水运灵气流散极多，无异于挥霍无度，最终导致一颗颗价值连城的蜃泽水神宫水丹收效甚微，简直是暴殄天物。

这还不算最麻烦的事情。

大炼之后，松针、咳雷即便只是恨剑山仿剑，飞剑的锋锐程度是不缺的，只是少了飞剑那种得天独厚的本命神通，从某种程度上来说，初一、十五也是如此，是不是剑修，是不是孕育而生的本命飞剑，天壤之别。旁边的齐狩不用多说，三把本命飞剑，陈平安都曾亲身领教过，就只说顾见龙的那把砒霜，因为是一把名副其实的本命飞剑，品秩极高，故而只要伤敌，往往就是杀敌，一旦真正伤及对方身躯，剑意就能够浸透敌人窍穴气府，难缠至极。

只不过解决麻烦，本就是修行。

水府、山祠和木宅三处窍穴灵气即将消耗殆尽，陈平安一边小心掌控着四座关键窍穴的灵气损耗，一边修补每一处根基。例如水府，好似水落石出了，诸多瑕疵反而更加清晰可见，就立即府邸关门，不再动用此处灵气，绿衣童子们就开始忙碌起来，当起了缝补匠；木宅那边，有阴神芥子驻守；山祠那边，则有金色小人儿帮着巡游。大战紧促，容不得陈平安在城池那边修身养性，那就退而求其次，以战养战，借此机会，主动寻找每一个修行根本的小瑕疵，哪怕如此一来，会使得宁府库藏丹药与那瓶蜃泽水神宫水丹效果减少许多，也无须太过计较。

战场杀妖，也能挣钱。

尤其是剑气长城还有个极其有利于陈平安的明文规矩，杀妖一事，同样是一只金丹境妖物，剑仙斩杀，与中五境剑修斩杀，挣钱大不相同，后者收益要远远多过剑仙。

所以陈平安此次是以二境修士的身份，杀妖挣钱。

担任督战官、记录官的隐官一脉与儒家一脉，对此都无异议。

凭本事掉的境界，又凭本事当的诱饵，双方都觉得这是陈平安应得的额外收益。

陈平安看似专注于驾驭四剑杀敌，其实也时不时分心观战两侧。

已是元婴境的齐狩出剑，与先前大街上的捉对厮杀，截然不同。

至于剑仙谢松花的出剑，更加朴实无华，就是靠着那把不知名的本命飞剑，凭锋锐程度展现杀力，倒是让陈平安体悟更多。

陈平安终究不是纯粹剑修，驾驭飞剑所消耗的心神与灵气，远比剑修更加夸张，金身境的体魄坚韧，神益自然有，能够壮大魂魄神意，只是终究无法与剑修出剑相媲美。

而妖族大军的赴死洪流，一刻都不会停歇。

所以陈平安需要经常饮酒，酒水里面，大有学问。

一旁的齐狩看得有些乐呵，真是为难这个打肿脸充胖子的二掌柜了，可别大鱼没咬钩,持竿人自己先扛不住。

但是此时脸色微白的年轻人,眼神越发明亮,撇开支撑飞剑长久杀妖有些勉强不提,只说陈平安的那份坚韧,以及处理许多细节的取巧选择,还是让齐狩有些刮目相看。双方虽是差点换命的对手,齐狩倒也不会小肚鸡肠到希望陈平安在城头一伤再伤,最终伤了大道根本。

所以齐狩以心声说道:"你要是不介意,可以故意放一群畜生闯过四剑战场,由着他们靠近城头些,我刚好祭出飞剑跳珠,收获一拨战功。不然长此以往,你根本守不住战场。"

陈平安如今才是二境修士,连那心声涟漪都已无法施展,只能靠着聚音成线的武夫手段,与齐狩说道:"好意心领,暂时不用,我得再惨一些,才有机会钓上大鱼,在那之后,你就算不开口,我也会请你帮忙。"

虽说浪费一两颗水丹,甚至是连累四座关键窍穴雪上加霜,使得自己出剑愈难,但是只要能够成功钓上一只上五境妖物,就是大赚。

账得这么算。

皑皑洲女子剑仙谢松花,就如齐狩所猜测那般,的的确确就是那种追求极端剑意的剑修,此生练剑,始终致力于一剑过后,天地清明。

老大剑仙挑选了她作为帮着陈平安的抄网人之后,谢松花与陈平安有过一场开诚布公的谈心。谢松花很实在,开门见山,直言不讳,说她来剑气长城,只是争取拿一两只大妖祭剑而已,事成之后,得了好处与名望,就会立即返回皑皑洲。

陈平安反而安心几分。

齐狩笑问道:"为何不是请那盟友剑仙谢松花帮忙?"

陈平安说道:"欠一位剑仙的人情,不敢不还,还多还少,更是天大的难题,但是欠你的人情,比较容易还。这场大战注定长久,我们之间,到最后谁欠谁的人情,现在还不好说。"

齐狩觉得这家伙还是一如既往地让人厌烦,沉默片刻,算是默认答应了陈平安,然后好奇问道:"这会儿你的艰难处境,真假各占几分?"

陈平安笑道:"我说什么你都不会信,还问什么。"

齐狩故作无奈道:"我这不是闲着也是闲着嘛,身为元婴剑修,暂时无敌手,寂寞啊。"

陈平安笑呵呵道:"我能够让一个元婴剑修和一个剑仙当门神,更寂寞。"

齐狩竖起一根中指。

陈平安又抽空喝了一口酒,酒壶是那自家店铺的竹海洞天酒样式,暗藏玄机。

腰间那枚养剑葫内的酒水,融化了一颗水丹,不到危急时刻,不用饮此酒。范大澈时不时送来的一只酒壶,帮着补给灵气,暂时无忧。至于十五方寸物当中的几颗贵重丹药,更有针对性,主要是应对山祠、木宅两处窍穴灵气趋于枯竭的状况。

战场之上,千奇百怪。

突然便有云海覆盖住战场方圆百里,从城头远处眺望而去,有一粒光亮骤然而起,破开云海,带起一抹光线,再次坠入云海,落在大地上,如雷震动。

有那妖族修士,鬼祟躲过第一座剑仙剑阵之后,蓦然现出真身,浑身披挂银色甲胄,带头前冲,能够弹飞数个地仙剑修的飞剑,在被某个剑仙飞剑击中毙命之前,试图打造出一座不会矗立在战场上,反而是往地底深处而去的符阵。

大妖重光亲自率领的移山众妖,依旧现出一具具巨大真身,在孜孜不倦地丢掷山峰,如同浩然天下世俗沙场上的一架架投石车。

还有那御风而停在极高处的不知名大妖,手持一只晶莹剔透的白玉瓶,瓶口倾斜,向下指向剑气长城的城头,便有一条江河倾泻而出,大水如白练,却不落地,与剑气长城的剑气洪流对撞在一起。

有一头在地底深处隐秘潜行的大妖,蓦然破土而出,现出数百丈真身,如蛟似蛇,试图一口气搅烂诸多中五境剑修的本命飞剑,却被城头上一位大剑仙李退密瞬间察觉,被一飞剑击退,巨大身躯重新没入大地。飞剑一路追杀,大地翻摇,地下剑光之盛,哪怕隔着厚重土地,依旧可见一道道璀璨剑光。

还有那四处流窜的妖族修士,躲过了剑仙飞剑大阵之后,置身于第二座剑阵前,蓦然丢出好似一把沙砾的东西,于是战场之上,瞬间出现数百个枯骨披甲的高大傀儡,以巨大身躯去捕捉本命飞剑,一旦有飞剑落入其中,便当场炸裂开来。由于位于两座剑阵的边缘地带,白骨与甲胄轰然四溅,地仙剑修兴许只是伤了飞剑剑锋,可是许多中五境剑修的本命飞剑,剑身就要被直接击穿,甚至是直接砸碎。

日夜交替。

剑气长城无比熟悉的蛮荒天下三轮月,似乎越来越明亮,仿佛月光越来越往战场这边靠拢。

当真正身处战场时,有些剑修,便会浑然忘记光阴长河的流逝,或者是那另外一个极端,战战兢兢,度日如年。

齐狩看了眼陈平安,提醒道:"小心钓鱼不成,反被耗死,再这么下去,你就只能收剑一次了。"

如果只是寻常的出剑阻敌,陈平安的心神损耗,绝不至于如此之大。

这需要陈平安一直心弦紧绷,以防不测,毕竟不知藏在何处,更不知何时会出手的某只大妖,一旦阴险些,不求杀人,只求击毁陈平安的四把飞剑,这对于陈平安而言,同样无异于重创。

陈平安提起养剑葫,喝了一大口酒,悄然说道:"所以双方比的就是耐心和演技,如果对方这都不敢赌大赢大，真把我逼急了，干脆收了飞剑，喊人来替补上阵。大不了不当这个诱饵。"

战场之上，到处是残缺不全的游荡魂魄，不断被剑光搅碎，那是另一种哀鸿遍野的惨况。

尤形之中，随着尸骸一次次堆积如山，又一次次被剑仙出剑打得大地下沉，不至于任由蛮荒天下阵师随意叠高战场，那份血腥气与妖族事后凝聚而成的炁气，终究是越来越浓郁，哪怕还有剑仙早有应对之策，以飞剑的独门神通，游荡在战场之上，尽量洗涮那份残虐气息，但随着时间的不断推移，依旧是难以阻挡某种大势的凝聚，这使得剑修原本看待战场的清晰视线，逐渐模糊起来。

这就是在争天时。

反观蛮荒天下的妖族大军，冲锋陷阵，越发失去理智，更加不惧死，甚至有越来越多的妖族修士，在它们第一步踩在战场上，就已经有了更加纯粹的死志。

所谓的慷慨赴死，不独是剑气长城的剑修。

于是那位坐镇天幕的道家圣人，便从手中那柄雪白尘尾当中拔出一丝，丢向大地，于是战场之上，便毫无征兆地下了一场滂沱大雨，气象清新。

有一只高坐云海的大妖，好似一个浩然天下的大家闺秀，姿容绝美，双手手腕上各戴有一白一黑两枚玉镯子，内里光华流转的两枚镯子，并不紧贴肌肤，巧妙悬浮，身上有五彩丝带缓缓飘摇，一头飘荡的青丝，同样被一连串金色圆环看似箍住，实则悬空旋转。

见天上下起了雨，她便从袖中摸出一支古老卷轴，轻轻抖开。画中有一条条连绵山脉，大山攒拥，流水铿然，好似以仙人神通将山水迁徙、拘押在了画卷当中，而不是简简单单的落笔绘画而成。

这只身穿丹霞法袍的大妖，笑意盈盈，再取出一方印章，呵了一口本元真气在印文上，然后在画卷上轻轻钤印下去，印文绽放出霞光万丈，但是那幅原本青绿山水风格的画卷，逐渐暗淡起来。

她将那幅画卷轻轻一推，除了钤印朱文留在原地，整幅画卷瞬间在原地消失，而战场上空，却出现了一幅长达千里，宽达百里的恢宏画卷。不但如此，画卷的灵气铺散开来，试图拦截住那场滂沱大雨。

大雨砸在青绿山水画卷上。

战场之上，再无一滴雨水落地。

但是画卷所绘蛮荒天下的真正山脉处，却下起了一场灵气盎然的雨。

老道人拂尘一挥，打碎画卷，先前一丝尘尾所化雨水，又落在了战场上，画卷重新凝聚而成，雨水又被画卷阻绝，之后画卷再被老道人以拂尘砸碎。

当女大妖身前那印文越来越黯淡无光，最终砰然四碎后，她嫣然一笑，道："老神仙赠礼丰厚,我就不客气了。"

当女大妖再次掏出那枚印章时,一道划破长空的剑光从剑气长城那边轰然而至,她手腕上的两枚黑白镯子,与束缚青丝的金色圆环,自行掠出,与之相撞,迸射出刺眼的火光,天上下了一场火雨。

女大妖虽然挡住了那道剑光,却不得不后撤百余里,低头看了眼手腕上的玉镯子,还好,只是有些小小的磨损,便不再以画卷阻拦大雨,继续远远观战。

剑气长城那边的出剑之人,是陆芝。

她记住了。

一旦女子记恨起女子来,往往更加心狠。

最终陈平安不得不一口气收回全部飞剑,因为还是没有大妖咬饵上钩,意料之外,情理之中。

见状,谢松花与齐狩根本无须言语交流,立即联手帮着陈平安斩杀妖族,各自分摊一半战场,好让陈平安略作休整,以便重新出剑。

大战才刚刚拉开序幕,如今的妖族大军,绝大多数就是用命去填战场的蝼蚁,修士不算多。比起以前三场大战,蛮荒天下此次攻城,耐心更好,剑修剑阵一座座,环环相扣,各司其职,而妖族大军攻城,似乎也出现了一种说不清道不明的层次感,不再无比粗糙。不过战场各处,偶尔还是会出现衔接问题,好像负责指挥调度的那拨幕后之人,经验依旧不够老到。

剑修练剑,妖族演武。

三月当空。

儒家圣人那边,出现了一位身穿儒衫的陌生老者,正在仰头望向那三轮月。

老人正是南婆娑洲第一人,醇儒陈淳安。

陈淳安收起视线,对远处那些游学门生笑道:"帮忙去。记得入乡随俗。"

一群年轻人散去。

同为亚圣一脉的儒家圣人说道:"有不少的读书种子。"

陈淳安说道:"这样的良材美玉,我南婆娑洲,还有不少。"

儒家圣人笑道:"终究不是浩然天下,在这里,要想与老大剑仙说上话,不做点什么,可不行。"

陈淳安点了点头,高高举起一手。

蛮荒天下的天上一轮明月,竟是开始微微摇晃,好像就要被拖曳入这位老人的袖中。

一只拥有王座的大妖,凭空浮现,位于天上明月与城头老人之间。

陈平安重返墙头,继续出剑,谢松花和齐狩便把战场还给陈平安。

刘羡阳在一旁安安静静坐着,并无言语,也不去打搅陈平安出剑,只是盯着战场看了半天,最后说道:"你只管假装气力不支,都放进来,离着城头越近越好。"

陈平安没有任何犹豫,驾驭四把飞剑后撤。

任由自己辖境内的妖族大军,蜂拥前冲。

刘羡阳闭上眼睛,如入梦寐。

齐狩转头看了眼那个仿佛闭眼酣眠的陌生读书人,又看了眼前边乱哄哄的战场群妖。

在齐狩都要打算祭出飞剑跳珠的那一刻,刘羡阳睁开眼睛。

属于陈平安驻守的战场之上,妖族尽死,无一幸免。

便是剑仙谢松花都忍不住转头看了眼刘羡阳。

因为她没有察觉到丝毫的灵气涟漪,没有一丝一缕的剑气出现,甚至战场之上都无任何剑意痕迹。

陈平安小心翼翼关注着骤然间悄无声息的战场,死寂一片,是真的死绝了。

刘羡阳好似自己也觉得匪夷所思,揉了揉下巴,喃喃道:"这么不经打吗?"

就在谢松花和陈平安几乎同时心意微动之际,齐狩低声道:"来了!"

刘羡阳"哦"了一声,背后剑坊制式长剑自行出鞘,划了一道弧而去,空中随即出现一尊不知根脚的金色神人,手持那把寻常长剑,去往大地的途中,不断有大道相亲的远古剑意往它身上聚拢。持剑神人最终一剑劈下,砸中一道从尸体上绽放后直奔陈平安而来的纤细剑光。那道距离城头不算远的剑光被砸向大地,金身神人与剑坊长剑也在空中消散。

谢松花身后剑匣,掠出一道道剑光,去势之快,惊世骇俗,最终将那把妖族剑仙的本命飞剑,成功击碎在大地之下。

谢松花只收回半数剑光,依次藏入剑匣,站起身,转头说道:"陈平安,近期你只能自己保命了,我需要休养一段时间,不然杀不成上五境妖物,于我而言,毫无意义。"

陈平安点点头。

刘羡阳转身向那谢松花走去,好像是要顺势顶替女子剑仙的驻守位置。

陈平安欲言又止。

刘羡阳走过陈平安身后的时候,弯腰一拍陈平安的脑袋,笑道:"老规矩,学着点。"

打从两人认识起,成为了朋友,就是刘羡阳一直在教陈平安各种事情,之后两人各自离乡,一别十余年,如今还是。

第四章 炼 剑

先有儒衫男子登上城头,以莫名其妙的神通瞬杀妖族一大片。

后有谢松花竹匣祭剑,彻底击毁一个玉璞境妖族剑仙的本命飞剑,使得后者直接跌境到元婴,并且连元婴境界都要摇摇欲坠,以后还能不能算一个剑修都两说了,毕竟先天剑胚,可遇不可求,不是剑修境界高了,本命飞剑毁弃,就能够随便再孕育出一把。故而这只一出手就遭殃的大妖,此次攻城战算是赔了个底朝天,失去的不仅仅是境界,还有剑修身份带来的种种溢价,若说转去修行其他术法神通,终究不是剑气长城的剑修,重返上五境,更是登天之难。

陈平安和刘羡阳以及齐狩这边的战场,妖族攻势明显为之一滞。

按照剑气长城的规矩,谢松花今日倾力出剑,天时地利人和占尽,可谓立下一桩奇功。

这个战功,真不算小了,由于那只出剑偷袭的妖物是蛮荒天下最金贵的剑修,所以谢松花可算斩杀半只仙人境妖物,或是等同于一只完整的玉璞境妖物。只不过两者取舍,看出剑之人自己选择,选择前者,就得再斩杀半只仙人境,才能够换取相对应的战利品,选择后者,会小亏,好在可以马上从隐官大人那边拿钱拿宝。

只不过谢松花明显犹未尽兴,还想着再次出剑。

齐狩哀叹一声道:"好运气都给谢剑仙得了去,我得悠着点了。"

齐狩果断祭出最后一把飞剑跳珠,在身旁四周结出剑阵,免得也被上五境剑修妖物偷偷摸摸来上一剑。

齐狩转头问道："这么大一笔收益,你有没有分成?"

陈平安盘腿坐在原地,伸手按住横放在膝的那把剑坊制式长剑,摇头道:"没有。"

当这诱饵,没有一枚铜钱的额外收益。

刘羡阳笑问道:"你们两个是朋友?"

陈平安还是摇头。

齐狩冷笑道:"朋友个屁,是仇家。只要下了城头,这位二掌柜恨不得算计死我,我也恨不得拿境界压死他。"

刘羡阳点点头,道:"那与我们家乡差不多,民风淳朴。"

蛮荒天下有数量众多的监军官和督战官,妖族大军一旦有了攻势停滞的苗头,就要大开杀戒。

所以陈平安三人所在战场,妖族继续向前冲杀,为首一线的妖族,皆是体形庞大的妖物负责率先送死,应该是想要尽量让刘羡阳多出手,以便找出些蛛丝马迹。不但如此,似乎还多出了一拨略懂符箓道法的妖族修士,乱七八糟丢了一大通黄纸符箓,试图遮掩战场视线,一时间尘土飞扬,灵气紊乱。

齐狩应对如常,战场上,飞鸢与心弦飞掠极快,许多身高数丈的妖物都被剑光斩断四肢,摔倒在地,哀嚎不已。

齐狩出剑杀敌,从来如此,除了当场虐杀,剥皮抽筋,不见白骨裸露不罢休,也有像当下这般,故意将其重伤,让它留在战场上徒劳挣扎,乖乖等死。尤其是那些能够幻化人形的妖族修士,往往在齐狩飞剑之下遭此劫难,剖肚挂肠,一旦有妖族修士于心不忍,试图救援,就是相似的下场。

陈平安喝了一口养剑葫里的水丹药酒,继续出剑御敌。初一和十五追求一击致命,如果妖族体魄太过坚韧,或是关键窍穴被戳透之后依旧没死,松针和咳雷便补上一两剑。其间不是没有担任隐蔽死士的妖族修士,试图以秘法拘押飞剑,想要同归于尽,只不过这类钩心斗角,比拼伪装,陈平安是行家里手。曾有一只隐蔽至极的妖族死士,故意一路受伤,浑身血肉模糊,还扯过一只妖物当盾牌抵挡初一,结果被坚韧程度超乎想象的"初一"刺透了它身前妖物的眉心处,便一闪而逝,直接撤退,掐准时间给了妖族死士致命一击。妖丹崩毁开来的妖族死士,临终之前,怔怔望向城头那边,似乎有些茫然,而那把未曾落入圈套,只是被灵气波及的初一,并无半点折损。不过陈平安心神消耗不算少。

就像齐狩所说,长久以往,终究不是剑修的陈平安,精神气会撑不住出剑。

而当下,只不过是攻守战的开幕。

不过齐狩也心知肚明,等到剑修需要离开城头厮杀的时候,陈平安就会如鱼得水。

刘羡阳依旧是不见佩剑,不见本命飞剑,不见出手,从北往南,但原本属于谢松花把守的一线之上,妖族就是来多少死多少。

没有道理可讲。

陈平安忍不住说道:"小心点,会惹来大妖的注意。"

刘羡阳以心湖涟漪与陈平安说道:"我的剑术,最大也是唯一的麻烦,就是杀力的高度,远远称不上如何拔尖,除此之外,没什么问题。"

然后刘羡阳继续说道:"接下来听好了,一字不落,都给我记下来。"

陈平安听了一个开头,便要说话。

刘羡阳看也不看陈平安,笑道:"少跟我废话,刘大爷讲话,你就老实听着。教了你全部口诀和所有诀窍,你就能学会吗?"

陈平安默不作声。

刘羡阳知道陈平安从小就记性好,于是他边说口诀边注解,根本不担心陈平安会记错,所以说得极其复杂烦琐。

所说内容,正是那部刘羡阳家的祖传剑经。

刘羡阳祖传之物,当年其实有两件,除了剑经,还有那副划痕斑驳的老旧猴子甲。没什么品相可言的青黑甲胄,当年被清风城许氏妇人得了手,许氏家主便如虎添翼,杀力极大,又仗着无坚不摧的傍身宝甲,成为东宝瓶洲数得着的元婴境修士,也使得清风城被视为东宝瓶洲下一个"宗"字头候补的热门,仅次于盟友正阳山。

许氏能够与大骊上柱国袁氏结亲,哪怕是嫡女嫁庶子,从长远来看,依旧是一桩稳赚不赔的联姻。袁氏之所以在清风城大事糊涂的处境当中,答应这门不讨喜的亲事,许氏家主的修为,以及有望跻身上五境,才是关键。

当年刘羡阳的打算是卖宝甲留剑经,代价就是交出去半条命,还因祸得福,于生死一线,躺在阮家剑铺的病榻上,在梦中学了剑,如果不是靠着骊珠洞天的规矩,那头搬山猿肯定不介意把另外半条命一起拿走。

同样没什么道理可讲。

刘羡阳问道:"都记住了?"

言语之时,身边四周,有丝丝缕缕的远古剑意流转萦绕,如同为刘羡阳护驾。

陈平安点了点头,然后说道:"我估计学不来,门槛太高了。"

刘羡阳笑道:"那就老样子,把心态放好,与谁比都别与刘大爷比天赋。学剑这种事,对我来说,一般般,对你来说,当然很难嘛。可话说回来,咱们家乡最大的手艺活,是什么,可不就是烧瓷?不也被我们学会了。所以你这会儿,跟那学烧瓷是差不多的光景。当年你觉得自己一辈子都学不好,没办法成为正式窑工,一天到晚拉着个脸,当个闷葫芦,瞧瞧,现在如何了?皇帝老爷求着你帮忙烧造一两件瓷器,你不也得看自己的心情好不好?我这门祖传剑术,当然讲究不少,你反正学什么都比我慢很多,可到底是能学会的,急什么。事事不如我刘大爷,事事得我教你,你得认命,习惯就好。"

陈平安轻声道:"是真的习惯了。"

刘羡阳大笑道:"好习惯,不用改!"

在陈平安和刘羡阳这条线上,一直往南而去的妖族大军后方,有一座被重重包围的巨大军帐,大帐门口挂了块不起眼的小木牌,只有"甲申"二字。

大帐之内,摆满了大小书案,书简卷宗堆积成山,其中有许多破损严重的兵家书籍,还不是原版,而是抄录而成,哪怕如此,依旧被奉若珍宝,妖族修士翻阅兵书,都会小心翼翼。

书少,翻书人反而珍重,愿意逐字逐句地读,是读书而非看书,深挖其中意味。

军帐占地极大,近百个妖族修士齐聚在此,他们并非修道有成,驻颜有术,才显得相貌年轻,而是一个个年纪确实不大。

其中就有那名叫背篓的年轻剑修,盘腿而坐,刚好背靠剑架。

身边一个同龄人正在翻看兵书,叫雨四,也是一个跻身蛮荒天下百剑仙行列的剑修,只是与背篓一样,暂时还没有姓氏。

一个少年掀起帘子,步入其中。

雨四抬头笑问道:"湦滩,这一次战果如何?"

"不如上次了,只毁了三把飞剑。"

那少年伸出三根手指,随即摇了摇头,蹲在雨四和背篓身边,闷闷不乐道:"实在是很难接近第三座剑阵。我那处战场,动静稍微大了点,就有剑仙跑来压阵,护着那些出剑不稳的中五境剑修,我差点被一道剑气拦腰斩断,很凶险。"

然后少年笑容灿烂起来,道:"不过我离着那个陈平安驻守的战场,不算太远,他与齐狩是邻居。齐狩果然是破境了,只用了两把飞剑,就守住了战场,也厉害。后来又冒出个读书人,术法古怪得很,撞上去的怎么死都不知道,还是厉害。"

一个坐在书案后边的女子,瞥了眼地图,缓缓道:"你对上的剑仙,应该是司徒积雪,玉璞境,金甲洲野修出身,本命飞剑铁骑,佩剑雄关,杀力不算太过出众,但是攻守兼备,十分不俗。能从他剑下逃过一劫,已经算是本事了。湦滩,说好了,战功可以慢慢累积,但是别死。你那片战场,归木屐调度,你是百剑仙人选之一,会连累木屐,他好不容易有机会可以赏赐下一个姓氏,千万别给你整没了。"

一个坐在女子邻近书案后边的腼腆少年抬起头,轻声道:"别死。不然即便得了姓氏,我也要愧疚很久。"

名为湦滩的少年咧嘴笑道:"晓得。"

蛮荒天下的百剑仙,是托月山钦定的大道种子,重要性,仅次于飞升境大妖。

每一个剑修无论当下境界高低,总之命都很值钱。

只要死了一个,甲子帐和托月山都会追责,而且责罚极重。

此时此刻的甲申帐内,人就不少。

涒滩、背篓、雨四,那个一语道破司徒积雪底细的女子剑修流白,以及一个不太合群的角落少年。

木屐转头望向一张书案,习惯性轻声说话,缓缓道:"那个儒家门生的术法根脚,尤其他到底是不是剑修,探查出来没有?这一处小战场的战损,已经超出我们的预期不少,必须做出适当的应对。先前调遣剑仙刺杀陈平安,已经失败,但是只要你们的结论的确需要再次调动一个剑仙出手,就让我来飞剑传信,通知剑仙出手偷袭。若是还不行,我就亲自走一趟甲子帅帐,你们不需要有这方面的压力。"

有一个男子摇头道:"还需要再死些,才有更多的线索。"

木屐点了点头。

流白说道:"南婆娑洲陈淳安亲自来了剑气长城,那读书人肯定是亚圣一脉,这一点毋庸置疑。其实此人驻守的战场,我们可以适当少投入一些兵力,因为城头那边,肯定很快就会有隐蔽的飞剑传信过来,甲子大帐确认无误后,自然会传信给我们,若是信上有写此人的身份底细,我们甲申帐还剩下两个剑仙名额,干脆一起用了,到时候是杀那读书人,还是杀陈平安,或是退一步,杀那齐狩,都允许两位剑仙见机行事。"

木屐思量片刻,点头道:"可行。"

然后角落少年从手边一摞黄纸里抽出一张,折为小纸鸢,轻轻丢向大帐门口,吩咐道:"传令下去,在甲申第六线上,放缓攻势,除了不许撤退,允许保命第一。"

纸鸢掠出甲申大帐。

雨四打趣道:"涒滩,你虽然如今境界不高,但是手段多,以后等到剑修离开城头,有机会你就去会一会那个陈平安。比起我跟背篓这种只知道横冲直撞的傻子,你更容易占到便宜。"

涒滩想了想,点头道:"试试看吧。"

这座甲申帐,是蛮荒天下大军当中,六十座以天干地支命名的大帐之一。除了甲子帅帐的命令,每一座军帐,具体负责一块战场地盘的兵马调度。

既然能以"甲"字打头,就已经说明了这座大帐的重要性,按照军律,哪怕是剑仙大妖,只要胆敢擅闯"甲"字大帐,一律当场处死。

甲申帐内,各司其职,井然有序,大体上,还算氛围轻松。

在桌上摊开地图的流白,抬起头,沉声道:"为了我们的成长,为了将来打下浩然天下几个大洲,我们就能守住几个,如今光是甲申战场,就已经白白多死了近万兵力,我们每个人的功劳簿,都是在尸骨上刻字,别觉得这是一件好玩的事情。"

独自坐在僻静角落的少年冷笑道:"兵力?那些没脑子的蝼蚁也能算兵力吗?它们死了更好,帮着我们争抢天时,再为大军节省口粮,一举两得。咱们蛮荒天下,本来就养不活这么多废物,死在这边,是它们死得其所,总算做了点小小的贡献。"

他瞥了眼不远处的背篓和浘滩,道:"那个陈平安,交给我处置,谁敢跟我争,别怪我飞剑不长眼睛,误伤盟友。"

竟是一个从孩子模样变成少年姿容的离真,依旧拥有上古刑徒观照的一部分残缺魂魄,然后以托月山秘法重塑肉身,最终拼凑出完整魂魄。

背篓无动于衷。

浘滩依旧笑容灿烂,道:"没问题。"

雨四笑眯眯道:"不敢不敢,我哪有资格当离真少爷的盟友。"

那倨傲少年蓦然而笑,死死盯住雨四,道:"劝你别学浩然天下那边的人,喜欢阴阳怪气说话。"

雨四举起双手,可怜兮兮道:"我闭嘴,我闭嘴。"

木屐皱了皱眉头,抬起头,难得加重几分语气,只是相对离真、雨四他们方才的嗓门还是轻声,道:"离真落败,只输了一线,雨四,这不是你幸灾乐祸的理由。你们是高人一等的剑修,就该有高人一等的心境。"

雨四立即收敛神色,点了点头。

然后木屐转头对离真说道:"输了就是输了,是你离真本事不济,此后能够活过来,亦是你身为托月山关门弟子的本事,这些我都不管,我只负责甲申战场的胜负得失,一丝一毫的此消彼长,我都得管。此后战事惨烈,你离真依旧需要听从调度,若是无视军纪,擅自行事,就是连累整座甲申帐,后果自负。但是到了合适时机,你只要还愿意寻找陈平安作为对手,与那人分胜负,哪怕是换命,都随你,甲申帐绝不阻拦,我个人甚至愿意拿出甲申帐属于木屐的那份战功,帮着你制造机会,因为与这样敢再死一次的离真并肩作战,是我木屐的荣幸。"

木屐环顾四周,沉声道:"离真为何出战,为何会在城头之下与那陈平安大战一场,你们心里没数?就因为他输了一场,死了一次就成了你们取笑的理由?你们配吗?那么万年以来,我们蛮荒天下,就没打赢过一场,一场都没有赢过,那么多飞升境的前辈,连同整个托月山,岂不都是个笑话?真有本事,到了浩然天下,那边的人随便你们笑话!"

木屐深呼吸一口气,神色黯然,喃喃道:"与你们说这些话,并不会让我觉得开心。"

在这座甲申帐,离真似乎对木屐的话还算听得进去,于是不再与雨四他们较劲,继续闭目养神,同时大炼五件本命物。

流白调侃道:"木屐,这话说得真俊。"

少年木屐腼腆一笑,有些脸红。

几乎算是个哑巴的背篓,破天荒开口道:"甲子帐飞剑,马上到。"

果不其然,一把传信飞剑到了甲申帐。

木屐看完密信后,神色凝重起来,对其他人道:"只知道那个读书人叫刘羡阳,是东宝瓶洲人氏,并非醇儒陈氏子弟,所以还是不知道他的修行根脚。"

流白叹了口气,道:"那就按照最坏的打算去做好了,用命去堆出个真相。"

木屐突然说道:"雨四,你亲自走一趟战场,记得做好伪装,接下一剑,就立即退出战场,不需要有任何犹豫。那陈平安的出剑威力不算太大,但是对于战场的观察,细致入微。以他的性情,我敢断言,他的后手,绝对不止那个女子剑仙一人而已,只要你没死在战场上,很快就会有另外的剑仙负责盯死你。"

雨四果断起身,满脸的跃跃欲试,嘴上却埋怨道:"报应来得这么快。"

木屐转头望向背篓。

雨四瞬间飞奔出甲申帐,不给木屐改变主意的机会。

木屐的视线再偏移,对那湣滩说道:"我计算过了,你凭借目前积攒下来的战功,想要购买那件曳落河法宝,还是差了不少,没关系,我带头,凑一凑,以后出钱之人,每年坐收分红。还有谁愿意?"

流白摇头道:"我也在攒钱,不能给。"

木屐却说道:"可以给。你会在大战落幕之前,就赚回来的,相信我,绝对不会耽误你入手那件宝物。"

离真睁开眼睛,说道:"需要买吗?我直接去讨要就是了。"

木屐摇头,正要拒绝。

离真已经站起身,对那女子说道:"你需要哪一件,直接说了,我一并取来,懒得多跑一趟。"

流白也无扭捏,直接说了那件至宝的名称,大笑着高高抱拳,算是谢过了。

离真面无表情走出甲申帐,仰头望向剑气长城。此处看北方城头,模糊不清,但是北方城头俯瞰战场,却纤毫毕现。

离真收回视线,愣了一下,转过身,难得抱拳弯腰,以示敬意。

离真身边,是一个大髯佩刀背剑的汉子。

那汉子点点头,道:"你先忙去。"

离真御风离去。

背篓走出甲申帐,喊了一声"师父"。

那汉子说道:"师父想要见一个人,所以你这个当徒弟的,得替师父做一件事,宰了那个陈平安。"

背篓默然点头。

战场上响起嘹亮的号角声，妖族开始收兵撤军。

城头剑仙依旧风采绝伦。

这一场延续了两旬光阴的序幕战，妖族大军依旧未能攻到城墙。

蛮荒天下这边大妖出手次数较少，施展神通的飞升境和仙人境大妖，不过双手之数，并且都没有真正陷阵，所以显得被剑气长城稳稳压过了一头。

在这期间，公认最出彩的两场大战，一场是左右再次一人仗剑，孤军深入，差点捣烂了一座位置相对靠前的庚午军帐，惹来两只飞升境大妖的出手。左右剑气浩浩荡荡，从城头俯瞰大地远处，就像凭空出现了一座凝聚为实质的小天地，无穷尽的雪白剑气，以左右为圆心，形成一个遮天蔽日的巨大半圆，所过之境，妖族肉身与魂魄皆碎，俱是化作齑粉的下场。

剑气长城这边，根本见不着左右的人。

只见剑气与剑光。

前不久悄然破开瓶颈的仙人境剑仙米祜，站在依旧是玉璞境的弟弟米裕身边，兄弟二人，心情各异。

米祜觉得左右的剑气若是能够再多一些，才叫痛快，天下剑仙当如此。

米裕面有苦色，觉得左右这厮的剑气，是不是太多了些？

如果说依旧喜欢独来独往的左右，与那两只飞升境大妖的悍然出手，这一场壮阔至极的厮杀，战场是在人间大地，那么另外一场，就真正发生在了天上，那是陈淳安出手，竟将蛮荒天下的一轮明月，从天幕极高处，拽下人间。

几乎整座蛮荒天下都陷入了巨大的恐慌，都担心那一轮越来越庞大的圆月，当真会就那么缓缓坠入人间。

托月山灰衣老者依旧没有拦阻，反而举头望去，笑言了一句"书生好手段"。

不愧是被誉为在亚圣一脉另起高峰的陈淳安。

中土神洲之外的八大洲，婆娑洲的陈淳安，北俱芦洲的火龙真人，皑皑洲的刘大财神，各有所长，哪怕是眼高于顶的中土神洲练气士，也不敢轻言这三洲砥柱之人，不够分量。

灰衣老人任由那只自号荷花庵主的飞升境巅峰大妖，倾力出手与陈淳安掰手腕。

炼化了半数月魄的飞升境道人大妖，占尽了天时地利。

但依旧未能阻挡陈淳安的那份通天手段，使得一轮大月缓缓落向地面。

所谓的缓缓，其实是一种错觉，若是真有那上古神灵、得道之人长居明月中，估计才能体会到那种风驰电掣的急坠大地。

战场之外，蛮荒天下修了道且境界不低的修士，越是接近上五境，越是能够感受到那股铺天盖地的窒息感,也越能够清晰看到那轮明月的"月宫"光景,亦有一条条了无生气的连绵山脉,眼力更好的上五境修士,还能够看到一座座死气沉沉的宫殿废墟,巨大的枯木,能够将那山脉压出豁口的一具具古老尸骨,有那一件件大如湖泽的悬浮衣裳。

浩然天下曾有兵家圣人,说了一句褒大于贬的言语。

"可惜醇儒不跋扈,文章未能通天路。"

如果说这句话的人,在剑气长城目睹过陈淳安的此次出手,应该不会有此谬论。

而剑气长城对于浩然天下九大洲最熟悉的,其实不是中土神洲,而是距离倒悬山最近的南婆娑洲,尤其对醇儒陈淳安更是半点不陌生。

这也要归功于阿良的大肆宣扬,说在读书人里,陈淳安算是一个相当另类的高人,简直就是老夫子抡锤子,文武双全,能写文章,也能打架,厉害得很。

不过那轮明月终究是没有被彻底拽落人间,为此那荷花庵主倾尽全力,与陈淳安足足僵持了半个时辰。

故而那一夜,这一轮圆月离地最近,极为硕大明亮。

这两场战事,应该就是最名副其实的神仙打架了。

左右和陈淳安的出手,为剑气长城增加了不少士气,此后剑修出剑更快,那条汇聚了数万把本命飞剑的剑气瀑布,越发汹涌。

只不过妖族大军这一拨攻势,真正陷阵的妖族修士,还是少。

所以剑气长城剑修积攒下来的战功,大多寥寥。而皑皑洲那个名叫谢松花的女子剑仙,可谓不鸣则已一鸣惊人,狠狠捞了一笔战功。

这次妖族大军停下攻势后,不再像以往那般任由尸体晾在战场上,随意曝晒,任由剑气长城的某些剑修去战场"捡钱",而是开始尊重战死的妖族修士,尽量收拢尸体,把骸骨连同所有遗物,悉数仔细清点、存档,归还后人。

而剑气长城这边,自然不会允许妖族大摇大摆收拾战场。

关键是妖族大军的暂时撤退,大有学问。

有那大妖手托一只雕刻着鼠来宝样式的金壶,祭出之后,所有灵气盎然的无主灵器法宝,会自动离开战场,往那金壶急急掠去。

还有那大妖持有一只墨玉雕刻的赶珠云龙玉牌,蓦然攥紧之后,光彩夺目,一条条不过手指长度的黑色蛟龙,从玉牌当中游弋而出,远离玉牌之后,仿佛恶蛟失去了厌胜,蓦然变作一条条庞然大物,四爪重重砸地,轻易激起数十丈高的尘土,试图绞杀那拨离开城头的剑修。

曾经负责过一次攻城战的大妖重光,祭出其中一件本命物,是一碗水,他轻轻呵出一口气,吹皱水面,骤然生出一个无比深邃的小漩涡,宛如星河璀璨。

战场上的妖族魂魄,形成一道道陆地龙卷,往南边席卷而去,试图融入那只水碗。

收拢魂魄,既可以放归战场之外的蛮荒天下,也可以在至宝当中积蓄起来,免得被此地剑气、剑意无形炼化。

至精至纯的天地灵气,看似大道从来不亲人,事实上对于天时地利齐全的修道之士,会出现一种玄之又玄的亲近。

剑气长城的那么多远古剑意,便是最好的例子。

但是那些残肢断骸、尸骨鲜血,渗透大地,会极大改变战场的气数,剑仙必须要处理。虽然肯定无法全部消弭,但是能够清除多少就是多少,不然原本属于剑气长城的"天时",就会向蛮荒天下倾斜。

这是剑修除去老大剑仙和脚下那堵城墙之外,最大的依仗。

所以战场上就出现了最奇怪的一幕,明明双方大军都已停战,但是大妖和剑仙的出手,却越来越频繁。

不断有遗留在战场上的修行宝物,破损的灵器,被双方各自施展手段驾驭,收入囊中。而更多的是在双方争执中,当场破碎四溅。

只是相较于先前的两军对垒,如今广袤战场上,剑仙与大妖的出手动静再大,气象也还是有限。

双方停战之后,迎来一个短暂的休歇期,按照以往规矩,剑修能有个长则半旬,短则三两天的喘息机会。

陈平安没有立即离开墙头,依旧盘腿坐在那里,关注着敌我双方的遥遥出手。

刘羡阳要马上去与同窗好友们汇合,此次负笈游学剑气长城,重点还是那个"学"字,对于杀妖一事,不管其余亚圣一脉的儒家弟子是如何看待,反正他没那么上心,如果不是陈平安坐在这儿,他都未必愿意出手。刘羡阳从来就要比陈平安活得更轻松,更自在。

至于何时离开剑气长城,谁都不清楚,得看那位陈氏圣人的意思。

刘羡阳走到陈平安身边坐下,挠着头,眺望远方战场上骤起骤无的凌厉剑光,说道:"我那些战功,都算在你头上。"

陈平安嗯了一声,笑着把养剑葫递过去。

刘羡阳摇头道:"不喝,哪怕是想着酒后乱性,那我身边也得有个好看的姑娘不是?"

听说这家伙在剑气长城撰写了《䀻剑仙印谱》,刘羡阳打算让陈平安帮自己也刻一对印章,一个直白些,就刻"刘大剑仙",另外一个,实诚些,刻那"守身如玉刘羡阳"。

陈平安低声问道:"那个妖族修士,竟然在你出剑后安然无恙?"

刘羡阳笑道:"也是一名剑修,还有那护身宝物,没那么容易死。"

齐狩那边很热闹。

来了不少人,毕竟齐狩赶在大战之时,刚好破关而出,成功跻身元婴境,此次又独自镇守一地,确实应该庆贺。

齐狩不愧是他那座小山头的领头人物,本身又是齐家子弟,身边很快就聚拢了十数个好友,男女皆有。

有些是陈平安的熟人,例如龙门境剑修,当时在大街上第一个守关的任毅。

还有负责守第二关的金丹境剑修,溥瑜,是一个颇为玉树临风的白衣公子哥。

还有几个与他们差不多岁数的女子剑修,与那齐狩道贺是一半原因,还有一半是奔着齐狩的两个邻居来的,她们与那浩然天下的大家闺秀是截然不同的性情,这会儿就大大方方望向陈平安和刘羡阳,毫不掩饰她们仰慕的眼神,所谓的窃窃私语,也半点不窃窃。

剑气长城之上,先前轮换上阵的大战间隙,得闲时,相熟的剑修们,相互间偶尔会聊一些别处战场的事情,其中就有关于二掌柜与那婆娑洲的读书人的话题,还不少。

至于听说死了哪个剑修,谁的本命飞剑在战场上毁弃了,反而至多就是"哦"一声,点个头,表示知道了,就没有什么然后了。

陈平安晃了晃养剑葫,打趣道:"好看的姑娘这不是有了,还喝不喝?"

刘羡阳跳下墙头,念叨着"走了走了"。

等到刘羡阳远去,其中一个女子剑修笑问道:"二掌柜,你这朋友姓甚名甚?当下有无眷侣小媳妇?"

陈平安笑道:"方才他在,自己不问?"

那女子笑呵呵道:"我这不是害羞嘛。"

陈平安有些无奈,方才她看那刘羡阳的眼神,就像把刘羡阳扒光了似的,没有半点的羞涩。

她叫司徒龙湫,是太象街司徒家族的庶女,观海境瓶颈剑修,与董不得是闺中好友,在剑气长城的同龄剑修当中,境界不高不低,但是性情开朗,极有江湖气,剑气长城的有趣事情,经过她一润色,往往就会变得更有趣,许多小道消息的源头,都来自她和董不得的捕风捉影,大多真事会让人觉得假得不行,假事却比真事更真。

当时董不得找上宁府,让陈平安帮忙篆刻三方藏书印,其中一方,就是司徒龙湫的。

二掌柜的为人正派、童叟无欺,司徒龙湫的"我发誓绝对是真事",顾见龙的"容老子说句公道话",董画符的花钱如流水,王忻水的"打架之前我可以,打架之后算我的",是如今剑气长城的最新五绝。

剑气长城老的五绝,是那阿良的"赌品过硬,唾沫洗头",隐官大人的"脾气最好,从不打人",老聋儿的"是人就说人话",陆芝的国色天香,米裕的自古深情留不住。

其实都与剑术、境界没什么关系。

当下陈平安和司徒龙湫,大概也算是一种高手相逢了。

司徒龙湫突然笑问道:"雁荡山在浩然天下很有名气?"

陈平安摇头道:"只是东宝瓶洲的一座名气不大的山,风水很好,只是暂时未能扬名。不过我有个好朋友,行走江湖山野,喜欢写山水游记,与我说到过这么个地方,风景奇绝,其中就有大龙湫,所以我的印象比较深刻。"

司徒龙湫惋惜道:"我还以为是个闻名天下的五岳山头。"

她随即展颜一笑,道:"无所谓,也很好了。"

因为董不得交给她的那方印章上,边款的内容颇为稀罕古怪,刻的是"歇于雁荡山大龙湫,及三更梦中,星火满天,喜不成寐,赤足跳入草莽中"。

她得了印章后,问了许多家中藏书颇丰的好朋友,关于雁荡山大龙湫,都说不出个所以然来。

陈平安想起一事,笑道:"不过有个好消息,雁荡山极有可能会成为东宝瓶洲新东岳的储副佐名,提拔为储君山之一,以后的名气,应该会大很多。"

司徒龙湫愣了一下,问道:"储君之山?什么乱七八糟的。"

然后她大笑起来,道:"反正还是好事。"

司徒龙湫转身走回齐狩那边,一起御剑返回北边城池。

郭竹酒飞奔而来,已经蹲在了师父身边好一会儿,小声说道:"师父,放心,我不会与师娘告密的。师娘是大,可我还是更向着师父些。"

陈平安轻声笑道:"你也好,司徒姐姐也好,在师父的家乡,都是仙子。"

郭竹酒好奇问道:"仙子?会不会放屁?放了屁臭不臭,会不会故意闷在裙子里?不然就不是仙子了吧?换成我是仰慕仙子的男人,可受不了这个。所以换成我是仙子的话,只会躲在被子里偷偷放屁,掀开被角,扇扇风,应该也臭不到自己。"

陈平安早已习惯了郭竹酒那种天马行空的想法,他又喝了一口养剑葫里的水丹药酒,灵气近乎枯竭的可怜水府,越发缓解几分,之后拍了一下小姑娘的脑袋,起身道:"走,找你师娘去。"

师徒二人,一起去往宁姚那边。

郭竹酒蹦蹦跳跳,可惜没有背上小竹箱,随口问道:"师父这次打杀了几只大妖?"

陈平安笑道:"师父能够保命就很不错了。"

郭竹酒转折如意,毫无凝滞,点头道:"师父开恩,暂且留下它们狗头一时半刻。"

陈平安问道:"你爹那边怎么样?"

郭竹酒咧嘴一笑:"半路上遇见了,准许我先找师父,晚点回家。"

这句简简单单的言语,一个可以多推敲几分的"半路上遇见",就让第一次经历这种大规模战争的陈平安,心中的郁郁心情,生出几分暖意,如云开月明。

陈平安负责的战场位置比较居中,离着宁姚他们不算近。

郭竹酒是不怕路远的,陪在师父身边走南闯北,多走一步都是好的,说不定走着走着,小师妹就超过个儿不高的大师姐了。

一路往左手边而去,其间路过了那位玉璞境瓶颈剑仙吴承霈,依旧不曾出剑一次,始终在以整座战场作为磨剑石,以此炼剑。

剑气长城,有那千奇百怪的本命飞剑,有的可以化作一尊远古神祇金身,有的可以打造出符阵,有的可以有那五雷缠绕,出剑即是施展五雷正法,还有一对神仙眷侣的两把飞剑,一把可以化作蛟龙,另外一把名为"点睛",两剑配合,威力骤增,完全不亚于剑仙出剑。不一而足,无奇不有。

难怪剑气长城根本就不需要其余的练气士。

庞元济也没有离开墙头,身边跟着一个仰慕他的少女,高野侯的亲妹妹,高幼清。

见着了陈平安和郭竹酒,庞元济笑着点了点头。

陈平安现学现用,笑眯眯问道:"庞兄,斩杀了几只大妖啊?"

庞元济笑道:"与你一般。"

陈平安说道:"你一个地仙大修士,与二境修士较什么劲,跌份儿。"

郭竹酒跑到高幼清身边,踮起脚尖,摸了摸高幼清的脑袋,神色和蔼慈祥,点头教训道:"幼清啊,嫁出去的姑娘才是泼出去的水,你这会儿还没嫁人呢,克制,要克制啊。"

高幼清伸手拍掉郭竹酒的手,瞪眼道:"绿端,别瞎说。"少女眼角余光却望向白衣翩翩的庞元济。

陈平安和郭竹酒继续前行。

陈平安瞧见了墙头某个唾沫四溅的年轻人,示意郭竹酒不要出声。

只是陈平安走出没几步,顾见龙就很快发现了那个笑容和善的二掌柜,他二话不说,呼朋唤友,匆忙御剑返回城池。

宁姚那边,多出了两张陌生面孔。

醇儒陈氏子弟,贤人陈是。南婆娑洲山麓书院,君子秦正修。

两人都没有像刘羡阳那样杀妖,道理很简单,不是剑修,妖族大军无法靠近城池,帮不上什么,加上剑修出剑讲究衔接紧密、滴水不漏的配合,他俩的术法神通哪怕威力巨大,但是很容易帮倒忙。

所以两个至交好友,更多是名副其实的游历,走遍了城头走马道,原路返回后,才趁着大战间隙,与陈三秋他们打声招呼。因为早年从剑气长城带走那把"浩然气"的儒家君子,与秦正修是一见如故的挚友,也是同时跻身君子,所以希望秦正修带着自己捎话问候。

秦正修在与叠嶂闲聊。

叠嶂在说些大战内幕，说先前这一场战事，我们剑气长城这边，不用刻意早早追求最大程度的杀伤，甚至接下来还会适当收拢战线，万一妖族大军蚁附攻城成功，就会有大量剑仙离开城头，稳稳守住前线，将战场切割出来，然后再由地仙剑修带队，下城厮杀，战力不高的中五境剑修，只需要负责守住城头。

陈三秋和晏琢蹲在一旁，学那二掌柜双手笼袖，如同蹲在田垄上盯着庄稼地收成的村夫，在看热闹，还偷着笑。

如此这般细声细气与人言语的叠嶂，是很少见的。

先前秦正修自报名号后，还说了自己与那个儒家君子的关系，宁姚难得开口多说几句，现在她离开人群，独自一人闭目养神，温养剑意。

董画符与范大澈聊着回了城池，该吃什么，该喝什么。董画符说："范大澈你这次表现不错，应该买一壶青神山酒水庆祝庆祝。"

陈是突然说道："先前应该有叛变的剑修，以损失一把本命飞剑的代价，暗中传信妖族。"

这是一个极其不讨喜的说法。

大概也是陈是只要一离开家族，就会莫名其妙处处树敌的原因之一。

只不过宁姚这些人都没什么异样神色。

"天要下雨，娘要嫁人。铺子得挣钱，谁拦得住？"

董画符转头说道："为了活下去，好歹付出了一把本命飞剑的代价，不知道以后你们南婆娑洲的读书人，敢不敢拿出实打实的半条命去活？我听说不修行的寻常读书人，学问不小，就是都不太吃得住痛，想死都难。有句话怎么说来着，家里没刀后院没水井，上吊死相太难看，廊柱太硬水太凉？"

秦正修皱了皱眉头。

陈是反而笑了起来，道："是有这么些个说法，没法子，浩然天下读书人实在太多，好的坏的，什么样的人都会有的。"

董画符瞥了几眼年轻书生，点了点头，道："你倒是个好说话的，回头请我喝酒。"

陈是觉得有趣，笑问道："不是你请我喝酒吗？"

董画符笑了笑，道："大澈啊。"

范大澈立即无奈说道："连二掌柜都没办法让董黑炭掏钱。"

秦正修转头望去，来了两个人，一个身穿衣坊法袍，悬佩剑坊长剑的年轻人，脸色惨白，瞧着很像个战力不济事的病秧子，但是因为先前刘羡阳与陈平安毗邻出剑，秦正修大开眼界，知道此人便是东宝瓶洲大骊龙泉的陈平安，如今还是文圣一脉的嫡传弟子，是左右大剑仙的小师弟。

陈平安笑着作揖道:"见过君子贤人。"

秦正修与陈是也作揖还礼。

董画符嘀咕道:"亚圣一脉门生,遇见了文圣一脉弟子,就算不打架,也该吵一架。"

宁姚站起身,说道:"回了。"

陈平安祭出符舟,登上渡船。

秦正修和陈是婉拒了陈平安的邀请,说要再逛一逛剑气长城。

符舟往北而去。

渡船之上,除了陈平安,其实全部都是剑修。

陈平安与郭竹酒坐在一侧,使劲划船。

陈三秋和晏琢在另外一侧发力。

董画符摇头道:"太丢人了。"

范大澈深以为然。

城头那边,秦正修望向那一幕。

渡船之上,除了那个陈平安,其实全部都是剑修,却都没有御剑。

陈是笑道:"刘羡阳经常跟我吹嘘,家乡那陈平安,此人有多聪明,学东西有多快,除了有点闷葫芦,不爱说话,好像就没有半点毛病了。最早的时候,言之凿凿,拍胸脯与我保证,说陈平安一定会是天底下最会烧瓷的窑工,后来刘羡阳就不提龙窑烧瓷这一茬了。"

秦正修说道:"大概刘羡阳自己都想不到,陈平安会成为文圣先生的闭门弟子。"

陈是看了一眼远去的符舟,道:"估计陈平安也一样没有想到,刘羡阳会成为剑修。"刘羡阳深藏不露,哪怕是与刘羡阳关系极好的陈是,也是第一次知道刘羡阳是剑修。

陈是感慨道:"我姐曾经说过,东宝瓶洲的骊珠洞天,人杰地灵,是一块风水宝地。"

甲申帐内。

剑修雨四步入其中,除了离真,所有人的视线都聚拢过来。

少年木屐问道:"如何?"

雨四笑道:"好家伙,我敢确定是个剑修,不是什么修行浩然正气的儒家门生,只不过剑术玄乎得很。"

说到这里,雨四抬起手臂,散发出一股淡淡的血腥气,道:"瞧见没,法袍丝毫无损。"

雨四卷起袖管,原本裹了数张金色书页的手臂,已经血肉模糊,气笑道:"亏得有点傍身物件,不然就算不死,也要被此人神不知鬼不觉的剑意,剐掉一层皮。"

木屐问道:"刘羡阳是如何出的剑?"

雨四摇头道："我真不知道对方是怎么出的剑，无声无息，就来了……就像被前辈们瞥了一眼，就会起一身鸡皮疙瘩。"

木厔皱眉道："是那刘羡阳的剑气太快，快到了能够穿过光阴流水，都不激起细微涟漪？比如刚刚破境的齐狩，他那把名为'心弦'的飞剑，本命神通就是可以将光阴长河对于飞剑的天然阻滞，降低到最少，故而极快。或是刘羡阳的本命飞剑，比这更加古怪？"

流白说道："北俱芦洲太徽剑宗有一个新剑仙，刘景龙，本命飞剑就极其玄妙诡谲，虽然不知名字，但是被誉为'近道'。"

雨四笑着使劲摇头，晃了晃手臂，有些心疼那几张被毁坏的金色符页，道："境界应该没那么高，肯定不是上五境剑仙。就是剑术太古怪。"

一把传信飞剑来到甲申帐。

看完密信后，木厔露出笑容。

甲申帐内，所有人都有些笑意。

木厔站起身，绕过书案，双指并拢，画了一个圆圈。

大帐之内，出现了一幅约莫丈余高的悬空长卷。

木厔沉声道："癸未帐那边，已经为所有军帐送来了情报。这是剑气长城的驻守分布图，每一个上五境剑仙的大致分工和相对固定的位置，信上都有记录、标注出来。此外，对杀力不容小觑，可以单独镇守一方的元婴境剑修，还有杀力较大的金丹境剑修，都有专门的详细记载，尤其是宁姚这拨最年轻的天才中的龙门境、观海境都有单独的标注。"

木厔开始报出一个个重要剑仙、剑修的名字，以及他们的出剑方位、具体的守城职责。少年每说一个名字，流白就在画卷上写下一个极其细微的名字，好在甲申帐内都是眼力极好的修士，哪怕境界不高，稍稍凝神注视，近在咫尺的画卷，字再小，也看得真切。

画卷上的名字，分三种颜色，金色、朱红、墨黑，分别对应上五境剑仙和元婴境剑修，以及金丹境在内的所有中五境剑修。

木厔着重说道："这上面的名字里，境界越低的，越需要我们找机会斩杀。"

流白说道："那我就以金色笔墨，圈画出这些特殊名字？"

木厔点头道："可以。比如剑仙郭稼之女郭竹酒，高野侯的妹妹，高幼清。"

画卷上。

有那剑气长城的巅峰十人。

再有连同岳青、姚氏家主姚连云、北俱芦洲韩槐子、晏家供奉李退密在内的一个个大剑仙。

以往一次次攻城，蛮荒天下的大妖，不是没有如此计较过这类细枝末节，只是计较了,永远赶不上变化。

这一次,蛮荒天下有甲申帐在内的六十军帐,将近五千修士。虽有甲申帐这般只负责自家地盘的战况的,而更多的军帐,都需要兼顾某一件大事。

这是因为甲申帐相对比较特殊,因为拥有太多的剑仙坯子,托月山离真、背篓、涒滩、雨四、年轻女子剑修流白,整个蛮荒天下搜罗出来的百剑仙种子,这一座甲申帐就多达五人,已经不能更多了,所以无须分心。

其他的军帐,会兼顾其他,例如癸未帐这种,需要额外关注剑气长城主力剑修的动静,以及记录每一个城头剑仙的出剑,为何出剑,对谁出剑,出剑力度,杀力如何,是否破境,以及极为关键且隐蔽的一点,就是辨认对方是否刻意留手,若是有,就圈画起来,看一看以后战场表现是否依旧如此"客气",如果答案是肯定的,除了确定对方的诚意之外,就可以适当减少相对应军帐战场的兵马,攻势不用太过激烈,但是也绝对不可以太过痕迹明显,不然一旦对峙双方达成默契,却被剑气长城看破,以陈清都的脾气,那个剑仙的下场,肯定不会好,如此一来,杀鸡儆猴,那边的剑仙,还怎么敢暗中示好。

还会有辛卯帐,额外负责具体调配己方大军所有上五境修士,把他们划拨给其余军帐战场。

庚寅帐管着军需补给。

乙未帐,掌管着后续兵马,需要引领他们去往战场后方的既定位置,安营扎寨,以及安排出一条合适的推进路线,随时赶赴战场。

至于为何蛮荒天下的巅峰大妖,除了屈指可数的几个,好像一个个都缺席,除了战场暂时无须这些大佬出手之外,其实他们是在忙着安内。倾尽半座天下的势力来攻打剑气长城,是蛮荒天下历史上从未有过的壮举,而此时战场的后方,众多桀骜不驯的割据势力,不是谁都愿意乖乖听话的,有些不懂审时度势的大妖,需要镇压,也有许多想要明面上听从调令却私底下隐藏家底、保存实力的,还有最为麻烦的,后院起火,内讧不已,更有一拨剑仙,不当那堂堂正正的剑仙,根本不愿意光明正大出剑,却当起了阴险的刺客,专门刺杀那些带军北上的领袖,以此阻滞一支支往北的妖族大军。

当一位剑仙执意要杀人时,会是天大的麻烦。

打败一个修士,与斩杀一个修士,是天地之别。

为何明知陈平安是在钓鱼,甲申帐依旧要杀此人?就在于陈平安是打死了离真,而不是打赢那么简单,这样一个一旦真正成长起来会变成巨大麻烦的存在,值得甲申帐拿出一个上五境剑修去押注,只是当时情报缺失,对于那个皑皑洲女子剑仙谢松花,无法准确评估她的出剑方式和杀力大小,所以甲申帐付出了极大的代价。木扅毫不犹豫将这份过失,揽在了自己身上,哪怕极有可能为此会失去一个托月山赐姓、谱牒记名的机会,木扅还是没有任何后悔。

打仗，要死人，死很多人，只要打赢了，一切好说，可以找补回来，可要是输了，蛮荒天下以后谁是主人，都难说了。

蛮荒天下的版图，大概要比浩然天下大出两个北俱芦洲。

相对富饶的浩然天下来说，蛮荒天下在某种程度上，确实就像个空架子，大地贫瘠，物产稀缺。虽说也有一些极大的王朝，占据着幅员辽阔的地盘，也有让其他势力垂涎三尺的肥沃土地，以及不少灵气充沛的风水宝地，据说不输浩然天下和青冥天下的洞天福地。

雨四灌了一口劣酒，抹了抹嘴，笑道："那个陈平安，我去战场上，也瞥了几眼，就像涓滩所说，很狡猾，是个极其难缠的主儿。"

离真说道："对方跌了境，加上又不是先天剑修，这会儿出手，自然会很勉强。能够守住他那块地盘，要归功于刘羡阳和齐狩的帮衬，但是即便如此，计算自己的飞剑杀力和敌方的战力，注重细节，打消耗战，是他最擅长的。"

流白说道："对付这个家伙，一定要形成碾压之局。"

木屐问道："那就尝试一下围杀？离真你主攻，雨四帮忙压阵，涓滩负责捡漏，至于行不行，试试看再说。"

背篓突然说道："把离真换成我。"

离真脸色阴沉。

背篓说道："是我师父的意思。"

离真这才脸色好转几分。

蛮荒天下的山巅大妖当中，哪怕是枯骨大妖白莹、曳落河主人那般出了名的霸主，依旧会饱受诟病，唯独背篓的那个师父，常年云游四方，并无宗门、居所，却几乎少有非议。就是说此人空有境界，偏偏不愿为蛮荒天下出力。

都说当年那场十三之争，他如果愿意出战，根本就没有后来两场攻城大战的麻烦了。

但是他直接拒绝了。

两只违背誓言而身死道消的大妖，各自都有宗门子弟失心疯，去与他寻仇。

结果他剑都没出，随随便便只用一拳便捶杀了为首的玉璞境妖物。

其余修士，都被那个当时还是少年的徒弟背篓，一一出剑斩杀，只剩下几只蝼蚁得以侥幸苟活，逃回了各自宗门。最后两个宗门的两只玉璞境妖物，在师徒二人身边当了好几年的扈从，帮着背篓喂剑。

蛮荒天下的道理，历来简单，直来直往，拳头大者道理多。

蛮荒天下如果有自己的一部正统史书，那么每一页都注定渗透着浓重的血腥味。

许许多多好不容易拥有了王朝雏形、大国迹象的地方势力，都是被性情乖张的巅峰大妖,肆意践踏而毁灭,许多凭借数代君主殚精竭虑、辛苦营造出来的京城,一夜之间就会变作废墟,遍地鲜血。

例如枯骨大妖白莹,麾下六个心腹大将,个个喜好将一国千里之地变作座座坟冢,让一国之民皆沦为枯骨傀儡,然后养蛊一般,择优留下一些可用之才。

只有剑修,无论境界高低,能够在种种莫名其妙的灾殃当中,幸免于难。

因为这是托月山订立的规矩。

蛮荒天下的剑修坯子,就像浩然天下的读书种子,甚至可以说,被呵护得更好。

这其实是一件最奇怪的事情。

蛮荒天下的共同敌人,是那座剑气长城,是那些剑修。

但是蛮荒天下无论如何攻城,如何一次次惨淡收场,对于剑气长城的剑仙剑修,都始终愿意抱以一种纯粹的敬意。

战场厮杀,毫不手软。

离开战场,提及剑气长城那边的剑仙,兴许亲身经历过战事的妖族修士,会有刻骨恨意,却独独从无任何的诋毁谩骂。

宁姚独自回了宁府,说是闭关炼剑。

其余人等,在叠嶂酒铺喝了一顿酒。范大澈早已认命,借钱请客。

这顿酒喝得很快,陈三秋等人都已各自回家,郭竹酒一路飞檐走壁,去见那只小竹箱,好久不见,十分想念。

最终只留下了酒铺的大掌柜和二掌柜,以及众多跑来解馋的酒鬼。叠嶂忙生意,陈平安蹲在路边喝酒。

郁狷夫和那朱枚竟然也跑来喝酒了。

郁狷夫拎了酒壶,走向陈平安,坐在一旁台阶上,在那二掌柜身边的剑修立即笑嘻嘻让出位置,一个比一个善解人意。

朱枚就站在不远处,溪姐姐这般江湖豪气做派,少女终究是学不来。

郁狷夫问道:"陈平安,你那拳法,在东宝瓶洲流传不广?"

陈平安摇头道:"学的人很少,屈指可数。以学拳人数来定,就是小拳种。从拳意高低去看,就是大拳种。"

郁狷夫点了点头,又道:"陈平安,争取早些跻身远游境。你与曹慈,不谈什么天才不天才,武道路上,哪怕你们走在了前面,也不是坏事,至少对我来说是这样。别学那些山上修道人,只走独木桥。"

陈平安举起酒碗,笑道:"共勉。"

郁狷夫喝过了酒,便带着朱枚离去。

陈平安与那孩子桃板招呼一声,就返回宁府,只是到了大门那边,突然与门口等候的白嬷嬷说要回一趟城头。

驾驭符舟,离开城池,下面是一座座剑仙私宅。

到了城头,先去找了大师兄左右。

说了自己的想法后,左右笑道:"能这么想是最好,省去我一些麻烦。你目前这点修为,能做多大的事情?最终大局走向,该怎么走就怎么走,你那些缝缝补补,用心好,不过仅限于此,没大用。不过在这之前,我倒是有个问题要问你,且不去说境界、身份,只说一个可能,你要是死在这边,就能守住剑气长城,你死不死?"

陈平安默不作声。

左右说道:"反正只是个不可能的可能,所以心中答案是什么,你自己知道就行了。不多与自己较劲,如何与天地较劲?别觉得自己思虑多多是坏事,我们儒家讲一个物有本末,事有始终,知所先后,则近道矣。佛家有那次第、渐悟、顿悟止观。道家也有积攒黍米一说。慢慢来吧。"

陈平安俯瞰南方战场,轻声说道:"师兄教诲,铭记于心。"

左右想起一事,又道:"治学一事,不可懈怠。我再问你两个小问题。一是想一想佛道两家为何在对待塑造神像一事上,差异如此之大?再就是那佛家四大菩萨,智慧、慈悲、践行、愿力,若是按照先生的顺序学说,你觉得怎么个先后,才是更好,最好的?是智慧最先,心生慈悲,发大宏愿,再去践行,还是先有慈悲心,发宏愿,于践行中生智慧?自己去想,多想。"

陈平安点头道:"好的。"

然后苦笑道:"师兄,这可不是什么小问题。"

左右说道:"在我这里,就是小问题。在先生那里,都不是什么问题。"

陈平安告辞离去,心意微动,就没有去往茅屋那边找老大剑仙。

反而又多出一件事情需要他陈平安去做。

左右皱眉道:"你就不能爽快点?非要这么折腾我的小师弟?"

如果不是那个老大剑仙,剑术确实高,左右都要说上一句"你算哪根葱了"。

陈清都来到左右身边,双手负后,笑眯眯道:"剑术最高就是好啊,每天都神清气爽。"

陈清都视线所及,是一座极远处的小天地。

小天地当中,是一座正儿八经的学塾,一个儒衫男子正在为少年少女们传道授业。

先讲了诗词学问上的开山一事,以"白日依山尽""池塘生春草"两句作为例子,说这两句看似粗浅直白,实则占尽风光,完全不给后人留余地了。

这位儒士化名周密,身后是金碧山水手法的山水对屏,身前书案上,摆满了书籍和文人清供,有那文房四宝,还有镇纸、墨床在内的小九件。

越是那种华而不实的灵器,像浩然天下寻常仙家山头、世俗豪阀门第的杂项文玩,就越是会被蛮荒天下的许多妖族修士,奉若珍宝。

这个周密,正是古井深渊当中王座第二高的大妖,仅次于那个灰衣老人,要比那个悬刀背剑的大髯汉子刘叉座位更高。

他被誉为蛮荒天下的"学海",学问一事上的托月山。

他博览群书,无所不通,无所不精,门门学问斐然,儒释道三教,诸子百家,诗词、术算、书法、绘画、金石、音韵训诂,都极为擅长。

周密自号"老书虫",又被誉为"通天老狐"。

弟子当中,绥臣、采滢、同玄、桐荫、鱼藻,还有那个甲申帐的流白,如今都在百剑仙种子之列。

除此之外,更早的一大拨弟子,如今都已经是兵家、商家、术家的有道之人。

周密门下弟子,所有人的姓氏,都需要等到攻破剑气长城之后才能有。

事实上负责撰写这份谱牒的执笔人,正是周密。

相传枯骨大妖白莹曾经好奇地问他,是不是想要当蛮荒天下的文教之主。

周密笑着回答:"不够。"

周密今天又说了些做人需天真、做事当世故的琐碎学问,一说就又是大半个时辰。

作为夫子先生的周密,往往是先问学生们的答案,再给出自己的答案。若是有人破题绝妙,周密便直接赠送出一件书案清供。今天就送了弟子一方亲手篆刻有"溪山无尽"的藏书印。

周密最早开始传道的时候,曾经开门见山地与所有第一代弟子坦言,浩然天下的读书人,如今已经不觉得道理可贵了,当然自有其理由,其中的对与错,好与坏,十分复杂,但是蛮荒天下的读书人,还远远没有到达那种境界,根本没资格人人有理,因为底子太差,所以治学之初,要心怀敬意。周密的所有弟子,课业就只有一件事,每天抄录诸子百家的典籍。

今日最后一题,是周密解说人与光阴。

周密坚信妖族虽然开了窍,可以幻化人形,但是只有读了书,才算人。这是一个根本宗旨。

周密面带笑意,将那心中所想,娓娓道来。

十岁之前,光阴是一条小溪,缓缓流淌,慢得好像一辈子都长不大,看不到远处的风光。

二十岁之后,根本不在意光阴的流逝,快慢随意,多看一眼都算闲得慌。

三十岁之后,时间开始撒腿狂奔,拽得行人措手不及。

四十岁之后,光阴像那即将入海的滚滚江河。

六十岁以后,又是骤然一变,光阴似静谧的湖泊,静止不动。

临终之际,光阴宛如一条瀑布骤然跌落深潭。

有弟子听得心领神会,有弟子听得不太上心。

周密也并不因此而分高下,只是微笑道:"越纯粹的学问,从表面上看,越没有实质意义,但就我个人来看,世间真正的权柄,不是身居高位,不是拳头很硬,而是一个人能够真正影响到多少人的内心。你们听得进去,很好,听不进去,也无所谓,有那安身立命的一技之长,岁月悠悠,只要不自己锁死自己的心扉,你们总有机会一步一步往上走。大道风光绝好,到了浩然天下,任君采撷。"

周密说到这里,转头望向那山水对屏,事实上,是望向了剑气长城的城头某处,微笑道:"休道天高无耳目,休言地厚无热肠。"

陈清都笑道:"立教称祖,你还差得远。"

夜幕中,有个木讷汉子经过那道倒悬山新开辟出来的大门,从剑气长城来到敬剑阁。

身边相伴之人,是施展了障眼法的晏琢父亲,与浩然天下跨洲渡船做了无数年生意的晏家家主,晏溟。

敬剑阁已经闭门谢客,所以就只有两人行走其中,木讷汉子把一幅一幅剑仙画卷摘下收取。

晏家家主说道:"陈平安,帮忙雕刻一方印章,素章我回头让晏琢送到宁府,工费一枚谷雨钱,印文不用你想,就五个字,登城如上坟。"

陈平安刚刚收起一幅画卷,想了想,问道:"能不能再加五个字?"

晏溟笑道:"怎么讲?"

陈平安说道:"出剑即祭酒。"

晏溟沉默片刻,点了点头,道:"不让你白白多刻五个字,两枚谷雨钱。"

陈平安摇头道:"晏叔叔,不用给钱。"

晏溟问道:"嫌少?所以干脆不要?"

陈平安哑口无言。

晏溟示意陈平安继续忙碌,自己则走在一旁,神色淡漠道:"读书人,能够在剑气长城出拳出剑,还能够多讲一点良心话,如果我不是个生意人,都要觉得每个字都需要给你钱。"

陈平安将一幅幅画卷都小心收起。

老大剑仙为何要他来这敬剑阁取回所有剑仙画卷,陈平安猜不到,想不出。

照做就是了。

两人一起走出敬剑阁大门，陈平安走下台阶的时候，突然问道："晏叔叔，我能不能稍微坐一会儿？"

晏溟点头道："我去大门那边等你，别滞留太久。"

晏溟离去后。

夜深人静，浩然天下的天上，就只有一轮月。

陈平安独自一人，坐在台阶上，怔怔出神。

喜欢一个人，就是照顾她一辈子，把自己这辈子也交给她。

我先走，最后看到的是她。她先走，最后看到的是我。

能不能找到一个朋友，喝最好的酒，不嫌贵，喝最差的酒，也尽兴？

心中能不能活着一些已逝之人，只要想起他们的言行举止，就会觉得自己做得还不够好？

长大不是慢悠悠的岁月变迁，不是从一个地方走到另外一个地方，往往只是一瞬间的事情。

心意所至，飞剑所往，身心性命皆自由。

但是到底应该如何成为剑修？

不知道为什么，剑气长城的远古残留剑意，似乎一丝一缕，他陈平安都不曾受到青睐。

陈平安呼出一口气，站起身，打定主意，哪怕没有极为合适的本命物，那就将就一次，凑齐五行之属，怎么都该赶紧重返练气士第三境，柳筋境。

不过此举无异于修行路上的拔苗助长，在那之后，估计就是好一个留人境了。

之后，陈平安与晏溟一起悄然重返剑气长城。

陈平安按照先前老大剑仙的交代，将藏有所有画卷的那件咫尺物，交给晏溟，自己先回宁府。

城头那边，陈清都收起了那件陈平安的咫尺物，非但没有打开咫尺物，取出所有剑仙画卷，反而施展了一门禁忌术法，丢还给晏溟，说道："还给那小子，就说咫尺物出了点小问题，暂时打不开，以后再说。"

晏溟硬着头皮离开剑气长城。

陈清都与左右一站一坐，一起眺望远方。

陈清都突然问道："你那小师弟，是不是个傻子，最后一件五行之属，不早就有了，为何不炼化？"

左右说道："那是火龙真人的手笔，又涉及纯粹武夫的根本真气，以陈平安如今的境界，将其剥离，根本做不到。一着不慎满盘皆输，陈清都，你少在这边说风凉话。难不成为了你们剑气长城,练气士连跌三境,纯粹武夫,再跌一境,你才满意?"

陈清都笑道:"你这个大师兄是吃干饭的吗?这都不帮忙?"

这句话,很戳心窝子,因为左右还真做不到。

剑术太高,剑气太多,反而很容易与那火龙真人的埋藏之物,大道相冲,使得陈平安的整个人身小天地,沦为一处惨烈战场。

说实话,在剑气长城,只要陈清都不去做此事,就没人做得到。

但是要求陈清都去做什么事,谁敢?

左右倒是还真敢,但是知道只要陈清都自己不愿意,没用。

陈清都沉默片刻,问道:"陈平安,吃得住苦头?"

左右点头道:"可以。"

陈清都笑问道:"想要我出手剥离那粒火种,将其炼化成第五件本命物,就得付出些代价,陈平安需要走一条类似形销骨立,成就真灵神祇之道路。放心,只是类似而已,不是当真如此。不然别说你,老秀才都能跟我拼命。"

左右破天荒犹豫起来,左右为难。

陈清都啧啧道:"真是白瞎了当个大师兄,还不如小师弟爽利,陈平安已经点头答应了。"

左右立即起身,道:"我去护阵。城头之上,我先不管,错过的出剑,我以后补上。"

陈清都一把按住左右的肩头,道:"护啥阵,老实待着。成功炼化本命物,毫无悬念,至于护阵对之后那条路有何意义?你杀人本事不算小,可惜教剑救人,是真的不在行啊。"

左右是真的大动肝火了。

他忍这老大剑仙不是一天两天三次五次了,对先生不敬,再可劲儿往死里欺负小师弟,真当我左右是个没火气的泥菩萨?

陈清都加大手掌的力度,微笑道:"左右,看来你还是信不过自己的小师弟嘛。"

左右皱眉问道:"你出手成功率几成?"

陈清都伸出一根手指,道:"一是那个一,这还不够吗?"

左右将信将疑。

陈清都笑道:"左右的剑术那么高,我敢骗你?"

左右直接拔剑出鞘。

整座剑气长城都瞬间察觉到了那份异象。

陈清都却稍稍更换位置,以手握住剑锋,任由那把长剑从手心划抹而过。

城头之上,立即溅射出万千火光。

大战又起,墙头之上,刘羡阳此次没来,而是待在了陈淳安身边。

依旧是陈平安与齐狩当那邻居。

齐狩觉得有些古怪,今天这陈平安的感觉,有些不太一样。

陈平安依旧是穿了件衣坊法袍,腰间却别有一把玉竹折扇,转头对齐狩笑道:"才几天没见,齐兄风采更胜往昔啊。"

齐狩顿时心中了然,只是又一想,便不确定了,天晓得会不会是另外一种障眼法,所以没好气道:"离我远点。"

那陈平安打开折扇,轻轻扇动清风,随随便便祭出四把飞剑之后,摇头叹息道:"齐兄啊齐兄,是谁给你的信心,胆敢以小小元婴境界,瞧不起一位三境大修士?"

齐狩置若罔闻,但是今日出剑杀敌,尤其狠辣。

原本齐狩还想问一问先前为何左右要突兀出剑,这会儿是半句话都不想说。

茅屋附近的墙头上,左右以心声询问老大剑仙:"本命物炼化成功,又熬过了那份苦头,是不是就可以顺势养出一把本命飞剑?品秩如何?"

陈清都一脸茫然道:"我有这么讲过吗?天底下哪有这么好的便宜事,本命飞剑还能随便赠送?"

左右转过头,望向茅屋门口那边的老人。

陈清都收敛笑意,道:"我曾经借了一只槐木剑匣,得一还一,只是让陈平安先成为一只剑匣,或者说是一把剑鞘,至于到底能不能养出一把得天独厚、应运而生又是什么品秩的本命飞剑,看他自己的造化。"

左右深呼吸一口气,掠出城头,再一次仗剑离城,孑然一身,凿阵去找飞升境大妖。

宁府密室内。

三境修士、七境纯粹武夫的陈平安,只有阴神出窍远游剑气长城,当下这真身与阳神身外身,依旧留在了宁府里。

因为老大剑仙说那尊阴神,积攒的念头太多太杂,如何洗剑,都洗不出一个纯粹,即便洗出个精纯光明的境界,可那也不是陈平安了。

陈平安屏气凝神,当下心中所想,反反复复,是一句书上言语:精骛八极,心游万仞,寂然凝虑,思接千载。

当心神沉寂,近乎酣眠时,最后便只有一双内心深处的念头,缓缓如蛟龙游弋在心湖底,只是两者并未打架,反而怡然相处。

剑修身心性命皆自由。

杀力最大,高出天外!

陈平安猛然睁开眼睛,沉声道:"有请老大剑仙出剑。"

密室之内,剑光轰然炸开。

陈平安瞬间皮开肉绽,就连他的金身境体魄都好像是纸糊一般,眨眼工夫,便已经浑身血肉模糊,然后四肢百骸,五脏六腑,就连一双眼珠都被剑光彻底消融,刹那之间,就只剩下一副白骨。

最终连一具白骨都不复存在。

无尽夜幕之中,浑浑噩噩的年轻人,在不见半点光明的道路上,失魂落魄跟跟跄跄,只是下意识往前走。

走着走着,便走到了一个身形佝偻的草鞋孩子身边,后者脚步缓慢,背着一个大箩筐。

孩子停下脚步,抬头望向那个年轻人,似乎很伤心,好像不知道为什么长大后的自己,还是这么辛苦。

于是孩子伤透了心,不想继续往前走了,蹲在地上,靠着那只永远都装不满草药的大箩筐,呜咽起来。

年轻人摇摇晃晃,蹲下身,怔怔望着那个没有长大的自己。

两两对视。

年轻人与孩子说了三个字。

对不起。

然后那个孩子擦了擦眼泪,主动伸出手。

年轻人牵起孩子的手,站起身,一起前行。

年轻人依旧懵懵懂懂,只是发乎本心,与孩子说起了一个个未来会遇到的美好事情,好像是全然忘记了成长中那些可以说和不可以说的苦难,好像根本就记不住那些不太好的人事,复杂的世道。

孩子逐渐笑了起来,仰起头,望向那个长大后的自己,有些憧憬。

最后孩子停下脚步,双手攥紧箩筐系身的绳子,笑容灿烂,然后为长大后的自己,指了指道路前方。

年轻人举目望去,原本伸手不见五指的道路远方,出现了一粒摇曳不定的依稀灯火。

蓦然之间。

天地澄澈,大放光明。

第五章 剑修

城头之上，齐狩忍不住转头望去，那陈平安掏出了一摞摞的黄纸符箓，感觉就像一座新铺子开张，只是这些品秩不高的符箓卖给谁？难道卖给蛮荒天下的畜生啊？

符箓那是真多，相同的符箓一摞摞垒在一起，像十余座小山头，有高有低，看样子怎么都会有千余张符箓了。

符纸材质十分寻常，肯定不值钱，剑气长城这边不卖此物，显然是陈平安从浩然天下带来的破烂，连那下五境符箓练气士的入门黄玺符纸都不算，就真只是市井坊间随处贩卖的黄纸符箓，如果再加上一把桃木剑，就是那些行走山下、坑蒙拐骗的道士标配了。

当陈平安摆好阵仗时，转头望向齐狩。

齐狩便心知不妙。

陈平安眼神真诚得就像是亲爹看亲儿子，笑道："齐兄，走过路过莫要错过，我这当包袱斋的陈好人，与那酒铺的二掌柜，判若两人，我这包袱斋，别看小，但是闯荡过东宝瓶洲、桐叶洲、北俱芦洲江湖多年，尤其是符箓一物，是出了名的价廉物美，声誉绝佳，收了不知多少块的金字匾额，都是客人买了我的符箓，收获颇丰，裨益极大，一个个感激涕零，一定要谢我一谢，拦都拦不住。齐兄，有没有想法？你我并肩作战，不是朋友胜似朋友，可以打折，若是齐兄身上没带神仙钱，无妨，允许赊欠，不收利息，我这个人，很好商量。"

齐狩假装没听见。

只是拗不过那陈平安絮絮叨叨个没完,一一讲述了自己十余种符箓的精妙,说那天部霆司符,虽说只是脱胎于雷法正宗的旁门,但是杀伐极大,说那大江横流符用在鲜血如湖泊江河的战场上,真是恰到好处,还有那撼壤符更是能够平地起山脉,用以阻滞妖族大军前行,符出山起,十分玄妙。

齐狩被聒噪得不行,只得冷笑开口道:"我虽是一个小小元婴剑修,不如二掌柜的三境大修士威风,可到底是剑修,要你符箓何用?上坟烧黄纸?剑气长城没这习俗。"

陈平安抓起一摞符箓,耐心绝好,笑意不减丝毫,与"齐兄"解释道:"这是我以无数坛仙家醇酒换来的大道机缘,某位大剑仙大醉酩酊,才一个不小心泄露了天机,私下传授了我这种路引符。路引路引,既然能让活人过关通行,在战场上,当然也能让敌人走上黄泉路。齐兄,真不动心?大战尚未真正胶着,只以飞剑虐杀畜生,多少失去了些趣味,这就像在我那酒铺喝酒,光喝酒,酒水再好,再如何冠绝剑气长城,终究还需要酱菜和阳春面来下酒,才算绝顶滋味。"

陈平安换了一只手,又抓起一大摞符箓,接着道:"此符更是大有来头,是那位大剑仙傍身立命的压箱底绝活——剑气过桥符。齐兄,你境界暂时不高,但是我相信你的眼力不错,你瞅瞅,落笔是何等的烦琐,一张张看似不大的符箓,简直就是一座座名副其实的符阵。别的我都不多说了,光是画符的仙家丹砂,就需要消耗掉多少?齐兄岂可因为符纸材质不算顶尖,就断定我这符箓不值钱?齐兄啊,我很失望啊,那离真都被我在战场上杀了,同样的捉对厮杀,齐兄与我有来有回,最终只输我一线,就等于齐兄至少也是小胜离真一筹的天才人物,搁在托月山,当个大师兄都不难了,不承想你竟是这种以貌取人的庸俗之人……"

齐狩怒道:"陈平安,你有完没完?大战期间,劳烦你安心御剑杀敌!哪怕你自己胆敢分心不惜命,也别牵连旁人。"

那陈平安放下手中两叠符箓,以那把合拢的折扇轻轻敲打心口,望向南方战场,微笑道:"不打紧,世间买卖,眼缘第一,既然齐兄暂时没有购买意愿,我就多看看齐兄的豪迈斫贼。城池那边,某些人对于齐兄的杀敌手段,小有非议,认为太过残忍。要我看啊,好得很,齐兄身上的那点豪阀公子哥习气,身为天才剑修那份目中无人的傲气,容不得同龄人比自己更强的一点私心,才是小毛病,可是只要到了战场上,齐兄摇身一变,就成了真豪杰。能够忍得住一个城内欲杀而不得的陈平安,甚至还能够拗着心中些许不痛快,助我一起杀敌守住战场,这样的剑修齐狩,真是一等一的剑仙风采……"

齐狩深呼吸一口气,咬牙问道:"是不是只要我不买你的破符,你就能一直念叨下去?"

陈平安打开折扇,微笑道:"不说了不说了,齐兄只管潇洒出剑。"

齐狩收回视线,继续驾驭飞鸢和心弦斩杀妖物。

其实齐狩对那五行之属的几种符箓，完全瞧不上眼，唯独对路引符和过桥符，尤其是后者，确实有点兴趣，因为符纸之上确有丝丝缕缕的剑气流转，作不得伪，符胆之中，剑意不多却精粹，那陈平安说是大剑仙私底下传授，齐狩信了几分。

但是相较于第一场战事，此次化作人形的妖族修士，在攻城大军当中的比例，明显高出几分，因此齐狩专注于战场，根本不想跟陈平安做买卖。你二掌柜卖酒和坐庄的名声都在剑气长城烂大街了，连其他坐庄之人都会挣不着钱的路数，剑气长城历史上还真从未有过，越是经验丰富的赌棍越是骂得凶，你陈平安自己心里没数？

顶替谢松花和刘羡阳战场位置的剑修，正是从上五境跌落回元婴境界的程荃，就是喜欢与那个吵了大半辈子架的剑仙赵个砾，一南一北分坐两城头，一言不合就相互吐口水的程荃。以往与赵个砾对峙，老元婴剑修话极多，离开了赵个砾，独自一人，似乎没有对手的缘故，便始终一言不发。

其实在城池以南地带，有一栋剑仙遗留的私宅，是程荃的师祖靠着战功换来的，后来记在了程荃名下。如今程荃这一脉，除了他一人，其余家族、师门都已经死绝了，与那女子剑仙周澄是差不多的下场。

程荃出剑极其爽利，飞剑水山所过之处，战场高空出现一座座好似碧玉雕琢而成的山峰，将妖族砸成一摊摊肉酱，若有妖族修士侥幸不死，或是躲开，那就再丢几座山峰。每座山头一旦被境界不俗的妖族修士以法宝打碎，又会化作碧绿湖水，落地之后便会瞬间冰冻战场。

所以相较于陈平安的四把飞剑齐出，齐狩的虐杀妖族，程荃这边的战场，十分清爽干净。

更让陈平安大开眼界的景象还不在于此，而是许多相对孱弱的妖族魂魄，很容易被不由自主地拽入湖泊当中，最终与冰冻湖水一同崩碎。

其实程荃还有一把看似鸡肋的本命飞剑拓碑，除此之外，亦有一件大炼本命物，名字不详，但是有那盆景之妙，置石为山，置水为河。

早年程荃的传道恩师，便是带队去往蛮荒天下狩猎的剑仙之一，是先将江河、山峰小炼，然后带回剑气长城，交给弟子程荃将其中炼，后者将盆景中的小山细水祭出之后，搭配本命飞剑拓碑的神通，在战场上运用，便会异象横生，先是江河汹涌，山岳突起，再用拓碑剑意牵引，使江河骤增，山岳更高。

所以程荃在十三之争后的那场攻守战中，才会被那只大妖重光死死盯住，还以偷袭之法，使得程荃跌境，就因为捉对厮杀的玉璞境程荃，兴许在剑仙当中半点不显眼，但是到了战场上，与那拥有一把甘霖的玉璞境吴承需一样，会对蛮荒天下攻城大军造成极大的杀伤。

陈平安转头望去，程荃淡然道："闭嘴。老子没钱给你骗。"

陈平安笑道:"好嘞。"

齐狩有些哭笑不得,好家伙,同样是元婴剑修,为何陈平安到了程荟这边,就这么好说话了?

不但如此,齐狩发现那碰了一鼻子灰的陈平安非但没记仇,反而还向老人远远抛过去一壶价值五枚雪花钱的青神山酒水。

程荟揭了泥封,闻了闻,嫌弃道:"滋味太淡了,算什么酒水。赵个穆那种娘们才喜欢喝。"

话是这么说,酒还是要喝的。

不承想陈平安又丢过去一壶酒铺新卖的烧酒,程荟一闻,点头道:"这才算酒,难怪铺子生意不错,你要是把酒铺开到城头上,我也会买。"

陈平安笑道:"不赊账。"

程荟斜了一眼那个年轻人,问道:"听说你被个小姑娘一拳撂倒在宁府门口?"

陈平安以折扇轻轻敲打手心,说道:"不瞒程前辈,示敌以弱,是我的拿手好戏。不管谁与我过招,赢面都会很大。比如我身边这位齐兄弟。"

第二场战事当中,同样是初一、十五、松针、咳雷四把飞剑,陈平安应对得越发轻松惬意,飞剑极快。

只说驾驭飞剑一事,果然还是自己最在行,不用被一个个道理拘束,心意自然更加纯粹。道理是好,多了也会压人,飞剑自然而然会慢上一线,一线之隔,云泥之别。

程荟觉得这小子说话,比那赵个穆有意思多了。

所以这位老元婴竟是挪了位置,坐在了陈平安身边,问道:"听闻浩然天下多奇山异水,能让人洗耳亮目,观瞻流连?"

陈平安甚至没有转头与人言语,只是眺望前方,笑道:"看多了,就那么回事,尤其是需要跋涉其中,也会厌烦,处处视野所阻,很难心如飞鸟过终南。家乡那边的修道之人,山中久居,都会静极思动,往山水之外的红尘里边滚走一番,下山只为了上山,也无甚意思。"

程荟有些后悔挪窝坐到这边,方才这家伙说话挺带劲,这会儿又虚头巴脑了,无趣无趣。

陈平安从怀中掏出一本《岙剑仙印谱》,笑嘻嘻转头,递给程荟,道:"程前辈,看看有无感兴趣的印章,生意实在太好,几乎都卖出去了,但是程前辈开口讨要,我不但可以再篆刻,还可以打折,哪怕程前辈自己瞧不上,只需要转手一卖,一两壶酒水钱就挣到了,何乐不为?"

程荟接过了《岙剑仙印谱》,随手翻开一页,啧啧笑道:"生意之外,谁挑了印章,表面上是眼缘到了,实则是某种心有所属,白白给你这家伙,既挣了钱,又能凭此看了一二人心。二掌柜,好买卖啊。"

"看人心,是推敲。到底是推门好,还是敲门更好?我看都不好。"

然后陈平安摇晃折扇,满脸委屈道:"程前辈可莫要仗着剑术玄妙,在诸多剑仙当中都能够独树一帜,就胡说八道,欺负一个晚辈啊。不过程前辈此刻,喝酒看书出剑,剑气翻书,杀妖佐酒,极有名士风流啊。"

程荃虽然随意翻看印谱,出剑却半点不含糊,而陈平安虽然重新当起了包袱斋,出剑也更无半点凝滞。

程荃看到一方印章的边款,稍作停留就要故意翻过一页,不承想他的眼角余光,发现那个臭不要脸的小王八蛋,就直愣愣看着自己,之后便会心一笑,大概是说"我懂,肯定看破不说破,程前辈不用有半点难为情"。程荃也就无所谓了,伸手摩挲着那些文字,尤其是末尾的"佳人"二字,让这个老剑修唏嘘不已。

"蹇驴破帽旧衣,青山绿水老路,朝露晚霞星河,灯火花瓯佳人。"

他程荃与那赵个篾,两人争了一辈子,也不知道那个她到底是喜欢他们俩谁,她只说谁先跻身了仙人境,她就喜欢谁。

当时是程荃境界更高,资质更好,所以程荃说她肯定是喜欢自己。

赵个篾却一直说当年是她用心良苦,希望以此激励我赵个篾的道心。

各有各的道理,争了无数年。

剑气长城曾经有一个名叫宋云彩的女子剑仙,风采绝伦。

她与程荃、赵个篾三人皆是上五境剑修,都出身于同一条陋巷,在一起并肩作战多年的岁月里,那条同时涌现出这三个上五境剑修的小巷子,名气大到了连倒悬山和更远的雨龙宗,甚至再远一些的南婆娑洲都曾听闻。

程荃将那本《皕剑仙印谱》丢还给陈平安,随口说道:"以后当了剑修,就别太入世了。"

陈平安收起印谱,今天两桩包袱斋买卖都没成,还白搭进去两壶仙家酒酿,可既然程荃说了剑修一事,加上事不过三,就是个好兆头,笑道:"借前辈吉言,成了剑修然后再说。"

两两沉默,各自出剑。

齐狩有些羡慕那个二掌柜,真是与谁都能聊。

一个时辰后。

程荃突然说道:"在我看来,撇开什么拳法法宝,你小子颇有急智,这才是最傍身的本领。我若是让你篆刻方才那枚印章,边款不变,只是需要你将那印文换一换,你会刻下什么内容?要我看,《皕剑仙印谱》加上那些扇面题款,那么多乱七八糟的文字,只要是读了些书的,都能照搬摘抄,大不了就是化用一番,算不得真本事,文圣一脉的弟子,一肚子学问，不该仅限于此。"

这一次轮到程荃大开眼界，那二掌柜竟是直接取出一方素章，笑道："劳驾程前辈兼顾一下我的战场，当然成功还是算我的啊。"

有那程荃出剑帮忙阻敌，十分稳当。

陈平安大大方方忙里偷闲，收回四把飞剑，其中三把都掠入养剑葫休养片刻，只以飞剑十五作为刻刀，只是不但改了印文，连印章的边款都变了。

交给程荃后，程荃攥在手心，抬起一看，面无表情，点头道："凑合。"

那方似乎瞧得上眼却算不得真心喜欢的崭新印章，被程荃收入袖中。

故人更是佳人，慷慨多奇节。

少年心有一峰，忽被云偷去。

印文：不小心。

陈平安不着急重新出剑，依旧由着程荃帮忙清扫战场，自言自语道："心有大美好，不怕被人看。"

陈平安以那把学生崔东山赠送的玉竹折扇，为自己，也帮程老前辈扇风，笑呵呵道："为前辈量身打造的印章，材质绝佳不说，刀笔之下，更是字字用心，原价不高，一枚谷雨钱，加上程前辈是剑仙，打八折，现在又帮晚辈杀敌，五折，就只需要五枚小暑钱！"

陈平安又低声说道："换成是我，要什么打折，一枚谷雨钱就一枚。"

程荃没理睬那个年轻人，老剑修神色恍惚，沧桑脸庞上，慢慢浮现出一些笑意，喃喃道："她当年是我们剑气长城最漂亮的女子，很好看的。"

说到这里，程荃对陈平安一本正经道："比你家宁姚还要出彩些。"

不料读书人翻脸比翻书还快。

陈平安直接破口大骂道："放你娘的狗屁！"

程荃反而心情大好，熟悉的场景，根本不怵这个，只是喝人的酒水，拿人家的印章，到底是不好回骂过去，笑道："怎么还骂人呢？"

陈平安问道："你要是把境界压在三境修士，你看我骂不骂你？"

程荃微笑提醒道："二掌柜，你再这样不依不饶的，我可就不客气了啊。"

齐狩有些无奈。

那边一老一小，两个人的吵架，吵出了两百号人打群架的气势。

所幸都没耽误出剑阻敌。

这也正常，一个是久经厮杀的老剑修，一个是锱铢必较的二掌柜。

齐狩唯一没想到的事情，那就是双方真能骂啊。

看样子是陈平安占了上风，因为一些个骂人言语，陈平安是用那家乡方言或是别洲雅言骂出口的，程荃又听不懂，还得去猜对方到底骂了什么。陈平安有些时候眼神怜悯,用那别处方言,夸人骂人夹杂在一起,偶尔再用剑气长城的言语重说一遍,程荟要想针锋相对,就又得猜那话语真假,所以有些处境艰难,一身与赵个簓相互砥砺多年出来的骂架功力,难免大打折扣。

很热闹。

范大澈来给陈平安送酒的时候,头皮发麻,只来了一次就不敢再来,让暂时撤出战场休息的董画符来送酒。董画符倒是喜欢这份热闹劲儿,坐在一旁,竖耳聆听,既能养剑,又能看热闹,觉得自己学到了不少新学问。何况董画符的火上浇油,那份拱火功夫,是任何人都学不来的独有天赋。

两军对垒从无休战。一句过后,程荟与陈平安终于迎来休战。

其实齐狩才是最饱受煎熬的那个人。

陈平安经常拿他说事情,一口一个我那齐兄弟如何如何。齐兄弟年纪轻轻,三十啷当的小伙子,就已经是元婴剑修了,程老儿你要点脸的话,就赶紧离着齐狩远一点。程老儿你境界不高也就算了,听说本命飞剑也才两把,齐兄弟是几把飞剑来着?关键是齐兄弟的每一把飞剑,那都是千年不遇万年未有的绝高品秩,你程老儿怎么跟人家比?

就程荟那脾气,一上头,别说是骂齐狩,连齐家的祖宗十八代都不会放过。

这会儿程荟笑道:"陈老弟,与你切磋过后,老哥我再与赵个簓那个娘唧唧的家伙吵架,稳了。"

陈平安摇晃折扇,微笑道:"容老子说句公道话,我一个人能骂你们两个。"

程荟瞪眼道:"给点颜色就开染坊是吧?再来过过招?"

陈平安看似沉默,却聚音成线,与程荟悄悄言语。

程荟似乎在权衡利弊,最终点头,对齐狩说道:"那个眼睛长脑门上的齐家小崽子,程爷爷看你根骨清奇,送你一桩机缘如何?"

齐狩装聋作哑。

程荟手中多出两摞符箓,去了齐狩那边。

片刻之后,程荟返回原地,不是陈平安身边,而是最早女子剑仙谢松花和读书人刘羡阳的城头地带。

齐狩拈出两张符箓,分别是路引符和过桥符,仔细打量一番,两种符箓,比想象中的品秩要更高,画在这些粗劣符纸之上,真是糟践了符箓。齐狩犹豫一番,终于与陈平安以心声言语道:"你到底在打什么算盘?"

程荟说齐狩那把本命飞剑跳珠,如今尚未炼化到出神入化的境地,空有数量,还是差了些威势,然后说了些齐狩不得不认真咀嚼的前辈教诲,都是程荟与赵个簓的御剑心得,未必完全适合齐狩的出剑,可是对于很容易陷入不动如山境地的元婴修士而言,哪怕是一丝一毫的大道裨益，都不容小觑。

除此之外，程荽还建议齐狩不妨与陈平安做笔生意，不会亏，亏了就找赵个篌赔钱。

陈平安笑道："帮人就是帮己。"

陈平安补充了一句道："至于要不要给蛮荒天下一个小小的意外，随你。我从来不做上杆子的买卖，讲究一个你情我愿，挣钱的开心，花钱的高兴。"

齐狩陷入沉思。

先前程荽的方案，很简单，又复杂。

简单，是因为那把将来有望跻身仙兵的跳珠飞剑，可以化作千百把真实无误又剑意不减半点的飞剑，既然数量够了，那就添补一点额外的东西，如同为本命飞剑再增加一种本命神通。

复杂，则是这个轻描淡写的所谓"添补"，过程极其烦琐，需要有人为每一把飞剑辅佐符箓，飞剑与飞剑之间，环环相扣，需要每一把跳珠都结成符阵，最终所有跳珠飞剑，变作一座大符阵。

除此之外，齐狩更有隐忧，担心得不偿失，会让那陈平安在这个过程当中，对自己的本命飞剑跳珠，太过熟悉。

毕竟这把飞剑跳珠，比那祖传的半仙兵佩剑高烛，更是齐狩的大道根本所在。

不管是与人搏命，还是战场杀敌，当齐狩能够驾驭一千把名副其实的跳珠飞剑，是何种景象？与他对敌之人，又是何种感受？

就像齐狩自己所说，离开了城头，他与陈平安，就是敌人。

陈平安突然笑道："你有没有想过，在你那把跳珠飞剑的品秩登顶之前，从我这边学走了这门符箓神通，你只要能够依葫芦画瓢，砸钱而已，却有一种别开生面的大收获？是被我熟悉了跳珠的独有神通，比较亏，还是齐狩多出一份实打实的战力，比较赚？齐兄啊齐兄，自己权衡去吧。"

齐狩低头看了眼那两叠尚未归还的符箓，皱眉道："破境之后，如今我可以驾驭将近七百把跳珠飞剑，你这黄纸符箓，当真能够结阵？每一张符箓的价格，怎么算？一旦只是鸡肋手段，到时候与妖族上五境剑修对峙，就被随便摧破，该怎么算？最关键的，你真会倾囊相授，与我一一道破符阵全部精妙？退一万步说，我是一名纯粹剑修，接连大战，还如何自己去学那符箓？你若是只画了一张大饼，我花钱却吃不着，算怎么回事？"

陈平安啧啧道："齐兄不够大气啊。与我合伙做买卖，不会亏，只有赚多赚少而已。这不是我随便说的，是我做了你们又都瞧得见的事实。"

最后陈平安转过头，合拢折扇，神色惋惜，摇头叹息道："齐兄，你将我视为战场之外的生死大敌，配得上齐兄弟视为囊中物的剑仙大道吗？"

陈平安以折扇一招,将那两叠符箓驭回自己身边,笑道:"买卖不成仁义在,白送齐兄一句圣人教诲:'君子敬其在己者,而不慕其在天者,是以日进也。'"

程荃以心声笑问道:"生意就这么黄了?"

陈平安说道:"人之常情,换成我,也不会随便答应。"

程荃点头道:"符阵一事,确实鸡肋,齐狩不被你骗,还算有点脑子。"

陈平安笑道:"也不能这么说,我这符箓之法,极其来之不易,一旦成了,威力是真的不小……"

程荃愣了愣,问道:"等会儿,照你的意思,是成与不成,你都没个保证?"

陈平安答道:"我与你或是齐狩,说了一定能马上就成吗?再说了,画符一事,最讲天资,然后熟能生巧,天经地义啊,先浪费个几百张符箓怎么了,齐狩钱多,还怕这点损失?我他娘的要是良心差一点,就直接拿出一叠叠黄玺符纸了,那才叫神仙花钱都肉疼。"

程荃哈哈笑道:"陈老弟,帮了人,自己练习画符,还能挣钱,一举三得,打得一副好算盘。"

陈平安笑眯眯道:"杀猪还嫌猪太肥?"

程荃乐不可支。

陈平安最后说道:"不过看着这场天底下最大的战争,我会真心期待齐狩的千剑齐出,哪怕还不是剑修,只是想一想那幅画面,都会心神往之。"

"君子敬其在己者,而不慕其在天者,是以日进也。"

这句圣贤教诲,这个好道理,其实出自陈平安那位先生的著作。

若能羡慕他人之所有,同时又能反过来更敬在己者,会不会更好?

以后这个小小的疑惑,这点微不足道的读书心得,一定与自家先生说上一说。

齐狩问道:"每张黄纸符箓,卖多少钱?"

陈平安将折扇别在腰间,起身弓腰,屁颠屁颠跑向齐狩那边,嘴上念叨着:"劳烦齐兄助我杀敌片刻,我与你细细道来。总之我可以保证,购买符箓越多,打折力度就越大!你我这般恩怨分明的兄弟情谊,千金难买啊!"

然后到了齐狩身边,陈平安又转头喊道:"程老哥,拿出一点前辈风范来,齐兄弟这块战场,劳你帮衬一二。最多一时半刻,齐兄就能重返墙头。"

陈平安带着齐狩离开墙头,一起蹲在墙根的走马道上,将那些黄纸符箓一股脑儿堆在自己脚边,聚音成线,轻声道:"不同的符箓,有不同的价格,因为齐兄就不是那种会斤斤计较的人,所以我直接给出一个公公道道的打包价,打个对折,一千张符箓,一张不少,只收齐兄三枚谷雨钱。"

齐狩就要起身离开。

一千张黄纸材质,在浩然天下能花几两银子?撑死了几十两。

哪怕画符所用丹砂,确实消耗不少,但是就以陈平安的抠门性情,能够一口气画出千余张的仙家朱砂,品秩注定不会太好,最多就是几枚小暑钱的开销。

陈平安没拦着,只是自顾自说道:"我这套符阵,与三山九侯有关,当然不是原封不动照搬,说实话,我如今这点境界,没那本事画出来,但是符阵根本,的的确确大有来头,与之息息相关。除此之外,我肯定会拿出毕生的画符修为造诣,半点不藏私,能为齐兄节省一张符箓是一张。当然了,事先说好,毕竟是一座失传已久的符阵,不是简单的画符,些许损耗,齐兄要做好心理准备。至于如何以符意附剑身,又是一门了不起的独门绝学。"

齐狩重新蹲回原位。

上山难在敲门砖,万金难买一术法。

这是山上修行的规矩。

齐狩眯眼笑道:"这一千张已经画好的符箓,如何辅佐我那把飞剑?你难道一开始就想好了,要与我做这桩买卖,所以张张符箓都是有的放矢?并且连你我当这邻居,都能早早猜到?"

"瞧瞧,齐兄又以君子之心度圣人之腹,冤枉死我了。"

陈平安有些难为情,拿起一摞符纸,以手指抹开一张张,原来除了首尾几张,其余皆是空白,陈平安无奈道:"画符一途,是最最讲求精细的难事,上次跟离真杀了个天昏地暗,折损了太多价值连城的符箓,我受伤极重啊,连跌三境,齐兄你能想象我遭的这份罪吗?在那之后,我一直是分身乏术,又要练拳,又要修补境界,这些符纸,都没来得及画呢。所以先前忘了说,这画符的工费,以及失去那么多杀妖的战功……"

齐狩冷笑道:"程荽帮你杀妖,战功跑不掉。"

陈平安"哦"了一声,道:"那就只谈辛苦画符的工费。我们浩然天下,都有润笔费这个讲究,齐兄意思意思就行,两三枚小暑钱,毛毛雨。"

齐狩说道:"剑气长城没这个说法。"

陈平安说道:"那三枚谷雨钱,就真不能再打折了。"

齐狩道:"你存心杀猪?"

"齐兄,我不许你这么作践自己,说自己是冤大头也好啊。"

说完这个,陈平安难得爽朗大笑起来,拍了拍齐狩的肩膀,道:"想起一个好聚好散还会念着重逢的老朋友了,齐兄一定会跟他一样,可以运气极好,活到最后。"

齐狩肩头弹开陈平安的手,皱了皱眉头。

陈平安抬起头,盯着齐狩,微笑道:"果然没有看错齐兄,无须在战场上分生死。"

齐狩问道:"什么意思?"

陈平安笑道:"你猜。"

齐狩笑了起来,道:"你就不怕我是将计就计?别忘了,跳珠飞剑极多,你当下依旧不知道我到底有几把,你难不成能一直盯着我那处战场的所有细节?"

陈平安点头道:"我闲着没事,我还很在行。"

齐狩想起一事。

从家族老祖那边,听说剑气长城所有剑仙,前不久都得到了一道古怪命令,在不同阶段会有不同剑仙各自出剑留力。

这绝对不是老大剑仙愿意做的事情。愿意投敌,胆敢叛变,随便。只要隐藏够深,也算本事,可要是没能藏好,给老大剑仙看出端倪,那就肯定是一个"死"字。

所以肯定是有外人建议。

除此之外,不少年轻剑修都从衣坊那边得到了一种古怪符箓,能够隐蔽身形。

以往剑气长城不是没人能够画出这类符箓,而是根本没任何剑修觉得有这种必要。可能会有一些剑修想要如此,但是只能将这个大有怯战嫌疑的念头,深埋心底。

所以依旧是有外人能够说服老剑仙,强行让年轻剑修人人张贴此符。

而且城头之上,除了巅峰十人和某些位置关键不可挪窝的大剑仙之外,其余众多剑仙,都开始悄无声息地轮换驻守位置。

齐狩问道:"是你与老大剑仙说了些事情?"

陈平安笑道:"现在不光是蛮荒天下的畜生想要我死,不少必须重新给自己找条退路的剑仙,更想我死。"

齐狩神色古怪,问道:"你就这么不怕死?图什么?"

陈平安以折扇轻轻敲打自己肩头,道:"当我想死时,你都想不到我的路数;当我想活时,你就更想不到了。"

齐狩干脆坐在地上,背靠墙壁,伸手道:"拿壶酒来。"

陈平安也坐在一旁,丢过去一壶竹海洞天酒,自己摘下那枚暂时还养着四把飞剑的养剑葫。

听说那倒悬山春幡斋即将成熟坠地的一枚枚养剑葫,品秩都很高,就是价格太贵,并且早早有价无市了。

齐狩与那程荃说道:"程前辈,稍等片刻,容我多喝一壶酒。"

陈平安马上喊道:"在我齐兄喝酒这工夫里边的所有战功,都算我头上。"

齐狩有些无奈,老子是以心湖涟漪与程荃说的话啊。

齐狩喝着酒,问道:"你我之间的旧账怎么算?"

陈平安笑道:"齐家当年仗势欺人,终究是全部摆在了台面上的手段,我其实都能接受。力气大,拳头硬,直来直往,也算另外一种以诚待人,这样的道理,我不管喜欢不喜欢,受着便是,因为太简单了,太省心省力了,甚至可以对错覆盖,相互弥补,增增减减。如果到了我可以出拳出剑的时候,先前种种,依旧不增不减,那也简单,一五一十,悉数还给你们就是了。齐狩,许多真正的难处,到了浩然天下,才叫揪心,麻烦得多,你如果以后有机会去那边看看,记得悠着点。"

齐狩摇摇头,道:"我对浩然天下没什么兴趣,倒是很想去蛮荒天下腹地走一遭,学那阿良,问剑最强者。"

陈平安笑道:"仗剑去国,离乡万里,了无牵挂,是很有剑仙气。"

陈平安收起养剑葫,道:"开工挣钱。"

齐狩祭出了七百三十二把跳珠飞剑,攒簇在墙根这边,自己就要重返墙头。

陈平安突然低声说道:"若是所有的关键符箓,都换上黄玺或是更好的符纸,符阵加剑阵,了不得,到时候齐兄祭剑出城头,威力还不得比天大?"

齐狩停下脚步,好奇问道:"那得多少钱?"

陈平安想了想,望向北边,笑了起来,道:"心情大好,只收你同样的神仙钱。"

齐狩刚转身,就听那人说道:"五枚而已。"

齐狩转过头。

那人问道:"齐兄啊,咱俩一番交心言语,还不值个两枚谷雨钱?"

齐狩板着脸摇头沉声道:"不值。"

那人无奈道:"齐兄总是这般瞧不起自己,很不好。"

齐狩跃上墙头,与程荃前辈道了一声谢。

宁府密室之内。

陈平安睁开眼睛,竟然发现自己体魄完整,毫发无损。

百思不得其解,陈平安迷迷糊糊走出密室,来到演武场,一路上天地寂然。

一直走到斩龙崖这边,不见白嬷嬷露面,仿佛天大地大,就只有自己一人而已。

陈平安抬头望去,有人如开天幕,来到演武场。

陈平安心意微动,莫名其妙有些难熬,一处从未刻意开辟的气府,激荡不已,只是这种古怪感觉,转瞬即逝。

来到宁府之人,是老大剑仙分出的魂魄出窍而已。

陈平安抱拳道:"谢过老大剑仙出剑,再谢老大剑仙遮蔽天地。"

陈清都笑道:"出剑是真,但是何来遮蔽天地一说?"

陈平安更加疑惑。

陈清都说道:"万年以来,剑修无数,有了本命飞剑却不自知的,还真不常见。"

陈清都笑了起来,环顾四周,点了点头,道:"置身其中,好一个笼中雀。"

陈平安恍然。

心中大快意。

陈清都问道："拘押敌手,在天地中,就够了？第二把本命飞剑呢？"

一瞬间,天地之间除了陈平安与陈清都,此外皆飞剑,层层叠叠,密密麻麻,不计其数。

在我天地里,皆是笼中雀。

我不是剑修,谁是？

陈清都看了眼陈平安。

陈平安立即收起那把尚未命名的飞剑,心意一动,根本不见任何剑光,所有飞剑直接隐匿于关键气府,最终凝聚合拢为一剑。

这种近乎完全无视光阴长河阻滞的飞剑往返,其实十分没道理。

这把本命飞剑,置身于另外一把本命飞剑营造出来的小天地当中,两者神通叠加,才能够拥有这种神出鬼没的效果。

练气士机缘巧合之下炼化的本命物飞剑,终究是其他剑修遗物,与剑修自己的本命飞剑,有着形神之别,差距之大,有如天地之隔。

前者哪怕已经大炼,依旧属于半个身外物范畴,后者却是名副其实的性命攸关,拥有种种匪夷所思的本命神通。

松针、咳雷是恨剑山仿剑,无须多说,更多是配合符箓之法,被纯粹武夫陈平安用来逃命或是搏命。

初一、十五,是实打实的上古剑仙遗物,可哪怕被陈平安大炼之后,依旧无法施展神通,出剑之精妙,只能停滞在极快、坚韧、锋锐这个境界上,所谓的暴殄天物,不过如此。只是穷尽人力心力之后,依旧止步于此,陈平安这么多年也并不自怨自艾。

陈平安收起了另外一把本命飞剑的玄妙神通,演武场上,这座笼罩陈平安本人与老大剑仙陈清都的小天地,消散一空。

白炼霜站在远处廊道那边,确定了心中猜测之后,扭过头,伸出手背,擦了擦眼角。

其实陈平安先前好似梦游一般,离开宁府密室,老嬷嬷就已经察觉到了异样,但是当时陈平安浑浑噩噩,并未完全清醒过来,根本就不知道自己不但已经养出了一把本命飞剑,更不清楚这把飞剑已经现世,并且施展出本命神通,开始庇护主人,故而陈平安行走之地,四周便是一座近乎天然的小天地。

白嬷嬷瞧见了那位老人,惊讶程度不亚于自家姑爷终于养出了本命飞剑,她赶紧弯腰抱拳,向老大剑仙恭敬行礼,然后默默离去。去时路上,老妪抬手擦泪不停。

陈平安深呼吸一口气,先向老大剑仙抱拳,再作揖致礼,却无言语。

尽在不言中。

陈清都双手负后，缓缓登上那座斩龙崖，陈平安紧随其后。

陈清都边走边说道："她最早有恩于人族，这本老黄历，我还记得住，记了万年之久。你第一次来到剑气长城的时候，我其实就已经发现了蛛丝马迹，三座窍穴，虽然已经没了她那三缕剑气萦绕盘踞，但是那股气息，我最熟悉不过，毕竟我之剑术，正是得自于她的上一任主人，不过我除了担心这是幕后人的谋划之外，也有私心，我陈清都还人情，该怎么还，何时还，我自己说了算。所以假装看不见她那点暗示，既不亲自为你重建长生桥，也不会为你养出本命飞剑出半点力，为的就是还能有一场万年之后的重逢。我是欠她的人情，不是欠你陈平安的。她若不高兴，来剑气长城找我便是。"

陈清都坐在长椅上，面朝南方，可见剑气长城的墙头，感慨道："多少古人，都是我的故人，甚至是晚辈，多少远古神祇、蛮夷大妖，都是我的敌人，甚至是剑下亡魂，此中大寂寥，你不会明白的。"

陈清都笑道："很多年没有这么远看城头了。记得剑气长城刚刚建造起来的时候，我曾站在如今的太象街，与龙君、观照两位好友笑言，有此高城，可守万年。到底是做到了。"

陈清都转头望向陈平安，欣慰道："今日之造化，不是你跟人求来的，也不是任何人施舍给你的，是你自己争来的。"

陈平安起身抱拳说道："还是要感谢老大剑仙的传道护道。"

陈清都说道："真要这么说，倒也勉强说得过去。只不过以一个好结果去看过程，处处善意，以一个糟糕结局回头看人生，处处恶意。"

陈平安笑道："晚辈只是就事论事，挑好话说，许多怨气，没胆子与老大剑仙絮叨罢了。"

这是大实话，如果就事论事的话，倘若第一次在剑气长城，他就顺利重建了长生桥，更是成为一个剑仙坯子的剑修，就没有那么多的意外，就不需要背着一把长气剑，去桐叶洲去找东海观道观，可能也就没有了之后的老龙城厮杀，不会有那场境界不够只能修心来凑的书简湖问心局，不会有骸骨滩被京观城高承与贺小凉联袂布局的命悬一线，以及之后吃力还不讨好的力扛天劫。这诸多种种皆无，就会是截然不同的另外一番风景了，至于是哪种人生，更好还是更坏，反正已经没有机会知晓。

还有剑气长城今天的这个困局，真要唠叨，陈平安能够跟老大剑仙掰扯好几天。

陈清都点点头，道："你小子别的不说，长辈缘还是有一些的。"

陈平安小声问道："我那件咫尺物，何时能够重新打开？战事一紧，我肯定要陪着宁姚他们一起离开城头厮杀。"

话只说一半。

还有一半，当然是少了一件咫尺物无法使用，会耽误我捡破烂挣良心钱啊，若是扛着大麻袋东奔西走,顾见龙之流,那还不得公道话一箩筐。

陈清都疑惑道:"这种芝麻绿豆大的事情,你不去问晏溟,问我做什么?"

陈平安一开始将信将疑,总觉得以晏叔叔的行事风格,能够被老大剑仙钦点,帮着自己偷渡倒悬山敬剑阁,怎么可能会使得一件装有剑仙画卷的咫尺物,出现如此大的纰漏?只是陈平安很快就心领神会,懂了,确实是芝麻般的小事,回头与财大气粗的晏叔叔借一件咫尺物便是。

陈清都不计较陈平安这点小算盘,估摸着这小子有借是否有还,就很难说了。

不过陈清都所谓的长辈缘不错,十分准确,对独子晏琢给予莫大期望的晏溟,于公于私,都不会吝啬一件咫尺物。

晏溟的剑道造诣不高,但是开源挣钱是一把好手,所以看待陈平安,会格外喜欢。这与岳青对这个年轻外乡人的印象改观,还很不一样,晏溟是从一开始就高看陈平安几眼的大族家长。

陈清都看似万事不管,其实晚辈剑修人人在心头。

陈清都突然说道:"你这两把本命飞剑,不仅仅是一攻一守这么简单,与齐狩、高野侯这些同龄人还不太一样。他们的几把飞剑,杀力不小,门道也不浅,只是越往后,只说自身多把飞剑之间串联出来的可能性,就会不如你多。"

须知儒家圣人坐镇书院,山君水神坐镇山水,可高一境。

至于陈平安那把被老人赞誉一句"好一个笼中雀"的本命飞剑,是否拥有这种拔高一境的至大神通,还有待陈平安自己去发现和挖掘。

只要成了剑修,有了本命飞剑,熬过了最难的"无中生有"这一关,以后的修行之路,便有了去谈天高地远、身心自由的底气。

陈清都站起身,笑道:"总算有了点像样的手段。"

即将返回剑气长城,老人转头望向陈平安,问道:"先前被剑意连同光阴长河一起冲刷肉身魂魄,那种形销骨立的滋味如何?"

陈平安也跟着起身,苦笑道:"比以往在家乡练拳,更难熬无数,绝对不想要再来一次了。"

陈清都微笑道:"巧了。"

陈平安额头渗出汗水,板着脸摇头道:"老大剑仙,可以不巧。"

陈清都道:"巧的。"

陈平安认命,无奈道:"前辈说了算。"

陈清都笑呵呵道:"这一次,形销骨立、体魄熔化的过程,会慢上许多许多。"

陈平安颤声问道:"已经是剑修了,为何还要如此?"

陈清都给出一个陈平安打死都想不到的答案:"年轻人的怨气,要不得。"

老人说完之后就消失不见了。

整座宁府斩龙崖和那小凉亭,凭空出现了一座剑仙出剑百年也难破的小天地,陈平安被镇压其中,跌坐在凉亭中间。

剑光如一条流速极其缓慢的古怪大瀑,从凉亭顶部飞落,砸在陈平安头顶。若是陈平安还能够阴神出窍远游,就会发现自己的真身,当下比那桐叶洲飞鹰堡堡主夫人,更加惨不忍睹。一副金身境武夫体魄,先是整个人如同砸地未破碎的瓷器,将碎未碎,但是出现了无数条龟裂缝隙,尤其是最先"沐浴"在剑意瀑布中的头颅、脸庞,最先遭殃,不但是肌肤,就连那一双眼珠子,都开始缓缓崩裂。最煎熬的地方,在于这种演变,是一丝一毫蔓延开来,如草木生长,与那先前宁府密室内陈平安的遭遇,刚好是一快一慢,两种极端。

而那些瀑布流水触地后,并未冲出斩龙崖和凉亭小天地,反而如一口承载天降甘霖的古井,井水渐深,水位逐渐没过陈平安的膝盖。

这何止是托身白刃里,分明是类似天地接壤的寸寸磨杀。

洗剑洗剑,从来只有剑修洗剑,哪有用剑修自己的肉身体魄作剑,拿来洗剑炼化的。

白炼霜在远处又察觉到了那份天地异象,欣慰道:"不承想姑爷成了剑修,练剑越发勤勉了。"

剑气长城那边,左右问道:"如何?"

陈清都笑道:"先有手持长剑,剑尖直指蛮荒天下的畜生老祖,再有以本命飞剑拘押陈清都,你这个当师兄的,还想自己师弟如何?"

左右绷着脸,一板一眼道:"是大师兄与小师弟。"

陈清都啧啧道:"求你们文圣一脉要点脸。"

左右心情大好,这一次是真不计较,不过忍不住皱眉,问道:"既然有了本命飞剑,为何不立即赶来战场?"

陈清都说道:"我求他来,那小子成了剑修,架子忒大,不肯来啊。"

左右开怀笑道:"还是老大剑仙要脸。"

陈清都突然说道:"一场战争,终究不是打架,你那小师弟就比你更懂这点,不过他有些话,我会晚一点再告诉你。"

此次妖族大军攻城,很快就造就出一个极其壮观的大意外。

战场之上,直接矗立起了五座巍峨山岳的实体,依次排开,皆是蛮荒天下的极高山头,这是大妖重光倾力出手的移山神通。经此一役,这只飞升境大妖就直接伤及大道根本,等于退出了此后的攻城战,安心在甲子帅帐内休养生息。

迁徙五岳,蛮荒天下需要付出的代价,绝对不仅限于大妖重光的修为折损。例如原先坐镇这五岳的山神,俱是蛮荒天下的上五境山君神灵,如今都已连同山岳祠,与金身一起融为五岳气运。若非如此,蛮荒天下的大妖,即便扛得动五岳,也无法破开那道剑气洪流,绝对搬不到此处战场。

虽说这五座山头,相比剑气长城,好似只在半腰,但是对于剑气长城的所有剑修而言,就是天大的麻烦。

妖族不但战场推进更快更稳,而且在凭空出现的五座山岳之上,各有一座宝光流转的护山大阵,大阵当中,皆是早早就在山中布阵的蛮荒天下大修士,亦是等于个个交出去了半条命。大妖重光能够成功将五座大山丢在此处,除了自身修为,还需要第一场揭幕战当中的妖族秘密布局,形成战场地理变化,再加上山上修士的术法、宝物配合,早早就彻底斩断山根水脉,最终合力炼化五山,交付给飞升境大妖重光,才有这等大手笔。

所以代价极大,可只要成了,就该轮到剑气长城的剑修拿性命和飞剑去还债了。

除此之外,那位曾是曳落河水域共主的王座大妖,帝王冠冕的龙袍女子,好像顶替了先前的枯骨大妖白莹,负责最新阶段攻城战。

她化名仰止,在蛮荒天下也不是谁都不清楚她的本命真名,有资格清楚此事的,与她俱是相互知根知底的古老存在。她如今已经将整个连同曳落河在内的所有辖下江河、湖泊,都转赠给了另外一只大妖,但是在交出家底之前,自然有所保留,将数条大江之水截流收入本命物当中。

此刻五岳矗立大地之上,她便亲自坐镇一座山头。她没有现出庞然真身,只是如那游山玩水的大家闺秀,在其中一座大岳山脚,笑意盈盈,轻轻弯腰,从龙袍大袖当中,抖搂出了总计五颗碧绿水珠,微笑道:"去吧,山不动水流转,当一回护城河。"

于是五岳山脚皆出现了一条波涛汹涌的江水,刚好环绕五山,水性极凶,煞气冲天,许多战场上侥幸得以残存的孤魂野鬼,投身入水之后,直接成为厉鬼,在江河大水之中游弋不定。

其实在山水相依之前,许多各司其职的剑仙,都几乎同时果断出剑,既为劈山,也为救下许多中五境剑修撤退不及的本命飞剑。

即便剑仙出剑极快,依旧有百余柄剑修的本命飞剑,直接被五座突兀出现的山岳镇压,当场粉碎。

若非一位不以杀力巨大著称的剑仙,以本命飞剑幻化出一尊金身神灵,硬生生以肩扛住山岳,成功阻滞其扎根片刻,那么在那处中五境剑修出剑极多的战场上,损失之大,无法想象。

这一次连那纳兰烧苇都没有留力,一剑递出,那把纤细如芦苇的鲜红本命剑,转瞬即逝,化作一条极长的鲜红蛟龙,通体火焰,当它以身躯缠绕住一座大山时,不但山上碎石滚滚,草木摧折无数,就连整座山岳都要摇晃起来。

纳兰烧苇的飞剑蛟龙,与巅峰大妖仰止的长河,相互绞杀在一起,蛟龙掀起无数巨浪,拍打山岳。

陆芝几乎同时出剑斩山,岳青、姚连云、李退密也各有出剑。

委实是蛮荒天下这一手,太过后患无穷,对后续战场走势的影响,极其深远,这五座山岳好似五座城池的据点,加上其余大妖层出不穷的手段,很容易就会以点及面,直接将原本的大地战场,变成山岳与城头对峙的险峻态势。

此刻五座山头四周,出现了一个个彩带缭绕、怀抱琵琶的飞天侍女,与世俗女子等高,只是数以万计,故而又是一座额外的护山大阵。

她们各自弹奏琵琶,种种天籁之音,既有婉约旖旎,也有将军卸甲的雄浑韵味,丝丝缕缕的水运灵气,被琵琶声牵引,水雾升腾,最终化作一根根碧绿丝线,掠向高空,与她们衣袂翩翩的众多五彩长带相衔接,就像是为五座山头披上了一件青绿薄纱。

李退密直接问剑于居中山岳,那帝王冠冕的女子现出一尊漆黑如墨的法相,以手攥住李退密的一把巨大飞剑。

李退密祭出那把飞剑,原本是想要斩杀一些位于山巅的妖族修士,被大妖仰止亲自出手阻拦后,他非但不忧心飞剑会不会被拘走,伤及剑仙根本,反而凶性大发,不光祭出了第二把本命飞剑银线,在山岳与城头之间,拉伸出一条银色剑光,直刺那尊法相眉心处,李退密本人更是御风前往,手持长剑,笔直一线,如长虹挂空。

大妖法相何其大,剑仙身形何其小,简直就是蚍蜉撼树。

李退密的神仙眷侣,外加三名嫡传弟子,早已悉数死于曳落河藩属大妖之手。

反正孤家寡人一个。

此刻不问剑,更待何时?!

那仰止妩媚而笑道:"大剑仙的胆子,也确实大了些。那就让我收了你这胆子好了。"

五座山头,两大护阵,数千个专攻符箓一派的妖族修士,法宝累加千余件,外加仰止亲自坐镇之一,哪怕是剑仙联袂倾力出剑,如何能够轻松撼动其根本。

五岳齐全,与哪怕只折损一山的残留四岳,差距极大。一旦任由五座山岳稳稳扎根大地战场,不断形成越发稳固的山根水运,以后战事,只会更加棘手。

此时那杀红了眼的李退密已经心存死志,就算炸毁自身体魄与两剑丸,也要毁去那座居中山岳大半,为失了先机的剑气长城,为身后同辈剑仙赢得一线摧破山岳的机会。

李退密仗剑前行。

一场大战，我辈剑仙一个不死，难不成人人壁上观，由着晏小胖子这些晚辈先死绝了不成？

剑气长城万年以来，从没有这样的说法。

此时城墙之上的左右，哪怕与那剑仙素不相识，从未言语，只觉得敢如此说死就死，那便不该死！

左右一剑将那尊漆黑法相劈成两半。

可那李退密非但没有趁机撤退回城头，反而整个人绽放出璀璨剑光，连同两把飞剑一起撞入那座中岳山巅之中。

"诸位，李退密先行一步。"

仰止皱了皱眉头，身上那件墨色龙袍蓦然飘离身躯，如布遮住盆景，瞬间笼罩住整座山岳，防止那找死剑仙彻底毁掉山岳阵法与山根，否则，五岳会经不住对方剑仙的连绵攻势，更会让藏在深处的布局谋划，提前浮出水面。山岳齐聚战场，若是剑气长城攻势力度不够大，那己方自然就站稳了根脚，等于将战场一下子向剑气长城推进了数百里。若是剑仙们不死心，又不至于太过出剑决绝，那更好，好似那相互添油，次次投入兵力，次次差了一线，相互损耗，这才是蛮荒天下最想要看到的局势，因为剑气长城那边有资格添油的，肯定是玉璞境剑修起步。

揭幕战，蛮荒天下故意打得不痛不痒，但是这第二场，就要直接打得剑气长城伤筋动骨，直接死掉一拨剑仙！

只是李退密的求死，已经让这个昔年曳落河的女主人十分恼火。

仰止与另外四只隐藏在其余四岳当中的巅峰大妖，心神相通，告诉他们都别着急，尤其是在中岳山中的那个老人，仰止坚决不许他擅自出手。

在那李退密毅然决然同时自毁金丹、元婴、所有魂魄与两剑丸之后，其实已经被仰止那件仙兵品秩的法袍压制住声势，不出意外，只会毁去半数护山大阵，对于山根的影响不大，但是让仰止感到意外的是，左右救人不成便直接递出一剑，以浑厚剑意破开墨黑龙袍笼罩住的山头，劈斩李退密！

原本一身剑光被墨色龙袍束缚半数的李退密，大笑数声，身死道消，两把本命飞剑炸开，声势如雷，导致整座山巅都炸烂，不但如此，山巅附近百余个身家性命直接与护山大阵牵连的妖族符箓修士，元婴境之下，悉数暴毙，牵一发而动全身，使得整座大岳原本正在缓慢蔓延稳固的山根随之大震。

左右递出在浩然天下注定会惹来无穷非议的那一剑后，没有见好就收，选择功成身退，反而一身剑气暴涨，双手握剑，钉入矮了一大截的中岳山头上。

一座山岳，再大又能有多大？当真接得住我左右的剑气？！

大妖仰止心中愤恨不已，倒也果决，竟是舍了一件仙兵法袍不要，也要稳住山岳气运。她让那头同样拥有王座、更是她半个道侣的巅峰大妖不要出手,因为斩杀左右太难,只由着她亲自与左右纠缠便是,其余四岳,必须杀几个类似李退密的大剑仙,不然这第二阶段布局,岂不是沦为天大的笑话。

她现出真身,庞大身躯瞬间游弋登高到了山顶,至于一路过境,会不会碾杀无辜的己方符箓修士,仰止岂会在意半点。

除了这座动静极大的中岳,其余四岳相对安稳,但也只是相对而言。

一直揪辫子玩耍的隐官大人看到这一幕后,神采奕奕,得劲得劲。

她转头遥遥看了眼陈清都。

老人说道:"自己耍去。"

隐官大人双膝微屈,城头传来一阵剧烈震动,小姑娘身姿的隐官大人离城远去,直接将一座山岳撞穿。

那么个极其纤细矮小的小姑娘,落地之后,拍了拍脑袋上的些许尘土,然后开始在大地上来回飞奔,一次次用脑袋凿开整座山岳山体。

小姑娘每次开山之后,有些灰头土脸,但是随便逛荡,开心得不得了。

那两个来自皑皑洲的挚友,完全不像剑仙更似渔翁、樵夫的张稍和李定,相视一笑。

若是寻常按部就班的攻守厮杀,也就罢了,他们俩能多活一时是一时,也谈不上问心有愧,良心难安,只是既然对方刚好拿出这山水手段,又岂可让整个天下都没几本书的这帮畜生,赢了声势,专美于前?

不成不成。

故而无须言语,两个剑仙几乎同时御剑离开剑气长城,如两颗急急坠落的流星,挑选了一座山岳,一个落在了山脚,一个落在了半山腰。

世间渔翁喜泛舟,先天亲水的张稍更不例外,只是此生最后一次游山玩水,却也不用那般刻意附庸风雅了。

剑仙张稍直接步入那条曳落河藩属江河之中,微笑道:"皑皑洲剑修张稍。"

而那缓缓登山之后,与张稍背对背各自前行的李定,七窍百骸皆绽放剑光,会心一笑,道:"巧了,我亦是皑皑洲剑修。"

两个剑仙从容赴死,竟是直接毁掉了整座山岳的山根水脉。

城头之上,老大剑仙眯眼盯住一处,然后向前走出一步。

那个站在甲子帐北边门口的灰衣老人笑了笑,道:"不着急,你我负责收官即可。只要你不出手,我肯定不出手。反正陈清都的最大本事,也就只剩下看着一个个晚辈死在眼前了。"

灰衣老者望向中岳大妖仰止那边,与她盼咐了一句。

每一座山岳之中,最大杀手锏,或是飞升境大妖,或是仙人境剑修,纷纷不再隐蔽身形,一起离开原先山岳隐秘处,至于山岳能否继续扎根战场,山上数丁符箓妖族修士是生是死,护山大阵能够支撑多久的剑仙出剑,已经不再重要。

四只大妖齐齐掠向中岳,要与中岳那边现出真身的仰止汇合。

共同围杀左右!

中岳地界,出现了一位御剑悬停的矮小老者,蓦然十数丈高,眉发皆白,肩扛长棍,缓缓御剑升空,在这期间,每次张嘴一吸,便有数十个琵琶女子被他吞入嘴中,如嚼黄豆。

董三更大笑道:"那小杂毛,屁本事没有,倒是花哨得很。"

陈熙与齐廷济想要跟随董三更一起离开城头。

这三位老剑仙,都曾在剑气长城之上,各自刻下一个大字。

陈清都却说道:"让左右以生死炼剑便是,浩然天下没架打,这里管够。人生太顺遂,太过独来独往,剑术就高不到哪里去。"

赶赴战场的董三更,与那个还停留在战场上玩耍的隐官大人,加上左右,需要对峙仰止、御剑老人两只蛮荒天下最巅峰的大妖,以及其余四只大妖。

墙头之上,晏琢咬着嘴唇,默不作声。

另外一处,程荃和齐狩全神贯注在战场上,没有发现那个陈平安正纹丝不动,满脸挣扎。

当陈平安的这尊出窍阴神行动自如之后,已经晚了。

战场之上,出现了一个比山岳骤现更大的意外。

隐官大人一拳破开剑气,直接洞穿了左右的腹部。

如果不是左右在生死一线之间躲了躲,会被一拳打烂心窍。

董三更先是硬抗那长棍老者的倾力一击,然后抓住已经瞬间退出数里路的左右肩头,带着左右离开战场。

整座剑气长城除了寥寥无几的剑修之外,都错愕不已,被震惊得无以复加。

那隐官大人狠狠吐出一口血水,然后歪着脑袋,望向陈清都,骂道:"老不死最该死,去死吧,你!"

陈清都面无表情,只是看了一眼隐官,视线便转而望向董三更与那左右,自言自语道:"左右,你那小师弟,先前就与我说过,要小心那个隐官大人。"

除了董三更之外,就算是陈熙与齐廷济,都要小心,因为陈熙怨气太大,齐廷济野心太大,最重要的是这两位战功彪炳的老剑仙,都觉得自己对剑气长城问心无愧,都对整座浩然天下仇恨至极,刻骨铭心。但是他陈平安关于这两位老剑仙的过往,只统计出大小事件三十七件,关键言语六句,依旧未能断言是否会一定向蛮荒天下倒戈,最后还是需要老大剑仙自己定夺。

大地上,隐官大人招了招手,原本攻伐附近一座山岳的竹庵与洛衫两位剑仙,立即停剑,来到她身边,一起背对着剑气长城,去往蛮荒天下。

剑气长城那边,庞元济摇摇晃晃,最终跌坐在墙头上,这位年轻剑修,不知不觉满脸泪水。

他想不明白为什么会这样。

没了那股天地厌胜的陈平安终于行动自如,但是既没有去大骂故意隐瞒真相的陈清都,也没有去探望身受重创的师兄左右。世间对错是非,好坏颠倒流转,岂会简单。

所以陈平安只是坐在原地,打开折扇,遮掩大半面容,只露出一双眼眸,死死盯住南边战场,缓缓道:"有的打。"

第六章 新一任隐官

这一场战事，极为急促短暂，规模之小，死人之快，简直就像是一场边军斥候的狭路相逢。

显而易见，妖族诸多关键军帐，应该都没有预料到这个结果。意外太多，必须在既定的大框架之下，调整诸多策略的细节。

蛮荒天下并未立即展开下一轮攻势，反而让出了战场上仅剩的三座山岳。五座大岳，居中那座大岳，就是被左右与那仰止交手，彻底打碎的。

另外那座，则是被皑皑洲两个外乡剑仙以两条性命的代价，摧毁了山根水运，然后被陆芝硬生生以剑光砍裂。

剩下三座已是残败不堪，其中一座山岳先前被隐官一脉的剑仙洛衫、竹庵摧破许多，这大概就是这两个叛变剑仙最后的战功了。

将来可能再见面的话，就是相互问剑，与昔年战友、同辈剑仙，分出生死。

那三座山头上，一些个侥幸没死的符箓一脉妖族修士，只能是束手待毙，就算逃得太远，又有何意义？他们的命，早就与山岳存亡挂钩。也不乏有些性情暴戾和那狠辣果决的，呼朋唤友，指挥调度，重新开启护山大阵，拼了一死，也要让剑气长城的剑仙多递出一剑是一剑。

剑仙赵个簃找到了程荃，联袂御剑去往一座山岳。赵个簃要为程荃护阵，尽量炼化山岳，帮着程荃化为己用。

"他娘的老子现在出城，都要觉得自己是个叛徒了！"程荃御剑途中，悲愤欲绝，"狗日的竹庵、下贱的洛衫,你们今天之前,都是我愿意换命的朋友啊!赵个篾,你说,以后你是不是也会背后捅我一剑?要是会,给个爽快,等会儿到了山头那边,只求你出剑别再像是磨磨唧唧的娘们,让我死得快些。"

赵个篾破口大骂道:"宋彩云怎么会喜欢你这么个废物?"

程荟黯然失色。

剑气长城这边赢得了这一阶段战事的胜利,但是城头之上,没有任何剑修会感到欣喜。

隐官大人竟然会叛出剑气长城,带着洛衫、竹庵两个剑仙,一起投身蛮荒天下。

隐官大人更是一拳重创了孤身陷阵、堪称无敌的左右!

除了剑心足够澄澈的那拨剑仙,几乎所有剑修的心头,尤其是年轻人,都有阴霾笼罩,挥之不去。

陈平安在腰间别好折扇,驾驭符舟去往茅屋那边。

那间原本是风雪庙剑仙魏晋暂居的小茅屋内,左右坐在床边,正以剑气弥补被一拳洞穿打出个窟窿的腹部。

剑气生不出血肉白骨,因为这根本就是第二场凶险厮杀,师兄左右需要以剑气抵御隐官大人那一拳的后遗症。

不然对于一个炼剑本身就是淬炼体魄的上五境剑修而言,身体伤势再重,不至于让一旁的董三更都触目惊心,觉得十分不妙。

董三更守在门口,怒道:"陈清都,到底是怎么回事?那隐官是鬼迷心窍了吗?"

站在远处墙头那边的陈清都头也不回,说道:"你又不是瞎子,眼睛看到的,就是真相。"

董三更暴跳如雷,因为他对隐官这个晚辈一直印象极好,觉得与自己是少有的同道中人。而他那个最器重的孙子,曾被视为下一个刻字剑仙人选的董观瀑,早年与隐官更是十分投缘。

董三更已经看到了飘然落地收起符舟入袖的陈平安,依旧是气不过,继续与陈清都大声道:"那你方才就宰了她啊!"

陈清都冷笑道:"董观瀑投靠蛮荒天下,事迹败露,整个剑气长城都知道了,我知不知道?在你们闹大了之前,我宰了他没有?"

陈平安假装什么都没有听见。

当年剑仙齐聚城头之后,老大剑仙亲自出手一剑斩杀董观瀑,是陈平安亲眼所见。

只是那个时候,陈平安想事情还十分粗浅罢了,当时终究不曾真正理解剑气长城。

而最让陈平安觉得疑惑的一句话,是事后宁姚说那小董爷爷是个好人。

身为剑仙、董家子弟,背叛剑气长城,是真。好人,却也是真。

这笔账,怎么算?

兴许对于这位老大剑仙而言,守住剑气长城,就真的只是守住剑气长城而已。

董三更压抑住心中怒火,与陈平安说了句"你师兄死不了",然后这个董家老祖就直接离开了此地。

陈平安没有走入茅屋,反而轻轻关上门。

见过了这种波澜壮阔、剑仙大妖皆可死的惨烈战争,就会越发感觉到自己的渺小。

见过了老大剑仙陈清都的种种选择,陈平安就会觉得书简湖的那场问心局,如果重新再走一遭,哪怕是与当年同样的修为境界,也能够随心所欲。

陈平安没有在茅屋这边久留,而是去往宁姚他们那边。

宁姚看了眼晏琢,然后对陈平安摇摇头。

陈平安点点头,示意自己明白。

晏琢眼眶通红,双手握拳,撑在膝盖上。

晏氏家族首席供奉,仙人境剑仙李退密,死了。

这个老头子,曾是晏琢年少时最恨之人,因为许多脍炙人口的糟心言语,都是被最瞧不起他这个晏家大少的李退密亲口道出,才会被大肆渲染,使得当年的晏家小胖子沦为整个剑气长城的笑柄。不然以玄笏街晏家的地位和家底,以晏琢父亲、晏氏家主晏溟的脾气和城府,如果不是自家人率先发难,谁敢这么往死里糟践身为独苗的晏琢?

哪怕晏琢在后来的一场场大战中,靠着一次次搏命才得以脱胎换骨,成为真正的剑修,与宁姚、陈三秋他们成为生死与共的朋友,可是身为家族供奉的李退密,依旧不愿正眼看他晏琢。晏琢低三下四,那些年求了李退密数次教他剑术,李退密只说自己一把老骨头,穷贱命,哪敢指点晏家大少剑术,这不是误人子弟嘛。

晏琢哪里想得到,等到李退密愿意传授自己剑术了,虽然还是板着脸,但眼中却有些笑意,与自己说几句不是坏话就是天大好话的言语了,现在老人就这么死了,成了战场上第一个战死的大剑仙。

陈平安坐在晏琢身边,也没劝慰什么。这里是剑气长城,身边人是晏琢,那就不需要。

谁都可以熬过去。

至亲之人,死别一事,谁会陌生?除了已死的李退密,还有那暂时活着的吴承霈、陶文、周澄等等,哪个不是如此?

剑仙犹然如此不例外,更何谈那些剑修?以及那么多本命飞剑崩碎,个个生不如死的人?

老大剑仙最后那句话,也亏得只有自己听到。

因为言外之意太多,太大了。

比如当年那隐官大人明知董观瀑是叛徒，偏偏迟迟不定罪。

他陈清都并不会就此多说什么，拖着便拖着，董观瀑那个思虑极多的孩子，哪怕其罪当死，活着便活着，多活一天是一天。

如果不是你董三更剑术不够，积攒的战功不够，既无法震慑太象街和玄笏街那些大族剑仙，惹来众怒，又无法凭借战功护住一个叛徒孙子的性命，才使得一群剑仙去往剑气长城兴师问罪，不然他陈清都就跟着隐官一脉的视而不见听而不闻，睁一只眼闭一只眼，任由你董家拘押不肖子孙董观瀑，或是至多丢往老聋儿那边的牢狱，仅此而已。

宁姚坐在陈平安身边，问道："还好吧？"

陈平安低声道："很好。"

宁姚其实有很多的问题，只是太多了，反而不知道怎么开口。

陈平安柔声道："什么都不用多想，都交给我去想。"

两人一起眺望南方。

晏琢突然问道："有没有碍着你们俩？"

陈平安打开折扇，却是帮着宁姚扇风，笑眯眯道："大家都自觉点。"

那个刚要一屁股坐在宁姚那边的董黑炭，停在那边，既不起身，也不落座，姿势清奇。

不承想陈三秋坐在了晏琢身边，范大澈坐在了董画符身边，叠嶂又坐在了陈三秋旁边。

最后，所有人一起望向远方，安安静静等待着下一场战事。

庞元济长久地呆滞无言。

被视为剑气长城下一代钦定隐官的年轻剑修，剑心晦暗，心死如灰。

一直待在庞元济身边的剑仙坯子高幼清，呆呆坐在一旁，欲言又止，始终不敢说话。

高野侯来到庞元济身边坐下，只说了两个字："忍着。"

庞元济眼神恍惚。

高野侯沉默片刻，说道："真想知道答案，就别这么消沉下去，反而要争取有朝一日，亲自问剑隐官，让她亲口告诉你答案！"

庞元济喃喃道："你不是我，我也不是你，做不到的。"

高野侯嗤笑道："那行，隐官一脉从今天起，就算真正断了香火。"

不承想两人身后，有个悄悄来到此地的小姑娘，双手抱胸道："我来接过香火，就这么说定了啊。"

庞元济惨然一笑，转过头，问道："绿端，当初为何不离开剑气长城？郭稼剑仙，与那陈平安，其实都希望你离开。"

郭竹酒眼神明亮，摇头道："我再怎么敬重仰慕我爹与我师父，那也是他们的想法啊，身为剑修，难道不该有自己的活法和死法？"

庞元济苦笑不已。

道理都懂啊，又能如何呢。

高野侯竖起大拇指，大笑道："绿端，这话说得好！"

郭竹酒看着高野侯，无奈道："夸我作甚，你得夸我师父教徒有方，这就叫一夸夸俩，你不太上道啊。"

高野侯一时间无言以对。

与绿端丫头打交道，能占上风的，估计就只有宁姚和董不得了。

高幼清一个没忍住，破涕为笑。

郭竹酒瞥了眼那个小姑娘，怜悯道："哭哭笑笑的，脑阔儿坏了吧，原来是个小瓜皮。"

高幼清扯了扯高野侯的袖子，高野侯气笑道："这会儿知道找哥了？"

郭竹酒摇摇头，学自己师父双手笼袖，走了，自言自语道："小瓜皮啊小瓜皮，长不大的小姑娘，泼不出去的水，愁哦。"

高幼清满脸涨红。

高野侯觉得自己也愁，摊上这么个胳膊肘往外拐的妹妹。

庞元济笑容牵强，继续望向南方，更南方，好像还是希望能够再看一眼师父。

剑气长城上，与那两个剑仙张稍、李定相熟的所有皑皑洲剑修，亦是无限伤感。

在家乡皑皑洲最是闲云野鹤的两个挚友剑仙，是公认的与世无争，结果就这么死在了蛮荒天下的战场上。

皑皑洲最重商贾，简单而言，就是生意人多，其实他们这些剑修，三十二人，境界有高有低，都算是皑皑洲的异类了。

境界最高的两个，就是慷慨赴死的张稍和李定，两人都是玉璞境剑仙。

剑气长城这边，看待他们这些人数最少的皑皑洲剑修，从无异样眼神，但是他们自己内心深处，会不痛快。

北俱芦洲不用去多说什么，那本就是浩然天下最为剑修如云的一个大洲，比不了。南婆娑洲距离倒悬山和剑气长城最近，有数百名剑修，也有理由不用去比。可是除此之外，扶摇洲、流霞洲、金甲洲，这三个洲的剑修人数，都要比皑皑洲多得多。

比皑皑洲剑修人数更少的，就只剩下两个了，浩然天下版图最小的东宝瓶洲，但是先有了那个风雪庙剑仙魏晋，一个能够与本土剑仙比拼资质和大道成就的年轻剑仙，然后有了那个不是剑修却能够赢得剑修敬重的陈平安。

最后一个大洲，是那出了名不喜欢与别洲打交道的桐叶洲。

东宝瓶洲是内乱纷扰，桐叶洲是大妖作乱。

唯独皑皑洲，始终太平无事，甚至浩然天下的天塌下来，极有可能都是最安稳的那个大洲。

皑皑洲距离倒悬山最遥远，与那南婆娑洲还隔着一个疆域广袤、群星荟萃的中土神洲。可是一艘艘去倒悬山的皑皑洲渡船，生意做得无比兴隆。

唯独在剑气长城，竟然难见同乡人。

也对，修道事大，命只有一条，修行路上风光奇绝，安稳破境当神仙，为何要来此地送死？来了的剑修，其实根本无法苛求没来之人。

如今张稍和李定两个本洲剑仙战死了，照理说，是一件足以让皑皑洲剑修晚辈们挺直腰杆的事情，但是相反，只是越发让皑皑洲剑修心中郁郁，更不痛快！

城头某地，有一拨身穿儒衫的读书人。

其中陈淳安神色凝重。

陈是与最要好的刘羡阳和秦正修站在一旁。

陈是忧愁不已，轻声道："守，就要死很多人，越死越多；不守，对不起那么多已经死了的，近在眼前的，就有本土剑仙李退密，皑皑洲的张稍和李定。如果换成我是那位老大剑仙，早就道心崩溃了。"

刘羡阳蹲下身，嘴里叼着一根不知从哪里拔来的草根，含糊不清道："剑仙剑修，都习惯了老大剑仙坐镇剑气长城，实在是太久了，很难有人真正去想象这位前辈的内心是什么感受。"

秦正修沉声道："万年以来，加上当下这一场，总计九十六场大战，没输过。"

刘羡阳说道："战场在南边大地上，也在北边的人心里。所以一直赢，也在一直输。"

陈淳安突然开口道："我们浩然天下，难辞其咎，错莫大焉。"

这位浩然天下独占醇儒头衔的老人，并非以心声言语，而是直接开口说话。

除了刘羡阳，便是陈是这个陈氏子弟，秦正修这样的儒家君子，都有些变了脸色。

隐官大人带着洛衫和竹庵剑仙，大摇大摆走到了那座甲子帅帐。

灰衣老者就站在大帐外，笑道："不用担心在我们这边没架打，只要是飞升境的，此次攻城又未出过力，都随便你挑，打死了，谁敢发牢骚，继续打死。"

隐官大人点了点头，伸手揪住一根羊角辫儿，轻轻摇晃起来，咧嘴笑道："到了浩然天下，给我半洲之地，上五境修士，全部交给我打杀。缩头乌龟，龟壳带肉，一并稀烂！"

灰衣老者没有拒绝。为何要拒绝？眼前这个小姑娘，简直就是蛮荒天下最好的大道种子，大道之契合，无与伦比，待在陈清都身边，对她而言，无时无刻不是煎熬，剑气长城从来不是她的修道之地,而是一座拘押本心的大牢笼。隐官大人身为剑气长城土生土长的剑修,岂会没有本命飞剑?但是她每逢大战,几乎从未祭出飞剑,最多就是提一把剑坊长剑,砍断了再换拳。

灰衣老者极少有惋惜之事,其中之一,就是这个在剑气长城成长起来的隐官大人,不曾诞生在蛮荒天下,不曾早早去往托月山修行,不然那口古井之中的十四个座位,高低位置,全都要变一变。

这个蛮荒天下的老祖,此刻身边只有一人跟随,那个佩刀背剑的大髯汉子。

洛衫望向这个在蛮荒天下都大名鼎鼎的剑仙,问道:"为何既不拔刀,也不出剑,任由董三更救走左右?"

大髯汉子淡然道:"看在你是剑仙和娘们的分上,与你废话一句,我杀谁,不杀谁,都不需要与外人讲理由。"

洛衫刚要说话,已经被竹庵剑仙伸手握住手腕。

灰衣老者笑道:"不用如此拘谨,按照托月山制定的规矩,你们是蛮荒天下的头等贵客,千年之内,不会有半点水分。刘叉如果对你们出剑,就算是问剑托月山了,对不对?"

说到这里,老人望向那个大髯汉子。

刘叉默不作声。

随后灰衣老者轻描淡写说了一番言语,既是对身边名为刘叉的男子所说,也是对洛衫和竹庵剑仙所说,更是对甲子帅帐的诸多大妖所说的:"我们蛮荒天下,的的确确就是个没有教化的蛮夷之地,既不是剑气长城,更不是浩然天下。我的规矩,不多,就那么几条,条条管用,忤逆者皆死。"

隐官大人一本正经道:"对了,我那傻徒弟庞元济,就算他自己可劲儿找死,你们都别打死他。我还想着他以后与我问剑一次又一次的。"

灰衣老者无奈笑道:"这种小事,就别与我念叨了,你让洛衫和竹庵分别去甲子帐和戊午帐走一遍,应该就都有数了。"

隐官大人问道:"那我干吗?"

灰衣老者说道:"被陈清都笑称为老鼠窝的地儿,井口底下,还剩下些该死却侥幸没死的大妖,你要是闷得慌,就去杀光好了,说不定可以让你更早破境。"

隐官大人眨了眨眼睛,问道:"你是怕我与陈清都里应外合,被我打烂你们的腚儿?"

去了那个老鼠窝,打杀那拨苟延残喘的飞升境大妖,境界稳步提升的同时,其实又是一种与蛮荒天下的玄妙合道,她从此与整座天下性命攸关。

她想要破开飞升境瓶颈,成为与那个老瞎子一个境界的不朽存在,这就是她需要付出的代价。天地是熔炉？修道是行那窃贼勾当？飞升境也难逃这种枷锁,想要真正破开这道关隘,就得有壮举,就要以自身小天地,炼化大天地的一部分！炼化了全部,那就是儒家至圣、佛祖道祖！

灰衣老者爽朗笑道："你就说去不去吧。"

隐官大人笑容灿烂,化虹远去,直奔那个老鼠窝。

在剑气长城,她能够炼化什么天地？剑气长城？剑气长城是陈清都,陈清都就是剑气长城！

但是蛮荒天下却不同,因为那个灰衣老者,也未曾真正炼化全部天地,所以她犹有机会,说不定将来还能与这名妖族大祖掰掰手腕子。

刘叉皱眉问道："一定要这么让出道路给她吗？"

"一个剑道,一个学问,两份最大的便宜,够你和周密吃饱了,好事总不能都被你们俩占尽。"灰衣老者笑道,"陈清都再死一次,我到了浩然天下,礼圣应该就要出山了。我倒要看看,浩然天下读书人所谓的每逢乱世,必有豪杰挽天倾,到底是不是真的。"

刘叉问道："那白泽？"

灰衣老者讥笑道："跟老瞎子差不多,失望透顶,两不相帮。"

刘叉突然说道："暗透了,可见光明。"

灰衣老者笑问道："那你有没有想过,这句话,哪座天下最适用？只说纯粹,哪座天下的心思最纯粹？"

灰衣老者伸出两只手,道："浩然天下,人心在往下走。但是我们,在往上走。这就是最不可阻挡的大势。"

老人双手握拳,轻声道："到了浩然天下,就该轮到你拔刀出剑了。"

刘叉点头道："当如此。"

灰衣老者突然拍了拍这大髯汉子的肩膀,道："去了那边,打得对方知道疼了,你总有机会再见到那个阿良,到时候分个高下,我准许你以浩然天下的一洲之地,作为你们双方比剑的小彩头。"

阿良去过蛮荒天下很多的地方,杀妖极多,却也与一名剑客豪侠成为了真正的朋友,那名剑客豪侠便是这个刘叉。

阿良回到剑气长城后,曾经与一帮小屁孩笑言,那刘叉果然不曾让人失望。

大躯,形貌粗犷,任气重义,豪迈无羁,能为诗歌。

当然,说完这些不太重要的客气话,铺垫完毕,就得说真正的重点了。于是阿良很快就又恢复本性,吐口唾沫在掌心,捋了捋头发,与那些一惊一乍的孩子们"泄露天机"："那厮再了不得,也依然被我的风采所折服,二话不说,就要摘剑相赠,我不收,他便又要以刀作笔,算是提笔赠诗。我是谁,正儿八经的读书人,你刘叉这不是自取其辱吗？见我不点头说个好,那厮一写就停不下来了,一条古时水,向我手心流,森然气结一千里,磨损万古刀,勿薄细碎仇……啥?你们竟然一句都没听过,没关系,反正写得也一般,记不住就记不住。不过以后你们谁要是在战场上对上了那刘叉,别怕,打不过了,见机不妙,立即与他嚷嚷一句,就说你们是阿良的朋友。"

但是那个自称读书人的阿良,赌棍酒鬼更光棍,不知不觉就在剑气长城待了百余年,从未身穿青衫悬佩玉佩,从未真正像个读书人。

这个剑客走的时候,甚至没了剑,佩刀戴斗笠而已。

没有人知道,陈清都为他送别的时候,郑重其事说道:"走了,就别再回来了。一个外乡人,能在剑气长城待这么久,就算你不走,我也要撵人。"

阿良只是一边揉着老大剑仙的肩膀,一边嬉皮笑脸道:"若有好酒,帮我留着。喝不喝,看我心情,可留不留,却是江湖道义。"

不过最后,在离开茅屋之前,阿良扶了扶斗笠,背对老人,说道:"如果剑气长城掉转剑尖,那我就不来了。酒水再好,我阿良找谁喝去?"

在枯骨大妖白莹、旧曳落河共主仰止之后,此次坐镇妖族大军的角色,换成了那个拥有千百座宫观殿阁、琼楼玉宇的大妖,化名黄莺。

黄莺依旧是独坐栏杆,就像置身于一座仙气缥缈、鸾鹤长鸣的天上城池。

城池当中,有那二十节气的不同气候变化,有些仙家府邸是那满斋秋蝉声,有些院落却是初生柳叶如小眉,还有道观上空"种玉"不停,满地积雪,还有许多婀娜多姿的符箓美人,或对镜贴花黄,或摇扇扑流萤。

而黄莺所坐栏杆的这座府邸,有一条他最为钟情的若耶溪,流水清澈,有那符纸显化的白首老渔翁,有那年复一年做着同样一件事的俊俏浣纱女、采莲女。

这座云上城池的脚下,就是集结完毕之后向前稳步推进的五万余妖族大军,皆是修士,并且境界都还不算太低,最低也是洞府境修士,并且有那灵器、法宝傍身。

故而此次根本无须闯过剑气长城的三座剑阵,更无须蚁附攻城。

剑气长城那边有飞剑洪流,往南倾泻。

这一次,蛮荒天下也有一条毫不逊色的大江,由那不计其数的灵器法宝汇聚而成,宝光冲天,浩浩荡荡,往北方城头而去。

你有剑气长河,我有宝物大江。

来一场硬碰硬的江河对撞。

既然已经决定倾尽半座天下之力,去攻打这么一座孤零零的剑气长城,怎么可能没有一点拿得出手的阵仗?

以灵器法宝与那本命飞剑互换,看看到底谁更心疼。

没什么阴谋诡计,没什么精妙布局,就是相互比拼家底的消耗。

如果先前仰止那婆姨本事稍微大一点,不那么废物窝囊,能够将稳住阵脚的五座山头作为依托,剑气长城那边的战损会更大。

不承想李退密和左右的出剑,打乱了所有的布局,非但没能绞杀更多的仙人境剑修,反而差点赔了个血本无归,更使得黄鸾自己的这一场攻城战,受到了不小的影响,不然战场离着城头距离更近一些,虽说己方死人的速度,肯定会快许多,但是剑气长城那些本命飞剑,也一样会折损更多。

五尊上五境山君神灵,数千符箓修士交出身家性命,去炼化山岳,再让重光搬移大山突兀丢到战场,一笔笔账,军帐那边都记得一清二楚。

如果不是隐官的倒戈,算是帮了个大忙,仰止就会有大麻烦。

毕竟如今的攻城,再不像以往那般粗糙不堪,而是开始斤斤计较了,那么多的军帐可不是摆设,军帐里的修士,哪怕境界不高,甚至会有许多年纪轻轻的孩子,但是在大祖和托月山眼中,任何一道军令,只要出了军帐,就连他黄鸾和仰止、白莹这些存在,也要掂量掂量。

黄鸾高高举起手,轻轻向前一挥。

妖族大军,宝物齐出。

夜幕中,就像骤然挂起一条璀璨星河。

即便是大妖黄鸾这种岁月悠悠的古老存在,依旧得承认眼前这一幕,当得起"壮观"二字,很新鲜,就是不知道以后还有没有机会再看几次。只要到了浩然天下,按照先前的推衍,好像很难有这样的机会了。

黄鸾"咦"了一声,主动打开禁制,转头微笑道:"稀客稀客。"

是那折损了大半件仙兵法袍的仰止,破碎不堪。大战之中,这念旧的婆姨,收拢了大部分碎片,可如果真要弥补修缮的话,不但麻烦,而且不划算,还不如直接去浩然天下强取豪夺几件。

今天以布衣木钗妇人容貌示人的仰止,坐在栏杆一旁,神色阴郁。

黄鸾笑道:"怎么,要与我抢功劳?"

仰止说道:"只是给你打下手,挣些功劳。大祖那边,虽然没说什么重话,但是明显不太开心了。打完这一场,算是与大祖表个态,然后我就得返回蛮荒天下,亲自截杀那些四处流窜的剑仙。"

黄鸾看了眼剑气长城某处,有些遗憾。说实话,隐官叛离剑气长城,连他都被蒙在鼓里,事先根本不知晓会有这种变故。

仰止问道:"北边城池,还有倒悬山,我们的棋子,会何时发难?"

黄鸾笑道:"我哪能知道这些。"

脚下大军当然不是站着不动,遥遥祭出各种乱七八糟的本命物,整个大阵是在不断向前推进。

　　剑气洪流与法宝江河撞在一起,无比绚烂,如同上古神祇铸剑的万点星火,不断溅射开来,纷纷如火雨,洒落人间,映照得剑气长城和黄鸾的天上城池,都熠熠生辉。

　　除此之外,还有与第一场揭幕战差不多的蝼蚁们,在大军两翼疯狂前冲。也不算什么做做样子,而是实打实地拿命去填战场,这就是身旁仰止所说的"打个下手",因为这些蝼蚁,都是仰止的藩属势力、嫡系兵马。一只巅峰大妖的将小功补大过,自然不是坐在黄鸾身边看风景,或是对着剑气洪流出几次手而已,而是会死许多的蝼蚁,直接打光几大支辛苦培植起来的旧有势力。

　　蛮荒天下有一点最好。

　　拳头之下,认命听话。

　　不愿送死,那就先死。

　　何况也不绝对只是送死而已,诸多军帐会详细记录每一处战场的折损与战功,死了不算太亏,没死就赚他个翻番。只要过了剑气长城,浩然天下地大物博,只管大肆搜刮,每天都可以四处挣钱,不计其数的天材地宝,任由宰割的仙家势力,大把大把的神仙钱,都在等待着蛮荒天下去收入囊中。

　　黄鸾突然玩味笑道:"剑气长城什么时候剑仙出剑,都变得如此井然有序了?"

　　这位浑身仙人气度的俊美男子,伸手轻轻拍打栏杆,叫苦不迭道:"完蛋喽,如此一来,对方战损,注定要低于军帐预期。仰止,是不是因为你晦气太重,连累了我?你瞧瞧,岳青、米祜之流,还有许多原本据说关系不太好的剑仙,出剑都如此讲究阵形,那些个桀骜不驯的剑仙,小范围厮杀,配合得天衣无缝,很正常,可是今夜这种场景,能够最大限度让几乎所有的剑仙,本命神通叠加到最大,是不是既让人眼前一亮,又让你我糟心不已?"

　　仰止脸色阴沉,冷笑道:"心知必死,负隅顽抗。"

　　黄鸾观战片刻之后,哀叹道:"他们收拢战线,剑修齐齐往回撤剑三里路?这还是我听说的那个剑气长城吗?"

　　仰止奇怪道:"既然麻烦,你还看着?"

　　黄鸾笑道:"先让军帐里那些个年轻家伙多磨炼磨炼,本来就是演武给后面看的,何况我也没觉得这处战场,会输太惨。以后想要与浩然天下僵持,不能只靠我们几个出力吧。"

　　仰止转头望向一处,在极远处,那是一座更大的战阵,尚未赶赴战场。

　　皆是蛮荒天下的本土剑修!

　　剑修的命再金贵,也不能只养着,当那摆设。

能够向剑气长城问剑，以剑气长城作为磨剑石，以此洗剑，然后活下来，才算真正的剑修。

剑气长城临时拼凑出来了一座极为古怪的小山头，十余人，约莫半数是外乡人。

是以隐官一脉最新剑修的身份，聚拢而来，这也是隐官一脉在历史上，首次招徕外乡剑修。

至于督战官、记录官的职责，依旧交由以往隐官一脉的旧剑修和儒家门生，但是前者的隐官一脉身份，都已经失去。

负责将这些人聚拢在一起后，陆芝就迅速离开，只是留下了两幅道家圣人送来的画卷。

两幅极大的画卷，被陆芝摊放在走马道之上。一幅画卷之上，正是剑气洪流与那宝物江河对撞的场景。另外一幅，是在此处战场的更南边，蛮荒天下第一线的妖族军阵分布，画面相对模糊不清，但是越往北方，越纤毫毕现，好像有一道被天时地利分割开来的分水岭。

陆芝只说所有人暂时不用负责出剑杀敌了，都算是隐官一脉。除此之外，这个战力卓绝的女子大剑仙，就不再多说半句。

绝大多数剑修都有些面面相觑。

一来很多人相互间根本不认识，二来一头雾水，不知道到底是要做什么。

米裕是最尴尬的一个，因为就只有他是上五境剑修。

总不能就这么大眼瞪小眼，境界最高的米裕说道："大家先自我介绍吧。我叫米裕，玉璞境。"

一个姿容俊美的白衣少年微笑道："林君璧，中土神洲，刚刚跻身龙门境。"

不断有人开口言语。

"皑皑洲邓凉，元婴境。"

"扶摇洲宋高元，金丹境。"

"流霞洲曹衮，龙门境。"

"金甲洲玄参，金丹境。"

除此之外，剑气长城这边，还有庞元济、董不得、司徒蔚然、顾见龙、王忻水、郭竹酒。

以及陈平安。

最开心的是那郭竹酒，因为她的师父也在。而最提心吊胆的，当然是那个顾见龙。

郭竹酒蹲在师父身边，一大一小都笼袖，一看就是自家人。

当她的师父自报名号、境界后，郭竹酒就开始使劲拍掌。

"陈平安，下五境。"

陈平安转头对自己的弟子笑道："稳重。"

郭竹酒使劲点头。

林君璧说道："当下这拨妖族畜生哪怕撤退了,肯定还有一大拨剑修要与我们问剑,估计这就是我们聚拢在此的理由,尽量多想一些对方的可能性,以及我们的应对之策。战事极为吃紧,除了米剑仙之外,我们境界都不算高,所以我们的职责,其实就是查漏补缺,大忙注定帮不上,可如果我们集思广益,帮点小忙,应该可以。"

在林君璧言语期间,陈平安盘腿坐在画卷边缘,手持折扇,轻轻敲打手心,凝视着画卷上的战场。

林君璧望向米裕,这个其实浑身别扭的剑仙只好笑着点头。

米裕半点不比那顾见龙自在。

然后林君璧就望向了那个二掌柜。

陈平安头也没抬,笑道："能者多劳,君璧只管发号施令。"

林君璧也有些不太适应。

只不过也没有如何扭捏,事分轻重缓急,林君璧此时此刻,如同跻身棋盘之侧,是与那整座蛮荒天下对弈,能帮着剑气长城多赢一丝一毫,就是帮助自己和邵元王朝赢得无数!

所以林君璧毫不犹豫,略作思量过后,就开始安排任务给所有人。

让那庞元济与董不得,负责统计、归类己方剑仙的所有本命飞剑、神通,让司徒蔚然和邓凉负责记录敌方修士的半仙兵、关键法宝,让玄参、宋高元时时刻刻记录双方飞剑、法宝的各自损耗,此消彼长,让曹衮、王忻水负责留心妖族修士的战阵变化,若是还能分心,就寻找一些隐匿修为的敌方大修士……

陈平安望向顾见龙,打招呼道："顾兄,这么巧,人生何处不相逢。"

那顾见龙屁颠屁颠跑到陈平安身边蹲下,一身正气道："开什么玩笑,哪敢让二掌柜喊我一声顾兄,喊我小顾!"

城头走马道这边,最终出现了一张张矮脚几案,人人盘腿而坐,其中米裕需要抄录在他那边归总一次的文档,再交给郭竹酒分发出去,以便人人传阅,互通消息。

至于一些至关重要的情报,反正相互间离着都不远,大可以直接开口说话。

唯独陈平安,没有太实质性的任务。

道理很简单,陆芝在派人送来几案和笔墨纸张之后,说了一句话。

"从这一刻起,陈平安就是剑气长城的新一任隐官大人。"

米裕颇为无奈。

庞元济如释重负。只要不是自己继任隐官,任何人都无所谓,这二掌柜,更是最好不过。

林君璧神色复杂,一闪而逝。心中猜测越发笃定,如今剑仙出剑变阵极多,正是此人的建言。

顾见龙则昧着良心,面带微笑。

郭竹酒一个人拍掌,就有那掌声如雷的声势。

而那个剑气长城历史上年纪最轻、境界最低的隐官大人,起身接过那块象征着隐官身份的古老玉牌后,抖了抖袖子,重新落座,将那玉牌挂在腰间,与那养剑葫一左一右。书案之上,除了笔墨,还有一摞摞等待落笔的空白账本,以及那把合拢搁放的玉竹折扇。

陈平安双手十指交错,看着极为熟悉的桌上布置,微微一笑,感觉极好,好似没有祭出本命飞剑,便已经坐镇小天地了。

什么新一任隐官大人。

无非是从一个童叟无欺的包袱斋,变成了更加在行的账房先生。

蛮荒天下暂时还不清楚剑气长城之上,又多出了一个历史上境界最低的新任隐官。

就算知道了,估计也只当一个天大的笑话看待。

事实上,哪怕是剑气长城这边,也没有太多人如何当真。尤其是剑仙,只觉得是老大剑仙又一个"无所谓"的举动。

新官上任三把火,陈平安落座后,不多不少,刚好做了三件事。

隐官一脉拥有两座私宅,都在城外,一名避暑,一名躲寒,收藏于其中的所有百年之内存下的秘档,都给搬到了走马道这边,层层叠叠,搁放在陈平安身后,堆积如山。

上一任隐官大人,既没有带走那块有古篆"隐官"二字的玉牌,也没有毁去隐官一脉传承数千年的档案库房。

除了陈平安背后这座"靠山",陈平安还让人搬来了一座仙家重宝,剑房。

人手两把剑坊专门为隐官一脉剑修铸造的传信飞剑,在陈平安的要求之下,再让剑坊铸剑师篆刻上了每个人的名字。

陈平安、米裕、庞元济、董不得、顾见龙、王忻水、郭竹酒、林君璧、邓凉、宋高元、曹衮、玄参。

这就是剑气长城目前隐官一脉的全部剑修了。

只不过属于陈平安的那两把飞剑,都直接篆刻"隐官"二字,而非"陈平安"这个名字。

第三件事,则是陈平安与诸位"下属"剑修开门见山,说了一番再敞亮不过的言语。

"诸位,连我在内,总计十二人,身在此处的剑修,大家都很聪明,应该心知肚明,我们有一个共同点,那就是境界不算高,剑术杀力在当下的攻守战当中,完全就是不值一提。不过我们的脑子，还算好使，我们遇上事情，愿意多想一些，习惯成自然，寻常剑修的念头，打一个转儿的事情，我们可能已经转了好几个圈，这就叫熟能生巧。颁给在座各位隐官一脉的身份，就是对你们的最大认可，我们的每一个建议，尤其是每一次最终影响到整座剑阵的策略，会动辄牵扯到数以万计剑修的出剑，甚至是成百上千剑修乃至于许多剑仙的身家性命。但是这不是一只铁饭碗，我的要求只有一点，大家一起殚精竭虑，尽你我所能去建言，如果被我发现有人在任何一个环节拖了后腿，脑子看似灵光实则不够用的，我会直接驱逐出隐官一脉。你们的面子再值钱，也比不上剑修的性命，比不上他们的本命飞剑更值钱。

"所以这绝对不是一件轻松的事情，请你们做好心理准备，我们需要对每一个战死之人负责，更大的难题，在于那些生不如死的剑修，或是有那亲朋好友战死的，说不定都会对我们这十二人，对我们这些只会动嘴皮子的废物剑修，心存怨怼。他们恨我们，是人之常情，我们无法更改，但是我们自己，对此不可心生失望，一点都不许有，若是有人因此而怀恨在心，故意使坏，一旦被我察觉之后，我不听辩解，会让米裕剑仙递出一剑，直接斩杀。所以我最后只有一个问题，谁想要退出隐官一脉？现在退出还来得及，与其和我陈平安钩心斗角，比拼城府深浅，还不如干干净净，去那城头出剑杀妖，捞到一点战功是一点，绝对要好过在这里虚度光阴是个死，害人害己。"

其余十一个剑修，沉默不语，人人眼神坚定。

陈平安点头道："很好，连君璧这样大道可期的少年剑修，都没有任何犹豫，敢将大道和性命一起押注在这里，我觉得人心可用。"

林君璧顿时如坐针毡，陈平安这厮不会借机公报私仇吧？

陈平安眯起眼，视线游弋过一个个剑修的脸庞，缓缓道："我们坐在这里，不再是修行，更不是炼剑，就只是做代替剑气长城与蛮荒天下那些畜生做天底下最大的一笔买卖，我们要为剑气长城的数万剑修，做出一桩最一本万利的生意，要用己方最少的性命换取敌方最多的性命！诸位，这样的机会，我们此生再不会有了，任你们将来福缘深厚，得以大道登顶，成了仙人、飞升境，然后兵解转世，再有来生，也注定不会再有这样的机会。任你们成为浩然天下的一宗之主，宗门之内剑修如云，你又能够调用几个剑仙，让其心甘情愿倾力出剑，慷慨赴死？所以要珍惜当下，因为这是数座天下，万年以来，万年以后，也唯有我十二人才能做成的一个壮举！"

郭竹酒坐在几案后，眼神坚毅，猛然抱拳，却无言语。

董不得跟随其后，也是神采飞扬，高高抱拳。

林君璧、顾见龙、王忻水在内所有人，就连那剑仙米裕，也都一一抱拳。

尤其是那些个异乡的别洲年轻剑修，更是一个个心神激荡。

敢来剑气长城练剑之外乡人，尤其是人战之后还敢出剑不愿走的，越是年轻，越是心高且纯粹!

陈平安说道:"我们不着急对剑气长城发号施令,先熟悉双方战场,你们先按照林君璧的既定方案,各司其职,半个时辰后,我另有决断。"

对于陈平安而言,林君璧的那个方案,实在太粗糙了,但这是林君璧临机应变的急智成果,已经无法苛求更多。只是半个时辰之后,或者说此后剑气长城,若都是如此应对蛮荒天下那六十军帐的群策群力,陈平安不觉得自己这隐官一脉,有半点胜算。

陈平安开始翻阅那些旧隐官一脉的秘档,翻书极快,手边还有十多本书页空白的册子,看到关键处,便会在册子上抄录一二,与此同时,眼角余光,时不时瞥一眼战场画卷,再打量几眼那十一人,观察他们的细微神色变化。

字迹娟秀的,是那竹庵剑仙的笔迹。

勾画凌厉,反而是出自那女子剑仙洛衫之手。

好一个见字如面。

内容清爽,干净,自然挑不出任何毛病。

哪怕三个剑仙叛出了剑气长城,但是如果只说这档案秘录一事,其实仍是可以说是尽心尽责。

极为精准的半个时辰后,陈平安手持合拢的折扇,轻轻提起,然后重重一磕桌面,说道:"诸位继续盯着战场,分心听我言语即可。从现在起,每个人都要兼顾三件事,第一件,是本职事务,所有人都必须牢牢盯死画卷。第二件,所有人开始提笔记录,方便他人传阅,一有需求,就可以直接与他人索要记录,作为参考。第三件,是某些时刻的飞剑传信各处。"

陈平安继续说道:"先从第三件事说起,隐官一脉的剑坊飞剑,速度极快。除了一些大的策略,由我亲自飞剑传信全部剑修之外,其余一些细微剑阵的调整转变,你们各有任务,其中米裕、董不得、顾见龙负责飞剑传信所有剑气长城的本土剑修,将整座剑气长城分出左、中、右三大地盘,郭竹酒、王忻水负责飞剑传信全部上五境剑仙。"

听到了这里,米裕皱了皱眉头,因为这似乎不合情理,照理而言,应该由他联系其余剑仙。

陈平安解释道:"米裕剑仙,若是剑仙与剑仙言语,境界修为的高低,在心中就是一道门槛,不够纯粹,容易节外生枝。战场上的诸多机会稍纵即逝,一个凝滞犹豫,说没就没了。这么讲,可以理解吗?"

米裕点了点头。

事实上这个隐官大人还算说得客气了,一些没讲的话,更是理由,比如他米裕在剑气长城其他剑仙心目中的糟糕印象。

相对而言,境界极低的郭竹酒和王忻水飞剑传信剑仙,确实就是一种更加直来直往的公事公办,若是由他米裕这个出了名的花架子剑仙去发号施令,确实会有极多的剑仙根本不买账。

陈平安继续道:"以后若有这类疑惑,当面提问便是,能够说服我改变主意,那是最好。此外,庞元济负责联系旧隐官一脉的督战官以及儒家门生的军功记录官,这些人数量较少,所以庞元济再加上负责一个中土神洲的剑修,林君璧负责南婆娑洲的剑修,邓凉联系所有的北俱芦洲剑修,宋高元飞剑传信金甲洲,玄参负责流霞洲,曹衮负责皑皑洲。"

这些莫名其妙就成了隐官一脉的剑修,大多擅长心算、术算,精通弈棋,比如林君璧、玄参,都是名副其实的国手。

米裕还真就有问题便当面询问隐官大人了,他问道:"为何不是一洲剑修联系本洲剑修剑仙?岂不是更加没有凝滞?"

陈平安反问道:"邓凉他们这些个外乡剑修,来到剑气长城,把脑袋拴在裤腰带上拼命不说,这会儿又被拉来当了隐官一脉的剑修,做着这么吃力不讨好的勾当,还不许他们赚一点额外的香火情?"

话说得很直接,摆明了一副在商言商的架势。

林君璧会心一笑。

其余别洲剑修也有些赧颜,当然同时更多还是欣喜,对这个隐官大人,多了几分由衷感激。

若能活,谁愿死?若是能够不死,且活得问心无愧,那么多想一想未来的大道之路,天经地义。

米裕略作思量,想通其中关节,这个剑仙无奈一笑,心中略微别扭地抱了抱拳,算是表示自己理解了,再无疑问。

剑气长城的本土剑修,负责传信本土剑修。但是林君璧在内的外乡人,飞剑传信,其中暗藏玄机,大有讲究。例如林君璧传信位于中土神洲南边的婆娑洲,正北方的皑皑洲剑修邓凉,负责浩然天下东北方位的北俱芦洲,其他剑修也是如此,一律是飞剑传信相邻的大洲。

这样的香火情,就像是那一艘艘跨洲渡船,渡船主人不为挣半枚铜钱,反而做着天底下最公道的买卖,这样极为诚挚的香火情,当然能够让对方惦念许久。至于所有外乡的本洲剑修,对于跻身了隐官一脉的这拨年轻剑修,早就高看一眼,自然无须隐官大人陈平安帮着邓凉、玄参他们更多锦上添花了。

林君璧率先想到了,其余那些年纪轻轻的外乡剑修,既然能够被剑气长城选中,成为隐官一脉成员,就像陈平安所说,境界兴许不高,但是就没一个是脑子不灵光的,自然也都很快想到了。

所以需要询问的,其实还真的就只有境界最高的玉璞境米裕。

陈平安提起手边一叠册子,十多本,都只写了一个书名,说道:"接下来的第二件事,才是重中之重。你们都听仔细了。"

陈平安拿出最上面的两本册子,书名分别为"甲本正册"和"甲本副册",解释道:"这两本书,分别详细记录己方上五境剑仙的姓名,本命飞剑,飞剑的本命神通。正册为剑气长城的剑仙,副册为外乡剑仙。一页只记录一人,书页右下角,会有那页数,你们对于页数和对应剑仙,都要烂熟于心。"

然后陈平安放下这两本册子,一一解释起了其余册子的作用。

乙本,负责记录所有在战场上露过面的蛮荒天下上五境妖族。

也分正副两册,正本,记录在英灵殿拥有十四个王座的巅峰大妖之外,所有飞升境、仙人境的大妖,以及身为玉璞境剑修妖族。

副本,记录玉璞境剑修之外的所有玉璞境妖族修士。

如果不知姓名,那就随便取个名字,写幻化人形之后的相貌,真身形态,关键法宝,本命神通,以及大致隶属于蛮荒天下哪个阵营,与谁结伴出战,细节越多越好。

丙本,无副册。记载所有己方的地仙剑修。尤其要注意筛选出那种天生适宜战场的本命飞剑,如何搭配,能否营造出类似那对地仙眷侣"画龙点睛"的效果。

陈平安还举了几个例子,就是元婴境剑修程荃,这种类似玉璞境剑仙吴承霈的特殊地仙剑修,必须着重对待。

丁本,记载同样是地仙境界的妖族。

陈平安在讲述这一本册子的时候,语气极重,说之所以将其单独列出,因为这拨蛮荒天下的妖族修士,最该死,而且相较于大妖,相对好杀,以往又很容易被剑气长城这边忽略不计,或者说不够重视,又或者是在以往的战事当中,太过需要顶尖战力之间的捉对厮杀,有心无力,极难分心。但是一旦计较起来,某个阶段的战事,这拨畜生的杀力,兴许不明显,但是如果复盘,回溯整个战局,一场战争越是持久,这拨蛮荒天下的中坚力量,对剑气长城的杀伤之大,兴许要比某些上五境妖族更加可怕。

用陈平安的话说,就是杀这批妖族,最划算。剑仙前辈们的出剑,不用太过吃力,也能捞到不俗的战功,积少成多,不杀白不杀。

陈平安显然对这一"丁本"极为上心,提在手中许久,始终都不愿意放下,沉声道:"所以这丁本,我们如果能够撰写出一个相对详细的框架后,靠着无比翔实的细节,推敲出一个无限接近真相的事实,那么我们就可以从头再翻开甲本正副两册,去请那些杀力极大、出剑极快的剑仙前辈,在战场上寻找机会,斩杀这本册子上的妖族修士,这在当下,是我们隐官一脉,最为立竿见影的举措,所以各位要好好思量思量,丁本上面,每画掉一个化名一个条目,就是在座各位最实打实的战功!"

玄参问道："若是前辈剑仙有那各自理由，不愿出剑，我们飞剑传信过后也没用，当如何？战场之上，双方积怨已久，我只说那万一，万一我们某位剑仙盯上了仇人，执意要与其捉对厮杀，不愿听从我们调令，难道我们要先内讧不成？"

陈平安微笑道："架子太大，不愿意挪窝，或是以不敢擅离职守的由头婉拒你们，又或者是发生了玄参你所说的这种情形，各位就搬出隐官一脉剑修的身份，这是军令，再不行，那就事不过三，两次飞剑传信提醒剑仙过后，不用再废话了，我自会请架子更大、杀力更高的剑仙，去求他们出剑。请不动，那就求！"

气氛有些凝重。

这个年纪轻轻的隐官大人，虽是在言语玩笑，可事实上，这绝对不是一件如何轻松的事情。

上一任隐官的叛逃，两个剑仙的跟随，尤其是左右的身受重创，如今剑气长城的士气低落，是瞎子都能瞧见的事实，一旦再有意外，无疑是火上浇油。

陈平安放下那本册子，笑道："一个个看我干什么，堂堂隐官大人，亲自跑腿喊话，像话吗？我丢脸，不算什么，丢了诸位的脸，我良心不安。对不对，顾兄？这是不是一句公道话？"

顾见龙小鸡啄米。

陈平安收敛笑意，又道："你们大概暂时还不知道'隐官一脉'这四个字的分量，在剑气长城，就是这四个字，可定人生死，不用讲道理！"

陈平安接着说道："心中怀疑，没关系，大可以拭目以待，我反正是不怕拿一个剑仙的脑袋来证明此事真假的。至于你们，担心这些做什么？天塌下来，只说我们隐官一脉十二人，自然谁是隐官谁来扛。"

陈平安拿起最新的一本空白账本，是紧随丁本之后的戊本。

戊本，记载前三场战事，蛮荒天下的攻城策略，兵力分布，蛮荒天下的六十座小战场，兵力调度的转换速度，攻城风格是始终稳重，还是经常灵巧变通，事无巨细，都要一一记录在册。故而这本册子，定然极厚极重，并且内容会随时添补，越来越多。

己本，撰写隐官一脉十二个剑修的所有功过得失，一五一十，都会写在这本册子上。

这是一本功劳簿，也是一部问心书。

撰写人，只有一人，自然是新任隐官大人陈平安，但是能够翻阅之人，也只有陈平安。

庚本，记录剑气长城所有战死或是本命飞剑毁掉的剑修名字。

这一本，注定也不会薄。

邓凉问道："先前两场战事中战死且没了飞剑的剑修，我们是不是也要立即记录下来?"

陈平安直截了当道:"不用。以后再补上。这一本,只能是我们得闲的时候,再来撰写。"

活人,永远比死人更重要。

这就是战争。

邓凉点了点头,没有异议,并且偷偷松了口气。

若是陈平安在这个问题上回答错了,那么邓凉在内所有剑修,好不容易凝聚起来的人心,立即就会涣散。

这些人个个都极聪明,陈平安无论是新一任隐官大人,还是顶着文圣一脉闭关弟子身份的二掌柜,如果在这座小天地,无法处处压制他们,并且让他们心服口服,那么别的不谈,只说那部己本,就是个天大的笑话,如今刚刚有个雏形的隐官一脉,更是个弊大于利的摆设。

因为此处小天地,唯有修心最强者,道理才能服众。

剑气长城自古就有一个看似十分滑稽实则极其残酷的说法。下五境剑修,也会念叨的一句话:"我比宗垣厉害。"

要知道那个老剑仙,是继龙君、观照之后,与陈清都并肩作战年月最久的一个,地位最高的一个,被誉为最有希望打破飞升境剑修"天大瓶颈"的那个存在。

在那场妖族大军覆满城头的惨烈战事当中,正是他一人仗剑,连斩两只飞升境大妖,再与陈清都联手,才打退了蛮荒天下。

按照战功,宗垣当然可以刻字,并且还是两个字,只是死了,就无法在剑气长城之上连刻两个字。

一个死了的老剑仙,大剑仙,既然连剑都已经无法祭出,能有多厉害?半点不厉害了。

陈平安放下手中那本空白书。

庚,更也,秋收而待来春。

是一个原本寓意美好却天大的奢望了。

陈平安继续说那辛本、壬本和最后的癸本。

辛本,统计蛮荒天下的战损。

壬本,对剑坊、衣坊、丹坊在内所有剑气长城的家底,进行计算,还需要重点对接负责剑气长城商贸一事的纳兰家族和晏家。

一场战争,除了双方兵力的损耗,打的更是无形的底蕴,神仙钱和天材地宝。

癸本,当下的每一个战场,隐官一脉十二人,都可以对下一场攻守战的评估、推衍、猜测,各抒己见,只要有任何的想法和心得,随时写在纸上,交由郭竹酒,再送给陈平安汇总。

陈平安放好所有书册，说道："说完了第三第二件事，接下来就该说第一件事了。林君璧的职责划分，在先前并无问题，只是既然目前形势有变，那我们就做一些变更改动，这也是未来我们隐官一脉的一个最关键宗旨，我们再也不能像以往的攻守战那样以不变应万变，必须随时随地做出变化，而且每一个变化，都务必是我们隐官一脉群策群力的最好结果。我们十二人的每一次飞剑传信，都要为剑气长城出剑的剑修，占到便宜！"

陈平安最后精准圈画、切割，界定了十二人的详细职责，并告诫每一个剑修在职责之外，都必须盯住整个战局的走势，绝对不能只盯住自己那一亩三分地。不如此苛求十二人，就会很容易造成一个个小范围的得利，却导致己方大规模的战场折损，在隐官一脉，就会是一笔看似莫名其妙实则难辞其咎的糊涂账，更大的代价，则是己方成百上千剑修完全没有必要的战死。

"豪杰斫贼，就在笔下。"

陈平安最后展颜一笑，弯腰拿起玉竹折扇，打开后笑眯眯道："那就有请诸位，与我一起算计蛮荒天下。挣钱算什么本事？要挣就挣那一颗颗的大妖头颅！"

林君璧直到这一刻，才算对陈平安真正心悦诚服。

不愧是那位崔先生名义上的先生。

一脉相承，事功至极！

陈平安合拢折扇，笑望向庞元济，直呼其名道："庞元济，记得在乙本正册上，写下'萧愻，小名正韵，飞升境瓶颈剑修，本命飞剑不详'这些文字，千万别记在甲本正册上了。关于此人的本命飞剑，你庞元济如果有线索，当然可以在书中补上，仅供参考，我这就可以在己本上，为你记一功。"

庞元济脸色惨白，点头无言。

上一任剑气长城的隐官大人，姓萧名愻。这是一个许多剑气长城年轻剑修都早已忘记的名字，因为习惯了敬称她为隐官大人。

陈平安眯眼问道："点了头，又不说话，恕我愚钝，猜不出庞元济到底知不知道此人的本命飞剑。"

庞元济摇头道："不知。"

陈平安笑道："没关系，大战持久，那人暂时应该不会出手，你如果不小心忘了又不小心记起，功劳还是有的。"

两人这番对话，让剑仙米裕，以及原本个个置身事外的外乡剑修，人人头皮发麻，背脊生凉。

陈平安环顾四周，轻摇折扇，鬓角飞扬，道："你们的姓名籍贯境界，我都已经知道。"

不过我还有个不情之请,请你们说一说自己的最大优缺点。这是小事,大家先忙各自的大事。我问起后,再以心声与我言语即可。希望诸位能够开诚布公,此事并非儿戏。"

林君璧有些疑惑。陈平安此举,绝对不是一个讨喜的举措。

只是林君璧很快了然于心。陈平安需要以最快速度了解隐官一脉所有成员的人心。

如果说剑气长城和蛮荒天下的对峙,是最大的一座战场;隐官一脉与剑气长城所有剑修,是仅次于前者的第二座;而隐官一脉内部十二人,就是第三座。而看似最小的这座战场人心起伏,任何一点道心涟漪,因为位不卑权更重的关系,又会极大波及前两座战场的走势。

陈平安作为隐官大人,当然可以凭借十二人此后行事的一点一滴,来判断众人性情优劣,但是如此一来,就太慢了,隐官一脉的诸多策略一慢,战场变阵就要跟着慢。可只要有此举措,无论十二人给出怎样的答案,都是一种佐证,锱铢必较的陈平安自然有自己更多的判断。

片刻之后,人人给出了答案,陈平安不动声色,并未直接记录在己本上,而是写在了一张纸上,夹在己本之中。

郁狷夫走来这边,沉默片刻,开口问道:"我能不能帮忙?"

无人转头望向这个中土神洲的豪阀女子,哪怕是林君璧至多也只敢稍稍分心,去关注这场可大可小的问答。

陈平安摇头道:"不可以。"

郁狷夫也不拖泥带水,去了远处墙头僻静处坐着,形单影只,独自饮酒。

陈平安望向米裕,道:"米裕剑仙,劳烦你将这方圆三里,圈画出一座剑阵,作为禁地,再去抽调出一拨年轻剑修,境界低没关系,下五境都没事,三五人即可,只是负责通知所有过路剑修此处的新规矩。所有闲杂人等,不得靠近,剑仙概不例外。"

说到这里,陈平安笑道:"米裕剑仙,我们这里就数你境界最高,这个恶人,就只能你来当了。一旦有了冲突,你只管出剑便是,打不过,我亲自去与剑仙们讲道理。"

米裕心里稍稍好受一点,领命起身去做此事。

隐官一脉的规矩,不管以前是松散随意,还是严谨缜密,到了陈平安手上,只会更加不近人情。相信剑气长城很快就都会知道这一点。

陈平安合拢折扇,轻轻放在桌上,并且摘下了那块"隐官"玉牌,放在折扇一旁,然后他开始撰写由他亲自负责的甲本正副两册,一连串名字,早就胸有成竹,故而落笔极快。

以天干命名,加上甲本乙本的各自副册。

刚好十二本。

如今隐官一脉，也刚好是总计十二人。

陈平安希望大战落幕之后，所有人都可以各自带走一木。

如果都还活着的话。

突然，玄参沉声道："大剑仙岳青，目前出剑气力极大，只是影响到了剑阵整体，附近两个剑仙，只能被迫跟随，虽然小范围内剑仙配合，效果明显，但是周边数个地仙剑修与其余中五境剑修，出剑会慢上许多，使得中五境剑修的本命飞剑，折损较多。"

很快就有其余两个剑修纷纷点头，分别说了一句"属实""确实如此"。

陈平安瞥了眼画卷，继续埋头书写甲乙本，淡然道："飞剑传信岳青。"

王忻水赶紧心意微动，驾驭一把传信飞剑，简明扼要解释了其中缘由，瞥了眼人手一本的剑仙布防图，飞剑转瞬即逝，去往大剑仙岳青那边。年轻剑修额头渗出汗水，初做此事终究是会提心吊胆。王忻水不过是龙门境，虽然是剑气长城大年份里的天才剑修之一，但是直接命令一个巅峰十人候补之列的大剑仙，好似教对方应该如何出剑，心情岂会轻松？

片刻之后，陈平安一边继续落笔一边抬起头，斜眼盯住那幅画卷，蓦然厉色道："王忻水，再次飞剑传信岳青，别说道理，直接告诉岳青再不变剑，就让他滚出城头，离开城头之前，记得先去跟老大剑仙诉苦！"

王忻水战战兢兢第二次飞剑传信。

不但如此，陈平安好像想起一事，骂了一句娘，直接以自己那把飞剑，传信老大剑仙。

再让郭竹酒飞剑传信玉璞境剑仙吴承霈，询问他炼剑甘霖进展如何，然后对所有人说道："这些事情，是你们的分内事，我不想提醒第二遍。"

片刻之后，不但大剑仙岳青那边收剑些许，这处禁地还来了一个谁都没有想到的客人。

应该是陈平安那把飞剑，让老大剑仙亲自下令，请来了一个防止类似事情发生的大人物，不然飞剑传信就需要传两次才能够达成目的。

老聋儿。

米裕自然不敢拦阻，就领着这位巅峰十人之列的远古存在，去往隐官大人那边谈事情。

未来到跟前就发现陈平安已经盯住自己与老聋儿的脚下。

米裕悚然。

陈平安视线上移，对那个老聋儿说道："换一个，我信不过你。"

老聋儿停了脚步，挠挠头，竟是半点不恼，就那么立即转身离去，瞬间没了身影。

很快就换成了另外一人，正是那个女子大剑仙，陆芝。

陈平安说道："陆芝，小心提防我们这一处剑修被大妖偷袭。死了任何一个，我都会拿你是问！"

陆芝点头，去往北方城头那边坐镇战场，言语直白："不会给隐官大人任何问责的机会。"

林君璧瞥了眼甚至都不愿意附和陆芝半句的陈平安，很是心向往之。

陈平安放下笔，站起身绕过几案，蹲在画卷上，对众人道："我更不放心你们，先盯着你们半个时辰，所以我只给你们半个时辰的机会，如果你们谁做不到我心中的预期，你们依旧是隐官一脉的剑修，但是必须将手头上那些需要动脑子的职责，转交给别人，别人做不到，那就我亲自来。我就不信了，可以算是天底下最聪明的一小撮人，竟然会比不上一个下五境练气士！别到了最后，隐官一脉除了陈平安，人人是闲人，我相信这种事情传出去，不会好听的。"

所有剑修都越发心弦紧绷起来，简直比置身于战场更加如临大敌。

米裕心情复杂。这个年轻人，真是可怕。

半个时辰后，陈平安将十一人，一一点评过去，站起身，以合拢折扇敲打手心，笑道："很好，诸位打脸的本事极好，原来我才是那个闲人。尤其是庞元济与林君璧、郭竹酒，在这半个时辰内，近乎没有瑕疵，害我只能吹毛求疵了。其余人等，也都在我预期之上，再接再厉。反正如某人所说，我这人脸皮极厚……"

不等陈平安说完，顾见龙一边盯着战局，一边火急火燎道："隐官大人，能否容我说句公道话？"

陈平安微笑道："滚。"

顾见龙感慨道："隐官大人，真是大气！"

陈平安摆了摆手，说道："在接下来一刻钟之内，找出二十个妖族地仙修士，我们在不妨碍大局走势的前提下，为剑仙前辈们送些唾手可得的战功。敌我双方的具体人选，你们一起谋划谋划，给出一份名单，确定无误后，就飞剑传信我方剑仙。在这期间，还有一事，你们谁会那类似拓碑术法，负责将己本之外，我手边汇总的这十一本册子，随时复刻出来，争取人手一册。此事不急便是了。"

曹衮笑道："我会。"

陈平安便去把自己书案上的十一本书，搬到了曹衮桌上，然后蹲在旁边，以心声与曹衮说一些自己的心得。曹衮聚精会神，时不时点头，或是询问一二。

一个时辰过后。

那个与仰止一起坐在栏杆上的大妖黄莺，笑道："真想骂人啊。"

仰止心中更是震怒万分，她那两拨位于法宝洪流两翼的藩属攻城大军，往往是一阵剑光绕道，就会折损数个地仙修士，三番两次之后，损失极大。但这并不是最可恨的地方,真正让她焦躁且心痛的地方,在于剑气长城那些剑仙的出手,只是维持剑阵的间隙,一次次的"随手为之"!

而那些剑仙的出剑之精准、狠辣,简直就像是蛮荒天下这边有人通风报信了。

暂时依旧有罪在身的这只巅峰大妖仰止,原本已经可以去蛮荒天下截杀作乱剑仙,此时竟是再也坐不住,更没脸就这样离开战场,她站起身,眺望城头那边,怒不可遏道:"到底是怎么回事?!"

"又开始钓鱼了,仰止,不如你我联手?"

黄莺伸手指向城头某处,是那陆芝所站之处,这个女子大剑仙身边,不知何时多出了一个手持折扇的年轻人。

仰止望向陆芝那边。

若是她一人意气用事,擅自攻伐城头,有去无回,都有可能,可若是加上黄莺,两人合力,应该无忧。哪怕占不到大的便宜,也绝对不至于被剑气长城那边阻断退路。

可是当她正要答应下来的时候,城头那边,陆芝身边的年轻人,好像刚好望向他们这边。

年轻人高高举起手,笑容灿烂,伸出一根中指。

第七章
处处杀机

黄鸢提议双方联袂游历剑气长城,确实很有诱惑力。

剑气长城的剑阵太过衔接紧密,几乎就没有闲着的剑仙。

站在栏杆上的仰止,甚至已经撤掉了障眼法,显露出帝王冠冕、一袭龙袍的君王风采。只是仰止没有立即出手,她远望城头上那个年轻人,与黄鸢问道:"城头剑仙出剑变阵不定,极有章法,难道是此人的手笔?凭什么,他不就是个游历剑气长城的外乡人吗?什么时候浩然天下文圣一脉的牌面这么大了?据说这陆芝对读书人的印象一直不太好。"

先前陈平安与托月山大嫡传离真一战,蛮荒天下的山巅大妖,皆是优哉游哉作那壁上观的看客,自然都瞧在了眼里。只不过那会儿,类似仰止这类古老存在,依旧没觉得这种稍微大只一点的蝼蚁,能有什么本事可以影响到这场战争的走势。在这种一座天下与剑气长城的对撞过程当中,哪怕是上五境剑修,依旧是谁都谈不上不可或缺,先前剑气长城三个剑仙,说死则死,激起些水花而已。

曾经有只攻上城头的大妖,重伤而返,最终消失在滚滚流逝的光阴长河当中,临终笑言,剑气长城除了陈清都,谁都不算个东西。蛮荒天下那个立地顶了天的灰衣老者,也就只算个东西了。

剑仙,大妖,在此事上,确实谁也别笑话谁。

知道仰止已经没有了出手的念头,黄鸢点头笑道:"这小子一个劲找死,不知道能够活蹦乱跳到几时。"他看看那个站在陆芝身边的陈平安,"看来这小子对我怨气颇深啊,多半是怪我在他与离真捉对厮杀的时候,送了份见面礼,如今又将那师兄左右的重伤,迁怒到我身上了。这般礼遇,非但不感恩,还不知好歹,那我就与他打声招呼。"

黄鸾心意微动,天上城池当中,凭空消失了一座红墙绿瓦、香火袅袅的古老宫观,以及一座山巅矗立有一块"秋思之祖"石碑的孤山,山上只有那枯树白草红叶黄花,小山头之上,满是萧索肃杀之意。

宫观去往陆芝、陈平安所站城头,孤山则去往两座茅屋处。

古老宫观被陆芝一剑劈斩为两半,狠狠撞在两人脚下的城墙之上,化作阵阵齑粉。

风雪庙剑仙魏晋则出现在了小孤山之巅那块石碑一旁,下一刻,孤山所有草木石块缝隙之间,便绽放出无数剑光,然后无声无息,荡然一空。

这个继风雷园李抟景之后的东宝瓶洲修道天赋第一人,在他刚刚到剑气长城的时候,依旧是玉璞境剑修,短短数年间,住在小茅屋内,不过是参加过一次攻守战,与老大剑仙和左右相邻练剑,就有了几分即将破开瓶颈跻身仙人的气象。

仰止与黄鸾打了声招呼,离去之前,她多看了那个年轻人几眼,记住了。

不承想那个年轻人非但没有见好就收,反而合拢折扇,做了一个抹脖子的姿势,动作缓慢,所以极其扎眼。

黄鸾忍住笑,有点意思。仰止是曳落河旧主,更是飞升境巅峰,她要是冲动行事,铁了心要与那陈平安较劲,一定会兴师动众,黄鸾当然乐见其成。折损的,是仰止的藩属势力,战功却要算在他黄鸾头上,蚊子腿也是肉,而且到了浩然天下,各自跑马圈地,谁的嫡系兵马多,谁更兵强马壮,谁就能够更快站稳脚跟,这是要以人和争地利,最后得天时。此事,绝非小事。

只不过黄鸾还不至于说些煽风点火的言语,因为只会适得其反,让仰止脑子清醒几分,更会顺带记恨自己。

蛮荒天下,没有规矩,很舒坦,但其实偶尔也麻烦。

仰止笑道:"黄鸾,如果你能抓住那小子,最终交由我处置,除了补偿你付出的代价之外,我额外拿出浩然天下一座'宗'字头山门与你换,再加上一座大王朝的京城,如何?"

黄鸾摇头道:"今天陈平安露面之前,我肯定答应这笔买卖,现在嘛,价格低了些。"

仰止脸色阴沉。

黄鸾看也不看这个蛮荒天下的女子君主。

仰止御风离去,只撂下一句话,回荡在黄鸾所坐的栏杆附近。

"别后悔。记住,以后你敢染指任何一座山下的王朝京城,都是与我为敌。"

黄鸾拒绝的,不仅仅是一个陈平安,还有仰止透露出来的双方结盟意向。

黄鸾对于仰止的威胁,浑不在意。

数万妖族修士汇聚而成的那条法宝洪流,声势依旧无比宏大。

但是相较于那道井然有序的剑气瀑布,前者就显得略显杂乱无章了。

剑气长城所有剑仙的出剑,都已经开始放弃"快意"二字,不再追求个体的杀伤力,不再是天地无拘的那种酣畅淋漓,而是近乎每一剑递出都充满了功利算计的意味,计较的是在出剑破阵之余应该如何更多庇护住己方中五境剑修,应该如何与其余位置相隔极远的剑仙配合来击毁某件关键重宝,在撤剑出阵的同时,飞剑应当如何鬼祟去往法宝洪流的两翼大地之上,割取某些地仙妖族修士的头颅。

黄鸾自然有些心疼,只是谈不上太过头疼,真正需要头疼,务必解决这燃眉之急的,是己方阵营里的那些军帐。

关于他们十四个的出手,灰衣老者私底下订立过一条小规矩,无聊了,可以去城头附近走一遭,但是最好别倾力出手,尤其是本命神通与压箱底的手段,最好留到浩然天下再拿出来。

陆芝手中那把剑坊制式长剑,无法承载陆芝剑意与整座宫观的撞击,收剑之后,瞬间崩散消失,她与陈平安站在墙头上,转头看了眼摇动折扇的年轻人,道:"隐官大人就这么想死?还是说已经不打算在后续战事当中,出城厮杀了?我听从老大剑仙的吩咐,在此护阵,是护整个隐官一脉的剑修,不是陈平安。你想清楚,不要意气用事。"

蛮荒天下的大妖秉性,没什么好说的,先前陈平安打杀离真也好,之后左右一人递剑问剑全部,那些畜生其实都没觉得有什么,因为蛮荒天下从来不计较什么大是大非,但是对于私仇,境界越高的畜生,会记得越清楚,所以陈平安此举,是直接与两只大妖结了死仇。

陈平安以折扇轻轻敲打脑袋,那女子大妖竟然忍住没动手,有些遗憾。

不然陆芝只需要负责阻滞大妖仰止片刻,就会有三个早已被"隐官"飞剑传信的剑仙岳青、元青蜀、吴承霈,各施手段神通,断其退路,至于到时候谁来斩杀大妖,当然不是某个大剑仙,而是一大堆茫茫多的剑仙,因为登上城头之前,陈平安就交代过郭竹酒和王忻水,一旦有大妖靠近城头,就立即飞剑传信所有本土剑仙,将其围杀。

如今的剑气长城,剑仙人人各司其职,环环相扣,才营造出了那条剑气瀑布力压法宝洪流的大好形势,但是一旦隐官一脉的飞剑传信出去,瞬间就会有数十个剑仙听令行事,立即掉转剑尖。

陈平安微笑道:"虱子多了不痒,债多了不愁,习惯就好。黄鸾与仰止,只要一个冲动,说不定就要成为一双亡命鸳鸯,不是神仙眷侣胜似神仙眷侣。"

有一件事陈平安没有泄露天机,两把"隐官"飞剑,其中更加隐蔽的一把,直接去往老大剑仙那边,一旦有大妖临近,除了一大堆剑仙出剑之外,还要老大剑仙直接向陈熙和齐廷济下令,务必出剑将其斩杀。众目睽睽之下,剑仙已经人人出剑拦截,这两个在墙头上刻过字的家主,不过是顺势捡漏罢了,到时候谁会留力?不敢的。

陈平安除了断定那隐官萧愻是叛徒之外,其实也信不过这两个杀力极高的老剑仙,这原本看似是一桩顶天的坏事。

可事实上,信得过,有那信得过的手段,信不过,就有信不过的安排。

仰止与黄鸾如果觉得如今的剑气长城,还是以往万年的剑气长城,觉得有机会安然无恙往返一趟,那就得付出代价。

不是说万年以来,剑气长城的出剑,不够高,恰恰相反,正因为之前万年剑仙出剑的慷慨壮烈,才为今天隐官一脉剑修赢得了运筹帷幄的余地。

陆芝摇头道:"你想得太简单,熬到仰止这种岁数、境界的老畜生,没几个蠢的。"

"是我想得浅了。"陈平安笑呵呵道,"好在我们也没什么损失。"

陆芝摆摆手,道:"隐官大人继续忙,此处有我镇守。"

对于这个临危受命的隐官大人,陆芝觉得足够尽心尽责,做得比她想象中还要更好,但如果只说个人喜好,陆芝对陈平安,印象一般。

原因很简单,终究不是剑仙,甚至都不是剑修。

陈平安跳下墙头,回到案几那边落座,笑道:"害大家白忙活一场。既然没成就算了,本就是赌个万一。"

陈平安一边埋头抄录书册,一边借此机会,为隐官一脉所有剑修复盘,与这些"下属"说了一些自己更多的心路脉络,缓缓道:"蛮荒天下此次攻城,已经进入第三阶段,大妖白莹负责先前的第一场揭幕战,除了改变一定程度的天时地利,更多还是用来勘察、确定剑气长城这边的布防细节,加上某些背叛剑修暗中的飞剑传信,使得蛮荒天下占尽了先机,其实是一门极其考验火候的细致活,这与历史上大妖白莹的形象十分契合。在十四只大妖当中,相对而言,白莹从来不喜欢以力杀敌,玩的就是攻心为上。所以如果是白莹坐镇,我根本不会露面。"

陈平安停下笔,略作思量,拾起桌上那把合拢折扇,指了指画卷上先前五座山岳的某处遗址,道:"然后由那仰止负责守住战场上的五座山头。相较于需要时时刻刻与六十军帐通气的白莹,仰止显然就不需要太多的临阵变化。那五座山头,藏着五只大妖,为的就是截杀我方仙人境剑修,与仰止自身关系不大,是畜生们早早就定好的策略。之后是大妖黄鸾。显而易见,仰止最为直来直往,哪怕是曳落河与那死敌大妖的钩心斗角,在我们看来,所谓的计谋,依旧浅显,所以仰止是最有希望出手的一个,比那黄鸾希望更大。万一成了,无论黄鸾还是仰止死在城头这边,只要有一只巅峰大妖,直接死在了所有剑修的眼皮子底下,那就是剑气长城的大赚特赚,萧愻叛逃一事带来的后遗症,我们这些新的隐官一脉剑修,就可以一鼓作气给它填平。

"我赌的这个万一,不是赌仰止脑子不够用,蠢到了不知轻重的份上,而是赌她的戴罪之身,押注她的身不由己,赌那黄莺会来一次小小的火上浇油。假设剑气长城守不住,妖族入侵浩然天下,求什么?自然是山河万里。大妖们各自所求的大道,与谁求?靠兵强马壮?靠攻城战功?当然是,但真正最关键的,还是托月山的一句话,准确说来,是那妖族大祖的一个心意喜好。只是很可惜,那仰止没咬饵上钩,十分谨慎。由此可见,蛮荒天下的大妖,是何等的务实不务虚,这是我,以及在座各位,都需要借鉴的地方,更是需要警醒的地方。所以我们不能想当然。"

说到这里,陈平安眼神凌厉,重复了最后一句话:"所以我们不能想当然!"

陈平安又立即满脸笑意,道:"所以此后第四场第五场,哪只大妖负责坐镇,蛮荒天下大体上的攻势,滋味如何,是急缓有度、深谙兵法之道,还是傻了吧唧埋头送死,我们其实是可以事先预判一二的。不过对方拥有整整六十军帐,比我们还要精打细算,这点预判,意义不大,聊胜于无吧。"

南边墙头那边,陆芝哭笑不得。

这些言语,分明是那位隐官大人先前在城头上,察言观色,觉得没机会与她多念叨几句的话语,现在就变成了她不想听也得听着。

但她对陈平安的印象没有变得更好。

不过陆芝对隐官大人的观感,还真就无形中又好了几分。

陆芝眺望南方战场,然后回头看了眼那座人人不出剑的"小天地",待她重新转头后,有了些笑意。

大概那些剑修,就是老大剑仙最期待的年轻人吧。

而她陆芝,与许多如今的剑仙,可能也曾都是这样的年轻人。

陈平安望向众人,收敛神色,换了一脸震惊、疑惑道:"都到了这个份上,你们竟然还没点想法?我只知道下五境练气士,出手不停,会损耗心神灵气,还真不晓得脑子用多了,会越来越迟钝的。"

作为唯一的上五境剑修,米裕是最镇定自若的那个,不是境界高,只是觉得反正没他什么事情,隐官大人真要心生不满,与人秋后算账,也是林君璧、玄参这些年纪不大却心黑手脏、一肚子坏水的小王八蛋顶在前面。

邓凉沉声说道:"妖族下一座结阵大军,全是剑修,我们此次变阵,对于这拨敌人而言,其实是我们喂剑他们学剑。例如剑仙们的出剑,如何以剑仙收剑的代价,换来整体剑阵的杀力最大,如何集中顶尖剑仙的出剑,争取毫无征兆地击杀敌方地仙剑修,肯定都会被学了去,哪怕对方只是学了个架势坯子,那么下一场剑修之间的相互问剑,若无应对之策,我们的损失定然会骤增。"

陈平安以折扇指向林君璧,笑眯眯道:"君璧,只管畅所欲言。"

林君璧立即有了腹稿,微笑道:"大势如此,我们处于劣势,剑阵自然不可更改。但是我们可以换一种法子,围绕着我们所有的关键地仙剑修,打造出一系列的隐蔽陷阱,我方所有剑仙,接下来都要多出一个职责,为某个地仙剑修护阵。不但如此,护阵不是一味防御死守,否则就毫无意义了,一切作为是为了打回去,因为我们接下来要针对的,不再是敌方剑修当中的地仙修士,而是敌方真正的顶尖战力,剑仙!"

陈平安点点头。

赌那万一,杀那仰止、黄鸾不成,换成数个敌方剑仙来凑个数,也算不亏。

陈平安其实一直在等邓凉与林君璧的这番言语。

一旦有人破题,其余人等的查漏补缺,几乎是眨眼工夫就跟上了。

顾见龙看了眼画卷上的飞剑与法宝的对峙,然后翻开桌案上一本书册,点头道:"那我们就需要赶紧将这丙本翻烂才行,争取早早拣选出十到二十个我方地仙剑修,作为诱饵。丙本的撰写,原本是王忻水专门负责,估计接下来,肯定不能依旧只是王忻水一人的职责。在这之外,刚好我们又可以对己方剑仙们进行一场演武和测验,尝试更多的可能性。以前剑仙杀妖,还是太讲究自我,至多就是三三两两相熟的剑仙朋友并肩作战,但事实上,这未必就一定是最好的搭档。丙本成了下一场战役的重中之重,这副担子,不该只压在王忻水一人肩上。隐官大人,意下如何?"

陈平安单手托腮,手肘撑在桌面上,坐姿歪斜,好像在一张纸上随便写着什么,旁边就摊放着那本已经夹了好些纸张的己本。陈平安写字不停,看了眼顾见龙,笑着点头,道:"公道话。我亲自帮着王忻水完善丙本,圈画出担任诱饵的二十个地仙剑修。"

玄参跟着顾见龙的思路,继续说道:"先前我们对于己方剑仙的搭配出剑,能够验证效果的机会,还是少了些,刚好借此机会,砥砺一番,好让剑仙配合越来越顺畅。剑仙性情何等清高,当下我们不过是占了新官上任的便宜,加上方才剑仙们出剑,确实效果还算不错,有了更多实打实的战功,剑仙自然心中不会太过别扭。可是长久以往,如果我们隐官一脉的飞剑传信新鲜劲儿一过,我们积攒下来的那点战功,不顶事,剑仙前辈们只会越来越懒得搭理我们。所以隐官大人说得对,就事论事,我们隐官一脉的敌人,除了蛮荒天下那些畜生,我方剑仙的境界、地位和心思,亦是我们隐官一脉的大敌,不可不察!关于此事,不能是事到临头,我们想到了什么就去做什么,缝缝补补,只会贻误战机,必须专门有人负责此事的研究。"

董不得说道:"此事交给我。"

林君璧犹豫了一下。

陈平安说道:"董不得只负责剑气长城的本土剑仙,林君璧负责所有的外乡剑仙。君璧若有疑惑,邓凉在内所有外乡剑修,有问必答。涉及剑仙前辈的某些隐私内幕,是不是应该为尊者讳?这些顾虑,你们都暂且搁放起来。我这隐官,不怕狗血淋头。连你们的切身利益,我如果都护不住,还当什么隐官大人。剑仙即便恼羞成怒,因此而心怀怨怼,也落不到你们头上。"

郭竹酒突然说道:"那么万一,对方已经想到了与我们一样的答案,围杀地仙剑修是假,甚至就是真的,但反过来设伏我们剑仙,更是真。我们又怎么办?如果变成了一种剑仙性命的互换,对方承受得起代价,我们可不行,万万不行的。"

说到这里,郭竹酒忧心忡忡,望向自己的师父,如今的隐官大人。

陈平安笑道:"每走一步,只算后面的一两步,能赢棋吗?我看确实很难。所以郭竹酒的这个想法,很好。我们永远要比蛮荒天下的畜生们,更怕那万一。对方可以承受许多个万一,但是我们,可能只是一个万一临头,那么隐官一脉的所有布局和心血,就要功亏一篑,付诸流水。"

陈平安转头望向一直比较沉默寡言的庞元济,道:"庞元济,甲本正册上的大剑仙们,在城头位置该如何调整,又该如何与谁配合出剑,你可以想一想了。老规矩,你们定下的方案,恶人我来当。"

庞元济点头道:"没问题。"

陈平安缓缓说道:"按照战事的推进,最多半个月,很快我们所有人都会走到一个极其尴尬的境地,那就是觉得自己巧妇难为无米之炊了,到了那一刻,我们对剑气长城的每一个上五境剑仙、地仙剑修都会熟悉得不能再熟悉,那时候该怎么办?去详细了解更多的洞府境、观海境和龙门境的剑修?可以了解,但绝对不是重点,重点还是在南方战场,在乙本正副两册,尤其是那本厚到好像没有最后一页的丁本。"

陈平安加重语气,接着道:"在座所有人,我们这些隐官一脉的剑修,是注定要让人心失望的,就看各自的修心了,或多或少而已。因为我们谁不是完人,谁都会出错,而我们的每一个小错,一旦发生了,在战场上就是动辄死伤千百人的灾难后果,之前所有因为我们的殚精竭虑,尽心尽力的出谋划策,而为剑气长城赚来的一个个胜算,辛辛苦苦积攒而来的一点一点战功,要么就会被那些自己人选择忘记,要么被他们大骂,但是最可怕的,是眼神怨恨的沉默,很多人的沉默。"

一直觉得自己是最多余的那个存在的米裕,忍不住开口说道:"那就证明给他们看,他们没错,但是我们更对!"

陈平安打开折扇,扇风不停,笑道:"谁还敢说我们米裕剑仙是多余之人?谁,站出来,我吐他一脸口水!"

除了米裕脸色尴尬,所有人笑容都颇堪玩味。

米裕皮笑肉不笑道:"隐官大人,我谢谢你啊。"

陈平安摆摆手,道:"米大哥是我们隐官一脉的定海神针,莫说客气话,生分!"

顾见龙点头道:"公道话!"

既然有了不知死活的顾见龙带头,很快就响起了一声声很像隐官一脉的言语。

"附议。"

"属实。"

"同意。"

"无异议。"

陈平安合拢折扇,轻轻搁放在手边,道:"开工挣钱!"

扇面之上,有那蝇头小字的小楷题款,若不细看,好似空白扇面。

人从天上,载得春来。剑去山下,暑不敢至。

一艘符舟停靠在北边墙头,落下一个人,青衫仗剑,神色枯槁,拳意松垮,好似大病初愈,他收起符舟入袖,缓缓向隐官一脉走去。

不光是隐官一脉的剑修,就连玉璞境的米裕都有些措手不及。

与众人朝夕相处的隐官大人,竟然只是陈平安的阴神出窍远游?

肯定是老大剑仙亲手施展的障眼法了。

阴神陈平安笑着起身,手持折扇,身形倒退,往后掠去,与那一路前行的真身合二为一。

陈平安轻轻握住折扇,走到座位前,盘腿而坐,笑道:"很是想念诸位。"

隐官一脉的剑修,都是当之无愧的修道天才,一等一的天之骄子,之所以暂时境界不高,就只有一个原因,年纪小,故而对于阴神出窍远游一事,自然不会陌生。只是三境练气士的阴神出窍,是稀罕事,而能够在剑气长城长久出窍,远游这方剑气沛然的天地间,半点不露痕迹,更是怪事。

只不过这类怪事发生在陈平安身上,米裕在内的剑修,甚至懒得深究。

倒是陆芝,看到更多,直接以心声询问道:"陈平安,你先前诱使仰止、黄鸾出手,一开始就打算让他们得逞?"

陈平安在丙本册子里边圈圈画画,帮着王忻水挑选出二十个己方地仙剑修,同时以心声涟漪回复陆芝道:"寻常钓鱼的诱饵,入了水,引来大鱼,哪怕大鱼最后被拖曳上岸,那点鱼饵,留得住吗?你自己就说过,活到了仰止这个岁数的老畜生,不会蠢的。阻止他们撤退的手段,当然还是我先来,不然我方剑仙的围杀之局,稳当不起来。"

陆芝皱眉道:"一旦阴神崩溃,就是大道根本受损的下场,你身为隐官,何必如此?"

陈平安笑道:"一个三境修士的阴神,换一两只蛮荒天下的飞升境巅峰大妖,很划算的买卖。"

陆芝犹豫了一下,先前陈平安的那种兜圈子言语,陆芝其实并不喜欢,所以直截了当说道:"请你坦诚相待。"

陈平安沉默片刻,道:"隐官一脉想要立足,光靠那些无形的战功,不够。隐官一脉最大的问题,在于躲在幕后,太过安稳,人人是剑修,却不曾递出一两剑,在战事顺利的阶段，没有问题，但是剑气长城战损一多，隐官一脉就会招来非议，这是人之常情。所以我早早付出一点代价，就能让整个隐官一脉少受一点心境上的影响。而隐官一脉能够心无旁骛，出谋划策，排兵布阵，从长远来看，剑气长城收益极大。"

陆芝摇头道："你说的这些，应该是真话，但我知道你没有说出全部理由。"

陈平安没有否认，道："有些心里话，只能先余着。陆大剑仙这会儿就别刨根问底了，没有意义。"

例如师兄左右身受重创，陈平安为何没有悲恸万分，当真就只是城府深，擅隐忍？

自然不是。

因为陈平安内心深处，希望师兄左右能够活着，并且活得问心无愧，总之绝对不能是那"左右是个死"。

老大剑仙在宁府演武场，曾言若是一个好结果，回望人生，处处善意。

即是此理。

老大剑仙当时拘押自己阴神，不许自己与师兄通风报信，要他一定小心那隐官偷袭，事后陈平安去茅屋那边探望师兄，对老大剑仙并不生气，更无记恨。

世事少谈"如果"二字。

陈平安结束了这场对话，道："陆芝，你只管尽心尽力护阵隐官一脉，有剑即可，无须费心其他事。"

陆芝难得开玩笑道："隐官大人好大的官架子啊。"

陈平安只得勉强学自己的弟子学生，拿出一点落魄山的旁门左道，微笑着多说了一句："陆大剑仙剑术通神，几可登天，晚辈的官架子大不大，在前辈眼中，可不就是个拿来当佐酒菜的笑话。"

陆芝一笑置之。

陈平安一心三用。

圈画出一个个丙本地仙，随时与负责丙本撰写的王忻水以心声沟通细节。

关注走马道上那两幅长卷的动静，这就是隐官的职责所在，放权不是放任。

还需要仔细观察十一个剑修，聆听他们之间的对话、交流，就像是一名吏部官员在负责京察大计。

陈平安搁下笔，习惯性揉了揉手腕，没来由想起《真珠船》那本书的卷六，其中列有"幼慧"一条。

举目望去，在座十一个剑修，如果身在浩然天下，以他们的资质和天赋，无论是修行，还是治学，大概都有资格跻身前列。

其中又有几人的特长尤为出类拔萃，例如那玄参，简直就是一张活地图，他对两幅画卷的关注和记忆，就连陈平安都自愧不如。玄参对战场上的每一处地理形势，例如某一处坑洼,它为何出现、何时出现,此地对于双方后续厮杀会有哪些影响,脑子里都有一本极其精详的账本,其他人想要做到这一步,真要上心,可能就需要耗费额外的心神,远远不如玄参这般水到渠成,乐在其中。

所以陈平安专门让玄参多写了一本战场实录,届时作为其余剑修必须浏览的一部参考书。

王忻水对于小规模战事的预判,拥有一种惊人的直觉,所以陈平安在自己手头事务不紧张的时候,就很喜欢观察王忻水,忙里偷闲如饮酒。王忻水对于画卷上许多关键时刻的剑修出剑,都觉得不够尽善尽美,甚至是瑕疵太多,每当这时他就会神色微变;或是当敌方法宝精妙配合之时,王忻水就焦急不已。只是战场上瞬息万变,王忻水为了记住这些细节,往往是眼睛死死盯住画卷,手上写字不停,字迹无比潦草。偶尔,王忻水还会心情黯然,似乎是根本不知道自己所见所想所记所写,到底有无用处,毕竟他身为隐官一脉的剑修,离着战场太远,即便置身战场,他难道还能顶替剑修出剑不成?所以王忻水是表情最丰富复杂的那个人,兴许只是几个眨眼工夫,王忻水脸上就喜怒哀乐齐全了,加上王忻水喜欢自顾自碎嘴嘀咕,就很有意思。

林君璧的通盘筹划,是一种类似本命神通的看家本领,只要给他足够的消息、情报去支撑起一场战局,他就几乎从不犯错。

郭竹酒对于"意外",也就是最糟糕的场景设想,往往快人一步,甚至是想到更远一步。

所以除了董不得与林君璧合力编撰的那本《剑仙人心书》,还有明言玄参单独写那战场实录之外,陈平安又让王忻水、郭竹酒等人也各自撰写一本"随笔"。先前陈平安提纲挈领的正副十二本书籍,皆以天干命名,接下来这些,好像可以用十二地支取名。

天干地支齐备,剑修居中是人和,也算是讨个好兆头。

董不得突然说道:"怕就怕蛮荒天下的剑修大阵,只用一个最笨的法子向前推进,只讲他们自己的配合,其余什么都不多想,绝不贪图战功,那么我们的后续算计就都落了空。最头疼的地方,在于我们只要是没赚到什么,就是个亏。一旦如此,何解?"

陈平安抬起头,轻声笑道:"可解。剑气长城攻守战,大开大合和豪杰气概惯了,其实也不太好。战场之上,置身其中,蛮荒天下的畜生们一个个托身白刃里,身边尽是战死的相熟战友,那我们就别把它们真当作没有教化、没有七情六欲的傀儡木偶。十三之争之后,妖族攻城两场,回头来看,皆是有备而来的演武历练,如今蛮荒天下更有了六十军帐,这意味着什么,意味着每一处战场,都有无数人盯着,人心此物,是有感染力的。

"所以想要防止对方剑阵'稳中求不输'这个最坏情况的出现,有三件事可做:第一,接下来我们的剑阵,多学齐狩,虐杀敌军;第二,可杀不可杀的,重伤而不杀,越生不如死越好,撤出战场后,这拨伤员,便是天然的怨气源泉;第三,我们挑一些吵架厉害又喜欢吵架的,例如那赵个爹与程荃两个前辈,我看就很适合,出剑之余,骂天骂地,尤其是骂那蛮荒天下的剑修,例如骂他们此次攻城问剑,其实就是一场'认祖归宗',这些话,剑仙必须骂,嗓门大些的年轻剑修,境界越低越好,更要骂。这三件事做好了,就容不得蛮荒天下性命最值钱的剑修,不想着多做点什么。对方愿意多做一些,我们就有机会了。"

说到这里,陈平安笑道:"先前我与离真捉对厮杀,你们真以为我对他的那些言语,不恨不恼?怎么可能,我当时就恨不得生嚼其肉,将那崽子抽筋剥皮。只不过因为是两人对峙而已,容不得我分心丝毫,只能压着那股情绪。可是此后两军对垒,以数万剑修对峙数万剑修,终究是那人心空闲有余力。记住,我们虽然需要去了解我方剑仙的人心脉络,但是事实上,我们更需要去设身处地,想一想蛮荒天下到底是怎么看待这场战争以及所有战场的,想明白了,许多事情,我们就有可能去未卜先知,不但顺势,更可自己造势,成为阳谋之局,由不得蛮荒天下不入局。"

林君璧感触颇深,点头道:"确实如此,战场之上,若是我们隐官一脉能够将整个战场变作一座仿佛小天地的存在,那就可以处处占尽先手。"

陈平安说道:"试想一下,如果我们完全了解那大祖的想法,以及十四个王座巅峰大妖的诉求,那会是怎样一个场景?"

众人愕然。

陈平安笑道:"当然是做不到的,人力有穷尽时,懂得认命,也是本事。"

郭竹酒突然说道:"有了不薄的乙本正副两册,其实我可以顺藤摸瓜,再翻一翻旧隐官一脉的秘档,多了解一些蛮荒天下的秘闻内幕,试试看猜一猜那些大妖的想法。我肯定不会耽误正事,师父你都不用放一百个心,放一个心就够够的了……"

只是师父这个称呼,刚脱口而出,郭竹酒就立即闭嘴,有些恼火自己的说话不着调,愧疚给师父丢脸了,毕竟隐官一脉的规矩,还是要讲一讲的。

陈平安说道:"喊师父不打紧,就像其余人如果喊我陈平安,而不是别别扭扭喊我隐官大人,我觉得更好。"

顾见龙如释重负,笑容灿烂,只是刚要说一句公道话,陈平安就转头望去,笑道:"顾兄,敢情这是承认了自己的'别扭'?这么容易就上钩了,修心不够啊。隐官大人说客气客气,你们还真就与我不客气啊?如果是在浩然天下,你除了修行,靠天赋吃饭,就休想去官场、文坛和江湖厮混了。"

顾见龙如丧考妣,看架势,是要被穿小鞋?

陈平安说道:"先前如果不是米剑仙给出了那个答案,我其实都有些后悔抛出那个话题。诸位,我们坐在这里,做这些事情,不是我们必须要如此,不光是玄参这些外乡剑修,哪怕是董不得、庞元济这些本土人氏,也不该如此小胳膊细腿偏偏挑重担,一个不小心,是会压垮道心的。比起去城头那边畅快出剑,庞元济,你选择哪个?"

庞元济实诚道:"出剑。"

王忻水刚要说话,陈平安脸上笑呵呵:"嗯?忻水也有公道话要说?"

王忻水立即见风使舵,道:"隐官大人,我是想附议庞元济。"

王忻水还真比较特殊,属于念头运转极快却出剑跟不上的那种天才剑修,因为境界不够高,所以战场之上,总是帮倒忙。虽不能说是王忻水乱来,事实上王忻水的每一个建议,都恰到好处,但是王忻水自己无法以剑言语,他的朋友,亦是如此,所以王忻水才有了剑气长城最新五绝之一的头衔——上阵之前我可以,打架之后算我的。

所幸一直没有太过惨重的伤亡,可是王忻水对于上阵厮杀一事,心情极为复杂,不是害怕战死,而是会觉得浑身不得劲,自己本心,处处磕碰。

陈平安笑了起来,道:"客气话已经说得差不多了,接下来我可能会时常离开此地,四处走动,若有怨气,记得藏好。再就是以后出城厮杀,你们是肯定没机会了,我却可以,只管羡慕。"

性情沉稳却不失灵性的邓凉问道:"千金之子坐不垂堂,这在剑气长城是一句天大的混账话,但是在我们这里,隐官大人,还是要请你三思后行,就算真要离开城头厮杀,也注意隐蔽行踪。我们隐官一脉,没有隐官大人坐镇,沦落到必须临阵变帅,是兵家大忌。"

"好意心领了。这般直言不讳,就该是我们隐官一脉的规矩。关起门来,都是自家人,自家人说几句难听话,是好事。"陈平安说道,"不过能杀我的,如那仰止、黄鸾,尚且不敢涉险出手。其余的畜生,没记性,不信邪,大可以来找我试试看。"

邓凉想起了先前女子剑仙谢松花的一剑功成,便不再言语。

陈平安站起身道:"我去找纳兰烧苇和晏溟两位前辈聊一聊。"

陈平安抓起那块"隐官"玉牌,挂在腰间,要去找两位同道中人,聊聊倒悬山跨洲渡船的事情。这不是隐官飞剑的三言两语能够说清楚的,需要面谈。

有些话,还真就只能他用隐官大人的身份来说才行。

行走在走马道上,神色萎靡的陈平安自言自语道:"天下学问,唯夜航船最难对付。"

米裕看了眼那个年轻人的背影,心里泛起一些说不清道不明的古怪思绪。

若说先前陈平安的远游阴神坐镇隐官一脉,是奇。

陈平安的言行举止,处处给人以一种险峻惊怪之感,每一句话都用心深沉,都是在无形中积攒威严,一点一点更加攥紧隐官的权柄,甚至会让人不由自主去揣摩他的心思。

那么现在的陈平安,好像心态更正。

哪个更好,米裕也说不上来。

其实都好个屁,老子好歹是一个玉璞境剑修,在这儿倒成了最说不上话的那个。

尤其是米裕想到自己与文圣一脉的那点恩怨,更是糟心不已。

米裕最后揉了揉下巴,喃喃道:"我脑子当真不灵光吗?"

陈平安突然转头喊道:"米剑仙,与我一起去,估计很快米剑仙就有的忙了。"

米裕硬着头皮跟上。

只是与陈平安言语过后,米裕松了口气,原来是好事,还能去倒悬山那边透口气。

不但如此,陈平安还主动问了米裕一些想法是否可行。

米裕也就实话实说,一一否决。

这个年纪轻轻的隐官大人,似乎也谈不上如何灰心丧气。

春幡斋主人邵云岩,在倒悬山是出了名的深居简出。

邵云岩今天逛了四大私宅里的猿蹂府、水精宫和梅花园子,都是路过,远远看几眼。

因为施展了障眼法,加上邵云岩本身也不是经常抛头露面的人,所以能够认出这个剑仙的,屈指可数。

邵云岩最后找到了一座酒肆,以术法敲了门。涟漪荡漾开来,门开了,邵云岩跨过门槛,铺子里边的生意,依然冷冷清清,除了自己,一个客人都没有。

在这残存的黄粱福地,喝上一杯忘忧酒,几乎算是所有游历倒悬山的世外高人都要做的一件事情。

老掌柜坐在柜台后面打盹,柜台上搁放着一只碧玉诗文八宝鸟笼,里面的那只小黄雀,与老人一般打盹。

那个名叫许甲的年轻人瞧见了邵云岩,十分开心,主要是惦念着这个春幡斋主人的那串葫芦藤,所以在众多熟人酒客眼中,以惫懒著称的许甲今儿特别殷勤,赶紧搬了一坛酒放在桌上。许甲其实与邵云岩没打过交道,但是听说这个北俱芦洲出身的剑仙,早年刚到倒悬山那会儿,曾经慕名来过这里饮酒,给不起酒钱,就用那根葫芦藤上的某枚养剑葫,与酒铺要了一坛酒,喝了个烂醉如泥,后来挣了钱,有些反悔,想要按照市价,以大把谷雨钱结账,掌柜没答应,邵剑仙约莫是与掌柜怄气,就再没来过铺子喝酒。

邵云岩站在那堵墙壁下,打量了几眼,笑道:"七八百年没来,竟然都快写满一堵墙了,铺子的生意这么好吗?"

许甲埋怨道:"人比人气死人,听说剑气长城有座酒铺,卖那粗劣酒水,才开张一年多,但是那些个无事牌,都快挂满三堵墙壁了。"

邵云岩拎着那坛忘忧酒,坐回当年第一次来此喝酒的酒桌,倒了一碗酒,望向柜台那边，笑道："掌柜，那串葫芦藤已经让一个小姑娘带去了北俱芦洲的水经山，再过十几年，那枚养剑葫就会瓜熟蒂落，到时候劳烦掌柜派人多走一趟了。关于这枚养剑葫的归属，我已经与水经山打过招呼，人露面，拿走葫芦，就这么简单。"

老人"嗯"了一声，睁开眼睛，瞥了眼许甲，道："你去不去？"

许甲问道："要是我离开铺子，刚好小姐回来，咋整？"

老人笑骂道："我就不明白了，你个崽儿非要在一棵树上吊死？我那闺女，要脸蛋没脸蛋，要身段没身段，脑子还拎不清，还早就心有所属，如何配得上你？"

许甲怒道："我从小就在这里，见过几个女子？不喜欢小姐，能喜欢谁去？喜欢你这个糟老头子啊？"

老人也不恼，闺女离家出走多年，铺子就一老一小，守着这么个冷清地儿，也就靠着自己这个弟子添些人气了，舍不得骂，骂重了，也闹个离家出走，铺子太亏本。

老人笑道："那就更应该让你滚蛋了，去外边走走瞧瞧，真正好看的女子，让你挑花了眼。"

许甲点头道："我也有些想念曹慈了，在北俱芦洲拿到了养剑葫，就去中土神洲找他。"

说到这里，许甲起身走到柜台那边，拎起鸟笼一阵晃荡，训斥道："你个憨货，当年为何瞧不出那陈平安的武道根脚，就喜欢病恹恹装死是吧？"

笼中黄雀，与那青冥天下三掌教陆沉的黄雀，是同种。

只不过一个测文运，一个测武运。

邵云岩笑道："掌柜，有故事，可以说道说道？"

老人摆摆手，道："喝你的酒，只把忘忧酒当寻常酒水喝的，糟蹋好东西，要不是看在那枚养剑葫的分上，我都不稀罕卖你酒水。"

邵云岩喝着酒，随口问道："水精宫还是做着日进斗金的春秋大梦，光想着挣钱，改不过来了，可是猿蹂府那边已经搬空了家当，不过这些都不重要，我就想知道掌柜这铺子，以后开在哪里？天下仙家酒酿千百种，我几乎都喝过了，能够喝过还惦念的，也就掌柜的忘忧酒，和那竹海洞天的青神山酒水了。"

老人瞥了眼那个还在与笼中黄雀怄气的弟子，绕过柜台，自己搬了一坛酒，坐在邵云岩桌边，倒了一碗酒，各喝各的。

老人说道："我是世外人，你是局外人，自然是你更舒坦些，还瞎掺和个什么劲？既然掺和了，我这铺子是开在眼前，还是开在天边，就算问出了答案，你喝得上酒吗？"

邵云岩笑问道："能说点心里话？"

老人点头道："铺子规矩，你是知道的，喝酒之人的醉话，半句不到外面去。"

邵云岩望向酒铺大门那边，白雾蒙蒙，轻声道："早年答应过剑气长城一件事，不得不做。"

老人问道:"不能跑路?"

老人很快点头道:"难。"

邵云岩笑道:"不用跑,只要不是大摇大摆离开倒悬山,做点鬼祟样子,就都没问题。"

老人沉默片刻,道:"既然如此,那你还敢留下?你这点境界和剑术,不够看的,真是自己找死了。蠢死,确实不如醉死。行吧,我再白送你一坛酒。"

邵云岩说道:"剑气长城那边,隐官大人已经叛逃去蛮荒天下了。"

老人一挑眉头:"萧愻那小姑娘,对浩然天下怨气这么大?"

邵云岩笑道:"听说换了一个新隐官。如果掌柜猜得出来,我就不白喝铺子一坛酒,掌柜可以猜三次。"

老人想了想:"是当年跟着阿良捡钱最多最远的那个愁苗,还是宁姚那丫头?总不会是萧愻相中的那个孩子吧,叫什么来着。"

许甲说道:"好像是叫庞元济。"

邵云岩哈哈大笑道:"白喝一坛忘忧酒,心情大好。"

邵云岩喝了两坛忘忧酒,醉醺醺走出酒铺后,觉得不虚此行。

老掌柜也与他说了些趣事,例如关于第五座天下的一些内幕,大好河山千万里,一处处风水宝地、远古遗址,一座座崭新的洞天福地,虚位以待。青冥天下那边,好像也能分得一杯羹,种种匪夷所思的大道福运,静待有缘人。老掌柜最有分量的一番言语,则是连邵云岩也从未听说,甚至想都无法想象的一桩秘闻。老人说许多儒家圣人,不光是在光阴长河当中为了开疆拓土、稳固天地,陨落得悄无声息,其实战死之人,不在少数,所幸那位"绝天地通"的礼圣,始终还在,率领一位位前赴后继的儒家圣人,在天幕之外的未知远方,与某些冥顽不化的古老神祇对峙已久。

邵云岩当时忍不住问道:"其余三座天下,无须如此吗?"

老掌柜摇头说道:"无须如此。"

邵云岩还想问其中缘由。

身为诸子百家当中一家之祖的老人却说:"不知道为好。"

邵云岩一路散步,走回与那猿蹂府差不多光景的自家宅邸。

所踩之地,杀机四伏。

因为都在倒悬山之上。

与剑仙苦夏、林君璧一起游历剑气长城的边境,既没有留在城头那边杀敌,也没有跟随蒋观澄这些年轻人去往南婆娑洲。

边境就待在了那座梅花园子，与酡颜夫人下下棋，十分风花雪月。

不过今天边境离开了园子，去了捉放亭，看那一艘艘跨洲渡船的往返。

捉放亭被视为倒悬山最名不副实的一处景点，但是依旧每天熙熙攘攘，除了深夜时分，永远人满为患。

边境没去那边凑热闹，坐在捉放亭之外的一处崖畔白玉观景台栏杆上，以心声自言自语。

边境笑问道："你不是经常吹嘘，自己与那老聋儿是旧识故交吗？老聋儿那处牢狱，根本就没有其他剑仙镇守，真没有半点可能，折腾出来点动静？"

"没可能，少去触霉头。"

边境哀叹道："我就纳闷了，蛮荒天下你们这些存在，境界都这么高了，怎么还这么死脑筋啊。"

"花花肠子，弯来绕去，也算大道修行？"

边境哪壶不开提哪壶，笑问道："害你沦落到这般境地的道老二，果真无敌手？"

"不与他真正交手，根本不会明白这个臭牛鼻子的可怕。"

边境有些遗憾："可惜东宝瓶洲老龙城的那位桂夫人，没答应咱们酡颜夫人的邀请。"

"是很可惜，那婆姨的真身，终究是最正统的月宫种，若是她愿意共谋大事，我们胜算更多。"

边境笑道："我们？是你才对，我就是个身不由己的小角色。"

"身不由己，心却由己，你就少在这边当婊子立牌坊了。"

边境说道："按照酡颜夫人的最新消息，不少心有所动的剑仙，当下处境，十分尴尬，简直就是坐蜡，估计一个个恨不得直接乱剑剁死那个二掌柜。"

这一次，那个"老不死"没有与边境言语。

边境看着那些跨洲渡船，人人脸上多是难以遮掩的喜悦神色，他笑道："看着这些人，还这么多，我就心情好了许多，再无愧疚。"

来倒悬山，与剑气长城做生意，以物易物，最划算，满载而来，满载而归，回了本洲，一转手，就是惊人的差价。

三年不开张，开张吃三年，说的就是这些做着五花八门生意的跨洲渡船。

何况越是大战期间，渡船每次往返，越是一本万利，因为有了往死里压价的筹码。

边境点头道："哪有什么对错是非，只有立场。至理名言，深以为然。"

心声起涟漪，道："反讽？"

边境笑着摇头，道："没有，是真心觉得如此。就像拳头大是唯一的道理，我就很认可。"

边境环顾四周。

很快就会换了天地。

陈平安先找到了晏溟,两人一起散步,米裕远远跟随。

一个是讨要晏家账本,一个是仔细询问晏溟关于剑气长城与倒悬山跨洲渡船的买卖规矩。

当然,他真正要弄清的问题,是晏家的家底,如果先垫上神仙钱,在一场场买卖当中,大致能亏多久,以及剑气长城这边又该如何弥补晏家的损失。

一个包袱斋,一个大财主,双方一聊就是大半个时辰,各打算盘。

来的路上,陈平安与米裕说得十分开诚布公。米裕觉得纳兰烧苇那边不好说,晏溟这边肯定问题不大,一来陈平安已经是隐官大人,又是临危受命,权柄极大;再者,陈平安与晏家大少关系极好,晏溟于公于私,都该砸锅卖铁,帮着陈平安撑场子;第三,也是最重要的原因,陈平安在老大剑仙那边,说话管用。

陈平安与晏溟告辞,去找纳兰烧苇。对外商贸,晏家与纳兰家族是剑气长城的两块金字招牌,董、陈、齐三个顶尖家族掌握的衣坊、剑坊和丹坊,三者自身不过钱,所以晏溟与纳兰烧苇两位,算是真正意义上的财神爷。

米裕问道:"还算顺利?"

陈平安自嘲道:"大方向没问题,细节磕绊极多。本来想着是与两位前辈打交道,先易后难,看来是难上加难才对。"

米裕调侃道:"隐官大人的那几声晏叔叔,岂不是白喊了?"

随即这位喜好持酒玩月、醉卧晚霞的玉璞境剑仙,有了几分恼怒,道:"这晏溟是不是太不知好歹?半点面子不卖隐官一脉?一荣俱荣一损俱损的道理,我都想得明白,这晏溟在磨磨叽叽个什么?是不是早年没了两条胳膊,不愿登城,杀妖寥寥,就更怕隐官大人抢了他的财权?"

对于跌了境到元婴的晏溟,米裕是半点不怵的。

神仙钱极多,偏偏用不到本命飞剑之上,这种可怜虫,比那些辛苦杀妖、拼命养剑的剑修,更不堪。

陈平安摇头道:"哪有这么简单的事情。晏溟算账极精,既然大方向谈妥了,多磨细节,也不算坏事,我多找他几次便是。话说回来,晏溟如此作为,半点不觉得隐官比神仙钱更值钱,才是对剑气长城真正负责。"

米裕轻声问道:"隐官大人,当真没点怨言?"

陈平安说道:"更多是享受些舒服事,如米剑仙这般神仙中人,境界上,就很难勇猛精进。难熬事,熬过去,一丝一毫,都是裨益。"

米裕哑口无言。

还是有怨气的,只是拿晏溟没辙,就可怜了自己。

不过米裕受得了这些当面言语,受不了的,是某些剑仙笑意盈盈、客客气气打招呼,也就只是打招呼了,比如曾经的李退密。或是那种正眼都懒得看他米裕一下,例如与兄长米祐关系莫逆的大剑仙岳青,在米裕面前,就从来不说难听话,因为话都不说。那些好似包裹绸缎的钝刀子,最是磨损剑心。

陈平安笑道:"我这是关起门来说自家难听话,米剑仙别上心。"

到了纳兰烧苇那边,老剑仙与陈平安就说了一句话:"我从来不管钱财事,去找纳兰彩焕谈。"

陈平安就又去找纳兰彩焕,一个元婴境女子剑修,境界不高,但是持家有道,生财有术。

这下子米裕是真大动肝火了,骂道:"这纳兰老儿如此摆谱?"

陈平安默不作声。

而米裕也就只敢在事后牢骚一句,先前见着了纳兰烧苇,大气都不敢喘。

两人找到了纳兰彩焕,是个妆容精致、身段婀娜的美妇人,发髻别有一根白玉簪,玉簪尾端巧雕出一只惟妙惟肖的小蜻蜓。妇人青黛点眉眉细长,薄罗衫子金泥缝,脚踩一双红锦鞋,是剑气长城公认的大美人。

虽然外表上看着像是一个养尊处优的贵妇人,可到了城头,出剑却凌厉狠辣,与齐狩是一个路数。

米裕心思复杂,故意一脸冷漠。

纳兰彩焕与米裕是同辈人,别看米裕在剑仙心目中是个绣花枕头的上五境,事实上喜欢米裕的女子,极多,而求之不得的女子们,骂起米裕,比男子更凶。这纳兰彩焕就是其中之一。米裕在成为玉璞境剑仙之前,人生顺遂得不像话,这才有了米裕"自古深情留不住"这句口头禅,事实上,不是他米裕留不住谁,而是一个个剑气长城、浩然天下的深情女子,留不住他米裕罢了。

米裕看人。

陈平安看到的,则是纳兰彩焕和她所在家族的金山银山。

陈平安开门见山的第一句话,就差点让米裕绷不住脸色。

"纳兰夫人,你们家主与我谈妥了,老剑仙深明大义,舍了家族利益也要帮助剑气长城渡过难关,但是老剑仙临了,也提醒我,纳兰家族是夫人当家做主,所以要我最好与夫人知会一声。"

在那之后,纳兰彩焕就收敛心神,与得了"老祖圣旨"的隐官大人,开始谈后续,敲细节。

之后，陈平安与米裕两人返回隐官一脉那边的走马道。

米裕哭笑不得，轻声问道："回头纳兰彩焕与纳兰烧苇一聊，隐官大人岂不是就露馅了？"

陈平安说道："漫天要价，坐地还钱，各凭本事。我说话，纳兰烧苇不乐意听，那就让纳兰彩焕说去。"

停了一下陈平安又玩笑道："若是纳兰夫人兴师问罪，估计米剑仙一人拦阻便足矣。可如果纳兰烧苇亲自提剑砍我，米大哥也一定要护着啊。"

米裕苦笑道："不还有个陆芝吗？轮不到我去与纳兰老儿掰手腕。"

纳兰烧苇也好，陆芝也罢，可都跻身剑气长城的巅峰十剑仙之列，往常米裕见着了，即便不用绕道而行，但内心深处，还是会自惭形秽，对他们充满敬畏之心。

米裕说得上话的朋友，多是中五境剑修，而且风流坯子居多，上五境剑仙，寥寥无几。陪着陈平安一路行来，就只有一个玉璞境剑仙与米裕打了声招呼，名为列戟，在修行一事上，与米裕是难兄难弟，属于小时了了大不佳的那种玉璞境，在浩然天下，兴许是剑仙独有的天大遗憾，在剑气长城，反而是个公开的笑话。

据说列戟性不耐静坐，多言笑，曾经有过一个"喜鹊"的绰号。但是剑气长城的年轻人，都没觉得列戟剑仙有这样的绰号离谱。

列戟经常去找米裕喝酒解闷，这会儿见着了陈平安，还笑着喊了一声"隐官大人"。

原本笼袖而走的陈平安笑着点头，伸手出袖，抱拳回礼。

走远了之后，陈平安打趣道："米剑仙交友广泛啊。我算是沾光了。"

米裕瞥了眼南边墙头，与庞元济一样，其实更想出剑杀妖。

接下来几天，陈平安除了坐镇隐官一脉，也会经常喊上米裕，去找人商议事情。

都是大人物。例如位于剑气长城两端的儒释两教圣人。

陈平安要问清楚关于"天时之争"的内里门道。

在这期间，米裕发现那宁姚穿上了那件仙兵品秩的法袍金醴，还新打造了一把剑匣，装有两把长剑，其中一把，正是陈平安用来斩杀离真的"剑仙"，真是个好名字。难怪年轻隐官偶尔在书案那边，与顾见龙、王忻水闲聊，说自己在取名字一事上，天赋绝佳，若是取名字就是世间唯一的大道修行，这会儿自己也该是仙人境起步了。

庞元济提了一嘴，说隐官一脉收集了数千年的档案秘录，在避暑、躲寒两座行宫早有分门别类，数量极多，不可能全部搬来走马道，在那边查找、翻阅起来，极为方便，尤其是避暑行宫，更是重中之重，与其临时抱佛脚，让人往返取来所需档案，还不如干脆就把众人迁移到避暑行宫。隐官一脉的传信飞剑，既然极快，两幅画卷可以搬去其中一座宅邸便是，不然走马道这边，隐官一脉所有剑修齐聚城头，肯定已经被大妖盯上，本身就意味着折损了大剑仙陆芝的杀力。

隐官一脉剑修，几乎人人附议，赞同庞元济的建言。

唯独陈平安没有答应，说暂时不急，至于何时搬到避暑行宫，他自有计较。

关于此事，庞元济没有继续争论的意思，反而是董不得、邓凉，都对隐官大人的决定，持有异议，先后当面提出。

董不得的侧重点，是隐官一脉太重要，留在走马道上，一个不小心就会被一锅端。

邓凉则更加惋惜大剑仙陆芝的驻守原地，这与隐官一脉宗旨之一的锱铢必较、丝毫必争，完全相悖。

郭竹酒破天荒没有说话，低着头，恨不得将书籍连同书案瞪出两个大窟窿出来，揪心不已。

而小姑娘的沉默，本身就是一种态度。

这对于天大地大师父最大的郭竹酒而言，已然是破天荒的举动了。

可陈平安依旧没有答应，又多说了些理由，只是无法真正服众，所以这两天，隐官一脉剑修的整体氛围，有些凝重。

在这之后，大剑仙岳青抽空来了一趟此处。这位十人候补大剑仙，在米裕圈画出来的剑气禁制边缘，停步片刻，才继续前行。

陈平安立即起身，主动迎向岳青。

两人并未靠近隐官一脉的其他剑修。

岳青笑道："陈平安，你不要顾及我这点颜面，我这次来，除了与文圣一脉的关门弟子道一声歉，也要向不是什么隐官大人的陈平安，道一声谢。"

陈平安点头道："我不客气，都收下了。"

岳青说道："当初说你文圣一脉的不是，不曾藏藏掖掖。如今与你致歉道谢，自然也无须别扭。说实话，若非如此，换成其他人当这隐官大人，先前谁敢管我出剑如何，我不会那么客气。"

陈平安说道："作为十人候补大剑仙，就该有这样的豪迈气概。"

岳青揉了揉下巴，说道："你小子做事情够爽利，我承认，可这说话的德性，真是让人喜欢不起来。"

陈平安递过去一壶酒，岳青爽朗大笑，接了酒壶，御剑离去。

陈平安举目望去，久久没有收回视线。

大剑仙，当如此，踩住底线，爱憎分明。

回到座位那边，刚刚落座，顾见龙就笑道："隐官大人，别厚此薄彼啊，送了岳大剑仙一壶酒，咱们自家人，总不能亏待了不是？"

曹衮笑道："瓮中新酿熟，真个壮幽怀。"

玄参跟着起哄道："还不曾喝过酒铺的仙酿，人生憾事，希望可以补救补救。"

郭竹酒一巴掌拍在桌上，嚷道："给钱先！"

陈平安笑道："酒水是有，以后再说。杀几个蛮荒天下的地仙剑修，我到时候就拿出几壶酒庆功。"

嘘声四起。

顾见龙和王忻水最为起劲。

董不得头也不抬，啧啧道："胆儿肥得很啊。"

顾见龙立即对王忻水说道："忻水，你怎么回事？"

王忻水一脸无辜道："学你啊。"

经过这么一场插科打诨，先前的沉闷气氛，略微好转几分。

今天陈平安又起身离开，走了一趟城头别处。

米裕已经认命了，如今自己又多出两个笑话，成为当下隐官一脉境界最高的剑修，然后变成了年轻隐官大人的狗腿跟班。

经常走着走着，就会有半生不熟的剑仙打趣米裕道："有米兄在，哪里需要陆大剑仙为你们隐官一脉护阵？"

还有连那隐官大人一并调侃的糟心话，道："米剑仙，这么空，赏景哪。"

米裕看着始终满脸笑意的陈平安，难道这就是所谓的唾面自干？

顾见龙那小王八蛋的某些公道话，确实公允，一语中的。

再一次路过列戟那边。

趁收剑的间隙，正在抽空饮酒的列戟站起身，看到两人从墙头附近经过，便从方寸物当中取出了两壶酒，笑着分别抛给米裕和陈平安，道："是二掌柜铺子的酒水。"

米裕伸手接住了酒壶，是一枚雪花钱的竹海洞天酒，这列戟真是拍马屁也舍不得下血本。

陈平安也伸手去接那壶竹海洞天酒。

刹那之间，异象横生。

一道鲜红剑光蓦然激射而出，剑气之浓郁，使得剑光色彩鲜艳欲滴。

原来是列戟的本命飞剑燃花，直指新任隐官大人陈平安的心口。

米裕肝胆欲裂，直接捏碎了酒壶，瞬间祭出本命飞剑霞满天，去竭力阻挡列戟那把飞剑。

哪怕无法彻底拦下，也要为陈平安赢得一线应对机会，受再重的伤，总好过就这么被列戟直接戳穿整个心胸。剑仙飞剑，伤人之余，剑气滞留在敌人窍穴当中，更是天大的麻烦。列戟与他米裕再被其余剑仙瞧不起，但是列戟近在咫尺的倾力一击，而那陈平安又毫无防备，伸手去接了那壶足可致命的酒水，米裕也就只能是求一个陈平安的不死！

米裕的本命飞剑霞满天，出剑哪怕晚了一线，依旧能够以剑尖磕碰一下燃花剑尾，导致后者剑尖歪斜，偏移心口几分。

与此同时，米裕一步踏出，拔剑出鞘，要剑斩祭出飞剑的同时便身形前掠的列戟。

米裕佩剑品秩极高，自然是归功于兄长米祜的赠送，而列戟既无道侣，更无师长，佩剑就只是一把普通的剑坊长剑。

在列戟的燃花飞剑，被米裕飞剑稍稍改变轨迹之后，陈平安双指掐诀，没了法袍金醴傍身庇护，此刻身穿宁府的青衫法袍，外加衣坊的制式法袍，尤其是里面那件法袍，宝光流转，涟漪震动，最终凝聚出一张虚无缥缈的金色符箓，正是锁剑符。

只是与那列戟距离太近，列戟此次祭出本命飞剑，毫无保留，飞剑一往无前，两剑一磕，剑光轰然炸开之后，在陈平安身前绽放出一大团刺眼的绚烂光彩，仅是四溅的燃花、霞光，就将陈平安外面那件衣坊法袍瞬间炸得粉碎。飞剑燃花没入那张金色锁剑符当中，分明是要一鼓作气破开符箓，符箓出现一丝丝裂缝，纵横交错。

有那锁剑符帮忙凝滞飞剑攻势些许，陈平安祭出一张缩地符，一退就是十数丈。

能够让陈平安做到的事情，就只是多祭出一张符箓逃命而已。

两把玉璞境剑仙的本命飞剑几乎同时如影随形，只不过霞满天是救人，飞剑燃花只为杀人。

燃花为了追求极致速度，一剑捅穿了陈平安心口往下一寸。

这就是剑仙近身的飞剑一击。更加狠辣的手段，在于列戟非但没有收起飞剑，反而拼着自己的大道根本，让本命飞剑，直接崩碎开来。

米裕一剑落在列戟肩头，一划而下，将这个玉璞境剑修的坚韧体魄对半开。

列戟阴神出窍前去，舍了真身不管，只是以剑坊长剑，一剑砍下那个新任隐官大人的头颅。

而本命飞剑在这个年轻隐官体内炸开之后，列戟的阴神也被自己的手段殃及，相对孱弱的远游阴神，仿佛沐浴在列戟此生最后一剑的光彩当中，人与剑，大道与性命，就这样一同烟消云散。

米裕撤回本命飞剑，手中长剑久久没有归鞘。

因为米裕知道，自己算是被这个失心疯的列戟害惨了。从这一刻起，会不会被丢到老聋儿的那座牢狱，还得看兄长米祜的仙人境，够不够看了。

陆芝匆忙御剑而至，脸色铁青，看也不看失魂落魄的米裕，咬牙切齿道："你真是个废物！"

陆芝立即掐剑诀，试图收拢那个年轻隐官的残余魂魄，尽可能为陈平安寻找一线生机。

只是毫无意义。

列戟这一剑，太过果决。

陆芝转头望向极远处的茅屋那边，以心声询问老大剑仙。

陈清都说道："让愁苗挑选三个剑修，与他一同进入隐官一脉。"

陆芝愤懑道："就这样？"

陈清都回了一句："你陆芝，好意思问我？"

陆芝怒道："我难道要从头到尾陪着陈平安四处行走？其余隐官一脉剑修的安危，怎么办？现在米裕如何处置？宰了？"

陈清都说道："回头再说。"

陆芝死死压抑住心中杀意，带着米裕返回隐官一脉齐聚的走马道。

见到了那些年轻晚辈，陆芝破天荒犹豫片刻，这才说道："隐官大人，被叛徒列戟所杀，列戟也死了。米裕有嫌疑，暂时拘押。愁苗会带三人进入隐官一脉。你们立即离开城头，搬去避暑行宫。"

郭竹酒哈哈笑道："陆大剑仙，你真会说笑话啊。"

林君璧等人也不太相信，一个个面面相觑。

陆芝叹了口气，道："就这样，下了城头，好自为之。"

陆芝就此离去。

郭竹酒笑嘻嘻问道："米大剑仙，陆芝走了，你就莫要继续说笑话了啊。不然我可要生气……"

小姑娘虽然满脸笑意，但是眼眶里边已经泪水打转，说着说着，她便皱着脸，一个字都说不下去了。

林君璧心情复杂至极。

这个隐官大人，果然不好当。

玉璞境剑仙列戟，在甲本副册当中，位置其实极为靠后，与米裕只隔了几张书页。

但也正是如此，列戟才能够是那个意外和万一。

至于为何列戟会如此行事，天晓得。

剑气长城的陈年旧事，恩怨纠缠，太多太多了，而且几乎没有任何一个剑仙的故事，是结局美满的。

董不得脸色微白，显然也无法接受这个莫名其妙的结果。

顾见龙和王忻水更是双拳紧握，死活无法接受此事。

玄参等剑修，也是黯然无语。

很快来了一个年轻容貌的剑仙男子，百岁出头，玉璞境，被誉为剑气长城三千年以来，境界最为稳固的一个玉璞境。

此人的修行之路，境境扎实，步步登高。

愁苗。

他曾经跟随阿良一起去往蛮荒天下的腹地。

愁苗身边还有一个元婴境女子剑修,天然妩媚,名叫罗真意,她与愁苗差不多岁数,姿容极美,是许多剑气长城剑仙光棍的共同心头好。

此外还有金丹境剑修,年轻人徐凝,拥有两把本命飞剑、白练、山色,相辅相成。

龙门境少年剑修,常太清。

相较于齐狩、高野侯这些光彩夺目的小山头,愁苗领衔的捡钱剑修,常年待在南面墙头上的大字当中修行,哪怕是少年剑修,也如佛家老僧、道门高真一般,剑心枯槁。

愁苗说道:"米裕待在我身边就是了。其余人,一起搬去避暑行宫。真意、徐凝、太清,你们一起帮忙。"

米裕苦笑不已。

愁苗的意思很简单,待在愁苗身边,他米裕无论想要做什么,都不成了。

林君璧在内的第一拨隐官剑修,都默默开始搬迁,对愁苗和罗真意这四个后来剑修,倒也谈不上敌意,不过没有什么善意就是了。

终究是不知不觉就习惯了陈平安的存在。

只有郭竹酒坐在原地,怔怔说道:"我不走,我要等师父。"

愁苗说道:"可以,什么时候觉得等不到了,再去避暑行宫做事。"

愁苗带头,一行人御剑离开城头,去往城池西边的那座重地。

只剩下一个独自坐在书案后面的郭竹酒。

所有剑修落在避暑行宫大堂外的广场上。

愁苗愣了一下。

难怪自己没有被立即任命为新一任隐官。

事实上,是成为隐官剑修,还是留在城头出剑杀敌,愁苗都无所谓,皆是修行。

罗真意在内的三个剑修,则倍感意外。

至于米裕更是差点热泪盈眶。

林君璧松了口气。

也好。

如今与这个隐官大人,是一条绳子上的蚂蚱,荣辱与共。

相比不知根底的愁苗,林君璧还是更愿意与眼前这个家伙共事。

原来大堂门口那边,有个青衫笼袖的年轻人,面带笑意望向众人。

脸色惨白,眼神明亮。

陈平安朝米裕招手,道:"陪我走走。"

然后陈平安望向那个愁苗,又道:"以后我不在的时候,劳烦你们四位,还要听一听林君璧的意见。"

愁苗点头道:"没问题。"

陈平安望向顾见龙。

顾见龙立即心领神会,对愁苗这个极其有名又极其独来独往的年轻剑仙,称赞道:"愁苗剑仙,大气磅礴,日月可鉴!"

罗真意皱了皱眉头。

陈平安已经带着米裕走入一条抄手游廊,散步去往别处。

众人进入大堂,很快发现躲寒行宫的所有秘录档案,原来都已经搬迁到了此处,大堂除了门口,有了三面书墙,井然有序,许多秘录书籍,都张贴了字条便笺,方便众人随手抽取,查询翻阅,一看就是隐官大人的手笔,小楷写就,工整规矩。

陈平安沉默不语。

米裕百感交集,也不说话。

陈平安自己摘下了养剑葫,再取出一壶竹海洞天酒,递给米裕。

米裕苦涩道:"怕了这酒。"

陈平安笑道:"饮酒之人千百种,唯有酒水最无错。但喝无妨,有问题就问。"

米裕问道:"怎么回事,城头之上的隐官大人到底是谁?"

陈平安说道:"是一张品秩很高的替身符,外加一门傀儡术,是千真万确的金身境武夫体魄,加上老大剑仙帮我遮掩一二,所以比较隐蔽。可如果只是如此,肯定骗不过你米裕,也就意味着未必能够骗过列戟,所以我将一部分魂魄附着在了符箓傀儡之上。城头之上,'我'每一步的轻重,每一次呼吸的急缓,都需要我在避暑行宫这边小心翼翼控制,所以这会儿受伤不轻,也不是装的。但是付出这点小代价,挖出了一个意料之外的叛徒,还是剑仙,不亏。事实上,我想要钓鱼之人,起先并非列戟,是另有其人,至于是谁,你之前一直跟在我身边,其实有迹可循,不过我估计你是忘记了。"

米裕试探性问道:"先前你所说的万一,当诱饵钓仰止、黄鸾这个境界的大鱼,其实也想到了这场偷袭,是在做铺垫?"

陈平安笑道:"我们这边的剑修可以暗中传信蛮荒天下,对面自然也可以偷偷传消息来剑气长城。至于列戟为何叛变,是恨浩然天下更多,还是恨老大剑仙更多,或是整个剑气长城都被他恨上了,肯定是有他的道理,不然出剑不会如此决绝,只不过这里面的弯弯绕绕,我不感兴趣,反正列戟是个死人了。"

陈平安加重语气说道:"这种人,死得越早越好,不然真有可能被他在关键时刻,拉上一两个大剑仙陪葬。"

米裕停下脚步,脸色难看至极,问道:"我被拉入隐官一脉,就是为了这一天、这件事?"

陈平安也停下脚步，笑着点头，直言不讳道："不但是拉你入伙，请来陆芝，其实也一样。真真假假，虚虚实实，不这样，如何骗过居心叵测的剑仙？有了背叛之心的剑仙，脑子都会变得格外好。陆芝在那边护着我们隐官一脉所有人，除非是仙人境剑仙走到我眼前了的近身一击，才有机会，不然谁出剑，都是痴心妄想。有了这个前提，我再离开陆芝身边，就给人一种过了这村没这店的错觉。"

说到这里，陈平安斜靠廊柱，晃了晃手中养剑葫，笑眯眯道："大好时机，错过可惜，可以试试看。陆芝庇护，戒备森严，是一种给别人看的假象，隐官大人看似极其安稳，性命无忧。离开了陆芝，有没有玉璞境米裕在身边，又是一种必须要有的暗示，不然刺客会担心我是有恃无恐，觉得其中有诈。不背仙兵品秩的剑仙剑，不穿仙兵品秩的法袍金醴，更是合情合理的举措。那么没有了法袍，再撇开一个保驾护航的花架子剑仙米裕，隐官大人真正的依仗，就只剩下了置身于剑气长城，以及自己的金身境武夫体魄。"

米裕狠狠灌了一口酒，还是不说话。

陈平安说道："隐官一死，人心难免出现涣散，我方剑阵，受其波及，是人之常情。所以接下来我们就可以更好钓鱼了，比起杀掉一个剑仙，这才是我最想要的结果。"

米裕直愣愣望向这个年轻人。

陈平安笑道："其实我想了很多，其中绝大多数就真的只是想想而已，毫无用处。"

米裕从来不擅长想那些大事难事，连修行停滞一事，兄长米祜着急万分许多年，反而是米裕自己更看得开，所以米裕只问了一个自己最想要知道答案的问题："你如果记恨剑气长城的某个人，是不是他最后怎么死的，他自己都不知道？"

陈平安愣了一下，还认真想了想，点头道："应该可以做到，但是没想过。因为对我来说，得不偿失。一份道心，来之不易，打小穷怕了，珍稀之物，习惯珍惜些。"

米裕眼神蓦然锐利起来，问道："例如早年为难宁府颇多的齐家？你恨不恨？当真没有半点私心？那场十三之争，你成了隐官之后，如今更是看遍档案秘录，肯定会有蛛丝马迹被你搜刮出来，哪个剑仙在什么时候说了什么关键言语，你知道更多的腌臜内幕！"

陈平安微笑道："米兄，你猜。"

陈平安递过去养剑葫，米裕手中酒壶不动，陈平安一脸无奈道："反正我不是那种记仇的人，天地良心。"

米裕好似比魂魄受损的陈平安更加萎靡不振，心气全无，随口问道："郭竹酒那丫头还在城头那边，什么时候通知她回来？"

陈平安说道："再等会儿吧。"

米裕摇头道："算计算计，还是算计，连一个小姑娘都不放过，她郭竹酒可是你的弟子！哪怕你用心再好，但我还是很奇怪，陈平安，你就不心累？当真半点不愧疚吗？"

陈平安反问道："只求自己的问心无愧，就够了吗？你以为列戟就不问心无愧？堂堂剑仙，连性命都豁出去不要了，这得是多大的怨怼，得是多大的问心无愧？"

米裕无言以对。

陈平安仰头望向南边城头，笑了起来，道："燃花燃花，好一个山青花欲燃，剑仙为本命飞剑取名字，都是行家里手。"

两人一起返回避暑行宫的大堂。

米裕坐在了属于自己的座位上。

陈平安没有落座，只是坐在门外台阶上，对众人道："除了隐官一脉的飞剑可以离开此地，近期任何人都不许离开避暑行宫半步，不许私下接见外人，一旦被发现，一律以叛逆罪斩立决。而我们隐官一脉的传信飞剑，愁苗四人，与林君璧在内十二人，必须相互之间知晓内容，一条一条，一字一句，让米裕剑仙记录在册。"

徐凝抬头望向门外那个背影，问道："既然你信不过我们，为何要拉我们进入隐官一脉？"

陈平安一手持养剑葫，一手持折扇，笑道："与我言语之前，先敬称隐官大人。"

徐凝还真就在重复那句话之前，加上了一声"隐官大人"。

陈平安这才笑着说了句天大的敞亮话："我连自己都信不过，还信你们？"

徐凝默不作声，罗真意与常太清猛然间抬起头，都面露怒容。

玄参与曹衮两人，对这个隐官大人打心底极为推崇，又是外乡剑修，于是比那顾见龙和王忻水更加直接，与那三个剑修针锋相对，毫不遮掩自己的阵营所属。

愁苗说道："众中少语，无事早归，有事做事。我们四人，既然当了隐官一脉的剑修，一切就按照规矩来。"

陈平安转过头，笑道："若是我死了，愁苗剑仙，确实与君璧都是最好的隐官人选。"

林君璧装聋作哑，愁苗更是置若罔闻。

夜幕中，一把传信飞剑去往城头，然后就有个伤心欲绝的小姑娘，慢悠悠御剑而来，一路哭丧着脸，不断抹眼泪。

飘然而落之后，身形还有些踉跄来着。

然后见着了那个已经站起身的师父，立即笑开了花。

陈平安柔声笑道："稍稍过了啊。"

郭竹酒收了剑，站在陈平安身前，兴高采烈得在原地踏步，双臂晃荡不已，眉眼飞扬，笑道："师父，我跟你说啊，先前就我一个人，相信师父肯定不会死，只是没想到师父这么神通广大，不但活得好好的，连我都骗过去了嘞。打破小脑阔儿，都万万想不到师父已经在避暑行宫，了不得，无以复加的了不得……"

"说了只要师父在，就轮不到你们想那生生死死的，以后也要如此，要相信师父。"

陈平安笑着从咫尺物当中取出一只小竹箱,"奖励你的,不嫌累,就背着。但是不许跟人显摆。"

郭竹酒背起了小竹箱,轻声问道:"师父,咋个小竹箱也精怪了,自己长脚,跑来找师父啦?行吧,大师姐送我小竹箱的时候,可没变成精怪,回头师父你再做一只不长脚的普通书箱,送给大师姐,这一只长脚了的小竹箱,可就归我了。"

陈平安笑着摇头道:"回头你自己跟裴钱掰扯去,师父不会偏袒谁。"

陈平安揉了揉郭竹酒的脑袋,道:"忙去吧,不可以耽误正事。"

郭竹酒蹦蹦跳跳走上台阶,然后一个拧转身形,向后一跳,背对着大堂众人,在大堂内站定,停顿片刻,这才转身挪步。

陈平安没有跟着进入大堂,反而继续在避暑行宫散步起来。

行走之地,皆是小天地。

陈平安拈出一张青色材质的符箓,轻轻一晃,说道:"老大剑仙,不会让你白送一趟小竹箱,近期窥探避暑行宫的剑仙,直接宰了便是。愿意如此涉险行事,不够隐忍的,对于我们剑气长城,就没有更多的利用价值了。"

停顿片刻,陈平安补了一句:"如果真有这份功劳送上门,就算在我们隐官一脉的扛把子剑仙米裕头上好了。"

哪怕陈平安是在自家小天地中言语,可对于陈清都而言,皆是纸糊一般的存在。

陈清都虽说没有答应也没有拒绝,其实意思已经很明显,既然选了你陈平安当这隐官大人,就随便你折腾。

这个老大剑仙转移话题,问道:"破例再问你一次,真的想好了?一旦真是你,不后悔?不与宁姚事先说清楚?"

陈平安也没给出答案,一样转移话题,问道:"我师兄如何了?"

陈清都说了句"凑合"。

陈平安就收起了那张符箓,藏入袖中,换了一张符箓,轻轻捻动,默念口诀,瞬间就来到了另外那座躲寒行宫。

避暑行宫那边,有一棵参天古树,碧树为人生凉秋。

躲寒行宫的压胜之物,则是一柄鹿角诗文如意,状如鱼尾又似芝朵。

陈平安走在只有他一人的巨大宅邸当中。

两座行宫,其实里面极为朴素,几乎没有任何多余的装饰物件。

陈平安打算先熟悉熟悉这里的环境。

在离开这座死寂沉沉的宅邸返回避暑行宫那边之前,陈平安自言自语道:"想好了。我来。"

第八章
溶溶月淡淡风

倒悬山原本只有一道大门通往剑气长城,如今开辟出更大的一道门,旧门那边就少了许多热闹。

用那抱剑汉子的话说,就是喜新厌旧,伤透人心。

辈分极高的小道童依旧坐在那边,在读一本失意文人撰写的闲杂书,伸手随意拘了一把皎洁月色,笼在人与书旁,如囊萤照书。

上次被那个脑子被门板夹过,再被驴踢过的白衣少年恶心坏了,好好一本才子佳人、清汤寡水的《松间集》,硬是给那人说成了一部删减版的艳情小说,害得他好几天没缓过劲来,看什么书都提不起精神,便只好舍了这个为数不多的乐趣,只能每天发呆。

只是接连忍着个把月不看书,实在无聊透顶,所以重新看书之后,直接拿了一大摞书籍放在身边,不分昼夜,看得十分痴迷。

小道童虽是神仙中人,看书却慢而细致,哪怕过目不忘,依旧喜欢经常翻到前面看几眼。

守着大门另外一边的抱剑汉子,怀捧长剑,溜达到了小道童这边,一想到这算怠工,便又跑回去,将长剑搁放在柱子边上,这才拎了壶酒,回到小道童这边蹲着蹭书看。小道童只愿意独乐乐,又厌恶那些酒气,转过身,汉子便跟着挪窝。小道童与他当了好些年的邻居,知道一个无聊的剑修能够无聊到什么地步,便随那汉子去了。

汉子伸手指了指书页上的一句话,道:"这书中书生有点能耐,'山清水秀、天地灵气尽付美人,我辈男子来此人间,不过是做些糟践山川、辜负佳人的勾当',这句话说得多好,圈画起来,可以背诵。"

小道童习惯了这汉子的碎嘴,只管自己看书翻页。汉子也不管小道童看书翻页,只管自己絮叨聒噪。

看完了一本书,汉子叹息道:"没劲,半点荤腥滋味都没有。"

小道童放下手中书本,又拿起一本,是本讲那月黑风高、飞檐走壁的江湖演义小说。汉子看到精彩处,便多饮酒,只不过眼睛始终死死盯住书页,一个字都不会错过就是了,啧啧称奇道:"不愧是书外老天爷相中的书中小老天爷,其他武学奇才,一辈子都钻研不透的绝世功法,给他上了手,一晚上就给学会了。真是羡慕,可惜这套功法口诀一笔带过,写得模糊了,不然我也可以试试看⋯⋯

"看看,被我说中了吧,这种邋里邋遢、越是喜欢说疯话怪话的糟老头子,越是深藏不露的绝世高人。如何?被我说中了吧,老人果真对咱们这位小老天爷刮目相看。哟呵,大手笔!以毕生功力的一甲子内力灌顶,帮忙打通了任督二脉不说,还彻底洗髓伐骨了,好家伙,这要是重返江湖,还不得天下无敌?"

书才翻了一半,小道童一板一眼道:"明显暂时还算不得天下无敌,哪怕有了这天上掉来的一甲子内力,再加上他自己的二十年打熬,不过八十年内力,先前有那伏笔,通过书中路人提过一嘴,那个在江湖上掀起血海腥风的大魔头,已经修炼出来了百年功力,内力精纯,深不见底,打不过的。"

汉子揉着下巴,觉得有道理,又道:"那还缺一把削铁如泥的神兵利器,不过应该不会得手太快,毕竟故事才讲到一半。"

小道童缓缓翻过一页书,难得附和这个汉子:"急什么,肯定会有的,不然根本没法打。"

汉子狠狠灌了一口酒,道:"青梅竹马的老相好,江湖偶遇的正派女侠,相爱相杀的魔道美人,一个都不能少!"

估计那个不过是想着挣点柴米油盐、纸张笔墨钱的写书人,他自己都无法想象,书本刊印之后,会有这么两个看书之人。

而且双方看书看得如此"粗浅",偏偏还算有几分真心的喜欢。

须知一位是师尊名讳都是天下忌讳的道家天君,所求之事,是学那上古真人,提挈天地,把握阴阳,移山倒海,呼吸精气,与天地同存。

一位是剑气长城的大剑仙,参加过那场十三之争,他这辈子所交尽豪雄不说,亦有红颜知己是那女子剑仙。

只不过师承与家世都无比煊赫的小道童,离开家乡的青冥天下,是来这边历练,磨砺道心。

而这汉子,算是刑徒中的刑徒,只能年复一年守着两人身后的这道大门。

小道童合上书,汉子急眼了,问道:"干吗?"

小道童说道:"缓一缓,这本书不错,看慢些。"

书中有一幅场景,不写山上不写神仙,只写江湖人,寥寥几笔,便让从未真正走过江湖的小道童,如见画卷。

雨后初晴,水上雾生,朦胧与天永,湖心一彩舟,有那豪杰立船头,无篙破水,渐近亭前,沿途折苇动有声,亭中白衣客,煮酒以待,相约醉后决生死。

汉子哀叹一声,后仰躺去,随口问道:"姜道君,青冥天下到底是怎么个地方?"

小道童随口答道:"习俗规矩也不少,跟这浩然天下差不多吧。"

汉子问道:"道老二还没找齐五百灵官?"

小道童也不觉得这是什么不可泄露的天机,道:"估计还早。换个螺蛳壳继续做道场,并不轻松。"

汉子双手做枕头,换了个舒服姿势,跷起二郎腿,道:"都很忙啊。"

小道童笑道:"你我就不忙。"

汉子望向那轮明月,道:"如我们这般熬夜也忙的。"

阿良曾经给剑气长城留下一番脍炙人口的言语,不会熬夜的修道之人,修不出什么大道。

如何熬夜?

苦兮兮地炼气炼剑,为下。

喝酒为中,哪怕喝到了囊中羞涩,再无钱买酒,月色入杯不花钱,酒杯永远不空。

至于何为上。

酒鬼赌棍们,大家都是男人,会心一笑。

小道童有些奇怪,转头望向那个汉子,问道:"张禄,你就这么没劲?剑气长城战事吃紧,你真要执意返回城头,陈清都也不会拦着你吧?"

名为张禄的汉子开始闭目养神,说道:"心累。"

小道童笑道:"你这心态,很难百尺竿头更进一步了。"

张禄轻声道:"随便。"

小道童伸手打散那团如一盏书案灯火的皎皎月色,仰头望向天幕,自语道:"天地间真滋味,唯静者尝得出。"

"你师尊教的?"

"杂书上看来的。"

"姜云生,你说匹夫见辱,拔剑而起,挺身而斗,可忘生死,好不好?"

"不晓得,懒得想。"

"天下无不散的筵席,以后我会想你的,有机会就去你家乡找你玩。"

"一个大老爷们对另外一个大老爷们说这话,你恶心谁呢?"

"你只是孩子模样啊,大不到哪里去吧。"

"张禄,你找抽?"

汉子转了个身,竟是酣睡起来。

若是在浩然天下的九大洲,一位大剑仙,混得再落魄,也不至于就只有这么丁点儿大的立身之地。

小道童继续看书。

可怜了那位剑仙邵云岩。

做生意,挣银子,不分昼夜。

每一枚神仙钱,都被誉为天底下最精粹的灵气聚拢,但是天底下到底有没有一枚干净的神仙钱,难说。

一艘巨大渡船卸货,换了一大堆剑气长城的丹坊物资后,便离开了倒悬山渡口。

这是西南扶摇洲大宗门山水窟的跨洲渡船,渡船名字十分乡土气,瓦盆。

据说山水窟的开山老祖,起于市井巷弄,只不过发迹之后,一辈子所做之事,就是与过往撇清关系,把山上日子过得宛如人间王侯,唯独在给聚宝盆——跨洲渡船取名字一事上,现出了原形。

一个渡船元婴境管事站在渡船顶楼的观景台上,默默掐指算账。这趟倒悬山往返,最少可以挣七十枚谷雨钱,加上如今扶摇洲山下几大王朝,打得天昏地暗,若是运作得当,找对买家,翻上一番都不是没有可能。

山上也因为那几件应运而生的仙家至宝,光是半仙兵就有三件之多,争了个头破血流,已经死了好些个地仙不说,许多上五境的老王八都逐渐浮出水面,如果不是碍于儒家书院的掣肘,这些老神仙只能站在幕后,不然就不只是利用牵线傀儡去较劲这么和和气气了。

无论是山上山下,这么耗费家底打来打去,对于山水窟这些首屈一指的商家宗门而言,都是好事。

琼林宗有钱,是因为北俱芦洲剑修如云,使得仙家门派更换极快,大势一动,神仙钱自然而然就跟着滚动起来。

打算盘打算盘,珠子滚动,就是钱了。

至于皑皑洲刘氏,又是异类,与谁都能做买卖,许多桩买卖,根本已经不是钱财这个范畴了,掏了钱,挣来的是王朝更迭,是"宗"字头仙家豪阀的换人。

最可怕的地方,在于皑皑洲刘氏与任何人做买卖,最大的宗旨,是先保证对方能挣钱,而且还真给皑皑洲刘氏做成了,并且成为一条雷打不动的家规,代代传承下来。

老修士这趟倒悬山之行，收获颇丰。作为山水窟的跨洲渡船管事之人，得了老祖授意后，先前在那灵芝斋的上等房，约了好几个扶摇洲、金甲洲的同道中人，打算互通有无，大家一起合伙挣钱。总计八艘跨洲渡船，要在利润一事上下点苦功夫，不然就白白给了剑气长城晏家、纳兰家族货比三家、借机压价的余地，所以大家得商量好，选一处距离倒悬山不远不近的中转渡口，先谈好价格，各自分了货物，每一艘渡船专卖几种，再来倒悬山这边与剑气长城磨价格。

这只是第一件事，众人几乎没有任何异议，主要是山水窟财大气粗，对于促成此事，志在必得，愿意保证下一场交易都赚钱，如果证明此举可行，以后就按照这个规矩走倒悬山，但是只要亏了谁，山水窟就自己掏钱补偿谁。

第二件事，是如今剑气长城那场仗，打得极其艰难，需要大量的补给，山水窟便带头，抛出了一个建议，除了合力打造几艘新渡船，再出钱请那些老祖出山，帮忙开辟出一两条更加顺畅的新路线，打杀掉那些拦路障碍，帮着坐镇渡船。以前是钱少，不为所动，现在形势有变，谷雨钱够多，这些老祖哪怕自己瞧不上，可终究人人都有那门派、嫡传和家眷，只要各自宗主出面，晓之以理动之以情，还是有希望说动这些老前辈沾染红尘一二的。

第三件事，比较棘手，晏溟和纳兰彩焕两个元婴境剑修，都去了城头那边，家族事务，暂时交了家族晚辈，虽说远远不如两位剑气长城财神爷精明，但是麻烦之处在于这拨人咬定价格，死守规矩，不答应，双方那就耗着，虽说谁都清楚剑气长城肯定耗不过跨洲渡船，但是只要在倒悬山多待个十天半个月，交给倒悬山的那笔神仙钱，可不是小钱。所以不光是山水窟，事实上所有的跨洲渡船，都希望打破僵局。

历史上，纳兰家族在剑气长城大战期间，不是没有过与要价要狠了的几个大洲跨洲渡船撂狠话，爱卖不卖，不卖滚蛋。就在那几个洲十多艘渡船管事个个变成热锅上的蚂蚁，正打算低头服软之际，事情突然有了转机，有一个在扶摇洲渡船上寂寂无名的年轻人，合纵连横，竟然说服了七洲宗门渡船的所有管事，拼了不挣钱，所有渡船一夜之间，全部撤出倒悬山，好似游山玩水，去停靠在了雨龙宗的藩属岛屿渡口那边，只留给剑气长城一句话：我们不赚这钱就是了。

而这个名声鹊起、最终成功说服所有做惯了买卖的老狐狸，帮助所有渡船都大赚一笔的年轻人，正是山水窟的开山老祖，当时不过是观海境的修士，在那之后短短三十年，年轻人就自己有了山头，有了跨洲渡船。

纳兰家族不是没有想过专门针对后来山水窟的两艘跨洲渡船，只是山水窟一次次都应对得十分轻松，久而久之，还能如何，买卖继续。

后来又有了个晏家，家主晏溟相对好说话些，与纳兰家族生意人的直肠子，更多还是剑修的臭脾气相比，晏溟则更像是个名副其实的买卖人，此人兢兢业业，尽量帮着剑气长城少花冤枉钱,也让各大跨洲渡船都挣着钱,算是互利互惠。纳兰彩焕接任家族财权后,与各洲渡船的关系也不算差,而晏溟和纳兰彩焕两个聪明人负责商贸之后,双方关系一般,大体上属于井水不犯河水,私底下,也会有些大大小小的利益冲突。

此时一个老修士的嫡传弟子来到观景台,欲言又止。

这个渡船元婴境老管家笑道:"有话就说。"

年轻人问道:"师父,以往我们山水窟渡船,都答应剑气长城那边允许赊欠的,大战落幕过后,按照说好的利息结账便是,早还少给,晚还多给。为何此次老祖要我们山水窟联手其余渡船,与剑气长城否决此事?"

老人轻声道:"虽说剑气长城那边消息管得严,不许任何人靠近城头,连我这种老熟人,以往次次能够去剑仙宅邸住几天的,这回进了剑气长城,都去不了城中,只能在城池和那海市蜃楼之间的宅邸中,与那两个家族的人谈买卖,但越是如此遮掩,越是证明这一次妖族来势汹汹,剑气长城这场仗会打得极惨。你说晏家和纳兰家族,家底如何?"

年轻人笑道:"晏溟与纳兰彩焕两个剑仙都精于此道,积攒下来的家底,无论是自家的,还是帮着剑气长城,肯定都不薄。"

老人点头微笑道:"所以这一次,我们可以帮着山水窟多挣很多。不但要将那晏家和纳兰家族的家底挖个底朝天不说,还要让丹坊积蓄,荡然一空。至于不赊欠一说,我们自然是当真的,千真万确不是玩笑,但是事实上呢,又是可以不当真的,如何让我们不当真,就得看晏溟和纳兰彩焕的诚意了嘛。"

年轻人小心翼翼说道:"剑仙的脾气可都不太好,千万别惹得他们狗急跳墙。"

老人讥笑道:"纳兰家族有那老祖纳兰烧苇,剑气长城十大剑仙之一,若是在咱们扶摇洲,谁敢在这种老东西面前,喘个大气儿?纳兰烧苇脾气好?很不好。但是遇到了咱们,不好又能如何?剑仙杀力大,喜欢杀人?随便你杀好了,他们敢吗?接下来咱们还要说服其余渡船师门的老祖出山,所以说,神仙钱才是天底下最结实的拳头。"

年轻人其实真正想要问的问题,是为什么不能稍稍少挣钱,总是这样往死里挣剑气长城的钱,好像没必要。

老人似乎看穿嫡传弟子的心思,笑道:"你啊,修行尚可,做买卖,真是愚不可及没悟性!明明能挣钱,却想着少挣钱的人,你以为这辈子真能挣着大钱?你只要这么想,一辈子就休想成为我们老祖那样的人物了,想都别想,简直就是给老祖他老人家提鞋都不配。"

最后老人说道:"你小子少管闲事,把自己的日子过好,就已经很了不起了。等你成了比师父更重要的山水窟祖师人物,你才有资格来谈少挣钱一事。不过师父可以万分肯定,真到了那么一天,你只会比师父更想着挣钱,那时再回想今天的念头,你自己都觉得可笑!为何?"

老人自问自答道:"因为你的屁股坐在那张山水窟祖师堂的座椅上了。"

雨龙宗历史上最年轻的金丹境地仙,傅恪,他今天离开了雨龙宗所在岛屿祖山,去了一座藩属岛屿,会见好友。

雨龙宗自己并无跨洲渡船,因为不需要。一座宗门,大人小小的藩属岛屿二十多个,处处是渡口,上面全是依附雨龙宗的仙家门派,嫡传、外门弟子加上杂役,有数万人之多。

绝大部分的北俱芦洲跨洲渡船,以及一部分南婆娑洲渡船,都需要在此中途停靠。

傅恪没有携美同行,独自驾驭符舟,登上的这座岛屿名为碧玉岛,岛上有仙家树木,质若碧玉,十分金贵,是许多靠岸跨洲渡船的重金购买之物,反正在倒悬山那边挣了个钵满盆盈,不缺这点开销,何况回了家乡,一样有赚,还能锦上添花。

碧玉岛位于雨龙宗东北方位,所以早年经常能够看到那些往返于蛟龙沟和南婆娑洲的布雨老龙,运气好,还能看到奄奄一息的坠海疲龙。只是雨龙宗与蛟龙沟算是近邻,历来善待这些遵循本能行云布雨的龙属之物,一旦有精疲力竭的蛟龙浮海,无法返回老巢,甚至专门会有大修士帮着运转水流,让蛟龙漂往蛟龙沟。

但是近些年,瞧不太见了,因为蛟龙沟被一个剑术极高、脾气极差的剑仙,为求名声,出剑捣烂了大半巢穴。碧玉岛一些见惯了风雨的老人,都说这种剑仙,光有境界,不懂做人,正是典型的德不配位。

关于这桩传闻,傅恪其实最有资格说上几句真相言语,只是就不去扫半个自家人的兴了。

傅恪的符舟,没有直接落在朋友的私宅那边,而是规规矩矩地落在了碧玉岛的岸边山门,然后下地缓缓而行,一路上主动与人打招呼。与他傅恪说上话的,哪怕只是些客套话,无论男女,心中皆是受宠若惊,与有荣焉。

对于傅恪而言,这是件小事,却能一举两得。

一个是帮自己加深那种平易近人的形象,二是帮着自己的朋友挣点面子。山上山下,其实差不多,面子都是能换钱的。

傅恪的朋友,虞富景,是个在东宝瓶洲也无半点名声的下五境修士,与傅恪就是旧识好友。早年双方差不多的境界出身,不承想傅恪这个几乎山穷水尽的穷酸汉,不过是想着这辈子一定要去看一眼倒悬山,便有了这么大的大道福缘落在头上,倒悬山没见着,反而留在了半路上的雨龙宗,更一步登天,成了一个"宗"字头仙家的乘龙快婿,两位仙子先后投怀送抱。

机缘深厚,真是羡煞旁人。艳福不浅,更足可羡煞旁人。

这个消息,很快随着老龙城桂花岛这艘渡船的返回,被渡船乘客们帮忙传到了东宝瓶洲,傅恪立即成为让许多野修佩服不已,连谱牒仙师都要眼红的存在。

所以虞富景就碰运气来了,先前只是希望能够从好朋友傅恪的指甲缝里,得到些神仙钱,类似几枚小暑钱,便心满意足。于是虞富景涉险离开渡船后,战战兢兢去往雨龙宗,不敢登岛,只敢报上名号,说自己与那傅恪认识,当时甚至都没脸说是傅恪的朋友。

不承想傅恪还真讲义气,他虽然碍于宗门规矩,无法带着虞富景登岛,但马上将虞富景安置在了这座碧玉岛,让虞富景只管放心住下,不着急返回东宝瓶洲。傅恪离开后,虞富景既庆幸,又遗憾,因为傅恪并未明言什么,不料一天过后,碧玉岛祖师堂掌律修士就亲自登门,询问他是否愿意成为碧玉岛内门修士,虽不是祖师堂嫡传,却已经让虞富景感激涕零,要知道碧玉岛虽是雨龙宗藩属之一,却有一位元婴境老神仙坐镇!搁在家乡东宝瓶洲,是何等高不可攀的仙家府邸。

而那位掌律修士,也是一位金丹境地仙,下五境野修的虞富景这辈子做梦都不敢奢望,一位金丹境地仙会对自己有个笑脸,客气言语半句。

在那之后,虞富景便以碧玉岛谱牒修士的身份,安安稳稳修行起来。但是虽说得了仙家术法口诀,委实是资质平平,虞富景的修行,始终进展缓慢,连那碧玉岛上根本不算个玩意儿的洞府境,这辈子都希望不大,但是没关系,祖师堂修士依旧对他另眼相看。

傅恪此次登上碧玉岛,显然是拜访他虞富景。

早已从师门得知消息的虞富景,急匆匆离开屋子,还修行炼气个屁,除非是有那额外道缘,或是大把的神仙钱砸下去,就凭他虞富景这般枯坐,简直就是等死。

只是虞富景在大门那边突然停步,磨蹭了许久,这才开了门,稍等片刻,就看到了那个正与碧玉岛老祖道别的傅恪。

虞富景连忙加快步伐,想着好歹与这位元婴境神仙说上几句话,那位岛主老元婴还真就停下了脚步。

虞富景快步上前后,重重一巴掌拍在了傅恪肩头,笑骂了一句"有了媳妇就忘了兄弟的货色",傅恪笑着不说话。

虞富景立即与师门老祖毕恭毕敬行礼。

老元婴和颜悦色地对虞富景撂了几句客套话,无非是勤勉修行、大道有望之类的,虞富景屏气凝神,竖耳聆听。老元婴笑着离开后,虞富景拉着傅恪一起进入私宅,不大,但好歹是私宅,碧玉岛等级森严,下五境修士有私宅的,除了祖师堂未来栋梁的年轻天才,就只有虞富景一人了。

虞富景拉了傅恪喝酒。

傅恪从咫尺物里取出三壶雨龙宗酿造的仙家酒水,与虞富景一人一壶,剩下一壶,傅恪笑道:"你师父好酒,回头可以送他。"

虞富景笑着伸出大拇指："仗义。"

傅佛笑道："酒可以喝，记得别喝醉，这壶酒后劲大。喜欢喝的话，我哪怕自己不来，也会让人送到碧玉岛来。"

虞富景打趣道："架子这么大？傅佛，是不是成了地仙，便瞧不起我这下五境的朋友了？"

傅佛无奈道："什么乱七八糟的，我是因为到了一个小瓶颈，需要闭关一段时日，脱不开身。"

虞富景喝了口酒，一脚踩在椅子上，望向屋外，感慨道："打死都想不到，我会与傅佛坐在这里喝这死贵死贵的仙家酒酿。"

傅佛笑道："大道无常，不过如此。喝酒喝酒。"

虞富景喝酒颇快，傅佛也拦不住。

虞富景原本对傅佛充满了感激之情，只是随着傅佛的步步登天，给人的印象，几近完人，于是他心中便有了些想法。

有利可图。

傅佛抛弃糟糠妻，好似从来没有这桩山下因果，登了山，抱得美人归，成了雨龙宗的祖师堂嫡传，便全然抛至脑后。

虞富景当然不是威胁，他也不敢威胁一个既是朋友更是地仙的傅佛。

所以在今天的酒桌上，虞富景看似漫不经心，说漏了嘴，只是轻描淡写的一句话而已，夹杂在追忆往事当中。

傅佛放下了酒壶。

虞富景便给了自己一个耳光，道："看我这张破嘴！傅佛你别多想，这件事情，我打死不会在外人那边多嘴。"

傅佛笑了笑。

然后虞富景便当场死绝了。

傅佛拿起酒壶，继续慢慢饮酒，望向大门那边，自言自语道："虞富景，你来找我，搏一搏富贵，我便离开雨龙宗，撑船见你，给了你一份做梦都不敢想的富贵，你要是安生一点，识趣些，说不定还有些许机会，未来成为我的左膀右臂，毕竟境界是境界，脑子是脑子，我从来都知道你是个聪明人，结果你自己不惜福，那就怨不得我不念兄弟情分了。

"你只是下五境修士，未曾领略过山巅的风景，我却亲眼见过，面子、名声这些东西，可以的话，我当然都要。只是两害相权取其轻，让我觉得你是个喂不饱的白眼狼了，那么与其养在身边，迟早祸害自己，不如早点做个了断。其实我留你在这边，还有个理由，就是每次看到你，我就会警醒自己几分，提醒自己到底是怎么个低贱出身，就可以让自己越发珍惜当下拥有的每一枚神仙钱，每一张谄媚笑脸，每一句溜须拍马。"

傅恪神色落寞，继续道："你真以为你死了，是什么大事吗？我什么都不做，出了门后，依旧什么都不用说，就这么返回雨龙宗，整个碧玉岛，就会处理得天衣无缝，甚至还要由衷地感谢你，帮着碧玉岛与我攀上了一份隐蔽的香火情。这才是聪明人该做的事。虞富景啊虞富景，你还是眼界不够，怪不得你找死。"

傅恪起身，擦了擦手，转头看了眼那个死人，最后说道："早说了，好好喝酒，少说醉话，你偏不听。"

傅恪果真就这样离开了碧玉岛，去了山门那边，才祭出符舟，去往雨龙宗。

傅恪躺在符舟上，闭上眼睛，想了些将来事，比如先成为元婴，再跻身上五境，又当了雨龙宗宗主，将那倒悬山四大私宅之一的雨龙宗水精宫，收入囊中，成为私人物，再衣锦还乡一趟，去那偏居一隅的小小东宝瓶洲，将那些原本自己视为天上神女的仙子们，收几个当那端茶送水的丫鬟。什么正阳山苏稼，哦，不对，这位仙子已经从枝头凤凰沦为了浑身泥泞的走地鸡，她就算了，长得再好看，有什么用，天底下缺好看的女子吗？不缺，缺的只是傅恪这种志在登顶的天命所归之人。

傅恪高高伸出一只手，轻轻攥拳，微笑道："剑气长城的女子剑仙，不知道有没有机会被我金屋藏娇几个？听说罗真意、司徒蔚然，都年纪不算大，长得很好看，又能打，是一等一的女子剑仙坯子，那么剑气长城若是树倒猢狲散，我是不是就有机可乘了？"

至于万一剑气长城失陷，这么个烂摊子，自有那些高高在上的儒家圣人收拾残局，哪里需要他傅恪和雨龙宗出力。

不说中土神洲，只说近一些的，不就有那如今身在城头上的醇儒陈淳安吗？

何况这就只是万一。剑气长城的那些剑修，也真是有趣，浩然天下的练气士，人人怕死，剑气长城那边，反而个个好像怕活，做着求死之事。

想到这里，傅恪睁开眼睛，心中默念道："可惜蛮荒天下的畜生太废物啊。"

有飞鸟掠过符舟，傅恪瞥了一眼，大笑不已。

诗家说那舟子水鸟两同梦。

我辈神仙客，御舟白云中，与飞鸟同梦才对。

芦花岛能够与那以行事强势著称于世的雨龙宗只是当邻居，而不是成为藩属附庸，没点本事肯定不行。

雨龙宗在最近千年以来，也就在那个剑仙手上吃了点亏，其余过路修士，哪怕是地仙，甚至是上五境神仙，一样给雨龙宗收拾得没脾气，反正下场都不太好。而雨龙宗离着三洲陆地都太过遥远，孤悬海外，天高皇帝远，所以雨龙宗的规矩，很多时候，要比儒家书院的规矩更管用。

芦花岛能够不被雨龙宗吞并，其实与自家修士没关系，只是芦花岛有一处上古遗

第八章 溶溶月淡淡风

址,被后世好事者命名为"造化窟",据说有一个来历不明的道家高人坐镇其中,占尽了气运,不容他人染指分毫。不过关于这本老黄历,就连芦花岛辈分最高的修士,都已经无法确定真伪,因为实在是太过久远。胆敢去一探究竟的外乡大修士,一个个有去无回,也就渐渐断了念想,仙家机缘再珍贵,总不能为此丢了性命。再者,芦花岛自己都没半点非分之想,雨龙宗又不曾吞并此地,已经足够说明很多事情。

芦花岛只与雨龙宗最西南的一座藩属岛屿勉强可算近邻,与雨龙宗其实算是远邻。

芦花岛修士不少,只是钱不多,这得怨那个不爱与别洲打交道的桐叶洲,一艘跨洲渡船都不乐意打造,虽说桐叶洲到倒悬山一线,相比老龙城那些渡船航线,确实更加危机四伏,只是桐叶宗和玉圭宗那么大的宗门,如果真的愿意挣这份辛苦钱,凭借两座宗门的惊人底蕴,其实开辟路线,不算太难,也绝对不会亏本,可惜桐叶洲的仙家势力,以庞然大物居多,在浩然天下是出了名的吃穿不愁,与别洲几乎国国有仙府、州郡有仙师,大不相同。只说那玉圭宗,拥有一座云窟福地,根本不稀罕这类跨洲买卖。

用那姜氏家主的话说,就是老子打个喷嚏、放个闷屁都能挣钱,有那闲工夫跑什么倒悬山挣什么钱?

"你可以羞辱我姜尚真的境界低微,但是绝对不能侮辱姜尚真的挣钱本事,谁敢这么英雄好汉,我就用钱砸死他。"

可如果桐叶洲真有了几条跨洲渡船,挑选中转渡口,芦花岛就是首选。

芦花岛太过与世隔绝,修行一事,人人按部就班即可,挣钱一事,自有那出海的采珠客修士。所以这里的修士,反而更喜欢搜罗外面的奇人趣闻,拿来说道说道,不然修行来修行去,给谁看?芦花岛可比不上那雨龙宗,就没出过什么惊才绝艳的修士。

今天有了一场半点不让人奇怪的争执。

两帮修行资质很一般的少年少女,分成两座阵营。

原本是在争吵那雨龙宗的一个天才剑修,到底能不能与剑气长城的最拔尖天才媲美。所谓的天才,就是百岁之前,成为了金丹境剑修。

有说不能比的,也有说肯定相差无几的。

后来不知不觉,吵架就吵偏了,吵到了剑气长城到底是怎么个地方。

有说那剑气长城个个是英雄豪杰,是天底下剑仙最扎堆的地方,据说走路上,去买壶酒而已,就能随处可见,这么个地方,这辈子不去走一趟、喝点酒,就是对不起自己的修士身份。

自古以来的吵架精髓,就是对方说什么都是错,对了也不认,于是很快就有人说那剑气长城的剑修全是缺心眼,反正从来不会做生意,几乎所有的跨洲渡船,人人都能挣大钱,比如那雨龙宗,为何如此财大气粗,还不是间接从剑气长城挣钱。更有少年冷笑不已,说等到自己长大了,也要去倒悬山挣剑气长城的神仙钱,挣得什么狗屁剑仙的兜里,都不剩下一枚雪花钱。

一个路过的老修士,笑骂了一句"一个个只剩下骂架的本事了,都赶紧滚去修行"。

晚辈们非但没有听命行事,双方反而一定要这位德高望重的老修士帮着评评理。

老人在芦花岛是出了名的故事多,加上没架子,与谁都能聊,心情好的时候,还会送酒喝,管你是不是屁大孩子,一样能喝上酒。

老人是金丹境地仙,祖师堂那边有张椅子,在岛上有一座占地极广的豪奢私宅,在倒悬山糜鹿崖山脚那条街上,更与山上朋友合伙开了一间铺子,连那南婆娑洲、东宝瓶洲的老龙城,北俱芦洲的骸骨滩,都去过,走南闯北,见多识广,是个什么风浪都见过的老神仙。

所以芦花岛的晚辈都爱听这位老神仙讲笑话。

一喝高了,什么有趣的事情都能说出口,光是浩然天下的各地乡俗,就能说上几百种,什么立春日买春困,什么青楼里边花魁们会请那穿开裆裤的小崽子跳床驱邪,什么儒家书院不推崇烧纸钱一事,佛道两家也都不认此风俗是自家流传开来,然后就闹哄哄吵了好多年,听得芦花岛长大的孩子们,一个个憧憬不已。

光是玉圭宗那个姜尚真的诸多传奇事迹,老修士就能说上很久。

老修士其实最爱讲那姜尚真,因为老修士总说自己与那个大名鼎鼎的桐叶洲山巅人,都在同一张酒桌上喝过酒呢。

没人相信便是了。

老修士今天被晚辈们拉着不让离开,便捣糨糊了一通,说了些雨龙宗那位天才剑修的好话,也说了剑气长城的好话,这才得以耳根子清净几分。

老人沿着一条宽阔山道走下山,两侧古木参天,绿意葱茏。老人闲来无事,便按老习惯默默数着台阶,一直走到了芦花岛岸边。波涛阵阵,一望无垠,老人心情不错。这两年糜鹿崖生意不坏,挣了不少小暑钱,关键是老人觉得自己这钱,挣得有良心,干净。偶尔夜深人静,良心一起,老修士甚至都想要给剑气长城送些神仙钱。只是一想到这种笑话,就能让老人笑得合不拢嘴,你宋遂算个什么东西,需要你去送这点钱给剑气长城?认识剑仙吗?

老人挠挠头,有些惆怅,一辈子无甚出息的自己,若是真能与那姜尚真喝过酒,倒也好了。以后与孩子们吹牛的时候,拍胸脯震天响也不心虚。

老人回望山上,希望一直这样安稳下去,只有小烦恼,无那大忧愁。

老人回过神来,哑然失笑,摇了摇头,重新登山,再数一遍登山台阶,脚步慢悠悠,半点不急。

遥想当年,少年身边跟着个脸蛋粉扑扑的少女,少年不英俊,少女其实也不漂亮,但是相互喜欢，修行中人，几步路而已，走得自然不累，她偏偏次次都要歇脚，少年就会陪着她一起坐在半路台阶上，一起眺望远处，看那海上生明月。

老人停下脚步，转头望向那海上月。

今人见过昔年月，今月曾经照故人，都曾见过她啊。

老人突然抚着额头，稳了稳心神，瞪大眼睛，凝神望向台阶上的月色，总觉得方才有一瞬间的古怪，只是环顾四周，天地寂静，唯有偶尔松花簌簌落地的细微声响。

老人心细，虽说不曾与姜尚真真正喝过酒，可走过数洲之地，见过奇人异事，却是千真万确，不觉得这细微动静是可有可无的小事，立即御风来到一棵古松之巅，依旧没有任何蛛丝马迹，护山大阵也没有丝毫动静。老人最后望向一座芦花岛上划为禁地的孤峰，是那曾经名声大噪又名声渐无的造化窟。

老人自嘲道："若真是里面的老神仙出关，是好事才对。"

大海茫茫，比那九洲之地更加广袤，历史上有极多的仙人悄然离开陆地，在海上选择一处风水宝地，隐匿其中，潜心修行，要么悄然破境，要么悄然兵解，都不为人知。

玉圭宗位于桐叶洲南端。

峰峦叠翠，深邃幽奇，灵气充沛，是一等一的修行宝地。

其中那座神篆峰，有那峻极于天的美誉。

加上玉圭宗英才辈出，且从无青黄不接的忧虑，忧虑的只有一代一代的天才太多，祖师堂应该如何避免出现厚此薄彼的事情。

从老祖苟渊，再到稍稍年轻的姜尚真，最后是那年轻一辈中的第一人韦滢。

而与姜尚真、韦滢差不多辈分的天才修士，被这两人遮掩了太多光彩，其实换作其他宗门，在山上的名气会大许多。

一座名为九弈峰的山头上，殿阁连绵，仙气缭绕，仙禽盘旋，不是小洞天，胜似小洞天。而这座时时刻刻都会从玉圭宗祖山之外所有山脉峰头、溪涧江河汲取灵气的山头，之所以如此特殊，就在于玉圭宗历史上所有的宗主，都曾在此峰修道，宗主苟渊便是如此，成为宗主后才搬了出去。

传闻当年姜尚真正是跻身了金丹境，由于没能顺利入住九弈峰，便觉得唾手可得的一座九弈峰，竟然成了煮熟鸭子，鸭子飞，老子竟然没筷子了，这才一气之下，撂了句"此处不留爷自有留爷处"，就大摇大摆离开了桐叶洲，直接去了北俱芦洲闹幺蛾子，遍地撒野，害得整个玉圭宗在北俱芦洲那边名声烂大街。

在苟渊搬出九弈峰之后，在韦滢上山之前，因为姜尚真没能成为峰主，所以九弈峰一直空悬无主。

因为谁都清楚，谁能够结丹，在此开峰，就意味着是下一任宗主的不二人选。

韦滢一生下来,还在襁褓中,就被抱到了玉圭宗,然后在十九岁那年,又在众望所归之中,合情合理地搬到了九弈峰。

之后韦滢就喜欢时不时站在九弈峰,抬头望向那座神篆峰,并且从来不掩饰自己打量的视线。

反正是自己的下一处修道之地,只要在这期间,别画蛇添足,安心修行,迟早就是他韦滢的,那还有什么好藏掖的。

今天韦滢站在一处楼顶的廊道上,又仰头望向那处神篆峰某个地方,这与早些时候,是不太一样的。

韦滢身边站着一个身材修长的年轻男子,与他爹不一样,年轻人相貌普通,眉毛很淡,并且有个略显脂粉气的名字,但是他有一双极为狭长的眼眸,这才让他与他父亲总算有了点相似之处。

姜蘅。

但是玉圭宗祖师堂谱牒和姜氏家谱上边,却改成了姜北海。

不过熟悉他的人,还是习惯称呼为姜蘅。

能不能称呼姜北海为姜蘅,也算是玉圭宗年轻一辈修士当中,算不算有出息的一种证明。

因为姜蘅也好,姜北海也罢,都是姜尚真的独子。

如果说韦滢是板上钉钉的下一任玉圭宗宗主,那么姜蘅照理而言,比不上韦滢,却怎么也该是下一任云窟福地的主人。

只是近些年,有些风言风语,说那藕花福地,化名周肥的姜尚真,又折腾出来了个儿子。

这让姜蘅这些年心情始终舒坦不起来,不舒坦也只能忍着,连那派人潜入藕花福地宰掉那个弟弟的念头,都不敢流露出丝毫。

理由很简单,姜蘅最怕之人,正是父亲姜尚真。

姜尚真的那种可怕,桐叶宗山上山下,路人皆知。但是姜蘅对自己父亲的畏惧,要更深。

姜蘅的母亲,也就是玉圭宗某个辈分极高老祖的嫡女,一辈子都知道姜尚真从未真正喜欢过她。但是她与年幼姜蘅独处之时,依然会流露出幸福的诚挚神色,与尚且年幼的姜蘅说些心里话,对孩子说,能够陪在你爹身边,已经知足很知足了。

而她即将离世之际,姜尚真就坐在病榻旁边,神色温柔,轻轻握住枯槁女子的手,什么都没有说。反而是姜蘅的母亲,死死抓紧姜尚真的手,然后笑着说了些让一旁姜蘅如坠冰窖的言语。

"那女子,我偷偷去见过她一次,白发苍苍了,便是年轻时候,长得应该也不算好看。姜蘅姜蘅,取名'蘅'字,我猜了你的心思,遂了你的心愿,你也不与我说声谢谢,我这么些年,只与你生气这一件事。"

姜尚真伸出另外一只手,轻拍女子的手背,柔声笑道:"那你知不知道,当时你偷偷看她的时候,我在偷偷看你?你当时好像什么都赢了的娇憨模样,傻乎乎的,好看极了。"

女子点了点头,笑着离开人世。

姜蘅坐在床边的一条椅子上,呜咽不已。

然后姜尚真转过头,笑道:"哭死了娘亲,还要把你爹也哭死啊?这可不是孝子所为。"

孩子吓得噤若寒蝉,立即坐好,纹丝不动。

姜尚真当时说了一句让姜蘅只能死死记住却根本不懂意思的话:"做不了自己,你就先学会骗自己。姜尚真的儿子,没那么好当的。"

不过撇开对父亲那种刻骨铭心的畏惧,姜蘅在玉圭宗其实活得很好,甚至可以说是除了韦滢在内两三人之外,再无人可以与姜大少爷媲美。

此时此刻,姜蘅顺着韦滢的视线,望向神篆峰那边,笑问道:"就对那个隋右边如此念念不忘?"

韦滢摇摇头,道:"是,也不是,是至今仍然忘不掉,却不是如何痴迷喜欢。她最让我生气的是宁肯死了,都不来九弈峰做客。"

韦滢斜靠栏杆,不再看那神篆峰,望向姜蘅,轻声笑道:"这些女子心思,还是姜叔叔最知道。"

姜蘅趴在栏杆上,不愿聊这个话题。

他的名字一事,就是玉圭宗许多老祖师的乐子。

再加上雪上加霜的藕花福地一事,玉圭宗有那祖师堂座椅的,斗心斗力都斗不过他爹,所以就喜欢拿他姜蘅撒气。

反正那些人看得更加真切,都清楚姜尚真对姜蘅这个儿子,从来不寄予希望,更别提"厚望"二字了。

姜蘅转移话题,道:"看神篆峰那边的气象,老宗主肯定能够成为飞升境。"

韦滢笑着点头,道:"所以我想要成为下任宗主,就越发遥遥无期了。还好,玉圭宗只能有一个宗主,但是桐叶洲却能拥有两到三个飞升境。不知道哪个幸运儿,能够成为第三人。我看那太平山黄庭,以及那个离开扶乩宗去往书院的孩子,相对希望比较大些。"

姜蘅由衷佩服韦滢,什么话都能讲,都敢讲,不是进入九弈峰之后才如此,在修行之初,韦滢就已经是这样。

姜尚真就从不掩饰对韦滢的青眼相加，说亲生儿子不像儿子，所幸还有个更像自己儿子的韦滢，住在了九弈峰。

如今玉圭宗形势大好，而且不局限于一洲之地。

除了老宗主荀渊会跻身飞升境，还有玉圭宗的下宗真境宗，已经在东宝瓶洲书简湖彻底站稳脚跟。

再就是桐叶宗、太平山和扶乩宗一个个伤筋动骨，如今宗门里都开始有了那个说法，只要我们玉圭宗自己想要北上，哪怕三宗结盟，也挡不住，一洲之地，山上山下皆是我之藩属。而比那东宝瓶洲的大骊王朝，一洲之地皆是国土，这种说法更加惊世骇俗。

玉圭宗当了好几千年的桐叶洲老二，然后啥事没做，就成了桐叶宗的执牛耳者，而且再往后看几千年，好像玉圭宗继续什么都不做，一样能够稳坐头把交椅。

估计玉圭宗老宗主荀渊，做梦都能笑开了花吧。

委实是桐叶宗倒了八辈子血霉，怨不得别人幸灾乐祸。

先是飞升境老祖杜懋莫名其妙死了，不但死了，还牵连了一座小洞天。杜懋连那兵解离世的琉璃金身碎块，都没能全部遗留给自家宗门，加上那剑仙左右的出剑，太过缜密，影响深远，伤了桐叶宗几乎全部修士的道心，只有深浅不一的差别。

后来便有了玉圭宗姜尚真在云海上的大摆宴席，就在桐叶宗地盘边缘地带，换成以往杜懋这位中兴之祖还在世，根本无须杜懋亲自出手，姜尚真就会被砍得狼狈逃窜了。

然后是一个上五境老祖的叛逃，携带宗门至宝一起投靠了玉圭宗，最后陪着姜尚真去东宝瓶洲选址下宗，一起开疆拓土，只是最近这些年没了此人的消息，据说是闭关去了。

韦滢突然说道："先前说到了那个黄庭，其实在我看来，她的福缘比较惋惜，被拘押在了一洲之地，如果桐叶洲的剑修，少些井底之蛙的心态，愿意多走走剑气长城，哪怕桐叶洲注定成为不了北俱芦洲，也该早早拢起一两位仙人境剑仙的气运了。我若是说话管用，从今天起就会让剑修去往倒悬山，山深露重，每一次下山，多少是可以沾露而归的，蚂蚁搬家，桐叶洲的剑道气运，年复一年，积攒家底，自然而然就充沛起来。当然，这些游历剑修，必须被蒙在鼓里，因为唯有心诚些，才能成事。"

韦滢无奈道："她要是留在玉圭宗，我是愿意帮她与黄庭在剑道上争上一争的。"

姜蘅不知道所谓的气运一事，是韦滢自己琢磨出来的，还是荀老宗主泄露天机。不过姜蘅自然不会询问。知道了的事情，何必多问。

至于那个来历不明的女子，是如何到的玉圭宗，韦滢又为何高看她一眼，姜蘅都不在意。

韦滢最后缓缓道："否极泰来，月满则亏，不可不察啊。"

姜蘅望向远处，懒洋洋笑道："我就是个混吃等死的，千秋大业，都交由滢哥儿想去。"

"边头老马，解下缰绳便欲眠，绝无筋力可胜鞭。"韦滢笑了笑，竭尽目力，举目远眺，"好一个暮气沉沉，千坟万茔。"

姜蘅听了这些奇怪言语，也就只是下意识记住而已。

姜蘅思绪飘远，早些年游历倒悬山，桂花岛桂夫人，来自老龙城的云上一剑，倒悬山的梅花园子……

那一次远游，姜蘅原本志在必得，想要拥有桐叶洲第一条跨洲渡船，算是为姜氏开辟出一条新的财源，钱不多，但是有噱头，怎么也该让那个好像永远云遮雾绕的男人，稍微正眼看自己这个儿子一次。

结果事事不顺，非但这桩秘事没成，到了倒悬山，返回玉圭宗没多久，就有了那个恶心至极的传言，他姜蘅不过是出趟远门，才回了家，就莫名其妙多出了个弟弟？

今天姜蘅御风离开九弈峰，回了自己宅邸，依旧是娘亲住过的那栋老宅子。

姜蘅坐在一间屋子的门槛上，转头望向空无一人的室内，哽咽道："娘亲，爹是骗你的啊，当时爹还在云窟福地，如何去看的你，你到底知不知道啊……"

最后姜蘅仰起头，喃喃道："娘亲，你那么聪慧内秀，又怎么可能不知道呢，你一辈子都是这样，心里边最紧着那个薄情寡义的混账。娘亲，你等我，总有一天，我会让他亲口与你道歉，一定可以的，从那一天起，我就不再是什么姜蘅了，就叫姜北海……"

骤然之间，有个熟悉至极又让姜蘅畏惧到了骨子里的嗓音，在不远处响起。

"乖儿子，这么说自己爹，可不孝顺，会死的。"

姜蘅浑身紧绷，僵硬转头，望向那个满脸笑意的男人。

那男人唉声叹气道："好不容易回趟家，就给自己长子一通埋怨，亏得我薄情寡义，铁石心肠，不然就得直接道心炸裂，连跌数境了。"

姜蘅摇晃起身，面如死灰。

那人看着姜蘅，片刻之后，笑着点头道："笨是笨了点，毕竟随你娘亲，不过好歹还算是个人，也随她，这其实是好事，傻人有傻福，很好。但是该有的家规还得有，今天我就不与你计较了，你长这么大，我这当爹的，没教过你什么，也不好骂你什么，以后你就牢记一句话，父不慈子要孝，然后争取兄友弟恭，谁都别让我不省心。"

脑子里一团糨糊的姜蘅，只能是木然点头。

姜尚真转身离去，啧啧道："怎么生出你这么个丑崽子，实在是多看一眼都糟心，你也太对不起爹娘了。以后再见到我，低头说话。"

姜蘅这才敢抹了一把脸上的汗水和泪水，恍若隔世，鬼门关走了一遭。

那个男人今天这些话，兴许被外人听了去，只会怜悯他姜蘅的境遇，可事实上，比起以往男人所说言语,都算是好听的话了。

姜尚真离开了这座宅邸后,直接去往了神篆峰祖师堂,要恭迎老宗主出关,成功跻身飞升境。

韦滢无论是境界还是地位,其实都该在这祖师堂有一席之地,位置还肯定不会靠后,只是九弈峰太特殊,反而没有座椅。

祖上传下来的死板规矩,没道理可讲。而"宗"字头仙家,祖宗之法从来比天大。

进了门,被姜蘅坏了点心情的姜尚真,情绪立即好转几分,就喜欢这些老王八蛋一脸吃了屎还不能说难吃的表情。

见着了一个座椅靠近大门的女修士,驻颜有术,姿色是半点不差的,姜尚真立即凑近笑眯眯道:"刘师姐,这儿风多大,小心着凉,几天没见,瞧把你瘦的,心疼死我了,吃不起肉咋的,真没钱找我啊。别坐这儿,走走走,我那位置靠前,你坐我腿上。"

女子冷冷盯住他。

姜尚真哀叹一声,脸上写满"情伤"二字,走了。

在这祖师堂有座椅的所有人,都清楚天底下想要将姜尚真剥皮抽筋的,她肯定算一个。

当然,大半椅子的主人,其实与她差不多。

可惜姜尚真依旧活得好好的,每天好像扛着一座粪坑乱逛,他自个儿是开心了,可其他人都恶心啊。

姜尚真落座后,瘫坐在那边,长呼出一口气,道:"果然还是家里舒服啊,蹲坑都自在些。"

一位坐在对面的掌律老祖冷声道:"姜尚真,你给我把嘴巴放干净点!"

姜尚真愣了一下,嘴里继续絮叨道:"你谁啊,我爹啊,你教我?要是我今儿认了你做爹,你就肯把那件仙兵送我,我立马就在这里磕头认。以后别说是怎么说话,怎么吃饭,你都可以管我一管。再说了,只要咱俩认了父子,你那宝贝女儿、乖孙女,还怎么喜欢我?一举三得,我要是你,别说认儿子,认爹都答应!"

那位掌律老祖开始闭目养神。

不能撕破脸皮打打杀杀,骂又骂不过,还能如何。

事实上,他其实与姜尚真撕破过脸皮一次了,是在那姜氏的云窟福地。

结局对双方而言,都不太好。

所以那次宗主荀渊破天荒震怒。

居中那张椅子附近,涟漪微动,走出一位老人,正是破关而出的荀渊,笑道:"行了,世间所有'宗'字头仙家的祖师堂,就没像我们玉圭宗这么乌烟瘴气的。"

姜尚真瞪大眼睛,道:"老荀,看架势,这是连破两境啊?"

反正也没外人,荀渊立即破口大骂道:"死远点。"

姜尚真抬起屁股,四条椅腿一晃一晃,如人瘸腿走路,往后挪了挪。

荀渊收敛神色,道:"说正事。第一,筹备宗门典礼一事,都停了。第二,商量一下玉圭宗新任宗主的人选。这在浩然天下,不算什么规矩,也不算什么特例,所以你们不用一脸见了鬼的表情,心热就心热,眼馋就眼馋,多学学韦滢那个孩子,没什么好难为情的。"

姜尚真又将椅子挪到原位,一本正经道:"我可以立即卸任真境宗宗主一职,把更重的担子挑起来。至于韦滢,接替我原先的位置,年轻人,还是需要再历练历练嘛。"

然后玉圭宗祖师堂的老祖师和大供奉们,都觉得要么是姜尚真是宗主荀渊的私生子,要么就是宗主荀渊破了境,跻身了飞升境,然后脑子坏掉了。

因为荀渊点头道:"可以。"

所幸荀渊下一句话,稍稍算是一颗定心丸。

老人转头死死盯住已经站起身的姜尚真,沉声道:"坐了我这位置,就不再只是姜氏家主姜尚真了。"

结果姜尚真一屁股坐回了椅子。

荀渊厉色道:"给我站起来!当年你想要去九弈峰,我不答应,你就只能滚去别峰,今天我要你当这宗主,你不答应,也得做这玉圭宗宗主!"

姜尚真缓缓起身,低头作揖道:"姜尚真最后说这'谨遵法旨'四字。"

荀渊露出笑容,道:"让我再坐一会儿这张椅子。"

老人坐下后,望向大门外边的高山云海,没来由想起了那千古名篇。

云无心出岫,鸟倦飞知还,归去来兮。木欣欣向荣,泉涓涓始流,归去来兮。

但是真正让老人记住这篇文章的,其实不是这些山上神仙也羡慕的美好话语,而就只是篇首三字:

"余家贫。"

如果有那吃饱了撑着的仙人,选择从海上芦花岛出发,然后笔直一线东去桐叶洲,就会在扶乩宗附近登岸。

扶乩宗祖山名为垂裳,常年云海缭绕。

早先与那同样位于桐叶洲中部的太平山齐名,只是大致上算是一西一东,与那桐叶宗和玉圭宗的南北对峙,有着异曲同工之妙。

扶乩宗精通"神仙问答,众真降授",不过虽是道家仙府,却不在青冥天下的白玉京三脉之中,与那中土神洲的龙虎山,或是青冥天下的大玄都观,都是差不多的光景。

只是在那场几乎殃及整座桐叶洲的天大变故之前,不谈真正的底蕴,只说声势,扶乩宗还是略胜太平山一筹，双方曾经积怨已久，先后两只大妖作祟之后，一个重创了扶乩宗，一个更是让太平山元气大伤，患难与共的太平山与扶乩宗，自然而然摒弃前嫌，成了盟友，双方修士俱是下山，并肩作战多年，如今关系缓和极多。

今天深夜时分，有一对年轻男女，登上了封山多年的扶乩宗。

封山之前，扶乩宗将半山腰那条喊天街搬迁到了山下，这条繁华异常的街道，显然成了扶乩宗宗主嵇海的伤心地，因为多看一眼，就会想起他那个亲手打造出这条街道的道侣。

在喊天街那边，一袭儒衫的年轻男子买了些小物件，只要是价格超过十枚雪花钱的，一律不买。

男子身边跟着一个姿容极美的背剑女子，但是无人胆敢惹事，原因很简单，那把剑，是太平山佩剑样式。

而如此好看的太平山女冠，就只有一个，福缘深厚冠绝一洲的元婴境剑仙，黄庭。

要知道当年连那东宝瓶洲神诰宗的贺小凉——如今北俱芦洲清凉宗的宗主，先前在福缘一事上，都只是被誉为"黄庭第二"。

而在黄庭身边的落魄书生模样的读书人，则是没了儒家君子身份的钟魁。

当账房先生，陈平安最早还是跟钟魁学的。

钟魁侧身而走，笑道："我这般人不人鬼不鬼的，虽然没了儒家门生的身份，可到底不是什么扶乩宗嫡传，要与那嵇宗主学习独门秘术，光靠我家先生的面子，估计还是不太行。我是陈平安的至交好友，你与陈平安关系也好，那咱俩就是亲上加亲，你不帮我说几句，良心说不过去啊。"

黄庭刚从北俱芦洲游历归来没多久，未能一鼓作气打破元婴境瓶颈，回了太平山后，说是闭关，其实就是懒得见人。

黄庭在南下归途期间，路过东宝瓶洲的时候，还专门走了一趟大骊王朝，想要见一见那个丑乎乎的黑炭小丫头，看她剑术刀法学得如何了。不承想小姑娘竟然不在山上，倒是有两个眼神不正的家伙，盛情挽留她，年纪大一点的，是想要骗她当供奉，另外那个只差没流哈喇子了，跟市井无赖没啥两样。

黄庭没心情跟钟魁说些玩笑话，此次出山，是山主撵人，不得不陪钟魁走这趟垂裳山，所以说起了正事，道："我有山主密信，应该能帮上忙。其他的，我都不管。如果嵇海不答应，我也没辙，你自求多福。"

钟魁忧愁不已。

黄庭就想不明白了，事情大，先前就该上点心，哪有到了垂裳山才当回事的道理。先前在山脚的喊天街，这个曾是书院君子的钟魁，杀起价来，功力不浅，半点脸都不要的那种。黄庭也是走多了山下江湖的，依然自愧不如。不过钟魁此人，黄庭不爱搭理他是一回事,心中观感不错,是另外一回事。太平山一役,若非钟魁料敌在先,力挽狂澜,对师门心怀愧疚的黄庭,估计自己已经窝囊憋屈死了。

这一路上,钟魁走走停停,会在江河湖畔找那些水鬼水仙闲聊老半天,与那游荡在坟茔中的野鬼,聊那鸡毛蒜皮的老黄历,黄庭反正就由着他,他自己不急,她一个旁人更不急。

当时钟魁还有理了,与那差点烧黄纸拜把子的鬼魅老者道别之后,与黄庭说:"这叫老人不说古,后生不知谱,是那陈平安与我念叨的。"

沉默的黄庭便难得顶了一句:"陈平安也会与人念叨你的念叨吗?"

钟魁就埋怨她:"你们这些剑仙啊,出剑吧,杀人,说话吧,伤感情。"

两人缓缓登山,嵇海迟迟没有露面,不是个好兆头。

两人虽非什么桐叶洲的通天人物,但是嵇海一向待人接物礼数周到,不是那种喜欢摆架子的前辈。黄庭从不是妄自菲薄的人,哪怕光是自己一人造访扶乩宗,嵇海按照常理,就算不去山门那边迎接,此刻也该在山路台阶之巅那边露面了。

钟魁依旧不着急,说道:"听说北俱芦洲那个与你在砥砺山打过的刘景龙,不但已经是剑仙了,后面三场问剑,还打得很精彩。"

黄庭点头道:"那个婆妈鬼,成了剑仙有什么奇怪的。我是元婴境的瓶颈更大更高,故而再慢他一些,修道之人,不差这几年早晚。相比名次更高的两个,林素和徐铉,我更看好刘景龙的大道成就。当然,这只是我个人观感。"

钟魁来了兴致,悄悄问道:"这趟北俱芦洲游历,就没谁对你一见钟情?"

黄庭不忌讳这些,道:"有啊,还不少。骸骨滩鬼蜮谷里,就有个披麻宗修士,人挺好的,我都想着介绍师妹给他了。"

钟魁哀号道:"天底下还有比女子对男子说你人好,更让男人感到天崩地裂、生无可恋的言语吗?黄姑娘啊,黄仙子啊,以后求你莫要再说这种话了,哪怕当个哑巴都比这更好。"

黄庭又懒得说话了。

钟魁望向西边,垂裳山临海。

钟魁自言自语道:"真的很想去剑气长城那边看一看。先生不让啊。"

黄庭瞥了眼钟魁。

钟魁苦笑道:"我不是你,是那剑修,万事由心。读书人,规矩多。"

黄庭笑道:"连君子头衔都没了,儒家门生都不是了,还死守着读书人的身份不放啊。嗯,还真是死守着不放。"

钟魁有一点极好,开得起玩笑,往他伤口撒盐都不计较。

钟魁扯了扯衣领,抖了抖袖子,道:"当读书人自身利益受损,还能够保持一颗平常心,就算修身小成了。做不到,就是道貌岸然。我这会儿,属于正大气象。当年陈平安那小子,便是被我浑身浩然气给震慑到了,佩服得那叫一个五体投地,死皮赖脸要与我斩鸡头,我都没答应,嫌他肚子里墨水少,写不出诗词。"

黄庭说道:"我眼没瞎,却瞧不出来。"

钟魁仰头望向垂裳山之巅,有些伤感。

相传早年曾有一位高人,游历路过此地,送了稚海一句不太吉利的谶语:

日出担柴过大冲,雨后披蓑难开颜,脂肤荑手不牢固,世间尤物难留连。

钟魁是不太信命的。哪怕他自己也同样是身负谶语之人。

钟魁就是不喜欢。可好像不认命又不行。这让钟魁愁上加愁。

不知道九娘的客栈生意,没了自己这顶梁柱的账房先生,以后的春联让谁来写。

不过据说大泉王朝那个叫姚近之的漂亮姑娘,手腕了得,也有那童谣、谶语傍身了,是福是祸,暂时都还不好说。

想到这些,钟魁突然转头说道:"黄姑娘,太平山反而先不太平,你说你们把名字取得这么好,也不负点责任,如今世道这么乱,不得怨你们一怨?"

黄庭笑呵呵道:"找砍?"

钟魁嬉皮笑脸道:"若是剑仙姑娘,能把我这死人砍活,随便你砍。"

黄庭收敛神色,轻声问道:"你不怨命?"

钟魁摇摇头,道:"得之我幸,失之我命,生死也是如此。"

桐叶宗在杜懋崛起之后,处境就再无如此窘迫过。

如果不是宗主以舍弃大道登顶的代价,以旁门左道之术破开瓶颈,成为一位仙人境剑修,再加上护山大阵"梧桐天伞"还在,恐怕桐叶宗这几年的日子只会更加难熬。

掌律老祖竟然携带重宝叛逃,人心不稳,供奉四散,偌大一座桐叶宗,其实版图犹在,但是人不够了。

桐叶宗不是没有修道坯子,恰恰相反,这些资质极好的苗子,极多,只是大多都还没有真正成长起来。

桐叶宗在之前数千年一贯跋扈行事,其他仙家势力,从上到下,人人习惯,甚至会主动帮着桐叶宗积攒底蕴,就为了换取一点香火情。可能是桐叶宗的地仙来自家做客,露个面,参加某场山头典礼,帮着撑场子;或是桐叶宗下山历练的年轻修士,能够带上自家修士,打骂随意,别一个不小心断了大道长生桥就成,真要不小心了,桐叶宗事后愿意赔点钱意思一下,也行,多少算是留了点面子给那座门派;要么就是桐叶宗开峰仪式,不奢望在那祖山有个地儿,只需要在别处山峰上,远远看几眼桐叶宗的山巅大人物们,然后回了各自山头,便是一杆实打实很管用的虎皮大旗。

只是这一切桐叶宗内外都极其习惯了的事情，变成了桐叶宗如今最受诟病的地方，不光是诟病，许多小动作，越来越过火，一些个离着桐叶宗稍远、底蕴又足够深厚的门派，只差没有公开身份挖墙脚了。桐叶宗的许多末等供奉，就这么很快被瓜分殆尽。

所以桐叶宗宗主，即便跻身了仙人境，依旧倍感疲惫不堪。

原本匍匐在脚下苟延残喘的那些个山水神祇，也偷偷缔结盟约，竟然有胆子开始与桐叶宗讨价还价了。

许多原本会主动为桐叶宗双手奉上修道坯子的山下王朝，也有了些别样心思，会绕远路，带着孩子们先去扶乩宗或是太平山，先看看那边的仙师们，是否瞧得上眼。

若是就事论事，桐叶宗做过很多挑不出半点毛病的事情，不是没有一次次的施恩于人。一宗雨露，恩泽山河万里，绝对不全是溢美之词。

可惜如今的桐叶洲山上修士，谁乐意提这些。

一袭紫袍的男子站在一处宗门辖境的河畔，此处曾是剑仙左右的短暂逗留之地。

男子最早会愤恨恼怒此人的出剑，只是随着时间的推移，种种变故骤然而生，看似毫无征兆，实则细究之后，才发现原来早有祸根蔓延开来。

以往的桐叶洲，太过依赖那位中兴之祖的境界了。而那位中兴之祖又太过喜欢依仗境界，碾压群雄，上行下效，宗门上下，大体上皆是如此。

安稳世道，这个大体上，绝非坏事，是一种谁与争锋的气象，蔚然大宗。

能够用境界和法宝解决的山外麻烦事，就先斩后奏，不行，就用"桐叶宗"三个字解决，再不行，就返回宗门，请师长前辈出手，三板斧落地，屡试不爽。不识趣的，人头滚地；识趣一点的，赔礼道歉，在山门外磕头。

不是说桐叶洲数千年以来，全然没有独到之处，只是这些细枝末节的锦上添花，好像经不起太大的风浪。

等到中兴老祖一走，加上杜懋那种为了活下去不惜毁去一座小洞天的狠辣举措，别说是那些喂不熟的记名供奉，也不谈那帮年纪轻轻、心思简单的祖师堂众多嫡传，便是身为宗主的这个男人，他自己也会感到寒心。

哪怕转换位置，他自认一定会与杜懋做出同样的选择。

男人身边，来了一个怯生生模样的年轻女子。

男人转头笑问道："他剑心弥补得如何了？"

那个桐叶宗公认的剑仙坯子，得了老祖杜懋亲自赐下的一把长剑，只是后来又被左右几句话，便差点打烂了剑心。

刚刚褪去少女稚嫩的年轻女子开心道："启禀宗主，师兄剑心恢复得差不多了，一旦剑心重新圆满，有希望立即破境。"

男人虽然心力交瘁，对于自身大道前程，更是已经失去了可能性，但是只要一看到这些年轻的脸庞,这些桐叶宗下一场中兴崛起的未来栋梁,男人便又能恢复几分心气。

男人微笑道:"这几年,辛苦你们了,许多原本属于你们师长的职责,都落在你们肩头上了。"

他眼前这个早年被祖师堂一致认为唯一缺点就是太怯懦的孩子,在太平世道里,修道之心和下山言行,就如她嗓音模样那般软糯,反而到了如今的惨淡光景,反而道心越发坚韧起来,而且这份坚韧,是以前的桐叶宗年轻人身上不太常见的。当然,这与以前宗门太顺风顺水也有关系。

她使劲摇头,鼓起勇气大声道:"启禀宗主,既修行又修心,很好的!半点不辛苦,宗主不要担心!"

紫袍剑仙笑了笑,是很好,这丫头都敢当人面大声说话了嘛。

他御剑离去,离去之前,与她说道:"我们桐叶宗,是有希望的,我相信你们,你们也要相信自己。"

河边只剩下年轻女子一个人。

等到宗主身影远去,约莫该到了祖山之后,她才坐在河边,发起呆来。

不知道那个天底下最不讲理的剑仙,到了剑气长城之后,是如何与蛮荒天下讲理的。

她丢了一颗石子到河里,在心里偷偷骂了那个人一句。

东宝瓶洲,老龙城。

藩王府邸。

宋集薪,或者说是大骊宋氏谱牒上的藩王宋睦,今天实在是烦心不已,便干脆躲清静来了,躺在一条廊道的长椅上。

三教九流,什么乱七八糟的人物,全都削尖了脑袋想要往这藩王府邸里边钻。

宋集薪越来越觉得自己身边缺少几个可以放心使唤又很好使唤的人物了。

只要脑子好,境界足够,宋集薪根本不介意对方的出身。

但前提得是宋集薪自己选中的。

不然像是符家的暗示,云林姜氏的言外之意,甚至是那正阳山、清风城许氏的种种人物、种种言行,都让宋集薪觉得烦躁。

关键是许多有资格走入府邸的人,宋集薪还不好怠慢。

以前没觉得见人说人话、见鬼说鬼话有什么难的,现在一样没觉得太难,但是觉得自己真是累。

归根结底,宋集薪哪怕已经当了好几年的大骊藩王,依旧没觉得自己真是个所谓半洲之地皆藩地的藩王。

第八章 溶溶月淡淡风

哪怕元婴境修士甚至是上五境修士,也要对他以平礼相待,就算是大骊实权武将以及那些南下游历老龙城的上柱国姓氏子弟,与他言语的时候,也要掂量掂量一些自己的措辞和语气。

宋集薪还是不习惯。

做梦一般。

可是最让宋集薪内心深处感到不快的事情,是一件看似极小的事情。

身边的婢女,那个相依为命那么多年的稚圭,好像离他越来越遥远了。

宋集薪好像越来越看不懂她了。

事实上,稚圭没有说任何不合情理的言语,甚至一个眼神都没有。

但是宋集薪就是能够察觉到藩王府邸与老龙城苻家府邸的那种诡谲氛围。

宋集薪不想去问她,而是想要她告诉自己。

一个不主动问,一个不主动说。

宋集薪躺在长椅上,打算什么都不想,睡个小觉,至少也该打个盹儿,他喃喃道:"该不会这就是貌合神离吧。不会的。"

宋集薪蓦然起身,正襟危坐。

因为身边坐下了一个身穿白袍的男子。

皇叔宋长镜。

十境武夫宋长镜!

宋长镜神色淡然道:"这就觉得辛苦了?"

宋集薪点了点头,道:"件件事情不耽误,不保证做得有多好,大纰漏肯定没有,皇叔请放心。若有责骂,我认真听着,有错会改。"

宋长镜冷笑道:"如果骂你管用,我能将你直接骂死。"

宋集薪感到了一种窒息的压迫感,开始呼吸不畅。

可事实上,宋长镜根本没有任何举动,就只是说了一句重话。

宋长镜说道:"真武山马苦玄,以后会来这边做事。"

宋集薪脸色阴沉。

杏花巷那个从小就喜欢扮痴装傻的小杂种!

宋集薪很少如此憎恶一个人。

宋长镜起身准备离去,看了眼宋集薪,道:"我可以答应你一件事,例如你想杀马苦玄的时候,告诉我一声。但是只有一次机会。许多要求,我未必答应,比如杀了皇帝陛下,让你去坐龙椅。至于要不要把这个机会,浪费在一个马苦玄身上,你自己看着办。"

宋集薪跟着起身,道:"记住了。"

老龙城外的海边登龙台,如今已是禁地中的禁地。

是藩王宋睦亲自下的禁令。

所以能够去那边登高赏景的，寥寥无几。如果是练气士，需要元婴境起步。

去的次数最多的，竟然是一个藩王府邸的婢女。

不过那女子，长得真是不俗气，听说她只是凡俗女子，竟是比那修道有成的女子修士，还要姿容无瑕，飘然出尘。

今天登龙台，她又是孑然一身，站在了最高处。

环顾四周，并无窥探。

原先那个在登龙台附近结茅观潮的符家金丹境供奉，也已经搬去别处。

如今身在这老龙城，如果连她都察觉不到任何迹象，那就肯定没有人在运转那种掌观山河的稀烂神通了。

她一双金色眼眸，宝光流转不定。

身上穿着一件炼化了全部云海的符家祖传龙袍。

如今这东宝瓶洲，可不是谁想杀她就能杀的了，而是除去约莫双手之数，换成了她想杀谁就杀谁！

但是这份微不足道的境界修为，依旧毫无意义。

光是一个成了南岳大山君的范峻茂，就依旧让她感到束手束脚。

而范峻茂以后的破境速度，一样会很快。

稚圭低下头去，是一条额头生出犄角的四脚蛇，在她脚边老老实实趴着。

她抬起脚，一脚重重踩下去，那条四脚蛇模样的可怜小东西，不敢逃窜，只能使劲甩打尾巴，以示可怜，竟是使得整座登龙台都震动不已。

她怒道："摇尾乞怜，便能活吗？你活得连那个哭鼻子都要躲起来的泥腿子都不如！"

瞬间加重力道，直接将那条四脚蛇踩得陷入地面。

稚圭收回脚，转头怔怔望向遥远的南方，那边的模糊天幕。

能够管她的那个人，死了。死得真是可怜。

另外一个，其实也能管一管她的，却从来不知道真相，真是可笑。

夜幕中。

老龙城范家的那艘跨洲渡船，桂花岛上。

桂夫人与唯一的弟子金粟，坐在雅静宅邸当中。

金粟笑道："师父，这又不是中秋节，为何要吃月饼？"

桂夫人一手持月饼，一手虚托着，细嚼慢咽后，柔声道："就是想啊。"

金粟只在师父这边，才有些俏皮娇憨模样，她伸长双腿，双手十指交错，伸了个大懒腰,然后抬头望去,岛上那棵祖宗桂树极高,月亮好像就挂在了枝头上。

桂夫人轻轻咬了一口月饼,打趣道:"还是喜欢孙嘉树,不喜欢范二?"

金粟微微脸红,埋怨道:"师父,这就很大煞风景了啊,不合时宜,很不合时宜!"

桂夫人笑道:"好好好,与你认个错。"

金粟继续仰头望向那好似明月、桂树相依偎的绝美风景,随口问道:"师父,听说每座天下都有月亮啊,蛮荒天下更是有三个,再加上那么多的洞天福地什么的,到底哪个才是真的?还是说所有的都是真的?人人处处,谁都可以举头望明月呢。"

桂夫人笑了笑:"大概真正明月在心间吧。"

月中月。

金粟没来由感慨道:"如果能够一直这样,就好了。"

桂夫人微笑道:"月有阴晴圆缺,终究只是人们的眼中月,而心中月,不会如此的。只不过哪个更好,可从来没有准确的答案。"

这位姿容不算绝美却尤为气质雍容的桂夫人,仰头望向天上月。

在月上看惯了人间,其实在人间遥遥看月,也很不错啊。

青鸾国漕运重开一事,总算是功德圆满了,经手此事的各个衙门、大小官员,方方面面都很满意。

其实此事起先无人看好,事情难做之外,还很得罪人,以及容易后患无穷,落人话柄,一个不小心,就是一身烂泥粘在官袍上,洗都洗不掉。

所以最早的时候,不过是两个从户部、工部抽调离京的郎中大人,再加上一个漕运某段主道所在州城的刺史,官帽子最大的,也就是这三个了。

外加一个从县令"擢升"为漕运疏导佐官的柳清风。

只是随着谁都没有意料到的万事顺利,主政官员的官帽子就越来越大,户部侍郎、工部侍郎抢着要离开京城,去那传说中蚊蝇蔽日、蚂蟥爬满脚的地方漕运上吃苦头,半年后,干脆是工部尚书亲自领衔,据说事事亲力亲为,最终不辞辛苦,好不容易漕运得以开通,回京之时,高风亮节的尚书大人只带回了一把万民伞。

皇帝陛下龙颜大悦,升官之人不算少,原本官品就够高的,那就赏赐下去一些御用之物。

当然只除了那个识趣躲在幕后的柳清风,没捞到多少便宜,其实最早与柳清风共事的郎中、刺史三位官员,心中有些别扭,只是与柳清风朝夕相处很长一段时日的三位大人,最终嚼出了些余味,没有在折子上多说半个字,至于那个柳清风为何要如此,三位都升了官的,至今还是没能想明白。

照理说,一个被家谱除名、声名狼藉到了极点的官员,好不容易有了一份实打实的功劳,该得的,怎会不要？一般人,不该得的,都要死求。这个柳清风倒好,晒成了一个村野老农似的,整个人精瘦精瘦,更何况漕运一事,几乎所有细节和走势,全是他一人的功劳,反而到最后是最没升官发财的一个,从漕运佐官平调为了郡守佐官而已。

今天柳清风就在去往青鸾国偏远郡城的赴任路上,乘坐一驾马车,车夫是那当过县尉的扈从,王毅甫。

打小就是书童出身的柳蓑,坐在这魁梧汉子身边。先生坐在后面的车厢看书,道路颠簸,看书最伤神伤眼,只是柳蓑每次忍不住掀开帘子提醒,老爷总说看一会儿就不看,到后来,柳蓑便算了。

老爷这一路,不看那些圣贤书籍,竟然只是在翻阅整理青鸾国的所有驿路官道,甚至收集了一大摞地理图志,还会从乱糟糟的地方县志当中,挑出那些一切与道路有关的记录,不管道路大小,是否已经废弃,都要圈画、抄录。

柳蓑觉得自己大概永远不会知道自家老爷在想什么了。

柳蓑与王毅甫关系很好,他觉得王毅甫都当了威风八面的县尉,却还愿意跟着自家老爷去漕运河渠风吹日晒的,官也没升,讲义气。

所以柳蓑还是喜欢称呼这个汉子为王县尉。

王毅甫也没说什么。

一直就是柳清风书童的柳蓑,最早就跟随柳清风一起离开了狮子园,先是四处游学,然后是进京赶考,再后来是去县衙。

如今还是少年岁数,只是少年已经不再那么年少。

关于这件事,少年今天会很高兴,以后可能会感伤。

只是让他现在就伤感的一件事情,是自家老爷,年纪不大,还远远没到四十岁,就已经双鬓有了霜点。

更让柳蓑伤感的,是老爷如今的模样,半点都不像当年那个青衫翩翩的读书人了。

黄昏中,马车到了一处驿站,递交关牒和公文后,三人在此休歇过夜。驿站胥吏是真没看出那个柳姓男人是个当官的,反而是那个沉默寡言的车夫扈从,更像些。

因为觉得柳清风的官,不大不小,就给三人安排了两间屋子,不好不坏。

柳清风吃过了晚饭,便开始点灯看书,并且取出笔墨。

王毅甫坐在一旁,笑道:"柳先生,你不管如何,哪怕只为了看书不伤眼睛,也该试试看修行一事,这点神仙钱,不用为大骊节省的,反正大骊朝廷只会赚取更多。"

柳清风放下书,摇头道:"还是算了。修道资质如何,我心中有数。"

王毅甫关于此事,今天是第二次说,柳清风还是拒绝,王毅甫便再也不会多说什么。

柳清风难得翻开了书,忍住不一直看下去,反而合上书,问道:"喝点酒?"

王毅甫大感意外，笑道："论学问、论治政，一百个王毅甫都不如一个柳先生，可要说这喝酒，反过来。"

柳清风苦笑摇头，道："没喝酒就开始骂人啊。"

眼前这位王毅甫，是昔年东宝瓶洲最北方卢氏王朝的实权大将，国之砥柱。

而大骊王朝最早的时候，就只是卢氏王朝的藩属之一！

柳蓑端来了酒碗，都是市井酒水，买得起，滋味也不算差。

柳蓑帮着两人倒了酒，然后看着两个坐着不动的老爷和王县尉，疑惑道："不是喝酒吗？佐酒菜可是没有的，除非我喊得动驿站那些斜眼看人的官老爷。"

柳清风笑道："真正的面子，是人不到不开席。你不坐下，我与王县尉都不敢拿酒碗。"

柳蓑哈哈大笑，一屁股坐下。

自家这位老爷，其实开起玩笑来，很有意思的。

可惜次数少了点。

柳蓑酒量不行，不爱喝酒，何况也不敢多喝，得看着点自家老爷，如果王县尉敢一味劝酒，也得拦上一拦。

所幸老爷喝得慢，王都尉也从不劝酒，这让少年宽心几分。

一高兴，柳蓑自己就喝得有点多了。

王毅甫放下酒碗，道："柳先生，我其实一直很好奇你是怎么看待山上的。"

柳清风抿了一口酒，缓缓道："只是如何看待山上，意义不大，山下山下，其实界线没有我们想象的那么大。山下短寿早夭，山上更加长寿。"

王毅甫问道："仙家术法，柳先生都不讲？这不是比寿命长短，差距更明显吗？"

柳清风摇头笑道："我是读书人，要是对上了沙场士卒，就会被一两刀砍死，王县尉，你说双方差距大不大？"

王毅甫点头道："原来在柳先生看来，山上修道之人，就只是拳头大些，仅此而已。"

柳清风不再喝酒，道："有钱人、山上人，尤其是富可敌国的前者，所谓得了道的后者，双方都是得了天地造化的大恩惠，活命无忧，衣食更是几辈子都无忧了，那就应该想着打开腰包，还回去一些，有来有往，细水长流。这不是我非要人人学那道德圣人，并非如此，而是如此做了，是送小钱出门、迎大钱进门的路数，归根结底，还是赚钱，得到更多的利益。"

柳清风继续说道："对破坏规矩之人的纵容，就是对守规矩之人的最大伤害。"

说到这里，柳清风转头望向已经喝了个半醉的少年柳蓑，笑问道："那么我们如何确定自己订立的规矩，就一定是好的，是对的？"

"老爷自己想这些，我不想，想也想不出答案。"柳蓑晃着脑袋，咧嘴一笑，"不过老爷也少想些，不然别的不说，我也跟着累了。"

柳清风摆摆手,无奈道:"你继续喝酒就是了,什么都不用想。"

王毅甫举起酒碗,敬了柳清风一碗酒。

柳清风也拿起碗,道:"我量力而行,不与王县尉客套。"

后来柳裒已经趴在桌上熟睡过去。

王毅甫难得与这位柳先生闲聊如此之久,并且能够如此随意。

柳先生说那些王毅甫眼中的大事壮举,都神色平静,极为从容,唯独在说到一件王毅甫从未想过的小事上时,竟是破天荒喝了一大口酒,真是借酒浇愁了。

"东宝瓶洲各处,一地方言的消失,让人心痛。许多大的小的,哪怕极为琐碎的文脉,只要书籍还在流传,总有补救的机会。可是那些牵连着许多风俗的方言,若是没了,就是彻底没了啊。"

柳清风最后怔怔望向窗户。

窗户关着,读书人看不见外面的月色。

是比昨天明亮,还是会比明天暗淡,都不知道。

徐远霞回了家乡,开了一家武馆,只不过这位馆主,却喜好关起门来偷偷写书,给下人打扫房间时偷看了去,便成了个不大不小的笑话。

虽说大髯汉子一大把年纪了,那副尊容,也实在上不得台面,可是愿意嫁给他的姑娘,还是不少。

毕竟一看就是个不缺银子的主,关键是这个上了岁数的男人,方方面面,都吃得开,本地的江湖帮派,县令老爷,同城的郡守府里边当差的,秀才贡生,他都能聊几句。

一条老光棍,只要腰包鼓,想当光棍都难。

城池周边的深山,来了一帮神仙老爷,占了一座山清水秀的僻静山头,那边很快就云雾缭绕起来。老百姓们蜂拥而去,在山脚那边,有那磕头求仙家缘分的,也有求着这些仙人帮忙消灾解难的,只是都被拒之门外。

之后一位山上神仙云游山外的时候,相中了一个修道坯子,原本是个郡城最寻常的市井少女,她自己死活不乐意,一心想要与青梅竹马成亲,过安稳日子。她喜欢的年轻男人,刚好就在徐远霞的武馆学拳,暂时算是外门弟子。

只是让徐远霞哭笑不得的,是他走了一趟山中,用道理外加那把腰间佩刀,好不容易说服了那帮练气士,别用强的,得做那你情我愿的买卖,那些修道之人,境界不高,而且也算讲理,和和气气的,便答应下来。

不承想徐远霞的武馆,很快给那少女的爹娘带了一大群亲戚,闹了个鸡飞狗跳,哀号不已,尤其是个老妪,哭得晕厥过去,差点没能喘过气来。

后来少女自己也改了主意,不管是被爹娘亲戚说服了还是如何,总之就是答应去山上修行仙家术法了。

徐远霞便闹了个里外不是人。

只不过江湖路走多了,徐远霞倒也没觉得如何。

那对男女,分别之前,也就是那些相约柳梢头,山盟海誓什么的,估计双方都想通了之后,还会对未来充满憧憬。一个学了拳,当江湖大侠,自己开门立派,一个在山上学了仙家术法,以后甚至可以相互帮衬。

只是还没过一年,她便回来得少了。

再过了一年,她就干脆再也不回来了,哪怕男子去找她,也上不了山,更见不着她。

以前滴酒不沾的年轻男人开始学会了喝闷酒。

徐远霞对此也只能是一声叹息。

那少女是修道坯子,还真不假,竟然已经能够跟随师长师兄从郡城上空御风而过了。

愿游名山去,学道飞丹砂。

那个时候,正值晚霞,年轻人抬头望去,一下子就满脸泪水。

徐远霞都没法劝什么。

这天夜里,徐远霞躺在屋脊上,坐着喝酒。

有些想念两个比他岁数小的江湖朋友。

又傻又聪明的张山峰。

永远思虑重重的陈平安。

不晓得下次三人再碰头,自己得喝掉多少壶酒才行。

如今世道可处处透着古怪,徐远霞只希望那两个朋友,过山过水,都能顺顺当当的。

大髯汉子歪着脑袋,揉了揉下巴,真要说起来,自己刮了胡子,三人当中,还是自己最英俊啊。

书简湖云楼城一处巷弄。

住在门对门的两个人,一大一小,年轻男人与一个常年挂鼻涕的孩子蹲在院子里,烤苞米。烤好后,年轻男人掰成两截,递给那孩子一半。

孩子急眼了,不去接,骂道:"姓顾的,凭啥我吃小的半截?你年纪大,就不能让着我些?还想不想当我姐夫了?"

顾璨笑道:"我这辈子就没吃过小的那半截苞米,从来都是大的那截。跟你熟归熟,但是不能破例。"

孩子瞥了眼顾璨,看样子不像开玩笑,见好就收吧,反正苞米都是顾璨的,自己没花一枚铜钱。孩子啃着苞米,含糊问道:"你这么有钱,还经常吃烤苞米?"

顾璨点头道:"吃啊,怎么不吃,饿极了,土都吃。"

孩子白眼道:"成天满嘴胡话,没姑娘会喜欢你的。"

孩子一直不知道,眼前这个还算人模狗样,勉强配得上自己姐姐的家伙,曾经是书简湖的顾大魔头,后来消停了一段时间后,很快就又成了一个不容小觑的书简湖地头蛇,甚至可以说,如今的顾璨,走得步步稳当,方方面面的人情往来,关系打点,都风生水起,只是一切都在幕后。

曾经的截江真君刘志茂,如今的上五境修士,真境宗供奉,在当年那场闭关之前的师徒问答之后,其实已经彻底将顾璨视为唯一嫡传,将那本关系大道根本的《截江真经》留给了顾璨。

师姐田湖君,如今更是将这个小师弟视为最后一根救命稻草。

原先负责驻守云楼城的大骊年轻将军关翳然,哪怕如今已经离开,但是新一任大骊武将,分明是那个关氏嫡玄孙的朋友,而且是上了酒桌敬酒酒杯只会比关翳然更低的那种。顾璨知道这是朋友,又不是朋友,但其实都不重要。

石毫国新帝韩靖灵,石毫国庙堂上最年轻的礼部侍郎黄鹤,以及许多书简湖年纪不大的"老朋友",都曾私底下陆陆续续来找过顾璨。

最关键的,是曾经有个不速之客,找上了门。

顾璨一眼就看出了对方的身份,哪怕对方施展了障眼法。

顾璨也没有装傻,直接作揖行礼,敬称姜宗主。

姜尚真当时挺乐呵,不但进了门,还与顾璨喝了酒,无声无息隔绝出小天地,半点不把顾璨当外人,说了几句惊世骇俗的言语。

说他姜尚真如今太他娘的憋屈了,卧榻之侧,鼾声如雷啊。

还骂那玉圭宗的老宗主,骂他的选址太糊涂,换成其他任何鸟不拉屎的地儿都行啊,偏偏选了此处,不是存心让他姜尚真每天睡不着觉嘛。

顾璨只是听着,双手持杯,也不喝酒。

这个举动,意思很简单,就是他顾璨,身在书简湖,就只做姜宗主觉得应该是怎样才算正确的那个顾璨。

至于顾璨自己当下如何,想如何,本心如何,未来所求,所有的一切,根本不重要。

所以姜尚真就只是来了一趟,喝了几杯酒,便走了。

顾璨在这些事情上,除了那个真境宗宗主的某些言语,其他从不对曾掖和马笃宜隐瞒什么,可曾掖和马笃宜起先还是都很担心,担心顾璨会重新变成之前的那个青峡岛顾璨,而不再是跟着陈先生走过千山万水的那个顾璨。

好在顾璨没有让他们担心更多,除了各种层出不穷、匪夷所思的应酬、酒局,顾璨依旧会每年拿出最少六个月,带着曾掖、马笃宜一起游历书简湖附近的山上山下。

在这个过程里,除了游览山水形胜,也有过许多意料之外的冲突,其中就遇到一场惨绝人寰的惨事。

顾璨没有再像以往那般息事宁人,或是一笑置之,此次出手,以腰间那把原本只是做个样子的寻常剑,独自斩杀练气士十二人,皆是一击毙命,其中还有一个曾掖和马笃宜都十分忌惮的龙门境修士,只是在连剑修都不算的顾璨身前,都谈不上有什么还手之力。

最后顾璨也只是一手持剑,另外一手轻轻握拳,轻轻一敲握剑之手,抖去长剑之上的鲜血。

当顾璨向他们二人转过身之时,已经收剑在鞘,笑道:"走了。天地生养,天地收尸,不用去管。"

那一次,就连曾掖和马笃宜都觉得大快人心,那帮修道之人,死不足惜。

如今顾璨的家业不小,除了刘志茂争取回来的那座青峡岛,还有好些岛屿都记在他名下,所以顾璨其实已经很少来小巷宅子这边,但是每次出门游历归来,或是忙里偷闲,就都会来这边住一宿。

今儿苞米足够多,虽说次次都只能吃那小半截,孩子依然吃了个肚皮滚圆。

顾璨想着一件心事。

自己千绕万转,精心安插在正阳山和清风城许氏的那两枚棋子,连他自己也不知道何时才能提起伏线。

既然急不得,那就慢慢来吧。

孩子打了个饱嗝,干脆坐在地上,看着一旁那个姓顾的家伙,问道:"除了我,谁还那么好说话,让你吃大截的苞米?"

顾璨瞥了眼他,孩子突然有些怕。

顾璨笑了起来,指了指孩子的脸庞,道:"擦一擦鼻涕。"

孩子立即一吸鼻子,都不用拿袖子手背擦拭。

顾璨想了想,说道:"我与那个人,大概很难变成以前的那种关系了,不过没事,只要我不犯大错,一次都不犯,他就只能一直念着我。天底下多少的好朋友,说散就散了,都没怎么闹翻脸,还不是渐行渐远。我跟他现在这样,不远不近的,我反而比较安心。"

顾璨望向那个缩头缩脑坐地上的孩子,笑道:"你觉得呢?小鼻涕虫?"

孩子不知为何,只是觉得现在的顾璨不像自己认识的那个顾璨了,所以再不敢像以前那样咋咋呼呼,小声说道:"你说是啥就是啥。我年纪小,啥都不懂,都听你的。"

顾璨笑了起来,道:"也聪明,不过比起我,还是要差些。"

这下子孩子不怕他了,白眼道:"我聪明?你去问一问先生夫子的戒尺!"

顾璨"嗯"了一声,感慨道:"真有道理。"

顾璨突然站起身,对那个孩子说道:"你去我屋子里边坐会儿,记得别乱翻东西。"

孩子不明就里,仍是乖乖去了顾璨所住的屋子,只是在窗台那边踮起脚尖,担心顾璨会有事情。

所以说还是个聪明孩子。

有种聪明,是天生的本性。

顾璨望向大门那边,笑道:"不肯进来也没关系,我出门见你便是。"

一个探头探脑的文弱书生,畏畏缩缩现身,自我介绍道:"我叫柳赤诚,白山国人氏,离着观湖书院很近的那个白山国。我原本是游学书简湖,到了云楼城,一个迷糊,莫名其妙就站这儿了。误会,都是误会,我绝非那毛贼,是正儿八经的斯文人,有功名在身的那种!"

顾璨眯起眼,抱拳作揖道:"既然无须晚辈出门,那就有请前辈出窍。"

那书生气势浑然一变,大步跨过门槛,啧啧称奇道:"真是后生可畏啊。"

顾璨起身微笑道:"只要前辈不觉着'此子不可留',都行。"

那柳赤诚闻言大笑道:"有趣有趣,妙极妙极。对了,我原本是来取回那部《截江真经》的,担心它遇人不淑,不承想是'天作之合'。小娃儿,瞧你年纪不大,境界还挺高,叫什么名字?"

顾璨神色古怪,想起一事,问道:"前辈这是又要收徒弟?"

柳赤诚神色微变,有些尴尬,叹了口气,道:"此时此景难为情啊。"

顾璨说道:"恳请前辈,接下来好好说话,有事情更要好好商量。"

说到这里,顾璨停顿片刻,死死盯住这个境界肯定极高的"书生",却是没有半点敬畏神色了,道:"不然前辈会得意片刻就失意的。"

柳赤诚学那顾璨"嗯"了一声,道:"真有道理。"

然后柳赤诚笑道:"你不该留在这小池塘里边,应该去中土神洲白帝城。"

大骊王朝的国势,蒸蒸日上。

最近大骊旧中岳地界,下了一场连绵细雨,惹人厌烦。

大骊原先五岳,如今都已经降为山神,加上新北岳披云山,即将挑选出三座山头,作为北岳的辅佐储君之山,就更加让某些山神揪心不已。

以往整个东宝瓶洲都没有这么个讲究,在浩然天下中土神洲,历史上曾经有过类似举措,但是效果并不显著,甚至可以说是遗祸深远。因为此举,耗钱费力,还不讨喜,容易节外生枝,横生事端。道理很简单,这些藩属山脉,往往距离大岳极其遥远,并非是那种毗邻大岳的山头,旧有山神,本就是名义上的寄人篱下,矮了大岳山君一头,一旦成

第八章 溶溶月淡淡风

为储君之山,规矩约束就骤增无数,因为山君可以随心所欲,以极快速度驾临自家山头。不但如此,山君和大岳,可以从山神祠坐镇的大小山头,肆意攫取山水气运。当然,大岳也可以反过来馈赠储君之山,只是就算山君大人说得言之凿凿,便当真能信吗?

按照儒家圣人制定的礼仪,朝廷原本只有礼部衙门,可以勘验、考评一地山神的功过得失。虽说礼部尚书和侍郎都不敢怠慢此事,毕竟国之大事,在祀与戎。不过大大小小的具体事务,都是祠祭清吏司的郎中负责,真正需要常年打交道的,其实就是这位品秩不高,却手握实权的郎中人人。

此时有个青衣女子,手持油纸伞,走在山岭道路上。

此行是要去先讲道理,如果道理讲不通,那就吃点东西。

毕竟整个旧中岳地界,其实都算是龙泉剑宗的新地盘了。

青衣女子在北行途中,顺手捡了个小姑娘,就这么带在了身边。

精魅出身的小姑娘笑嘻嘻问道:"秀秀姐姐,知道我们手中纸伞的别称吗?"

阮秀心不在焉道:"不知道啊。"

"撑花。是不是很形象,特别好听?"

"是的吧。"

"秀秀姐姐,你怎么一直这么提不起精神呢。"

"糕点吃完了,饿。"

"这就说得通了。秀秀姐姐,那么你有没有听说过吃杨梅不吐核,吃西瓜不吐子,更能顶饿?"

阮秀笑了起来,拍了拍小姑娘的脑袋,道:"看把你机灵的。"

小姑娘抬起脚,看着满是泥泞的鞋子,郁闷道:"烦。"

阮秀点了点头,道:"是很烦。"

小姑娘挪远几步,然后干脆一脚一脚重重踩在泥泞中,问道:"秀秀姐姐,你有心上人吗?"

阮秀笑眯起眼,道:"有啊。"

小姑娘转过头,撑高了油纸伞,看着秀秀姐姐的侧脸,瞧了半天,轻声道:"秀秀姐姐你这么好,为什么他都不陪你一起出门呢?"

阮秀想了想,说道:"他一直在我心里啊。"

小姑娘手指抵住脸颊,做了鬼脸,道:"秀秀姐姐,你是女子啊,也不害羞。"

阮秀又开始敷衍这个问题很多的小姑娘,随口道:"这样啊。"

大隋京城。

那个年复一年不是穿红褂子就是红棉袄的女子,今天没待在山崖书院,而是去了京郊一处寻常的橘园。

只可惜还没到冬天,不然挂在树上的橘子,就会像一个个穿红衣裳的小姑娘。

李宝瓶今天就只是临时起意,记起早先路过这么个地方,然后想着来看一眼,看过了便心满意足,原路返回。

半路上,遇到了两个让李宝瓶更开心的人。

一个背着小竹箱,手持行山杖的小黑炭。

以及被小黑炭取了个"大白鹅"绰号的家伙。

裴钱飞奔向李宝瓶。

李宝瓶揉了揉裴钱的脑袋,笑道:"个儿又高了些?悠着点,可别从矮冬瓜变成高竹竿啊。"

原本兴高采烈的裴钱立即忧心忡忡起来。

李宝瓶拧了拧裴钱的脸瓜子,笑道:"逗你玩呢,小脑袋瓜子咋个还是不灵光呢。"

裴钱有好多话想要跟宝瓶姐姐说。

李宝瓶示意裴钱别急,转头问道:"小师叔还好吗?"

崔东山笑着点头道:"小师叔,先生,师父,会回来的。"

裴钱怒道:"将'师父'放在'先生'前面!"

李宝瓶看着追逐打闹的两个家伙,深呼吸一口气,双手使劲搓了搓脸颊,可惜小师叔没在,不然入冬下雪时,大家可以一起打雪仗。

长大了以后,就数自己与小师叔见面最少,当然是她与小师叔一伙啊。

山崖书院山顶的那棵大树上。

崔东山、李宝瓶、裴钱,一个一个爬了上去,无比娴熟。

三个人一起并排坐在树枝上。

裴钱要坐中间,崔东山抢不过,李宝瓶让着她,裴钱便得逞了,开心坏了。

李宝瓶已经听裴钱讲了一路的山水见闻,说得可慢了,光是讲乘坐牛角山渡船去往老龙城,才刚刚讲完。

崔东山双手抱住后脑勺,晃着双腿。

夜幕中的大隋京城,灯火辉煌。

大概整座浩然天下的繁华之地,多是如此。

溶溶月淡淡风。

富贵太平世道。

崔东山闭上眼睛,不愿再看这些。

实在是看过太多太多了。

只愿先生在某年草长莺飞的美好时节,早归家乡。

第九章 相互问剑

陈平安独自走了一趟剑气长城,亲眼目睹了那场问剑。

竟然还有人,能够与剑气长城问剑?

传到浩然天下那边的大小仙家门派,估计谁都不信,还能让人笑掉大牙。

蛮荒天下的这场问剑,千真万确,起始于一个月色几无的沉沉夜晚。

陈平安只看到南方战场上,先是星星点点的剑光依稀亮起,然后越来越多,就像早年游历浩然天下的山下,看那一盏盏浮在河中的荷花灯,灯火汇聚,星火万点,能与日月争辉。

最终一把把本命飞剑,画出一条条光彩,往剑气长城这边缓缓而来,最终汇聚成了一条无比绚烂的星河。

从城头这边俯瞰而去,宛如仙人置身于天上,低头看人间灯火。

若是抛开敌我关系,只谈眼中所见画卷,委实壮观。

陈平安身为隐官大人,无须出剑,也无法出剑,因为很快就要返回城头北边的避暑行宫。不是愁苗、林君璧两拨人做得不好,只是陈平安依旧很难放心,这是一种利弊皆有的执念,陈平安觉得即便要改,也不是现在。

就像当年拗着心性去外求,一样需要慢慢适应。

陈平安站在茅屋那边的城头,感慨了一句:"这种相互问剑,前无古人,后无来者。"

老大剑仙笑道:"后无来者,多半是真;前无古人,算不上。早年人间剑修起剑,问剑于天,天下落剑,就像一场金色的大雨,比这更好看。那时候为人间剑修护阵、压阵的练气士,知道有哪些吗?有至圣先师,有道祖,有佛祖,还有将近半数的诸子百家老祖,人人无私心,人人以死为荣。"

陈平安想起了当年只有自己与崔东山的那场游历,在那趟归途当中,白衣少年郎唠叨了许多怪话。

陈平安轻声道:"据说当时还没有三教百家的说法,各家学问,都只是个雏形,无论是我辈剑修,还是这些练气士,或是那些行云布雨的四海蛟龙,都是并肩作战的盟友,甚至连蛮荒天下,当时都停下了与人族的争斗,没有帮忙,但也没拖后腿。"

陈清都点了点头,流露出一些不常见的缅怀神色,道:"我、龙君、观照,还有那些早已被历史忘记的同辈剑修,一人又一人,接连出剑飞升。"

陈平安蹲下身,伸手触及剑气长城的微凉地面,仰头望去南方战场,道:"老大剑仙,那会儿,人人在挣扎求生,不如此,便活不下去。晚辈并非是贬低你们的壮举,不敢,更不愿意。如今过去万年,我走过三洲之地,不是什么世道都没见过,所以我敢说,浩然天下整体上还是好的,稳当的。老大剑仙,你们就像一个大家族的老前辈,晚辈们的对错是非,你们其实都看得真切,事实上,你们也算很宽容了,但我还是很希望,你们不要失望,如果连你们都彻底失望了,那么晚辈们连知错改错的机会都会少许多。"

陈清都默不作声。

陈平安欲言又止。

陈清都笑道:"既然当了剑气长城的隐官大人,就该有直言不讳的胆识。"

陈平安以掌心贴住地面,说道:"我还是觉得世道是越来越好的,是一步步往上走的,我相信如此。老大剑仙,千万别觉得这一万年,就只有寂寞,身后的浩然天下,安稳了一万年,山下炊烟袅袅,山上仙气飘绕,大体上人人都有大大小小的奔头和盼头,就连我,小时候那么想着死也不怕,后来不也当了龙窑学徒,然后就开始想着挣钱攒钱了,想要好好活下去了?那边人心念头芜杂如野草,可也得有土壤,才能生根发芽不是?只要有了土壤,便会有万千可能。"

陈平安仰起头,道:"老大剑仙,该如何做,就如何做。但是别失望,别伤心,行不行?"

老人蹲下身,伸手按住年轻人的脑袋,笑道:"年轻人就是年轻人,没见过大世面,哪怕见识过了我教你那一剑,依旧不曾知道真正的剑修剑心。"

老人收起手,接着道:"我这般岁数的剑修,都是从最深沉的绝望里,一步一步熬过来的。刑徒?最早的时候,人间大地之上,谁不是那朝生暮死的刑徒?失望当然会有些,可绝对没有你小子想的那么彻底。万年以来,更多看到的,是这里起了一点希望,那里落了一点希望,希望的灰烬里,来年又可能会生出一棵春草。离离原上草,剑气长城虽然没有这样的景象,但是我就算在城头上待着,好像也能年年闻到浩然天下那边的春草香。"

陈平安愣了一下,忍不住笑道:"打死都没想到老大剑仙会说这样的话,很有……诗意!"

陈清都笑道:"再与你说两件有意思的小事情,记得别着急泄露天机。"

陈平安正色道:"老大剑仙请说。"

陈清都却改变了主意,摇头道:"以后再说。"

陈平安就要告辞离去。

陈清都突然说道:"柳筋境,剑修,两把本命飞剑。七境巅峰,纯粹武夫。还是不够看啊。"

陈平安无奈道:"老大剑仙就别苛求我了,同龄人当中,我已经算是很不错了,武道一途,好歹还能瞧见曹慈的背影。身为下五境练气士,能够为老大剑仙赢得一次出剑机会,当了隐官大人,不敢说功劳,苦劳不过分吧?更何况这柳筋境,我看不坏,攒人品,攒运气,一个不小心……"

陈清都直接打消了陈平安痴心妄想的念头,摇头道:"你就没那勘破'留人境'玄机的命,休想一举跻身上五境。"

陈平安苦笑道:"老大剑仙就不能等我跻身了第四境,再说此话?"

陈清都说道:"三个剑仙名额,最后一人,想好了没有?"

陈平安摇头道:"难,暂时想不好。"

陈清都挥挥手,道:"屁大事情都想不好,要你这隐官大人何用?滚去避暑行宫,多动点脑子,争取早点跻身练气士洞府境和武夫远游境。"

陈平安告辞离去前,只是询问一事,是那离开城头杀妖一事。陈清都说无所谓,隐官一脉的剑修,只要自己愿意,又不耽误正事,都无妨。

陈平安祭出符舟之际,瞥了眼茅屋,师兄左右还在闭关养伤。萧愻那一拳,真是心狠手辣,老大剑仙说换成岳青之流,早就死了,便是陆芝和纳兰烧苇,也要直接跌境。

陈平安符舟刚刚离开北边城头,就有人御风落在渡船之上。

陈平安问道:"要走了?"

刘羡阳点头道:"估摸着这两天就得动身。南婆娑洲的沿海布防一事,早就提上议程,事务一大堆。"

陈平安再一次旧事重提道:"问剑正阳山一事一定要等我,千万要小心。"

刘羡阳疑惑道:"若是没有见识过我的出剑,也就罢了,对付一座正阳山,至于这么小心翼翼吗?"

陈平安点头道:"至于。相信我。"

刘羡阳问道:"一个李抟景就能压制正阳山数百年,当得起你我如此郑重其事?"

陈平安说道:"刘羡阳,早年的风雷园与正阳山之争,与以后你我二人的问剑正阳山,是天壤之别。除了正阳山自身藏掖已久的门派底蕴之外,以后还要加上一份大势。正阳山与清风城许氏,皆是东宝瓶洲毫无意外的宗门候补,其中正阳山,更会瓜分掉朱荧王朝的大半剑道气运,这是龙泉剑宗都做不到的,因为大骊宋氏皇帝对阮师傅再尊崇,也绝对不允许龙泉剑宗一家独大,给了旧中岳地界,划入龙泉剑宗地盘,除了阮师傅自身宗门人数太少,是天然限制之外,大骊宋氏此举,更是让正阳山近水楼台,攫取整个朱荧王朝的剑修坯子,一旦跻身宗门,正阳山就要与大骊宋氏国祚相连,这还是早年李抟景与正阳山诸多剑修老祖的那种意气之争吗?"

陈平安叹了口气,自顾自摇头,然后加重语气说道:"更多的,我不能说,反正正阳山是大骊王朝某个大布局的重要环节之一,不可或缺。到时候你我问剑,问的,当真只是一座正阳山的护山大阵和那拨老剑修?"

刘羡阳直愣愣看着陈平安。

陈平安问道:"哪里不对?"

刘羡阳笑道:"你是不是想岔了,谁说问剑一事,一定要一次功成?我今儿戳上人家腔儿一剑,见机不妙就跑,明儿再回,捅人家裆部一剑,不也是问剑?就非要如你所说那般,一次打死人家,还得是连剑心连人心一并打了个稀烂?陈平安,当了山上人,便这么讲究面子了?死要面子活受罪的事情,我记得你和我,打小就不做这种赔本买卖的吧?我刘羡阳是什么人,你不清楚?说话,可能不着调,可做事,还算靠谱吧?"

刘羡阳收敛笑意,接着道:"你做什么事情,告诉自己只想着无错无错,当真就会无错吗?错了,你只是自己没想到,却以为是在做那最对的事情。我这种人,才是半糊涂半聪明,不求全,能对付自己,也就能应付对手,日子稀里糊涂是过,锱铢必较也是过,舒心是过,糟心也得过,怎么把糟心日子过得舒心,你得多学学我。我不是说你错了,如果只说对错,你比我对多了,那更好,但是一个人吧,偶尔得偷个懒儿,让自己喘口气。这种道理,书上不稀罕讲,但是我当年没读过书的时候,就已经想明白了,只是一直没机会告诉你。"

陈平安难得一愣就是愣了半天。

刘羡阳笑道:"小鼻涕虫不是小鼻涕虫了,你刘大爷还是你刘大爷啊。"

陈平安点了点头,道:"懂了。"

刘羡阳摇摇头,道:"不是懂了,是要记得。"

陈平安笑道:"你说了算。"

两人在符舟当中相对而坐。

人生多离别。

只愁春风秋花,聚散真容易。唯愿春花秋月,重逢不太难。

刘羡阳沉默片刻,眨了眨眼睛,问道:"那个没?"

陈平安一脸疑惑。

刘羡阳环顾四周,四下无人,便一手伸出一根手指,碰了碰。

陈平安赶紧一巴掌拍掉刘羡阳的手,压低嗓音道:"你找死啊,别拉上我一起!"

刘羡阳愣了愣,道:"手都还没牵过?我这人读书不多,打小老实,你别骗我。"

陈平安五雷轰顶。

刘羡阳满脸悲戚,道:"比我还惨,不是光棍胜似光棍啊。"

陈平安笑道:"你先找到我那未来嫂子再来说这个。"

刘羡阳摇摇头,后仰倒去,躺在渡船中,叹道:"想要找一个不垂涎我容貌的女子,难喽。"

符舟悬停在避暑行宫大门口。

按照隐官一脉的规矩,任何外人不得擅自进入行宫。

两人飘然落地。陈平安收起符舟入袖,刘羡阳没有立即御风离去。

刘羡阳站在陈平安身前,帮他理了理衣领,拍了拍肩头,点了点头,说道:"走了,我不在的时候,你不能光顾着照顾别人,记得自己照顾好自己。"

陈平安点头道:"你也多加小心。"

刘羡阳刚要转身,陈平安抛出一方印章,笑道:"独一份的,记得收好,以后说不定能卖出天价。"

刘羡阳看也不看,收入袖中,御风离去。

陈平安站在原地,许久没有收回视线。

避暑行宫的大门一直敞开,并无看门人。

陈平安一路走到大堂那边,愁苗问道:"隐官大人,该有的布局,已经推敲完毕。我们方才合计过了,每次三人,去城头出剑,不会耽搁谋划事宜,而且远观战场,终究不如置身其中,更能抓住细节。"

陈平安点了点头,问道:"第一拨是哪三人?"

愁苗站起身,米裕和董不得也跟着起身。

陈平安笑道:"去吧,但是米剑仙先不着急,换成邓凉。切记,别在那边赖着不走,一句过后,必须换人,轮到米剑仙、庞元济、林君璧顶上。再之后,是宋高元、曹衮、玄参。然后是罗真意、徐凝、常太清。最后是顾见龙、王忻水、郭竹酒,可能会加上一个我。"

陈平安对于愁苗剑仙并无任何怀疑,此人是老大剑仙与阿良都极其欣赏的"年轻"晚辈。

但是对于罗真意在内三人,陈平安还是有些顾虑,所以放在了邓凉、宋高元两拨人的后面,可若是将罗真意三人放在最后,比顾见龙三人还要靠后,就太过了,而且让罗真意三人同行,也算是一种可有可无的弥补。

所以说罗真意三人始终对自己这个隐官大人,怀有成见,合情合理,只要不妨碍大局,做了该做的事情,陈平安不介意这点芥蒂。其实陈平安对于这拨最为熟悉蛮荒天下风土人情的"捡钱"剑修,与陈三秋是差不多的心态,十分钦佩且向往。但是就事论事,防人之心不可无。因此而被罗真意三人不喜,陈平安无所谓,真要当个有口皆碑的老好人,就不该当这隐官大人。

愁苗三人出了大堂,御剑离开避暑行宫。

隐官一脉的剑修,大多年轻却早慧,都知道这场仗会打很久,少则三五年,长则十余年,都说不准,只是战事的惨烈程度,依旧超乎想象。

黄鸾坐镇,妖族修士的法宝洪流,以及当下荷花庵主担任妖族大军的主心骨,领着数万妖族剑修问剑于剑气长城。

而且两场战事之后,会有数以百万计的蛮荒天下妖族,在那些妖族修士的带领、驱使、奴役之下,离开蛮荒天下的家乡,浩浩荡荡,疯狂拥向剑气长城。据说赶赴北方战场的道路上,皆是累累骸骨堆积两旁。

蝼蚁晴象,大妖说出的"坐等剥削"一语,这一次轮到了剑气长城来消受。

熬过了这场蛮荒天下的问剑之后,城头剑修就该陷阵厮杀了。

陈平安没有立即步入大堂,就在门外广场上散步。

隐官一脉都已习惯了这位隐官大人经常一个人在院子里边走桩,画圈而走,想到了些事情,便与屋内剑修开口言语几句。

陈平安想起了先前大堂的一场对话,是愁苗与邓凉挑起的话头。

愁苗眼光看得比较远,当隐官一脉大致推衍到了下一场蚁附攻城战后,愁苗说那蛮荒天下,绝对不是改变剑气长城的天时地利这么简单了。

邓凉便打了一个比方,说他早年以野修身份游历山下的时候,路过一座郡城,亲眼目睹两个江湖门派的市井斗殴,死伤近百人,惨胜一方直接了所有地盘不说,还对邻郡产生了极大震慑力,很快就渗透了过去。地方官府、江湖势力、豪绅富贾,都很怕那拨亡命之徒,各怀心思,破财消灾的,主动依附的,不在少数,一来二去,周边郡城的帮派就输了气势,地盘被一点一点蚕食殆尽。

当时陈平安没有说话。

以此形容剑气长城、蛮荒天下和浩然天下三方,举这个例子不太恰当,但是推断出来的结果,是对的。

陈平安询问过坐镇城头的儒释两教圣人,蛮荒天下想要做的,就是攻破剑气长城和倒悬山之后,能够立即在浩然天下站稳脚跟,要将浩然天下的版图,立即转化为蛮荒天下的疆域,以此改变双方天地,占据优势,或者说尽可能为巅峰大妖赢得机会,减少那种玄之又玄的大道厌胜。所以那么多看似蝼蚁的妖族大军,在剑气长城这边战死甚至是枉死,绝对不是白死的,将来会有大用处。

屋内位置有门神嫌疑的米裕突然问道:"隐官大人,你是不是已经成为剑修了?"

陈平安转头问道:"为何有此说?"

米裕说道:"只要将万一想成了一万,往往就是事实。"

陈平安没有给出答案,只是笑道:"米大剑仙不去我家乡山头当个供奉,真是可惜了。"

一拨十余人,从夏日炎炎的剑气长城,跨过大门,来到了冬雪纷飞的倒悬山。

都施展了障眼法,拣选了个倒悬山的深夜时分,直接去往四大私宅之一的春幡斋。

队伍当中,就有晏溟和纳兰彩焕两个剑气长城的财神爷。

除了大天君坐镇的居中孤峰之外,都未能察觉到这伙过江龙的突兀现身。

大天君俯瞰大门那边,身边是那个手捧金色拂尘的老真人,后者轻声询问道:"师父,不会闹出事情吧?"

大天君冷笑道:"谁来闹事情?那帮掉钱眼里的商贾?他们敢吗?"

老真人伸手摩挲着那些由蛟龙之须大炼而成的金色丝线,道:"若只是以势压人,未必成事啊。"

大天君望向那拨人当中的一个男子,点了点头。

后者瞥了眼孤峰之巅的道门大天君,也点了点头。

大天君好像就只是来见此人一眼,打过招呼后,便转身离开,说道:"我闭关之后,你来管事情,很简单,万事不管。"

身为大天君首徒的老真人错愕之后,换了一只手挽拂尘,打了个稽首,轻声道:"领师尊法旨。"

老真人随后忍不住问道:"师父,姜师叔那边?"

师尊一闭关,倒悬山可就没人能管住那个出身于白玉京首脉的"小道童"了。

反正他这位真君,不管是辈分,还是修为,都不敢管的。越是不同道脉,越难讲理。

大天君转头看了眼旧门那边,一个坐在蒲团上翻书的小道童,正与一旁饮酒的剑仙张禄聊那鸡毛蒜皮的书中事。大天君犹豫了一下,说道:"由着他便是,在倒悬山看门的这几百年里,姜云生已经算老实了,换成是在家乡,几座倒悬山都不够他折腾的。我那小师叔,最宠着他,每次去大玄都观闹事,都要带着他。如果不是孙道人对姜云生起了杀机,小师叔又算得远,姜云生原本都不用来这浩然天下避难转福。"

大玄都观,道门剑仙一脉,青冥天下十人之一的孙道人。

老真人感慨道:"姜师叔大难不死必有后福。"

福祸相依，换了一座天下，气运倒转，说不定早年师叔祖带着姜师叔去往大玄都观，"撒泼打滚"，惹来孙道人的杀心，其实都是故意为之。

　　到了孙道人这般境界，一起杀心，姜师叔只要远离白玉京，尤其是身在自家道观周边，是完全能够大道显化、改天换运的。

　　三掌教师叔祖此举，大概就是所谓的神仙手笔了。

　　当然，前提是能够护送着姜云生活着离开青冥天下。

　　大天君已经闭关去了，老真人留在栏杆处，俯瞰整座倒悬山。世人只知倒悬山是最大的山字印，少有人知晓捉放亭、麋鹿崖在内八处景点，加上脚下这座孤峰，便是一座传承自三山九侯一脉的远古阵法，最终打造出来的，是一座类似远古飞升台的存在。

　　老真人是大天君在浩然天下收取的弟子，家乡就在此，但是老真人与那早年为三掌教陆沉撑篙出海的老舟子差不多，修道之人，上山之前，生于何处，是第一家乡，上山之后，在何处修行，更是心安处的真正家乡。所以驻守倒悬山的老真人也好，年复一年在海上飘荡游历的老舟子也罢，都无比希望去往青冥天下修个大道，只是大道高，路途远，若是无人带领，境界不够，如何飞升去往别处天下？

　　老真人看着那些鬼鬼祟祟潜入倒悬山的修士，觉得无甚意思。既然师尊下了法旨，让他万事不管，老真人也就运转神通，直接现身于夜深人静无游客的捉放亭。又一瞬间，这位捕杀无数蛟龙用以炼化本命拂尘的老真人，就出现了大海之上，闲来无事，便要去遥遥瞧一眼蛟龙沟。

　　若非姜云生留了句话给这位老真人，蛟龙沟内所有的真龙后裔之属，早就应该死绝了。真君只需要守株待兔，将那些布雨老蛟一一拦路截杀即可，那把拂尘，早该是仙兵品秩。

　　一点一点，将一样山上器物，积少成多，成功炼化为仙兵品秩，这就是这位老真人的本事。

　　想起那桩古老秘事，老真人站在碧波浩渺的海面之上，唏嘘不已。

　　当年唯一一个能够劝说那位剑仙收剑之人，其实唯有陆沉。

　　出六极之外，游无何有之乡，处圹埌之野，与天地精神独往来。

　　三掌教真是当之无愧的"至人"。

　　难怪在这位师叔祖眼中，浩然天下所有的仙家门派，不过是鹪鹩筑巢而已。

　　仙家术法的搬山倒海无非是鼹鼠饮水罢了。

　　关于那位三掌教，老真人思之学问越是深，越是觉得自己渺小，一时间竟是有些神色恍惚。

　　此时小道童"咦"了一声，转头望向孤峰之巅的高楼栏杆处，掐指一算，妙不可言。

　　剑仙张禄好奇问道："怎么了？"

小道童说道:"类似佛家的渐次而悟至顿悟境地吧,还差了一记当头棒喝。"

张禄笑道:"积攒了几百年的情分情谊,你不顺手帮个忙?"

小道童摇摇头,道:"不是谁都可以棒喝他人的,反正我就没这本事。一棒下去,稍稍打歪了,渐悟不深的,就只是满头包的下场。"

张禄笑道:"看书,继续看书。一般而言,每当书中小老天爷夜宿湖边、深潭水畔时,就该有美人脱衣沐浴了。"

小道童没有立即翻书,反而突然说道:"悠着点。对方两次不走此门了。"

张禄笑嘻嘻道:"还是一如既往地念旧情啊,这小子,估计一辈子不会由衷推崇你们道家学问了。"

小道童摇摇头,道:"只对事不对人。不是这么讲的,至情至性,至真至诚,皆是修道的好苗子。其实我们道门,学问比你想象的要广而深,高而远,你不能因为我道法不济,便对我们道家不以为意。"

张禄打了个哈欠,道:"你再不翻书,帮我提一提精神,可就熬不住夜了啊。"

小道童开始翻书。

在这之前不久,扶摇洲山水窟的那艘渡船瓦盆,刚刚驶出倒悬山千余里,便突然得到了一把倒悬山宗门私宅的飞剑传信,元婴境老修士沉吟许久,果不其然,渡船剑房那边收到了许多同道中人的飞剑。最终元婴境老修士一番权衡利弊,选择悄然离开渡船,重返倒悬山。

不光是山水窟,事实上在灵芝斋客栈商议秘事的那几个渡船话事人,刚刚离开倒悬山没多久,也都得到了各自渠道的飞剑传信,需要临时赶回倒悬山一趟。

事实上,几乎所有近期在倒悬山或是离开倒悬山不算太远的各洲渡船,都被邀请到了邵云岩的春幡斋"做客"。

邀请人,既不是晏溟,也不是纳兰彩焕,而是"剑气长城"。

这是剑气长城历史上从未有过的怪事。

这就不是什么容得外人拿捏架子、推三阻四的小事了。当然,许多大商贾,也好奇剑气长城此次兴师动众,话事人会是谁?谁有这个资格?莫不是当年被仍是寂寂无名的山水窟老祖算计,最后闹了个灰头土脸的老剑仙纳兰烧苇?若是此人,倒也省心省事了。

因此所有得了消息的跨洲渡船,其中又以中土神洲、皑皑洲的居多,皆各自有人秘密返回,大半相约在半路碰头,需要与相熟之人一起揣测剑气长城那边的意图。性命之忧,肯定没有,剑气长城不至于失心疯,怕就怕剑气长城那边出昏招,节外生枝,耽误大伙儿稳当挣钱。可若是能够一锤定音,合力打压了剑气长城的气焰,反而是一劳永逸的天大好事。

春幡斋的主人邵云岩亲自在门口迎客,与府上所剩不多的几个心腹老人,领着一拨拨登门的客人下榻于宅邸各处。邵云岩脸色和悦,不少渡船管事颇有些受宠若惊。剑仙邵云岩因为有那串至宝葫芦藤,欠他香火情的,不是浩然天下的大宗门,便是享誉一洲的剑仙,故而春幡斋,绝不是梅花园子、雨龙宗的水精宫可以媲美。到了倒悬山,能住在猿蹂府的,都是当之无愧的有钱人,可是能进春幡斋的,往往都是大道有望、前程似锦的人物。

春幡斋大致安排了十余处僻静宅院,每一洲渡船话事人,都聚在一起。

所有人进各自庭院之前,剑仙邵云岩都笑言一句:"诸位先喝茶、饮酒片刻,都随意,稍等片刻,大伙儿再一起去春幡斋中堂议事。"

西南扶摇洲山水窟元婴境修士白溪,不知道邵剑仙的葫芦里到底卖什么药,只是当他刚进庭院的门,就看到了坐在正屋那边的一个人,正抬头望向自己。

白溪心中一紧,叫苦不迭。

那人正是扶摇洲剑仙谢稚!

此人是正儿八经的野修出身,哪怕以野修根脚成了剑仙,依旧没有开宗立派的意愿,喜欢云游四方,最终来到了剑气长城。他与扶摇洲所有仙家山头素无往来,尤其是早年从不掩饰自己对山水窟的观感极差,与山水窟老祖,更是见了面都没那点头之交。

正屋之内,还有几个与白溪差不多心情的渡船管事,一个个正襟危坐。

而谢稚开口的第一句话,就能够让所有人坐立不安。

"凭本事挣钱是好事,没命花钱,就很不好了。"

白溪忍下心中惊惧与不快,沉声问道:"谢剑仙,为何有此说?"

谢稚斜眼看他,道:"我是山下刨食的山泽野修出身,这辈子最见不得谱牒仙师挣大钱,理由够不够?"

白溪彻底无语。

另外一处宅邸,一个金甲洲渡船管事进了门,同样见到了正屋主位上,一个背剑在身后的女子,正闭目养神。

姿容平平不重要,重要的是她身后那把长剑扶摇,名动金甲、扶摇两洲,这里面就又牵连出一桩极其精彩的故人故事了。能够以一洲之名命名的长剑,而剑的主人,偏又不是此洲剑修,岂会没有传奇事迹?

女子剑仙宋聘。

曾有扶摇洲的一位大诗家,遥遥一见宋聘,便毕生再难忘却,对宋聘痴心一片,一生当中,不曾娶妻,光是为她撰写的感怀诗篇,就能够编订成集,其中又以"我曾见卿更梦见,瞳子湛然光可烛"一句,最为传世。不但如此,还有数篇故意以宋聘口吻写就的"唱和诗词",其实也颇为动人,让人可笑又倍感可怜。

屋内几个跨洲渡船的老修士，一个个面带愁色，见着了新来的那个难兄难弟，脸色也没能好转。他们没那位诗家的闲情逸致，缠绵悱恻，只觉得今日重聚倒悬山，这春幡斋门好进不好出。

宋聘睁开眼睛，伸出双指，拿起手边酒杯，一饮而尽，道："都到了？人还不少。那我就托个大，请诸位先喝酒再谈事。"

剑仙亲自请人饮酒，先喝敬酒。

敬酒喝过，是不是就有罚酒跟上，天晓得。

西北流霞洲剑仙蒲禾，是一个面容枯槁的瘦高老者，没有端坐屋内，而是在门口赏雪，几名渡船老修士便只能跟着站在廊道上，看那鹅毛大雪。

蒲禾曾是流霞洲最为性情乖张的剑仙，杀人单凭喜怒，据说是在剑气长城问剑落败后，才留在了剑气长城隐居修行。

蒲禾等到所有人到齐后，问道："你们都是做生意的，喜欢卖来卖去，那么既然都是同乡人，卖我一个面子，如何？卖不卖？"

众人面面相觑。

其中一人壮着胆子，轻轻抱拳，开口问道："敢问蒲剑仙是以剑气长城的剑修身份，如此问话晚辈们，还是以流霞洲剑仙的身份，与晚辈们叙旧？"

蒲禾斜瞥了一眼这个"不卖面子"的元婴境修士，骂道："滚出去，捎话给你家老祖李训，以后等我回了流霞洲，会携二三好友，一起带剑去你家祖师堂做客。"

不等那元婴境修士补救一二，就被蒲禾祭出本命飞剑，剑尖直指这个渡船管事的眉心，好似将其当场拘押，使得对方不敢动弹丝毫，然后蒲禾伸手扯住对方脖子，随手丢到了春幡斋外边的大街上，以心湖涟漪与之言语道："你那条渡船，是叫'密缀'吧，瞧着不够牢固啊，不如帮你换一条？一个躲躲藏藏的玉璞境剑修冷然，护得住吗？"

那个刚要恨恨离去的元婴境修士，呆立当场。

这条跨洲渡船，是宗门的命根子，以大且牢固著称于世，取名为密缀，正因为法宝累加极多，也正因为如此，宗门专门重金秘密聘请了一个玉璞境剑仙冷然坐镇其中，只是关于此事，除了自己，自家渡船也无人知晓才对，毕竟那个剑仙屈指可数的出手，都极为隐蔽。

这个元婴境修士硬着头皮，重新登门春幡斋，打算与蒲禾赔礼道歉。

他不怕剑气长城的任何举措，反正不会死人，更不至于单独针对他，但是怕那蒲禾的不依不饶，会连累他与整个宗门，生不如死。

山上四大难缠鬼，以剑修为最。

那么一个打算不要脸了的剑仙，关键还是本洲人氏，一旦黏黏糊糊结了仇，又将是何等难缠，显而易见。

这样的面子，卖不卖？

南婆娑洲渡船数人，在一座庭院内，倒是与那个交友广泛的自家剑仙元青蜀，相谈甚欢。

元青蜀与那蒲禾、谢稚与宋聘，是截然不同的路数，不但带了酒水，说是剑气长城如今最有名气的竹海洞天酒水，和和气气与人饮酒，还笑语不断。只是最后提了一事，说是他的那六个嫡传弟子，可以去往在座诸位朋友的所在仙家洞府，挂名当供奉。至于今日相见的那件正事，不着急，喝过了酒，随后去了中堂那边，会聊的。

皑皑洲那边，人数较多，仅次于中土神洲的渡船商贾。

女子剑仙谢松花是个很奇怪的剑仙，生长于皑皑洲，却发迹、崛起于中土神洲，也从不愿意以皑皑洲剑修自居，说是一个"北"字都守不住的大洲，不配她谢松花自认皑皑洲人氏。一般而言，这样臭脾气的，哪怕是剑仙，在商贸繁华、冠绝天下的皑皑洲也注定混不开，毕竟皑皑洲仙家势力，最不怕那些单枪匹马的单个强者，可是挡不住谢松花在皑皑洲有几个凑巧臭味相投的好姐妹，比如其中一人，是个喜好去酷寒北地狩猎妖族的女子纯粹武夫，而后者刚好与皑皑洲刘氏关系莫逆。

谢松花一直以来，对皑皑洲剑修最为唾弃，只是这次到了剑气长城，倒是与邓凉那拨晚辈，破天荒有了些笑脸。

谢松花等到七八人落座后，就来了个极有震慑力的开场白，道："我在剑气长城，先后两次出剑，已经积攒了斩杀一只仙人境大妖的战功，算是功成身退了。"

不至于满堂哗然，但是人人心中早已悚然。

如今剑气长城戒备森严，消息流通，极为有限，何况谁也不敢擅自打探，但是其中一事，已经是倒悬山路人皆知的事情，正是谢松花出剑，毁去一个蛮荒天下玉璞境剑修的大道根本，按照剑气长城的规矩，战功等同于半只仙人境大妖。

这更是整座剑气长城此次攻守战的个人首功。

说实话，皑皑洲商贾，除了可有可无的那份与有荣焉，眼中看到更多的，心中真正所想的，其实是这里面的商机。

谁若是能够招徕了谢松花担任山门供奉，必然是大赚特赚的一笔买卖！

只是谁也不敢开这个口，女子剑仙谢松花是什么脾气，谁都清楚，说这话，就是找上门去触霉头。

为何人人悚然？

就在于谢松花这种不理俗事、居无定所的散淡剑仙，破天荒主动露面"谈生意"，能有什么好事情？

果不其然。

"我欠某人一个人情，所以此次北归皑皑洲，要与你们同行。"

谢松花接下来的一番言语，就使得在座诸位人人肝胆欲裂、揪心至极了。

"他说了，做买卖的，就没谁不想往死里挣钱的，合情合理，挑不出半点毛病，他不计较，反而可以体谅诸位，天底下做不成那种你情我愿、皆能赚钱的买卖，怨不得你们，得怨他才对。所以你们不但可以放宽心，还会有意外之喜。等下去中堂那边谈完事情之后，你们当中，谁家钱少，谁最穷酸，谁最需要拼了命都要从剑气长城这边挣钱，我就明白了。反正顺路，又能还给那人一个人情，出了倒悬山，我亲自护送这条跨洲渡船返回皑皑洲。"

背负一只竹制剑匣的谢松花看着众人，冷笑道："万一护送不力，算我谢松花本事不够。"

北俱芦洲的渡船管事们聚齐后，见到了跨过门槛的浮萍剑湖宗主郦采。

人人肃然起身，抱拳行礼。

不是一个玉璞境剑仙、一个宗主，便当得起这份发自肺腑的礼遇，而是郦采敢来剑气长城，仅此而已。

郦采没有落座，还礼之后，拿起早就备好的一壶酒，开门见山的第一句话，便是"韩槐子不会回去了，我应该也差不多。说完了，大家喝酒"。

风雪庙剑仙魏晋，见着了老龙城的两条渡船管事，不谈正事，只是问了些东宝瓶洲的近况，最后说了一句收官之语："等我跻身仙人境，如果不死在剑气长城的话，将来会走一趟北俱芦洲，再与天君谢实问剑一次。"

本来就有些拘谨的两个老修士，越发局促不安了。

东宝瓶洲是偏居一隅、版图最小的一个洲，而神仙台魏晋，又是公认的东宝瓶洲历史上极其罕见的大剑仙坯子。

谁敢不当回事？

只要给魏晋破境成了仙人境，原先一洲仙家修士执牛耳者的神诰宗祁真，再有那从过江龙变成了地头蛇的真境宗，也该重新掂量一番了吧？

其实前些时候，作为九洲当中消息最为阻滞的老龙城渡船，都得到了一些有鼻子有眼睛的小消息，玉璞境剑修魏晋，已经到了瓶颈。

今夜魏晋，更是当面挑破了这层窗户纸，故而相依为命的两个老龙城管事，越发战战兢兢。

魏大剑仙，无亲无故，更无冤无仇的，你与我们两个小小管事说这个，要作甚？

魏晋独自饮酒，依旧是那坑人铺子里边最贵的酒水，一枚小暑钱一壶。

今夜所有人的所有言语，都有讲究，想要与家乡人氏叙旧无妨，先将人手一张的纸上内容讲完了再说。

不然魏晋怎么可能莫名其妙与两个八竿子打不着的商贾，说什么自己要破境的无聊内容。

不过一心想要问剑天君谢实,倒是千真万确。

春幡斋最大的一座庭院,都是中土神洲跨洲渡船的负责人。

相较于其余几洲庭院肃杀、诡谲的氛围,此处商贾修士,一个个气定神闲,更有两个上了岁数的玉璞境修士,吴虻、唐飞钱,亲自为宗门坐镇跨洲渡船,只是也没顶着什么管事身份,毕竟太掉价。其中吴虻,更是剑修,见惯了风雨浪花的。两个老神仙相邻而坐,谈笑风生,嗓音不小。

除了中土神洲的身份之外,还在于剑气长城这边的款待之人,根本压不住他们。

一个玉璞境剑修米裕而已,到底与那原本预料中的老剑仙纳兰烧苇,差了两个境界。

外加半个自家人的邵元王朝剑仙苦夏,会帮谁,还两说。剑气长城怎么就派了这么两人来待客?由此可见,今夜春幡斋,注定无大的风波了。

吴虻与那唐飞钱两个上五境老修士,心情轻松几分,还能眼神颇堪玩味,打量着那米裕剑仙与一个女子元婴境修士。后者资质极好,偏要当这颠沛流离、吃力不讨好的渡船管事,为何?还不是落了下乘的为情所困。痴情人,偏偏喜欢上了一个多情种,真是遭罪,何苦来哉,中土神洲英才如云,何至于痴念一个米裕。若是米裕能够离开剑气长城,愿意与她结为道侣,女子倒也算高攀了,可米裕虽说处处留情,到底是剑气长城那边的剑仙,如何去得中土神洲?

剑仙苦夏不善言辞。

按照事先那人的吩咐,也无须苦夏多说什么,坐在这儿,就真的只是陪客而已。

吴虻转头与一旁的苦夏剑仙笑问道:"晏溟与纳兰彩焕,为何没有出现?难不成是在中堂那边,等着咱们喝完茶?"

苦夏剑仙摇头道:"不清楚。"

吴虻点点头,道:"不着急。"

同样是玉璞境剑仙,但是苦夏剑仙多了一个眼红不来的额外身份,谁都不敢小觑——中土神洲十人之一周神芝的师侄。

而不管周老先生如何瞧不起这个"愚钝不堪"的师侄,也不该是他们这些外人瞧不起苦夏剑仙的理由。

越是苦夏剑仙这般的老好人,越是不该招惹结仇。

所以如此看来,剑气长城这次让苦夏出面,负责款待他们,也算一记不算庸碌的妙手。

只是稍后双方在钱财往来上过招,苦夏剑仙的面子,就不太顶用了,毕竟苦夏剑仙,终究不是周神芝。

苦夏剑仙心中叹息。

等会儿，见着了那个年轻人，就该轮到你们头疼了。

心情复杂的苦夏剑仙，甚至会觉得如果当年代替剑气长城，对阵扶摇洲那个未来山水窟老祖之人，不是老剑仙纳兰烧苇，而是那个此刻应该在春幡斋中堂的年轻人，应该有得掰手腕。因为苦夏剑仙实在无法想象，林君璧也会有那甘居人下的一天。

那个女子元婴以心声涟漪与米裕言语道："米裕，你会付出代价的，我拼了事后被宗门责罚，也要让你颜面尽失。更何况我也未必会付出任何代价，但是你肯定吃不了兜着走。"

说到此处，女子言语中有了几分笑意快意，道："好一个'不是不报时候未到'，米裕，是不是没想到自己也有今天？"

米裕望向那名女子，言语惋惜，心痛万分，用他那独有的深情喃喃低语道："不承想当年那个性情婉约的姑娘，变得如此不可爱了，是要怪我怨我？"

女子哑然，脸上越发愤恨，心中戚戚然，许多到了嘴边的千万言语，仿佛都被她咬牙切齿得粉身碎骨了，再说不得一字半句也。

喜欢上谁，并且是那个用情更深之人，却不被对方喜欢，仿佛此生此世便再无胜算了。

米裕不再言语，神色黯然，看了眼她，便视线偏移几分，好似只以眼角余光看她，可以看她，又不敢看她。

春幡斋中堂那边，有个年轻人斜靠门口，腰间悬挂一枚古老玉牌。

屋内晏溟和纳兰彩焕已经落座，两人都没能坐在四仙桌旁的主位上。不但如此，两个元婴境剑修的位置，还比较靠后。

纳兰彩焕心中有些别扭，晏溟倒是无所谓。

先前被那个满嘴胡说八道的家伙坑了一次，纳兰彩焕之后与纳兰烧苇禀报细节，结果被自家老祖用看傻子一样的眼神看了半天。纳兰彩焕一气之下，就要全盘推翻事先双方谈妥的事情，不承想老祖反而让她算了，聊了什么，就照什么去做。

春幡斋的主人，剑仙邵云岩就站在门外那个年轻人身旁，半点不介意是不是被鸠占鹊巢了。

初次相逢的两人，正在闲聊那北俱芦洲的刘景龙与水经山仙子卢穗，聊得十分投缘。

邵云岩说那刘景龙大道可期，将来有希望成为北俱芦洲第一个飞升境剑仙。

年轻人便说那卢仙子温婉动人，善解人意，与刘景龙是天作之合的神仙美眷，顺便夸了几句卢仙子的传道恩师。

邵云岩不在乎言语之人真心与否，在此数百年，哪怕是些客套话，听上一听，也是好的。

倒悬山这场鹅毛大雪,不会顷刻化。

佳人与大雪,自古是绝配。

又闲聊过了那串葫芦藤与黄粱福地的美酒,邵云岩问道:"是不是可以喊他们过来了?"

年轻人笑道:"不着急,不能让剑仙们白白走一遭倒悬山,让那些摸惯了神仙钱的同道中人,再与我一般,多感受几分剑仙风采。"

邵云岩点头道:"早该如此了。"

先前闲聊言语不少的年轻人,在此事上保持了沉默,只是双手笼袖,手指在袖中轻轻对敲,望向那场大雪。

若是一枚枚雪花钱便好了。

邵云岩也跟着仰头望去,少有的心静时分。

去年旧梦,梦见在我傍,忽觉在异乡。

今年新梦,忽到水经旧山头,见她依旧笑如花。

年轻人突然说道:"邵剑仙,今夜此事过后,你早年答应剑气长城的那件事,我们打个商量,可以改一改。事情还是那么个事情,但是结局可以不一样。三方谁都不会为难。"

邵云岩皱眉问道:"你说了算?"

年轻人笑道:"我说了不算,谁说了算?"

邵云岩如释重负。

原本早已打定主意死在倒悬山的剑仙,后退几步,向那年轻人抱拳致谢。

年轻人坦然受之,不过伸手出袖,抱拳还了一礼。

只要不涉及生死,便无事一身轻了的邵云岩投桃报李道:"生意一事,可以算上春幡斋一份。"

年轻人立即伸手搭住邵云岩的手臂,笑道:"仗义,果然剑仙风采,这场雪没白看,苦等邵剑仙这句话久矣。"

邵云岩有些措手不及。

估摸着那群商贾,今夜要遭殃倒大霉了。

因为除了待客的,又多出了两个联袂赏景归来的剑仙,孙巨源和高魁。

除此之外。

剑气长城剑仙米裕。

中土神洲邵元王朝苦夏。

南婆娑洲元青蜀,西北流霞洲蒲禾,西金甲洲宋聘,西南扶摇洲谢稚,皑皑洲女子

第九章 相互问剑

剑仙谢松花，北俱芦洲浮萍剑湖宗主郦采。

东宝瓶洲魏晋。

一大拨剑气长城本土剑仙和外乡剑仙，就这么突然离开了剑气长城，齐聚倒悬山。

这是剑气长城历史上从未有过的事情。

邵云岩告辞一声，率先进了屋子，在自己那张椅子上落座，反正也没几步路，因为最靠近中堂大门这边。

今夜造访倒悬山的剑仙当中，没有桐叶洲人氏。

因为桐叶洲是唯独没有跨洲渡船的一个大洲，刚好也无剑仙在剑气长城练剑。

也算两相宜了。

但是那个与大天君点头致意的男子，如今剑气内敛至极，与一个独自游历剑气长城的桐叶洲中五境剑修，一起悄然离开了倒悬山，去往桐叶洲如今最为落魄的桐叶宗。只是这一次不是问剑，而是帮忙出剑，既是帮桐叶洲，更是帮浩然天下，若非如此，他岂会愿意离开剑气长城，反而让小师弟独自留下？

读书人最怕大义。

左右从来只认为自己是山下的读书人，不是什么山上的剑仙。

更重要的一点，就是到了桐叶洲，未来出剑可以更多，并且有可能更加是一人仗剑，身边再无剑仙。

小师弟耍了心机，要他这个师兄去南婆娑洲，说是那边将来形势最为险峻，只是左右听过某个小王八蛋的言语后，决定去桐叶洲。

小师弟悔青了肠子。

陈清都当时挺乐呵。

此去路远，沿途路过的蛟龙沟、雨龙宗，左右都不会做任何停留。

只在芦花岛那边稍作停留，确定那座造化窟当中，到底是传说中的道门高真，还是崔东山所谓的隐匿大妖。

若是高人，坐而论道；若是大妖，一剑砍死。

左右极少有为难之事。

此次与左右同行之人，是桐叶洲一个年纪轻轻的金丹境剑修，说是年轻，事实上与左右是差不多的岁数，还真不算什么年老。

年轻的金丹境剑修名为王师子，是个山泽野修，在野修当中，这个年纪跻身金丹境，并且是剑修，称得上是一个天才剑修坯子了。

可惜到了剑气长城，找不到几个同乡，偏是剑仙满街走的剑气长城，王师子境界又不高，处境十分尴尬，而唯一能算邻居的东宝瓶洲，除了风雪庙魏晋，也无其余剑修，王师子自然不敢去找魏晋客套寒暄，见了面，又能聊什么？到头来，在剑气长城这十余年，就真的只是形单影只的埋头修行而已,几次去往城头杀妖,收获不大,只能支撑他在剑气长城住下而已。

只是这两年,好了些,因为常去某座小酒铺那边买酒,无朋无友的,除非客人稀少,才能上桌喝酒,否则就只能蹲路边喝壶酒、吃碗阳春面了,相较以往的孤苦伶仃,滋味委实不错。

此次返回家乡,更是天大的意外,不承想竟然能够与左大剑仙同行。

不过王师子知道轻重利害,一路上始终沉默。

临近蛟龙沟,左右说道:"不用太过拘谨,若有修行上的疑惑,只管开口询问。"

王师子轻声道:"晚辈境界低微,问题都不大,可以到了桐叶洲,再问不迟。"

左右也不为难这个同龄人剑修。

左右回望一眼倒悬山方向。

夜幕沉沉,天地之间,满天吹过玉纷纷,雪光绝胜水银银。

王师子好奇问道:"晚辈在这个时候,选择离开剑气长城,前辈为何还愿意主动传授晚辈剑法。"

左右收回视线,笑道:"桐叶洲山泽野修,金丹客王师子,孤身一人,于十四年间,三次登上城头,三次被迫撤离城头,我左右与你是同道中人,所以与你说剑,不是指点,是切磋。"

王师子无言以对,几次欲言又止。

左右说道:"有话直说。"

王师子笑道:"我还以为是二掌柜在与我说话呢。"

左右大笑:"我与陈平安是同门师兄弟,你觉得言行举止差不多,不奇怪。"

王师子说道:"前辈,我相信二掌柜以后肯定可以扬名浩然天下!"

左右摇头道:"等着吧,浩然天下只会嫌弃他做得太少,以前种种不认之事,都会成为攻讦理由,什么文圣一脉的关门弟子,左右的小师弟,陈清都也要刮目相看的年轻人,好一个远离战场的新任隐官大人,都是将来否定我小师弟的绝佳理由。若是死了,反正是应该的,那就不提了。可只要没死在剑气长城,就是千错万错。"

王师子心情沉重。

左右说道:"也不奇怪,习惯就好。"

左右与王师子一直御剑往东而去,再无言语。

左右离开剑气长城之前,与那陈清都有过一番肺腑之言。

"陈清都,你当真半点不失望?"

"无非是安慰一个尚未彻底绝望的年轻人。不失望?还真是不失望,因为早就没有希望可以失去了。"

第九章 相互问剑

倒悬山，春幡斋。

春幡斋的中堂布置，还是浩然天下书香门第的礼仪规矩。

挂了一幅神仙山水的中堂字画，是那北俱芦洲一处不知名山头，两侧挂有儒家修身齐家内容的对联，更上是匾额"留北堂"。

板壁前搁放长条案，案前是一张四仙桌，两侧放椅两张。

在大门与板壁之间，东西相对，摆放了一张张椅子，秩序井然。

进门之人，起坐之间，便是一方小天地。

那些各洲渡船的话事人、管事，陆陆续续进入这座厅堂。

山水窟白溪坐下后，与几个老友相视一眼，都不敢以心声言语，但是从各自眼神当中，都看出了一点忧虑。

厅堂当中的座椅摆放，大有讲究。

宗门底蕴，渡船与买卖大小，渡船话事人的个人声誉，好像都被算计了一遍。

比如白溪就发现皑皑洲的那艘"南箕"渡船，管事是个没什么名气的金丹境瓶颈修士，一直做着中等规模上下的买卖，在平时渡船管事的人情往来当中，都属于那种上了酒桌也不太说得上话的一个，但是今天座位安排，却得到极高礼遇，白溪是因为山水窟自家老祖泄露过天机，才知道此人其实是个深藏不露的玉璞境符箓修士，之所以做着倒悬山跨洲买卖的勾当，是醉翁之意不在酒，其实是每次都会偷偷去一趟蛟龙沟做真正的隐蔽生意，用神仙钱换取他以独家秘术、汲取龙气的机会，到了皑皑洲，转手再将几张蕴藉精粹龙气的珍稀符箓，以天价卖给皑皑洲刘氏。

老祖要白溪注意火候，无须刻意结交此人，只是碰面后注意眼神、言语即可。

白溪敢断言那个"金丹境老修士"，看似脸色镇静，事实上肯定不太好受。

最终人人落座。

十余个离开剑气长城的剑仙，坐在右手边的座椅上，位置相对座椅紧密的左边，更加稀疏，刚好一洲剑仙，与一洲渡船管事面对面而坐。

所以直到这一刻，数十个渡船管事才开始重新打量起那个年轻人。

在座每一个客人，都是人人皆有各自的生意经，而且把那买卖做烂了的老狐狸，先前或多或少都留心注意过此人，春幡斋中堂占地极广，柱子极多，悬挂楹联便多，那个年轻人就一直在仰头欣赏楹联文字。

像那中土神洲的吴虬、唐飞钱两个上五境老神仙，便仔细观察过这个略显突兀的年轻人，只是看出了大致深浅后，便有些摸不着头脑，不会以为对方真的只是一个下五境修士，而是不约而同地将那人当作了一个容颜年轻、擅长遮掩气象的剑仙。

那块匾额下面的四仙桌，两侧椅子，始终空着无人落座。

倒是有一块玉牌放在四仙桌上,看玉牌搁放的位置,是靠近浩然天下渡船管事这边的。

不光是吴虬,几乎所有人都有了些猜测,那两个位置,那位太徽剑宗的仙人剑修韩槐子会莫不是占据其一,然后再来一个压轴的大剑仙,例如纳兰烧苇?甚至是那名次更高的董、陈、齐三姓家主之一?不然何至于一股脑出现这么多的剑仙压阵?

只可惜如今再想要获得剑气长城那边的消息,太难。

并且谁都不敢轻举妄动,擅自行事。

哪怕是孙巨源这般好说话的剑仙,也早就开始闭门谢客,后来更是直接去了城头,府邸所有下人,要么跟随这个剑仙去往城头,要么禁足不出。曾经有人觉得不需要如此,然后偷偷出门没多久就死了。

所以如今倒悬山得以流传的消息,都是那些剑气长城自己觉得不用隐藏的消息。

当所有人落座,对面剑仙也早已落座。

不一样的剑仙,不一样的性情,不一样的坐姿,不一样的气息。

哪怕是吴虬,也感受到了一股窒息的感觉。

无形中,他们人人是与那依次排开的十数名剑仙对峙!

关键是明摆着其中那些来自浩然天下的剑仙,今夜却人人以剑气长城的剑修自居。

除了中土神洲、北俱芦洲,其余六洲渡船话事人,先前被各自家乡剑仙待客,其实就已经觉得十分难熬,不承想到了这边,更加煎熬。

毕竟所有大洲渡船的数十个话事人,再如何见多了大风大浪,可又有谁能够亲身经历这种情形?

一个个剑仙全部当了哑巴。

要知道这种情况,一般只有剑仙与人分生死之前才会有的。

自有飞剑取头颅,何须与将死之人言语?

厅堂当中。

春幡斋主人剑仙邵云岩坐在靠近大门边,不说话,其实他的位置,就决定了他绝对不会是今夜率先说话之人。

晏溟和纳兰彩焕也没有半点开口说话的迹象。

所有剑仙都沉默不言。

米裕、魏晋、孙巨源、高魁、元青蜀、谢松花、蒲禾、宋聘、谢稚、郦采、邵云岩。

还有两个元婴境剑修,晏溟、纳兰彩焕。

一些人越老、胆越小的老管事,额头开始渗出汗水。

该不会是要被一锅端了吧?

第九章 相互问剑

有管事小心翼翼瞥了眼还空着的两个主位。

也有管事打量了眼前那个站在远处大柱旁的年轻人。那个年轻人好巧不巧与之对视，对这名管事微微一笑。老管事笑容牵强，脸色有点僵硬。

年轻人不言语则已，一开口便如山岳砸湖，惊涛骇浪。

他脚步不急不缓，在走向那主位期间，笑呵呵言语道："既然都到了，那我们就开始谈事情。"

此语一出，一些意态怠懒的剑仙，也都开始直腰而坐。

他走到四仙桌右手边的那个主位上。

米裕第一个站起身。

十一个剑仙，两个元婴境剑修，几乎同时起身。

吓得对方几十人齐刷刷赶忙起身，一些起身慢了一些的，都恨不得自己当场来上两个大嘴巴子。一个个不明就里，依旧人人如坠云雾。

年轻人坐下后，所有剑仙这才落座。

年轻人伸出一根手指，轻轻一敲桌面，那块玉牌便翻转再坠落，露出古篆"隐官"二字。

大堂之中，落针可闻。

所有来倒悬山求财的生意人，视线都迅速从玉牌上一闪而过，然后一个个闭气凝神，如临大敌。

那个身份终于水落石出的年轻人，微笑道："自我介绍一下，我叫陈平安，是剑气长城新任隐官。"

第十章
搬山倒海

剑气长城的隐官大人？

不是那个传说中扎羊角辫儿的小姑娘吗？传闻她能够单凭双拳，就打得蛮荒天下的大妖真身崩碎，是剑气长城最好战的一个。

怎么变成了眼前这个生面孔的年轻男子？

只是再不敢信，这会儿也得信。

这么多剑仙坐着，由不得那个年轻人信口开河。

或者说打死不信，也得假装相信，不然真被本洲剑仙的飞剑，割了脑袋，随手丢出倒悬山，这笔仇怨，算谁的？难道还能拉帮结派，同仇敌忾，一起找剑气长城算账？别忘了，同行从来是仇家。许多渡船的生意，其实一直相互冲突。

一名皑皑洲老管事掂量一番，起身，再弯腰，缓缓道："恭贺陈剑仙荣升隐官大人。小的，姓戴名蒿，忝为皑皑洲太羹渡船管事，修为境界更是不值一提，都怕脏了隐官大人的耳朵。晚辈斗胆说一句，今夜议事，隐官大人单独出面，已是我们天大的荣幸，隐官发话，岂敢不从？其实无须劳驾这么多剑仙前辈，晚辈愚钝且眼拙，暂时不清楚剑气长城那边战事的进展，只知道任何一位剑仙前辈，皆是天底下杀力最为巨大的巅峰强者，在倒悬山停留片刻，便要少出剑许多许多，实在可惜。"

吴虬嘴角翘起又压下。

戴蒿这一番言语，说得软话硬话皆有，开了个好头。不愧是修行路上的金丹客，生意场上的上五境。

这么多享誉一洲数洲的剑仙,与其在这边跟我们这些上不得台面的商贾谈买卖,不如去剑气长城出剑杀妖,更合适些,更符合剑仙气度风采。

吴虹觉得自己得念太羹渡船的这份香火情,毕竟戴蒿冒这么大风险开口言语,是在为八洲所有渡船争取利益。

若是真有剑仙暴起杀人,他吴虹肯定是要出手拦阻的。

坐在皑皑洲渡船管事对面的女子剑仙谢松花,一挑眉头。

好家伙,自己负责的皑皑洲,竟然成了第一个跳出来砸场子的"问剑之人"!

陈平安一直耐心听着这位金丹境老管事说完,眼神始终望向言语绵里藏针的戴蒿,却伸手朝谢松花虚按了两下,示意不打紧,小事。

陈平安朝那金丹境老管事点了点头,笑道:"戴蒿,你开了个好头,接下来咱们双方谈事,就该如此,开诚布公,直言不讳。首先,我不是剑仙,是不是剑修都两说,你们有兴趣的话,可以猜猜看。其次,在座这些真正的剑仙,比如就坐在你戴蒿对面的谢剑仙,何时出剑,何时收剑,局外人可以苦口婆心劝,好人好心,愿意说些诚挚言语,是好事。"

这让许多原本以为年轻人要恼羞成怒、当场翻脸的渡船管事们,有些失望。

陈平安略作停顿,伸手轻轻敲击桌面,笑意不减,继续道:"但归根结底,管是管不着的,别说是我,便是咱们那位老大剑仙,也从不拘束,为何?很简单,剑仙终究是剑仙,身心飞剑皆自由,不然怎么当那四大山上难缠鬼之首,可不就是因为从来不太在意神仙钱、圣贤道理、宗门规矩之类的。"

扶摇洲山水窟瓦盆渡船的管事白溪,对面是那个本洲野修出身的剑仙谢稚。

金甲洲渡船管事对面的,是那先敬酒再上罚酒的女子剑仙宋聘。

流霞洲对面的,是蒲禾,那个将一个元婴境渡船管事拎鸡崽似的丢出春幡斋,还说要携二三好友,去与李训在祖师堂叙旧的剑仙。

这三洲渡船话事人,对于新任隐官大人的这番话,感触最深。

陈平安始终和颜悦色,好似在与熟人拉家常,道:"戴蒿,你的好意,我虽然心领了,只是这些话,换成了别洲别人来说,似乎更好。你来说,有些许的不妥当。谢剑仙两次出剑,一次毁掉了一只玉璞境妖物剑修的大道根本,一次打烂了一只寻常玉璞境妖物的全部,魂飞魄散,不留半点,至于元婴啊金丹啊,自然也都没了。所以谢剑仙已算功德圆满,不但不会返回剑气长城,反而会与你们一起离开倒悬山,返回皑皑洲。关于此事,谢剑仙难不成先前忙着与同乡叙旧畅饮,没讲?"

陈平安转头望向谢松花。

谢松花死死盯住那个戴蒿,说道:"讲过。估摸着是戴老神仙忘了。"

陈平安摆摆手,瞥了眼春幡斋中堂外的鹅毛大雪,说道:"没关系,这会儿就当是再讲一遍了。他乡遇同乡,多难得的事情,怎么都值得多提醒一次。"

戴嵩站了起来,就没敢坐下,估计落座了也会如坐针毡。

"站着作甚?众人皆坐,一人独站,难免有居高临下看待剑仙的嫌疑。"

陈平安敛了笑意,对那个金丹境老管事说道:"坐。"

戴嵩便立即坐下。

吴虬与邻座唐飞钱两个中土神洲的玉璞境,快速对视一眼。

看来这位新任隐官大人,很不剑仙啊。

皑皑洲南箕渡船那个身份隐蔽的玉璞境修士,江高台,年纪极大,却是年轻容貌,他的座位极其靠前,与唐飞钱相邻。他与太羹渡船戴嵩有些香火情,加上直接被剑气长城揪出来,掀开了伪装,在座商贾,哪个不是练就了火眼金睛的老狐狸,江高台都担心以后蛟龙沟的买卖,会被人从中作梗搅黄了。

这让江高台于公于私,于情于理,都该言语几句,不然偌大一个皑皑洲,真要被那谢松花一个娘们掐住脖子不成?

江高台甚至没有起身,直接开口说道:"隐官大人,我们这些人,境界不值一提,要论打杀本事,可能所有人加在一起,两三个剑仙联袂出手,这春幡斋的客人,就要死绝了。"

谢松花眯起眼,抬起一只手掌,手心轻轻摩挲着椅把手。

江高台对此视而不见,继续说道:"我们这些满身铜臭的,擅长之事,既然不是厮杀,自然也就谈不上保命,就只能是做点小本买卖,挣点辛苦钱。若是隐官大人觉得可以谈,那就好好聊,觉得不用与我们好好聊,我们为了活命,再不合适的买卖,也乖乖受着。别洲同道如何想,我也管不着,我江高台与一条破破烂烂的南箕渡船,就带头,隐官大人只管开价,便是赔本买卖,我也做了,就当是庆祝陈剑仙晋升了剑气长城的隐官大人。"

吴虬、白溪等人,都对这江高台刮目相看了。

毫不拖泥带水。

极好。

吴虬唯一担心的,暂时反而不是那个笑里藏刀的年轻隐官,而是"自家人"的窝里横,比如有那宿怨死仇的北俱芦洲和皑皑洲。

先前春幡斋邵云岩,亲自安排一洲渡船管事聚在一座庭院,再以本洲剑仙待客,真可谓用心险恶。

北俱芦洲与皑皑洲的不对付,是举世皆知的。

皑皑洲两个渡船管事先后说话,真当北俱芦洲是死人吗?

所以一个北俱芦洲跨洲的元婴境老剑修管事,就想要立即拆这江高台的"高台"了,哪怕没有与浮萍剑湖宗主郦采喝那酒水,只要是皑皑洲的小崽子在抖搂威风,北俱芦洲就愿意对着干。

浩然天下，本就是唯有北俱芦洲赶赴倒悬山的跨洲渡船，挣钱最少！

只是老剑修在内的所有渡船管事，却都得了郦采的心声言语提醒道："不用理会这厮，今夜议事，你们只管看戏。"

陈平安笑道："起来说话，浩然天下最重礼数。"

年轻隐官此言一出，剑仙对面的大多数渡船管事，脸色都变了一变。

让戴蒿坐下，再让江高台起身？

他娘的道理都给你陈平安一个人说完了？

江高台脸色阴沉，他此生大体顺遂，机缘不断，哪怕是与皑皑洲刘氏的大佬做生意，都不曾受过这等侮辱，只有礼遇。

陈平安双手笼袖，就那么笑看着江高台。

戴蒿与剑气长城说不愿耽误剑仙杀妖，年轻隐官便说了一大通有的没的，真正有分量的那句话，其实是谢剑仙打烂了一只玉璞境大妖的元婴和金丹，金丹在后，说的就是戴蒿那位金丹境老管事？

江高台以退为进，摆明了既不给剑仙出剑的机会，又能试探剑气长城的底线，结果年轻隐官就来了一句浩然天下的礼数？

许多老管事心中别扭至极，这些事情，不是他们浩然天下最擅长的讲理方式吗？

江高台笑了笑，起身抱拳道："是我失了礼数，与隐官大人赔罪了。"

吴虬、唐飞钱、白溪等人皆是偷偷松了口气。

还真怕江高台给了那年轻人杀鸡儆猴的机会。

不承想那个年轻人又笑道："接受道歉，可以坐下说话了。"

堂堂上五境玉璞境修士，江高台站在原地，脸色铁青。

若是与那年轻隐官在生意场上捉对厮杀，私底下无论如何难熬，江高台是生意人，倒也不至于如此难堪，真正让江高台担忧的，是自己今夜在春幡斋的脸面，给人剥了皮丢在地上，踩了一脚，结果又给踩一脚，会影响到以后与皑皑洲刘氏的诸多私密买卖。

江高台作势自己不愿被耍猴一般，就要拂袖离去。

谢松花说道："隐官大人，那我就乘坐这条南箕归乡了，不用相送。"

不料邵云岩做得更彻底，站起身，在大门那边，笑道："剑气长城与南箕渡船，买卖不成仁义在，相信隐官大人不会阻拦的，我一个外人，更管不着这些。只是巧了，邵云岩好歹是春幡斋的主人，所以谢剑仙离开之前，容我先陪江船主逛一逛春幡斋。"

邵云岩到底是不希望谢松花行事太过极端，免得影响了她未来的大道成就，自己孤家寡人一个，则无所谓。

江高台停下脚步，哈哈大笑，转头望向那个面带笑意的年轻人，道："隐官大人，当我们是傻子？剑气长城就这么开门迎客做买卖的？我倒要看看靠着强买强卖，半年之后，倒悬山还有几条渡船停岸！"

陈平安笑道："江船主是顶聪明的人，不然如何能够成为玉璞境？你哪里是不知道礼数，多半是一开始就不太愿意与我们剑气长城做买卖了。无妨，依旧由着江船主出门，让主人邵剑仙陪着赏景便是。为了避免大家误会，有件事我在这里提一嘴，必须与大家解释一下，邵剑仙与我们没关系，今夜议事，选址在风景最佳的春幡斋，我可是替剑气长城，与邵剑仙付了钱的。"

邵云岩微笑道："剑仙联袂大驾光临，小小春幡斋，蓬荜生辉，所以折扣还是有的。"

陈平安叹了口气，有些哀愁神色，对那江高台说道："强买强卖的这顶大帽子，我可不姓戴，戴不住的。剑气长城与南箕渡船做不成买卖，我这儿哪怕心疼得要死，终究是要怪自己本事不够，江船主是听都不想听我的开价啊。可惜我连开口出价的机会都没有，果然是老话说得好，人微言轻，但我偏要言轻劝人，人穷入众。让诸位看笑话了。"

陈平安站起身，看着那个依旧没有挪步的江高台，道："我不计较江船主耐心不好，江船主也莫误会我诚意不够，反而泼我脏水。君子绝交，不出恶言。临了临了，咱们争个礼尚往来，好聚好散。"

然后陈平安不再看江高台，却将那吴虹、唐飞钱、白溪一个个看过去，道："剑气长城待客，还是极有诚意的，戴蒿说话了，江船主也说话了，接下来还有个人，可以在剑气长城之前，再说些话。在那之后，我再来开口谈事，反正宗旨就只有一个，从今天起，若是让诸位船主比以往少挣了钱，这种买卖，别说你们不做，我与剑气长城，也不做。"

说到这里，陈平安转移视线，从渡船管事那边转移到了剑仙这边，笑问道："谢剑仙，不与邵剑仙一起送送江船主？"

谢松花站起身，望向那个亲手帮助自己积攒两笔战功的年轻隐官，这个最不愿欠人情的女子剑仙，破天荒有些愧疚神色。

陈平安轻轻摇头。

谢松花展颜一笑，也懒得矫情，转头对江高台说道："出了这大门，谢松花就只是皑皑洲剑修谢松花了，江船主，那就让我与邵云岩，与你同境的两个剑修，陪你逛一逛春幡斋？"

江高台心思急转，问道："隐官大人，剑气长城不会让我们亏钱一说，当真？"

陈平安走到四仙桌另外一边，伸手按住那块古篆"隐官"二字的玉牌，然后面朝两边双方所有人，笑着不说话。

邵云岩已经走向大门。

谢松花则已经散发出一丝剑意，身后竹制剑匣当中，有剑颤鸣。

唐飞钱站起身，微微侧过身，向那年轻人抱拳说道："恳请隐官大人留下江船主。"

不欢而散，终究不美，若是隐官大人，愿意让南箕渡船略尽绵薄之力，岂不更好。"

唐飞钱不是帮那江高台活命，帮的其实是自己，是今夜所有与剑气长城战战兢兢做生意的人。

诸多恼恨，得先藏好。

只要离开了春幡斋，远离了倒悬山，都好说了。

陈平安问道："浩然天下的山上风光，弯弯绕绕，你们熟悉，我也不陌生，不谈买卖，只说江船主走出大门，什么下场，你唐飞钱不知道？还是当江船主自己不知道？怎么个留下？为何要留下？你作为第三个开口与我言语的人，好好说道说道，我暂且耐着性子，听听看。"

陈平安以手指轻轻敲击玉牌，笑眯眯道："在这厅堂当中，谈买卖就有谈买卖的规矩，这个规矩，只会比我这隐官更大。总之都是生意往来，都可以在神仙钱一物上泯恩仇。与我稍稍相处久了，你们自然而然就会明白，我是剑气长城做生意最公道的一个，至少也该有个'之一'。"

剑仙谢稚笑道："对头。"

陈平安立即说道："自己人帮自己人说话，只会帮倒忙。"

谢稚瞥了眼扶摇洲那帮渡船管事，道："隐官大人这话说得好没道理，我谢稚是扶摇洲出身，与眼前这帮个个腰缠万贯的谱牒仙师，才是同乡的穷亲戚。"

风雪庙魏晋从头到尾，面无表情，坐在椅子上闭目养神，听到此处，有些无奈。

野修剑仙谢稚这番话，总不至于是陈平安事先就教了的吧？应该是临时起意的真心话。

唐飞钱酝酿了一番措辞，谨慎说道："只要隐官大人愿意留下江船主议事，我愿意破例擅自行事一回，下次渡船靠岸倒悬山，降价一成。"

陈平安取了那块玉牌挂在腰间，然后坐回原位，说道："我凭什么让一个有钱不挣的上五境傻子，继续坐在这里恶心自己？你们真当我这隐官头衔，还不如一条只会在蛟龙沟偷些龙气的南箕值钱？一成？皑皑洲刘氏转手卖给你唐飞钱背后靠山的那些龙气，就只配你掏出一成收益？你已经瞧不起我了，还要连江高台的大道性命，也一并瞧不起？"

唐飞钱皱了皱眉头。

这等秘事，剑气长城是如何洞悉知晓的？

陈平安沉声道："苦夏剑仙。"

苦夏剑仙起身，应道："在。"

若说谢松花欠了陈平安一个天大人情，那么苦夏剑仙所在的邵元王朝，就是欠了一个比天还要大的人情。

作为邵元王朝未来砥柱的林君璧,少年未来大道,一片光明!

苦夏剑仙没那么多弯弯肠子,有一还一,就这么简单。

若是自己还不上,既然身为周神芝的师侄,一辈子没求过师伯什么,也是可以让林君璧返回中土神洲之后,去捎上几句话的。

至于师伯周神芝听了师侄依旧无甚出息的几句临终遗言,愿不愿意搭理,会不会出手,苦夏剑仙不去想了。

白溪心知一旦在座剑仙当中最好说话的这个苦夏剑仙都要撂狠话,对于自己这一方而言,就会是又一场人心震动的不小劫难。

所以白溪哪怕硬着头皮,也要以扶摇洲山水窟瓦盆渡船管事的身份,拦下苦夏剑仙,自己率先开口!

白溪算是看透了,与这个比浩然天下更浩然天下的年轻隐官做买卖,就不能玩那钩心斗角的一套了。

白溪站起身,神色淡然道:"若是隐官大人执意让江船主离开,那就算我山水窟白溪一个。"

白溪甚至笑了笑,毫不遮掩自己的讥讽之意,道:"只希望谢剑仙与邵剑仙,别觉得我境界低微,不配同行。"

谢松花只是"哦"了一声,然后随口道:"不配是不配,也没关系,我竹匣剑气多。"

邵云岩则站在大门口那边,并不挪步。

剑仙苦夏转头望向年轻隐官。

陈平安笑着伸手虚按,示意不用起身言语。

有了白溪出人意料地愿意以死破局,不至于沦为被剑气长城步步牵着鼻子走,很快就有那与白溪相熟的同洲修士,也站起身道:"算我一个。"

就连那个最早被蒲禾丢出春幡斋的元婴境船主,哪怕先前与剑仙认错时像一条狗,这会儿依旧毅然决然跟随白溪起身,道:"凫钟船主刘禹,也想要领略一番春幡斋的胜景,顺便领略一番谢剑仙的剑气。"

不但如此,还有个年轻的不知名金丹境小船主,是个女子,身份特殊,是一座浩然天下的西南海上仙家,她的座椅极其靠后,故而距离邵云岩不远,也起身说道:"霓裳船主柳深,不知道有无幸运,能够再在谢剑仙、邵剑仙之外,多出我一个同游春幡斋。"

境界最低,还是女修。

这个死法,大有讲究。

最后一个起身的,正是那个先前与米裕心声言语的中土神洲元婴境女修,她缓缓起身,笑望向米裕,道:"米大剑仙,幸会,不知道多年未见,米大剑仙的剑术是否又精进了。"

米裕微笑道:"不舍得。"

那元婴境女子冷笑不已。

一直纹丝不动的吴虿,心中快意至极。

这就对了!

这才是各洲渡船与剑气长城做买卖,该有的"小天地气象"。

剑仙不是喜好也最擅长杀人吗?

现在有人,还不止一个,伸长脖子当真就让你们去杀。

你们要不要出剑,杀不杀?

江高台抱拳朗声道:"谢过诸位!"

站起之后便一直没有落座的唐飞钱,也是与好友吴虿差不多的心情。

那年轻隐官,真以为喊来一大帮剑仙压阵,然后靠着一块玉牌,就能一切尽在掌控之中?

不知天高地厚的玩意!

年纪轻轻的,算什么东西!

郦采伸出一根手指,揉了揉嘴角,都想要一剑砍死一个拉倒了。

只是她心湖当中,又响起了年轻隐官的心声,依旧是"不着急"。

郦采这才忍住没出剑。

魏晋已经睁开眼睛。

那两个刚想有所动作的老龙城渡船管事,立即老实了。

南婆娑洲的船主们,还算安静。

至于北俱芦洲那边,根本没掺和的念头。

这个时候,满堂意气慷慨激昂过后,众人才陆陆续续发现那个本该焦头烂额的年轻人,竟是早早单手托腮,斜靠四仙桌,就那么笑看着所有人。

北俱芦洲、东宝瓶洲、南婆娑洲,都好商量。

一个是自古风气使然,一个是太说不上话,一个是离着倒悬山太近,毕竟还有个醇儒陈氏,而陈淳安又刚离开剑气长城没多久。

中土神洲、皑皑洲、扶摇洲,最难商量。

一个是习惯了颐指气使,小觑八洲豪杰;一个是天大地大都不如神仙钱最大;一个是做烂了倒悬山生意,也是挣钱最有本事的一个。

金甲洲、流霞洲,好商量还是不好商量,得看形势。

现在就属于变成不太好商量的情况了。

陈平安最后视线从那两个老龙城渡船管事身上扫过,多看了几眼。

东宝瓶洲的跨洲渡船,其实也就是老龙城的那几艘渡船,符家的吞宝鲸,以及那条被誉为"小倒悬"的浮空岛,孙家有只被先祖捕获驯服的山海龟,范家也有那座桂花岛。

今夜做客春幡斋的两个管家,一个是苻家的吞宝鲸管事,一个是丁家跨洲渡船的老船主。

陈平安去过几次老龙城,都不曾与两人打过照面,估计这两个老龙城的大人物,即便听说过"陈平安",也会当作是重名了。

年轻隐官懒洋洋笑道:"嘛呢,嘛呢,好好的一桩互利互惠的挣钱买卖,就一定要这么把脑袋摘下来放在生意桌上,称斤论两吗?我看没这个必要嘛。"

唐飞钱冷笑道:"方才喊打喊杀,借助剑仙声势要随意定人生死的,好像不是咱们这些人吧?"

陈平安依旧保持那个姿势,笑眯眯道:"我这不是年轻气盛,一朝小人得志,大权在握,有点飘嘛。"

吴虹抿了一口春幡斋茶水,轻轻放下茶杯,笑道:"我们这些人一辈子,是没什么出息了,与隐官大人有着云泥之别,不是一路人,说不了一路话,我们委实是挣钱不易,个个都是豁出性命去的。不如换个地点,换个时候,再聊?还是那句话,一个隐官大人,说话就很管用了,不用这么麻烦剑仙们,兴许都不用隐官大人亲自露面,换成晏家主,或是纳兰剑仙,与我们这帮小人物打交道,就很够了。"

陈平安笑道:"先前我说过,出了门有出了门的规矩,坐在这里就有坐在这里的规矩。再比如所有事情,都可以在神仙钱一事上解决,方才闹哄哄的,你们就想得少了,所以我再说得清楚些,我这次来倒悬山,一开始就想要换上一大拨船主的,比如……"

陈平安望向那个位置很靠后的女子金丹境修士,道:"霓裳船主柳深,我愿意花两百枚谷雨钱,或是等同于这个价格的丹坊物资,换柳仙子的师妹接管霓裳。价格不公道,可是人都死了,又能如何呢?以后就不来倒悬山赚钱了吗?人没了,渡船还在啊,好歹还能挣两百枚谷雨钱啊。为什么先挑你?很简单啊,你是软柿子,杀起来,你那山头和师长,屁都不敢放一个啊。"

那金丹境女子瞬间脸色惨白。

江高台立即笑问道:"不知道在隐官大人眼中,我这颗脑袋值多少谷雨钱?"

陈平安摇头道:"你是必死之人,不用花我一枚神仙钱。皑皑洲刘氏那边,谢剑仙自会摆平烂摊子。中土神洲那边,苦夏剑仙也会与他师伯周神芝说上几句话,摆平唐飞钱和他幕后的靠山。大家都是做买卖的,应该很清楚,境界不境界的,没那么重要。"

陈平安说道:"谢剑仙,先别出门了,江船主再说一个字,就宰了吧。省得他们觉得我这隐官,连杀鸡儆猴都不敢。"

谢松花重重呼出一口气。

终于可以出剑宰人了。

陈平安转头望向那山水窟元婴境白溪，道："你家老祖，与我剑气长城有旧怨，仇大了去了，以前的隐官不搭理你们，我来。今夜就别走了，我会让谢稚剑仙多跑一趟，护着你们的瓦盆渡船，顺风顺水地返回扶摇洲山水窟，与那老祖讲清楚，恩怨两清了，以后买卖照旧，爱来不来，不来，后果自负。"

这一次，轮到剑仙这一排，开始起身了。

野修剑仙谢稚站起身，笑着感慨道："不杀谱牒仙师，已经很多年了，真是让人怀念。"

陈平安继续说道："今夜没有起身离座、咋咋呼呼的，就都是剑气长城的贵客了。"

陈平安又笑道："不把全部的底细，一些个心性渣滓，从烂泥塘里边激扬而起，全部摆到台面上瞧一瞧，让跨洲渡船与剑气长城之间，再让渡船船主与船主之间，相互都看仔细了，怎么长远做放心买卖？"

陈平安说道："米裕。"

米裕站起身，眼神冷漠，望向那个女子元婴境修士，道："对不住，之前是最后骗你一次。我其实是舍得的。"

元婴境女子顿时心如刀割。

然后米裕从袖子里边掏出一本册子，环顾四周，随便挑了一个没起身、先前却差点起身的管事船主，将对方的祖宗十八代都给抖搂了出来。

不光是师承渊源，嫡传弟子为谁，最为器重哪个，在山下开枝散叶的子嗣如何，大大小小的私宅位于何处，不仅仅是倒悬山的私产，在本洲各地的宅邸别院，甚至是像吴虬、唐飞钱这般在别洲都有家底的，更是一五一十，记录在册，都被米裕随口道破。就连与哪些仙子不是山上眷侣却胜似眷侣，也有极多的门道学问。

米裕又说了两个船主的家底，如数家珍。

然后陈平安笑道："可以了，事不过三。"

米裕点头。

老子如今是被隐官大人钦点的隐官一脉扛把子，白当的？

陈平安又喊了一个名字，道："蒲禾。"

蒲禾起身盯住那个先前与自己道过歉的元婴境修士，眼神阴沉，道："老子就想不明白了，天底下还有这种差点死了却偏要再死透一次的买卖人。我倒要看那玉璞境冷然，等我登了船，他会不会跪在地上，求我卖他一个面子。"

陈平安望向两个八洲渡船那边的主心骨人物，道："吴虬、唐飞钱。上五境的老神仙了，两个连宅子都买到了北俱芦洲的砥砺山那边去，然后在我面前一口一个'小人物，挣钱辛苦'。"

郦采站起身，道："我不会离开倒悬山，但是可以飞剑传信浮萍剑宗、太徽剑宗，就说倒悬山这边有些流言蜚语，两个老神仙，勾结妖族。对了，苦夏剑仙、郁狷夫和朱枚这些晚辈还没离开剑气长城，让他们也将此事与中土神洲说一说，好让两个老神仙自证清白，免得冤枉了好人。"

剑仙苦夏随即起身，应道："不难。理当如此。"

陈平安最后眨了眨眼睛，一脸疑惑道："你们以为我是要与你们背后的山头结仇吗？至于吗？不至于啊，我就是看你们不顺眼罢了，除了极少数的必死之人，我做事情，还是很有分寸的。再者，事后赔礼道歉，外加大把大把地赔钱，都会有的。长远来看，谁也不亏。你们就真以为我喊了剑仙过来，就只是陪你们喝酒喝茶来着？你们这些可以白白挣钱都不要的废物，配吗？"

孙巨源也笑着起身，道："我与在座诸位，以及诸位身后的师门、老祖什么的，香火情呢，还是有些的；私仇呢，从来没有的。所以赔礼一事，不敢劳烦咱们隐官大人，我来。"

晏溟也站起身道："赔钱一事，我晏家还算有点家底，我晏溟来，赔完为止。"

纳兰彩焕没有动作。

今夜之事，已经超出她的预料太多太多。

陈平安便换了视线，看向纳兰彩焕道："别让外人看了笑话。我的面子无所谓，纳兰烧苇的面子，值点钱的。"

纳兰彩焕只得缓缓起身。

陈平安彻底没了笑意，虽然还保持那个懒散姿势，却依旧死死盯住这个做生意做多了的元婴境剑修。

纳兰彩焕硬着头皮，默不作声。

陈平安问道："座位是不是放错了，你纳兰彩焕应该坐到那边去？"

纳兰彩焕眼神狠厉，刚要开口说话。

剑仙高魁站起身，转头望向纳兰彩焕。

纳兰彩焕原本到了嘴边，直呼名讳的"陈平安"三个字，立即一个字一个字咽回肚子。

这个莫名其妙的变故，越发让吴虬这些"外人"感到惊悚。

这个嘴上说着自己"小人得志"的年轻隐官，真是一个狠角色，难道连自己人都要宰掉吗？

小人得志与否，不好说。

这年轻人，心肠黑得很！

至于那个大权在握的说法，真是半点毫不含糊了。

吴虬终于站起身，抱拳道："隐官大人，无须如此，买卖只是买卖，咱们双方，都各退一步,求一个皆大欢喜,求一个钱财上边的细水长流。"

年轻隐官只是单手托腮,望向大门外的鹅毛大雪。

陈平安好像在自言自语道:"你们真以为剑气长城,在浩然天下没有半点好人缘,半点香火情？觉得剑气长城不用这些,就不存在了吗？无非是不学你们腌臜行事,就成了你们误以为剑仙都没脑子的理由？知道你们为什么现在还能站着却不死吗？"

陈平安自问自答:"那就是将近万年的漫长岁月里,从南婆娑洲第一条来倒悬山的跨洲渡船枕水开始,如果我没有记错的话;第二条是扶摇洲已经消失了的那个宗门,云渡山,那艘俯仰渡船;第三条,是如今一个洲再也没有一条跨洲渡船的桐叶洲,是那艘在海难当中船翻人死尽的'桐伞',消息传回剑气长城后,剑仙只能是默默出剑,遥遥祭奠,这件事情,太过久远,恐怕在座许多剑气长城的本土剑仙,都不太清楚了。"

陈平安坐直身体。

"最早的那段岁月里,几乎所有赶赴倒悬山的渡船,全部不为挣钱,一个个等于是送钱给剑气长城。哪怕随着时间推移,变了些情况,事实上是变了很多,没事,我们剑气长城,依旧会念你们浩然天下八洲渡船的情,就一直没忘记。纳兰烧苇当年为何震怒,依旧没有去往雨龙宗地界出剑？现在知道原因了吧？不是山水窟那个老祖多聪明,也不是他之纵连横得多漂亮。

"你们挣钱归挣钱,可说到底,一条条渡船的物资,源源不断送到了倒悬山,再搬到了剑气长城,没有你们,剑气长城早就守不住了,这个我们剑气长城得认,也会认。"

陈平安站起身,蓦然而笑,伸出双手,向下虚按数下,道:"都坐啊,愣着做什么,我说杀人就真杀人,还讲不讲半点道理了？你们也真相信啊？"

只见那年轻隐官笑呵呵道:"江船主,坐。柳深,也坐。大家都坐下说话。和气生财,我们是买卖人,打打杀杀的,不像话。"

米裕没落座。所以也就没人敢坐下。

谢松花、蒲禾、谢稚在内这些浩然天下的剑修,分明一个个杀意可都还在。

陈平安走到纳兰彩焕的椅子身后,伸出并拢的双指,轻轻一按这个女子元婴境剑修的肩头,以心声言语微笑提醒她:"带个头落座,不然就去死。在你手上,那么多过了界的生意,隐官一脉的秘录档案,可都一笔一笔记在账上。所以说你还是太蠢,真以为你家老祖做生意的本事,不如你？你比老剑仙差了一万里。纳兰烧苇已经救了你一命,救不了第二次的。"

纳兰彩焕如遭雷击,脑子里一片空白,面无人色,缓缓坐下。

然后年轻隐官双手手臂,靠在纳兰彩焕身后的椅背高处,望向对面那些一个个不知所措的渡船管事,满脸无奈道:"待之以礼,压之以势,晓之以情,动之以理,我这小小隐官,能做的,今夜可都做了,大家怎么还不买我半点面子？嗯？"

于是所有人都坐下了。

那个都不知道从哪里蹦出来的年轻隐官,手腕阴险,心肠歹毒,脑子有病!

陈平安走回原位,却没有坐下,缓缓说道:"不敢保证诸位一定比以前赚钱更多,但是可以保证诸位不少赚钱。这句话,可以信。不信没关系,以后诸位案头那些越来越厚的账本,骗不了人。"

米裕站起身,抖了抖袖子,袖里乾坤,掠出一部部册子,一一悬停在所有渡船管事身前。

陈平安继续说道:"剑气长城以后一切所需物资,都在清单上了,按照天干,都仔细分好了等级,价格在上面也都写了,具体如何打折,就看诸位在浩然天下挖地三尺的本事了。其余未能参与今夜议事的跨洲渡船,劳烦诸位帮忙把话带到。因为以往许多物资,以后剑气长城不会收半点,但是某些物资,剑气长城来者不拒,价格只会更高。八洲之地,各有特长。答应,剑气长城赊账,不肯,我们赊账,前者是情谊和香火情,后者是生意人求财的本分,都可以私底下与我谈,是不是以赊账换取别处找补回来的实惠,一样可以谈。"

所有渡船管事都开始仔细翻阅浏览起来。

说到这里,陈平安笑望向那个山水窟元婴境修士白溪,问道:"是不是很意外?其实你密谋之事,其中一桩,好像是来到倒悬山之前,先卸货再装货,争取一艘渡船专卖几种物资,求个高价,免得相互压价,贱卖给了剑气长城,这是不是恰好是我们剑气长城本来就帮你做的?白溪老神仙啊,你自己扪心自问,剑气长城本就是这么与你们光明正大做买卖的,你还鬼鬼祟祟不落个好,何苦来哉?至于谁泄露了你的想法,就别去探究了,以扶摇洲的丰富物产和山水窟的能耐,此后挣钱都忙不过来,计较这点小事作甚?"

皑皑洲修士,看到一处时,愣了半天,剑气长城今后竟然要大肆收购雪花钱!

老龙城符家那个管事,翻到一页之时,也觉得有点意思了,因为与符家早已缔结盟约的云霞山特产,云根石,价格涨了!

就连北俱芦洲最不乐意挣大钱的渡船管事们,也哭笑不得。好嘛,看来回了本洲后,得与骸骨滩披麻宗坐下来好好谈一谈了。

陈平安最后说道:"接下来的钱,都是各位可以随便挣的,如果有人就此在本洲停了跨洲渡船,偏不挣这神仙钱的,非要好似小孩子怄气,做那意气之争,也行,青山不改,绿水长流,这份情谊,慢慢计较。还有,公事之外,诸位渡船管事,也该为自己的大道着想着想了,额外想要丹坊物件,某些仙家法宝的,我们剑气长城这边一一记录在册,只要做得到,都会帮着你们以物换物。若是需要补点神仙钱,我们当然也会与你们直说,在这期间,我保证剑气长城不多赚谁一枚雪花钱,算是额外赠送各位的一点小好处。"

江高台不动声色翻阅那本厚朋子,以心声询问道:"隐官大人,当真不杀人,只做买卖?"

陈平安笑道:"只看结果,不看过程,我难道不应该感谢你才对吗?哪天咱俩不做买卖了,再来秋后算账。不过你放心,每笔做成了的买卖,价格都摆在那边,不但是你情我愿的,而且也能算你的一点香火情,所以是有希望扯平的。在那以后,天大地大的,我们这辈子还能不能见面,都两说了。"

江高台将信将疑。

陈平安要么以心声答复一些人的悄然询问,要么主动与人言语。

"你们那位少城主苻南华,如今什么境界了?"

"柳仙子,先前是我胡说八道,你那左膀右臂的师妹,不愧是你的心腹,事实上她对你那是极为敬重的。"

"别记恨我们米裕剑仙,他如何舍得杀你,当然是做样子给我这个隐官看的,你若为此伤心,便要更让他伤心了。痴情辜负痴心,人间大憾事啊。"

年纪轻轻的隐官大人,言语随意,就像是在与熟人客套寒暄。

只是那些言语,落在一个个渡船管事心湖中,后者都得小心翼翼将每个字嚼烂,生怕错过了什么玄机。

因为所有人哪怕没有任何交流,但是不约而同都对一件事心有余悸。

这个年轻人,在先前某个时刻,想要杀光所有坐在剑仙对面的屋内人。

兴许是真的,也可能是假的。

可万一是真的呢?

陈平安继续单手托腮,望向门外的大雪。

这会儿,刘羡阳那艘渡船,应该快要回到南婆娑洲了。

而在那艘早已远离倒悬山的渡船之上,刘羡阳正在屋内挑灯看书,桌上搁放着一枚印章。

边款:大剑仙陈平安第一印,兄长刘羡阳惠存。

印文:搬山倒海。

刘羡阳瞥了眼印章,会心一笑。

好小子,吹牛这种事,还是学自己。

倒悬山,春幡斋大堂。

外面大雪落人间。

米裕悄悄问道:"隐官大人,真就这么算了?"

陈平安反问道:"我说过算了吗?"

米裕说道:"好像说过。"

陈平安说道:"我一向说话自己都不信啊。"

米裕立即心领神会，说道："了解！"

陈平安斜瞥了眼这位米大剑仙。

米裕便望向门口那边傻坐着没做啥事的邵云岩，开口问道："邵剑仙，府上有没有好茶好酒，隐官大人就这么坐着，不像话吧？"

邵云岩笑着没说话，也没动身。

米裕便自己掏出了一壶仙家酒酿，送给隐官大人。

起身送酒，搁酒桌上，潇洒转身，翩然落座。

水到渠成，半点不别扭。

门口那个春幡斋主人，都要替这个玉璞境剑仙觉得丢脸。

米裕当下肯定还不知道，将来陈平安身边的头号狗腿帮闲，非他莫属了。时也命也。

一时间，屋内只有翻书声。一个个船主，做生意算账，还是极为擅长的，毕竟是拿手好戏，看家本领。

得了隐官大人的授意，剑仙走了大半。

郦采、苦夏、元青蜀、谢稚、宋聘、蒲禾，都已经重返剑气长城。

米裕和高魁倒是留下了。

邵云岩依旧坐在大门口那边。堂堂剑仙，自家地盘，当起了门神，也不多见了。

谢松花还要亲自"护送"一条皑皑洲跨洲渡船离开倒悬山，自然不会就这么离开春幡斋。

一个剑仙的言语，岂可只拿来吓唬人？

晏溟和纳兰彩焕当然也需要留下，将来具体的商贸往来，自然还是需要这两人联手邵云岩，在这春幡斋，一起与八洲渡船对接生意。

今夜春幡斋的这桩买卖，真不算小了。

浩然天下八洲版图，大大小小的数百座王朝、山上宗门、仙家豪阀，都会因为今夜的这场对话，在未来随之而动。

陈平安一直坐在主位上，喝着米裕送来的酒，并不催促任何一个船主。

一手持酒壶，一手轻轻握拳又松开。

纳兰彩焕兴许才是屋内对陈平安恨意最深的那个人。

高魁此行，竟然就只为了一件事，杀她纳兰彩焕！

恨意多，又不能做什么，往往是恐惧比恨意更多的缘故。

纳兰彩焕的更大恐惧，在于年轻隐官与她心声言语道："这些外人，我都能捏着鼻子与他们做买卖，一个手握实权的自家人，偏就忍不了？没这样的道理，纳兰彩焕，我与你保证，亏不了纳兰家族太多家底，运气好，还有赚。只是运气一事，我就不保证什么了。"

纳兰彩焕也保证了一些事情。纳兰彩焕觉得自己与年轻隐官真正谈妥了，交心交底了。

只是非但没有改变她当下的困局，反而迎来了一个最大的恐惧，高魁依旧没有离开春幡斋，依旧安安静静坐在不远处喝酒，不是春幡斋的仙家酒酿，而是竹海洞天酒。

纳兰彩焕静了静心，开始推敲今夜议事，从头到尾的所有细节，争取了解年轻人更多。

她先前与陈平安这个二掌柜都没有真正打过交道，只是他成了隐官大人后，双方才谈了一次事情，不算如何愉快。

纳兰彩焕想到了一句年轻隐官类似盖棺定论的收官言语。

读书人的咬文嚼字，真是太可怕。

按照浩然天下的习惯，本该是"动之以情，晓之以理"，但是先前陈平安却偏要说"晓之以情，动之以理"。

情，是香火情，是九洲渡船生意人都忘记了的，反而是剑气长城依然没有忘记的念旧。

理，更简单了，是剑气长城的剑仙、剑修，飞剑取头颅。

在这之后，才是最市侩俗气的财帛动人心，大家坐下来，都好好说话，好好做买卖。

只是在这之前，其实陈平安最为心狠手辣的威胁，不是剑仙随时会杀人的阵仗，而是做了一些切割，直指某些船主的切身利益。

撇开了任何的道义、买卖规矩、师门经营，都不去说，陈平安选择与对手直接捉对厮杀，例如吴虬、唐飞钱在北俱芦洲砥砺山一带的私人宅邸，以及两个上五境修士的声誉。

生不如死。

当然也有南箕江高台、霓裳柳深的性命。

说死则死。

别跟我谈什么宗门底蕴，谈什么掀了桌子不做买卖的后遗症，只要谁从座位上起了身，那么剑气长城随后针对的，对症下药的，就只是年轻隐官眼前的某一个人。

与浩然天下许多正儿八经的谱牒仙师、祖师堂嫡传，尤其是些心高气傲的豪阀子弟谈这些，兴许谈不拢不说，还会彻底撕破脸。

但是与在座这些早已不算是纯粹修道之人的商贾，聊这个，最管用。

真正的那道分水岭，当然还是米裕取出的那些册子。

没有这个，任他陈平安百般算计，等到几十个船主，出了春幡斋和倒悬山，陈平安除了连累整座剑气长城被一起记恨上，毫无裨益。兴许隐官继续可以当，但是剑气长城的财权,就要重新落入她和晏溟之手。在这过程当中,剑气长城才是最惨的,肯定要被这些商贾狠狠敲竹竿一次。

纳兰彩焕恢复了几分神采,觉得终于知道该如何与年轻隐官相处了。

只说姿容气度,纳兰彩焕确实是一个大美人。

所以米裕便看了她一眼。

然后米裕摇了摇头,眼神有些怜悯和不屑,不再看纳兰彩焕,继续闭目养神。

若说那纳兰彩焕是光靠姿容就能让男子心动的女子,那么米裕更是仅靠皮囊便能让女子赏心悦目的男子。

坐在对面那个心中愤恨、悲苦至极的元婴境女子,"无意间"瞧见了这一幕后,心中阴霾,便稍稍少了些。

这个应该被千刀万剐的负心汉,在说出那句应该遭天谴的混账话后,就再没有看她一眼,多次往对面座椅的游弋视线,次次都故意绕过了她。

若是米裕心中没有她,岂会如此刻意?

何况都说纳兰彩焕当年便曾经倾心于米裕,不也一样没能近水楼台,成为剑气长城的一双神仙道侣?

如此一想,这个女子便觉得自己胜了那纳兰彩焕一筹。

再看那米裕,神色萧索,有些落寞,他转头望向门外的大雪美景,怔怔无言。

与那之前狗腿兮兮为年轻隐官送酒的故作潇洒,判若两人。

她便没来由有些心酸,如今都是上五境剑仙了,米裕你还算是在家乡啊,也要受此窝囊气吗?

米裕这种人,该死还是该死!

可喜欢终究还是喜欢。

两者她都说了不算,最是无奈。

陈平安始终单手托腮,就这么一直瞧着所有人情百态的蛛丝马迹,在察觉到米裕那些极有火候的细微变化后,不得不有些佩服,痴心人只以痴情动人,米裕这种天赋惊人的负心汉,如果修道只修男女之情,咱们这位米裕大剑仙应该是飞升境的水平了,与那姜尚真,估摸着可以切磋道法,一比高下。

陈平安打算找个机会,替这些痴情女子出口恶气,揍一顿米裕,剑仙不能还手的那种。

谢松花有些犯愁,想要乘坐江高台那条南箕,戴蒿那条太羹也不能错过,这个女子剑仙,视线游弋不定,背后竹匣剑意牵扯起来的涟漪,就没停过片刻。春幡斋事情了了,可她如今多出的这几桩个人恩怨,事情没完!皑皑洲这帮家伙,第一个冒头,起身说话不说,到最后,好像求死之人,又是皑皑洲最多,这是打她的脸两次了。看看那魏晋和元青蜀,再看看他们对面的东宝瓶洲和南婆娑洲修士,不就一个个很给两人面子?

怎的,老娘是个娘们,便不是剑仙了?

戴嵩胆战心惊,不得不主动开口,以心声小心翼翼询问那个缓缓饮酒的年轻人道:"隐官大人,谢剑仙这边?"

戴嵩都没敢抬头望向主位那边,礼数不礼数的,真没辙了,暂时顾不上,不然他一个抬头,就谢松花那种连玉璞境妖族剑修说宰掉就宰掉的可怕剑仙,岂会发现不了蛛丝马迹?

陈平安笑道:"还记得今夜第一次见到谢剑仙后,她当时与你们这些同乡说了什么?你好好回忆回忆。"

皑皑洲所有渡船当中,谁最缺钱,她谢松花就亲自护送,护送不力,可以怨她。

戴嵩松了口气,道:"谢过隐官大人的提点。"

魏晋是有意无意,没有与郦采他们结伴而行,而是选择最后一个单独离开。

陈平安站起身,道:"我先送一送魏剑仙。米裕,你负责为客人解答疑惑。谈妥谈不妥的,都先记下。我还是那句良心话,落了座,大家就都是生意人,入乡随俗,挣多挣少,各凭道法。我也不例外,今夜这春幡斋大堂,挣钱的规矩,只会比隐官头衔更大。"

陈平安望向那个霓裳渡船的船主柳深,还有那个流霞洲凫钟渡船的刘禹,点了他们的名后,笑道:"有劳两位船主,帮着记录双方的议事内容。"

之后陈平安将这个风雪庙剑仙一路送到了春幡斋大门口。

魏晋说道:"我不太爱管闲事,只是有些疑惑,能问?"

"没什么你不能问、我不能说的。"陈平安笑道,"很高兴能够在剑气长城,遇到一个来自家乡的东宝瓶洲剑仙,并且还能够半点不输其他剑仙前辈。这可是真话,如假包换,信不信由你。"

魏晋笑道:"你要不说这句多余话,我还真就信了。"

陈平安说道:"只管问。"

魏晋便问道:"谢稚在内所有外乡剑仙,都不想要因为今夜此事,额外得到什么,你为何来到春幡斋之前,非要先做一笔买卖,会不会……画蛇添足?算了,应该不会如此,算账,你擅长。那么我就换一个问题,你当时只说不会让任何一个剑仙,白走一趟倒悬山,在春幡斋白当一回恶人,但是你又没说具体回报为何,却敢说肯定不会让诸位剑仙失望,你所谓的回报,是什么?"

陈平安犹豫了一下,缓缓道:"论心呢,是想着尽量好人有好报;论事呢,就是不想为剑气长城再欠人情。清清爽爽,就事论事,与这些外乡剑仙做一桩问心无愧的生意。至于你询问的回报,因人而异吧,具体不与你多说了,涉及诸位剑仙的隐私。"

此外,陈平安没有藏藏掖掖,道:"不过有一条底线,可以直说,那就是将来,每一位还有那机会回家乡去的外乡剑仙,可以从剑气长城带走至少一位下五境剑仙坯子。不愿带人离开的,到时候就又另有报答了。愿意多带一两位的,只要剑气长城有这样的下五境好苗子,只管带走。"

魏晋苦笑摇头。

这都是什么脑子啊。

外乡剑仙,跨洲渡船,剑气长城尚未成长起来的剑仙坯子,以前,现在,将来,总之都被算计进去了。

而这些如果真有机会"墙里开花墙外香"的年幼先天剑仙坯子,又能够在浩然天下各大洲开枝散叶,会是一种怎样的景象?

而那拨担任传道之人的外乡剑仙,无论各自性情如何,都是敢来剑气长城,敢死在城头之上的剑仙,又岂会不对这些嫡传弟子倾心传授,格外青睐?

这拨孩子一旦成长起来,最终崛起于各洲版图,相互间又岂会不抱团? 他们抱团,已经离开剑气长城的返乡剑仙,又岂会不随之抱团?

退一万步说,将来剑气长城就算不在了,这些未来剑仙的碰头聚首处,算不算是一处别样的剑气长城?

魏晋笑了起来。

他很期待那个场景。

这是魏晋在往后看,若是往回看……

遥想当年,双方第一次见面,魏晋印象中,身边这个年轻人,当时就是个傻乎乎、怯生生的泥腿子少年啊。

而且当年那少年,眼神还十分清澈明亮。

魏晋停下脚步,叹了口气,转头看着那个习惯性搓手取暖的陈平安,问道:"你一个外乡人,至于为剑气长城想这么多、这么远吗?"

陈平安笑道:"我有媳妇在这边,你没有,怎么跟我比?"

魏晋摇摇头,又想喝酒了,不想聊这个。

关于他以后的去向,陈平安开诚布公地与他聊过,当时老大剑仙也在场。

魏晋没打算拒绝。

只是希望自己能够不比皑皑洲谢松花逊色,在剑气长城先立下一桩对得起神仙台的战功,再去扶摇洲做那件事。

魏晋对于风雪庙,没什么念想,师父一走,早就看淡了,但是师父既然把神仙台传到了自己手上,总得做点什么。

师父这些老一辈的修道之人,最好面子,魏晋这当徒弟的,就得帮师父挣了,以后上坟敬酒的时候,有了佐酒菜,才能不沉默。

陈平安问道:"与你说一件从未与人提及的事情?"

魏晋说道:"没算计的话,我就听听看。"

风雪庙魏晋,剑开夜幕,人未至剑已到。

那种剑仙气概。

梳水国宋雨烧,一人一骑,对阵大军,以一敌国。

那种武夫气魄。

藕花福地魔头丁婴,真正问拳的对象,其实是大道。

那种与天争胜的至大心性。

这就是陈平安心目中嚼出余味最多的几场战事。

魏晋听过了陈平安的大致言语,笑道:"听着与境界高低,反而关系不大。"

陈平安点头道:"关系是不大。"

魏晋离开春幡斋。

陈平安独自转身,原路返回。

走到半路,在一处大院天井旁边蹲着,捧起积雪,胡乱擦拭脸颊一番,深呼吸一口气,揉出了个结结实实的雪球。

邵云岩站在年轻隐官身后,轻声笑道:"剑仙杀人不见血,隐官大人今夜举措,有异曲同工之妙。"

陈平安摇头笑道:"妙不到哪里去,就像一个家族底子厚,晚辈借势做事,成了。自家本事,是有的,但没想象的那么大。"

他随手将雪球丢到屋脊上去,提了提腰间那块玉牌的金色绳索,道:"换成晏溟或是纳兰彩焕,坐在了我这个位置上,也能做成此事。他们比我少的,不是心力和算计,其实就只是这块玉牌。"

邵云岩摇头道:"我看未必。"

陈平安笑道:"如果人人都像邵先生这般,分得清真心话客气话,听得出言外意,就省心省力了。"

邵云岩说道:"万一真要有赔礼一事,有孙巨源与米裕了;至于垫钱赔钱一事,先晏溟再纳兰彩焕再我春幡斋,还是其他顺序,其实差别不大。隐官大人唯一需要注意的,无非是需要垫钱到什么份上,是赔光了家底,一了百了,还是三方先掏出一半?"

陈平安说道:"先垫一半吧,如果到了那个时候,财政运转一事,没有任何好转,或是出现意外,让晏家和纳兰家族注定赔本,就只能让邵剑仙转手贱卖掉整座春幡斋了。"

邵云岩笑道:"可以。其实我不怕意外,就怕做事没个章程。"

陈平安说道:"让那些船主离了春幡斋,依旧无法抱团取暖,再没办法像当年冒出一个山水窟老祖一样的年轻人,跑出来搅局,将人心拧成一条绳,想要做成这点,就得让他们自己先寒了心，对原先的盟友彻底不信任，貌合神离。先前我那些云遮雾绕半真半假的言语，终究不是板上钉钉的事实，那些老狐狸，许多还是不见棺材不掉泪的，不吃一棍子苦，便不晓得一颗枣子的甜。所以接下来我会做点腌臜事，其中不少，可能就需要邵剑仙出手代劳了。在这期间，需要我帮忙调用任何一个剑仙，只管开口。"

邵云岩笑问道："隐官大人，不谈人心、愿景如何，只说你这种做事风格，也配被老大剑仙另眼相看、寄予厚望？"

陈平安哑然失笑，抬起头问道："邵剑仙，说话不用这么耿直吧？"

邵云岩笑道："朋友言语无忌讳。"

陈平安又掬水一般捞起积雪，双手轻轻一拍，瞬间雪屑纷飞，缓缓道："做事情，并且还想要做好，总是比讲道理、当好人更难的。"

外人看来，一个太不讲道理的人，其实他会有许多的道理来支撑这个"不讲理"。一个喜欢挣钱又能挣到钱的人，其实他付出了很多自以为不是代价的代价。

啊？竟然有这种人？

哦。原来是这种人。

视野所及，天地昏暗，四处碰壁，无非是听天由命。

视线清晰，天地明亮，反而会看到许多不美好。

一个遭罪。

一个糟心。

邵云岩说道："以自身一人之苦难，否定整个世道全部善意，以大愿景，否定所有他人的悲欢离合，确实都不好。"

陈平安起身笑道："洞悉人心，真知灼见，邵剑仙真乃高人也。"

邵云岩笑道："不如隐官多矣。"

"哪里哪里。"

"客气客气。"

一见如故，把臂言欢。

"邵兄，那串葫芦藤，当真一枚养剑葫都不曾留在春幡斋？我就看一眼，见见世面而已，邵兄不用防贼似的看我。"

"确实没有留下一枚养剑葫，都让卢穗那小丫头带去了北俱芦洲。隐官大人若是不信，只管搜寻，找到了一枚，我再附赠一枚。"

"好的，麻烦邵兄将春幡斋形势图送我一份，我以后说不定要常来这边做客，宅子太大，免得迷路。"

"我看就没有这个必要了吧。"

"邵兄再如此不爽利，我们就真是教人看笑话的纸篓兄弟了啊。"

"哪里哪里。"

北俱芦洲渡船管事,对于那本册子所有物资和近乎烦琐的定价,皆无半点异议。

事实上,与其余管事船主的那种逐字逐句浏览,大不相同,北俱芦洲那些老修士,都是跳着翻书,要么饮酒,要么喝茶,一个个惬意且随意。

原本不太挣钱,如今有机会多挣些,还要奢望什么?

南婆娑洲渡船那边,小有异议。

东宝瓶洲老龙城苻家、丁家两个船主,也就跟着小有异议。

中土神洲与皑皑洲、扶摇洲,三洲船主,尚未有人开口。

流霞洲与金甲洲是相邻大洲,大体上关系都不差,许多运往倒悬山的物资矿产,本就互通有无,所以早就在心声交流。

他们打算等吴虬、唐飞钱、江高台、白溪四人开口之后,再看情况说话。

那本厚重册子,是陈平安负责大方向,隐官一脉所有剑修,轮流翻阅档案,合力编撰而成,其中林君璧这些外乡剑修自然莫大焉。隐官一脉的许多旧有档案记录,其实会跟不上如今浩然天下的形势变化,米裕抄录汇总,不敢说烂熟于心,但是在大堂,米裕与那些斟酌言语、已是极为得体的船主议事,很够了。

刘禹和柳深得了份额外的小差事,帮着提笔记录双方商议内容,邵云岩在离开大堂去找陈平安之前,已经为这两个船主各自备好了书案笔墨。

天底下如何挣钱,无非是"开源节流"四字。

年轻人说那八洲物产,各有所长,所以具体如何开拓财源,减少跨洲渡船的支出,大有学问。其中在风物篇和渡船篇当中,册子上各有小序言,皆有开明宗义的文字,希望八洲渡船与各自背后宗门、山头,各自建言。

所以今夜议事,还真不只是跨洲渡船与剑气长城相互杀价这么简单,而远远要比这更加复杂、深远,涉及了所有跨洲渡船与各条旧有商贸渠道,需要重新去谈取货、议价、回报。

用那个年轻人的话说,反正都可以好好谈,敞开了聊,私底下聊,都可以。

纳兰彩焕一直冷眼旁观,只是越琢磨,越觉得里面的门道多,细细碎碎的,只要能够串联起来,就会发现,全是光明正大的算计。

若说以船主的切身利益作为威胁,是剑气长城在生意场上的一种蛮横出剑,是放,那么年轻隐官的诸多暗示,提醒在座商贾可以考虑考虑自己的大道修行,不妨多计较一些个人得失,而剑气长城非但不拒绝此事,反而乐见其成,甚至帮上一点小忙,这就是剑气长城的出剑了却归鞘,属于收。保证让所有渡船以后的生意买卖,不少挣,至多就是锦上添花。但是如果能够让所有船主,自己收钱入囊,从"自家"山头的笼统生意,变成真真切切的"自己"生意,那就是雪中送炭。

这一收一放之间,人心就不再是原先的人心了。

只不过这一切谋划,到底结果如何,还得看经不经得起世事的推敲,扛不扛得住以后诸多风雨意外的冲撞。

临近春幡斋中堂,陈平安突然问道:"有没有极其出彩的算账人才?"

邵云岩惋惜道:"以前我有个嫡传弟子,是此道高手,春幡斋的买卖一事,都是他打理的,丝毫不差,有那'无中生有'的本事。"

陈平安问道:"有没有机会召回春幡斋做事情?"

邵云岩笑问道:"信得过我的看人眼光?"

陈平安说道:"人心难测,难不在于以前、当下如何,更在以后会如何,所以不敢全信,好在我很相信剑气长城的纠错本事。"

邵云岩点头道:"那我试试看能否召回此人。他在术算一事上,天赋极好,对于烦琐枯燥的数字,天生就有一种直觉,并且乐在其中。我原本给了他一封密信,去投靠皑皑洲一个生意较大的商家宗门,如果能够先在新的春幡斋历练一番,估计便不需要我那封密信去当敲门砖了。"

陈平安说道:"绑也要绑回倒悬山。"

两人进了大堂,之后大堂里开始了一场堪称漫长的讨价还价。

纳兰彩焕又大为意外了一次。

因为那个年轻隐官,好像故意是要所有人都往死里磨一磨细节、价格,根本不在意重新编写一本册子。

因为连那打定主意不说话的北俱芦洲渡船管事,也被陈平安笑着拉到了生意桌上,细致询问北俱芦洲是否有那与册子物资相近、替代之物。

一来二去,那些老修士也烦了,既然隐官大人摆明了要在商言商,他们就不客气了,这一开口,便是几句话的事情了。

与那剑气长城一条裤子的北俱芦洲船主,都如此了,南婆娑洲更不客气,就连嗓门最小的东宝瓶洲两条渡船,也敢多说些。

一些谈妥的新价格,年轻隐官就直接让米裕在册子上边抹掉旧有文字定价,在旁重写。

吴虬与唐飞钱,稍稍宽心几分,这才开口。

既有那将价格磨高了的,也有那不小心将价格谈低了的,总之,双方有来有往。

晏溟不再保持沉默,就连纳兰彩焕也没继续当哑巴。

越来越多的船主管事,毫不掩饰地在座位上掐指心算。

先前一排十多个剑仙坐镇,杀来杀去的,落座主位的年轻隐官,你说了算。

可如今这算账老本行嘛，算盘珠子滚上滚下的，谁胜胜负负，可就不好说了。

皑皑洲船主那边，玉璞境江高台开口较多，一来二去，俨然是皑皑洲渡船的执牛耳者。

其余船主，对这江高台还真有几分钦佩，先前是鬼门关打过转儿的人，不承想现在还是如此不怕死。

江高台神色自若，尽显上五境神仙风采，实则心中却骂娘不已。他娘的老子是被那隐官大人逼着狠狠砍价，真当自己这么没眼力见儿，双手扛着脑袋当那碗口疤的英雄好汉？

陈平安抬头看了眼大门外。

不知不觉，天亮了。

账本上，没什么一锤子买卖，往往是许多条款，改了又改，双方显然还有的耗。

关键是随着时间推移，各洲、各艘渡船之间，也开始出现了争执，一开始还会收敛，后来就顾不得情面了，相互间拍桌子瞪眼睛都是有的，反正那个年轻隐官也不在意这些，反而笑呵呵，拉偏架，说几句拱火言语，借着劝架为自己压价，喝口小酒，摆明了又开始不要脸了。

在座之人，都是修道之人，都谈不上疲惫，至于心累不累，则两说。

但是所有人都心知肚明，一旦今夜之事，成为最终定论，那么今夜在座所有人，为自己渡船在账本上争取到的一丝利益，哪怕是价格上一两枚雪花钱的细微偏差，以后都将是一笔极大的收益。

如此一想，便是心累，却也快意几分了。

正午时分，隐官大人提议可以各自返回先前庭院，一洲管事，关起门来再谈一次。

若是想要串门议事，春幡斋这边绝不阻拦。

大堂众人立即散去。

江高台较晚起身，不露痕迹地看了眼年轻隐官，后者微笑点头。

晏溟与纳兰彩焕也要去议事。

陈平安先找到高魁，说道："有劳。高剑仙可以返回剑气长城了。"

高魁淡然道："不过是起个身，瞪几眼娘们，再白喝一壶竹海洞天酒，什么有劳不有劳的。"

陈平安笑道："场面话，还是要说的。"

米裕笑呵呵道："高魁，与隐官大人言语，说话给我客气点。"

在以前，高魁若是路上遇见了这个成天想着往娘们裙底下钻的绣花枕头玉璞境米裕，多看一眼、多说一句都算他高魁输。

但昨夜过后，虽然高魁对米裕印象也没太大改观，不过倒是愿意说些话了，当然不是什么好话。高魁道:"米裕,以后别总这么混日子,你兄长米祐若不是被你拖累,早就该是仙人境了。要知道最早的时候,岳青的资质,是公认不如米祐的。"

高魁说完之后,便大步离去。

米裕无奈道:"这高魁活该老光棍。我喜欢女子最真心,女子喜欢我也真心,真情换实意,还错了?"

陈平安说道:"就你这鸟样,没被光棍剑仙们砍死,是得谢谢米祐大剑仙。"

米裕转头望向那个依旧百无聊赖坐着的皑皑洲女子剑仙,刚称呼了一声谢剑仙,谢松花就微笑道:"麻烦你死远点。"

米裕哀叹一声,走出大堂,跨过门槛,去个僻静角落,堆个形不似神似的雪人姑娘去了。

米大剑仙,挑了春幡斋的一处花圃,大雪隆冬时分,依旧花草绚烂。

纳兰彩焕那个婆姨,是注定不会来这种地方的。那婆娘长得是好看,可惜太想着挣钱了。但是中土神洲的那个姑娘,却多半会来此地,而且她一定会喜欢这些雪下犹开的仙家牡丹。来了花圃,看了这花,便瞧见了偷偷立于花叶下的雪人,到时候她便知道自己的痴心一片了。

外乡剑仙离开剑气长城,本土剑仙往往都会请客喝顿酒。

就像当年的太徽剑宗黄童即将返乡,老剑仙董三更便亲自相送一场。

谢松花此去,自然也需要有人送行。

其实陈平安也就是将她送到春幡斋门口。

谢松花有些不痛快,觉得自己不该就这么离开倒悬山。

陈平安便说可以去蛟龙沟那边等着,实在无聊,也可以去雨龙宗逛一逛,散散心。

谢松花立即来了兴致,问道:"这算是挑中了那个江高台?那个戴蒿呢?一并做掉如何?我欠你的那个人情,你这么会算账,总要物尽其用。都是往北去的,剑修御剑,反正极快。"

陈平安摇摇头,道:"到时候等我消息吧。"

谢松花埋怨道:"如此婆婆妈妈,若非欠你人情太实在,我都懒得与你多说。以后到了皑皑洲,莫找我叙旧,没有酒喝了。"

陈平安笑道:"鹳雀客栈那两个小丫头,以后就交由谢剑仙护着了。"

谢松花一想起此事,便心情大好,道:"都是好苗子,我会好好栽培的。成为她们师父这般的剑仙,可能有点难,但是地仙剑修,跑不掉。陈平安,这事,还得谢你,不过不算欠你人钱,与你道声谢,便算了。"

陈平安琐碎叮嘱了一番,什么两个小姑娘都是剑气长城市井出身,年纪太小,又未曾见过外边的天地,教剑传道一事,很紧要,但是如何能够让她们在浩然天下活得自在些,又不可忘本,都需要谢剑仙多费心了。尤其是在她们能够自保之前,切不可提及自己出身剑气长城,更不能在修道生涯当中,一有外人提及剑气长城的闲言碎语,便意气用事,话说得再难听,也该忍一忍,就当是学剑之外的修心了……

谢松花听得一阵头疼,只说"知道了知道了"。

两人临近春幡斋大门口。

陈平安终于不再絮叨,问了个奇怪问题,道:"谢剑仙,会亲自酿酒吗?"

谢松花有些摸不着头脑,道:"当然不会。"

陈平安笑道:"我有个朋友,曾经说过他此生最大的愿望,是'山中何事?松花酿酒,春水煎茶'。"

谢松花直截了当问道:"陈平安,你这是与那米裕相处久了,近墨者黑,想要调戏我?"

陈平安百口莫辩。

与女子打交道,陈平安觉得自己从来不擅长,远远不如剑仙米裕,更加不如那个从敌变友的姜尚真。说实话,连好朋友齐景龙都比不上。

谢松花爽朗笑道:"果然是个雏儿,别管平时脑子多灵光,仍是开不起玩笑。"

陈平安松了口气。

谢松花抱拳道:"隐官大人在此停步,别送了,我没有与男子逛街散步的习惯。"

陈平安笑着抱拳还礼,道:"无法想象,能够让谢剑仙心仪的男子,是何等风流。以后若是重逢,希望谢剑仙可以让我见一见。"

谢松花冷笑道:"风流?找了我还敢风流,砍死。"

陈平安无奈道:"谢剑仙,此风流非彼风流。"

谢松花哈哈大笑,道:"还是年轻,真当我连这点学问,都不晓得?能够让隐官大人吃瘪两次,心情大好,走了走了,见好就收!"

谢松花走在春幡斋外边的街上,大步离去,行出去十数步,举手摇晃,并未转身却有言语。

言语十分谢松花。

"腚儿又不大,腰肢儿也不细,瞧个啥?多瞅几眼纳兰彩焕去,那柳深也不差,桌面都快给压塌了。"

陈平安一脸苦笑,转身步入府邸。

手指敲击,缓缓而行。

师兄左右去往东南桐叶洲,会先找到太平山老天君,与山主宋茅。

魏晋要去往扶摇洲。

邵云岩与暂时未定的某个大剑仙,会去南婆娑洲。

邵云岩将来去往，不过有主次之分，毕竟邵云岩受限于当下的境界，一个玉璞境剑修，独自一人，挑不起那份担子。所以陈平安一直在纠结第三个剑仙的人选，必须是本土剑仙，必须是仙人境起步。

陈平安想过陆芝，也想过陈熙或是齐廷济，相较于师兄左右和风雪庙魏晋，当然会更晚动身。

只是牵一发而动全身，这个选择，会牵扯出诸多隐藏脉络，极其麻烦，一着不慎，就是祸事，所以还得再看看，再等等。

其实当初在城头上，陈平安真正信不过的，不是那个拥有大妖之身却肯死板恪守规矩的老聋儿，而是巅峰大剑仙陆芝才对。

这不是说陆芝是蛮荒天下的内应，并非如此，而是陆芝绝对不愿意战死在城头之上，属于那种"眼见大局已定，那我便收剑远去"的人。

陈清都其实不介意陆芝做出这种选择，陈平安更不会因此对陆芝有任何轻视怠慢之心。

而陈清都当初选择让陆芝庇护隐官一脉，其实本身就是一种暗示。

陈平安想不通，无所谓，不会改变结局，万一心领神会，想到了，那么身为剑气长城的新任隐官，就做些隐官大人该做的事情。

比如让陆芝更加问心无愧地离开剑气长城。

只要不在大战之中，叛出剑气长城，剑尖转向自己人，割取头颅，以此邀功蛮荒天下，即可。

这就是老大剑仙陈清都的唯一底线，不越过此线，万事随意。

剑气长城的万年历史上，不谈那些自己愿死之人，又有多少不想死的剑仙，于情于理，其实都是可以不死的，只是都死了。

一切缘由，只说根本，皆是陈清都要他们死。

设身处地，成了那个老大剑仙，会作何感想？

不是三年两载，不是百岁千年，是整整一万年。

本心如何，重要吗？

陈平安只会觉得换成自己，早就道心崩溃得支离破碎，心境碎片，捡都捡不起来。要么疯了，以此作为逃避，要么彻底走向另外一个极端。

这些事情，不想不成，多想却无益。

陈平安便去想师兄左右在离别之际的言语。

原本陈平安以为左右会不给半点好脸色给自己，但是很意外，师兄左右离去之前，还有笑意，言语也极为平和，甚至像是在半开玩笑，与那小师弟笑道："学书未成先习剑，用剑无功再读书，师兄如此不济事，当师弟的，此事别学师兄。"

剑仙邵云岩此时已经站在书斋当中。

落座书案后，提笔写了一句心得，轻轻搁笔后，邵云岩十分满意。

"尽小者大，慎微者著，日就月将，学有缉熙于光明。"

陈平安一路走回大堂，坐在主位上，只是暂时闲来无事，便伸手按在四仙桌的桌面，原本紧密衔接的卯榫出现松动，微微颤动。

当陈平安抬起了手时，桌子便很快恢复了平静。

陈平安站起身，走出几步再转身，蹲在地上，看着那张桌子。

瞧着四平八稳万万年。

图书在版编目(CIP)数据

剑来 21：皆是笼中雀 / 烽火戏诸侯著. —杭州：
浙江文艺出版社，2021.1（2025.3重印）
ISBN 978-7-5339-6340-8

Ⅰ.①剑⋯ Ⅱ.①烽⋯ Ⅲ.①长篇小说—中国—当代
Ⅳ.①I247.5

中国版本图书馆CIP数据核字（2020）第248871号

选题策划　柳明晔
责任编辑　张　可
营销编辑　俞姝辰　宋佳音
封面绘图　温十澈
责任印制　吴春娟

剑来21：皆是笼中雀

烽火戏诸侯　著

出版　浙江文艺出版社
地址　杭州市环城北路177号
邮编　310003
电话　0571-85176953（总编办）
　　　0571-85152727（市场部）
制版　浙江新华图文制作有限公司
印刷　浙江新华数码印务有限公司
开本　710毫米×1000毫米　1/16
字数　328千字
印张　17.25
插页　2
版次　2021年1月第1版
印次　2025年3月第14次印刷
书号　ISBN 978-7-5339-6340-8
定价　43.00元

版权所有　侵权必究
（如有印装质量问题，影响阅读，请与市场部联系调换）